Le lien du mal

DU MÊME AUTEUR CHEZ MIRA

Neige de sang

RACHEL LEE

Le lien du mal

Roman

MIRA

Titre original :
CAUGHT
publié par MIRA®

Traduction de l'américain par LOUISE ACHARD

Photos de couverture

Fond : © MIKE DOBEL / MASTERFILE
Corde : © FRANK CHMURA / ALAMY

83/85 boulevard Vincent Auriol 75646 PARIS CEDEX 13.

ISBN 2-280-85538-0 — ISSN 1765-7792

A Cris, toujours,
qui sait voir au-delà de l'arc-en-ciel.

Prologue

Il se réveilla en sursaut, le cœur cognant contre ses côtes, les tempes prises dans un étau, le sang bourdonnant à ses oreilles. La lumière du jour, trop vive après les ténèbres du rêve, l'aveuglait. La transition brutale le fit vaciller.

Seigneur, cela n'allait pas recommencer ! Non, non, c'était impossible !

Il s'arracha péniblement du lit, passa devant la fenêtre par laquelle le soleil matinal entrait à flots dans la pièce et tomba à genoux sur le prie-Dieu installé dans un coin. Ses doigts entrecroisés pour la prière se crispèrent au point que ses phalanges blêmirent, tandis qu'il tentait de chasser les images angoissantes de son rêve, scènes si horribles qu'elles devaient venir directement des profondeurs de l'enfer.

Levant les yeux, il jeta un regard désespéré sur la croix accrochée au mur et supplia Dieu de lui révéler les raisons de son tourment. D'où provenaient ces rêves, ces terribles rêves intermittents et ces visions prémonitoires sur lesquelles il n'avait aucune prise ?

A quoi attribuer cette malédiction qui lui permettait de voir des événements futurs ou d'entrer en contact avec quelque esprit malade ? Ces visions de femmes torturées étaient déjà intolérables lorsqu'il les prenait pour de simples cauchemars ;

mais depuis qu'il avait vu, dans les journaux, des photos de ces mêmes femmes — preuve qu'elles avaient réellement existé —, il ne trouvait plus le repos.

A présent, elles étaient mortes.

— Oh, Dieu, ayez pitié de moi…

Il pria éperdument, désespérément, appelant la délivrance, ou même un infime soulagement. Sachant désormais que le monstre de ses rêves n'était pas un être imaginaire, il devait réagir.

Car le monstre s'apprêtait encore à frapper. Il épiait sa prochaine victime. Il l'avait vu en rêve, il connaissait ses intentions. Comment l'en empêcher ? Il craignait tant de ne pas en avoir la force !

Il était inutile d'alerter la police. Personne ne le croirait. On le prendrait pour un fou, voire pour l'assassin lui-même. La police ne voudrait pas le croire ; et comment pourrait-elle découvrir avant lui l'identité de la prochaine victime ?

A la réflexion, personne d'autre que lui n'avait les moyens d'agir aussi rapidement. En analysant ces atroces cauchemars, peut-être découvrirait-il quelque indice qui le mènerait à la victime potentielle. Peut-être pourrait-il alors la mettre en garde…

Désemparé, terriblement angoissé, il posa la tête sur ses mains jointes et se remit à prier. Sa pauvre tête qu'aucun remède ne pouvait soulager…

Seul Dieu pouvait lui venir en aide, Dieu qui lui avait infligé ce supplice. Il devait être en mesure de faire quelque chose. *Quelque chose.* Mais quoi ?

Désespérément, il continua de prier.

1.

L'agent posté devant le ruban leva une main pour interdire l'accès.

— Personne n'entre ici, Quinn. Surtout pas un photographe.

Connor Quinn ne se laissa pas démonter pour autant.

— Rick Diaz m'a fait appeler, dit-il, tout en cherchant vainement à se rappeler le nom de cet agent qu'il avait eu souvent l'occasion de rencontrer.

Le planton glissa deux pouces dans la ceinture de son holster.

— C'est ça ; et moi, je suis le roi d'Angleterre.

Six mois plus tôt, Quinn eût été admis dans le périmètre délimité par le ruban jaune de la police, mais depuis qu'il travaillait pour la presse, il s'en trouvait exclu.

— Ecoutez, demandez plutôt à Diaz, voulez-vous ? Je ne viens pas ici pour le plaisir.

Après une brève hésitation, l'agent hocha la tête et se dirigea vers l'entrée tout en faisant signe à l'un de ses collègues de surveiller Quinn.

C'était une nuit de janvier très froide pour la baie de Tampa, même à cette époque de l'année. Les policiers qui entraient et sortaient en courant de l'immeuble étaient emmitouflés dans d'épais anoraks, et leur haleine se condensait sous forme de petits nuages blancs.

Illuminés par les projecteurs, les chênes centenaires qui dominaient le petit immeuble de un étage projetaient des ombres inquiétantes. Comme dans la plupart des résidences de Suitcase City, une clôture entourait la cour. En l'occurrence, elle n'avait pas servi à grand-chose.

— C'est bon, dit l'agent en reprenant son poste. Vous pouvez entrer.

— Merci, Burkhardt, dit Quinn qui venait de se souvenir du nom qu'il cherchait.

— Gardez les mains dans les poches, ne touchez à rien, et ne prenez pas de photos avant qu'on vous y autorise.

Quinn passa sous le ruban et franchit les quelques mètres qui le séparaient de l'entrée, le col de sa veste remonté jusqu'au menton. Des groupes de curieux s'agglutinaient comme des mouches autour de la zone délimitée par la police. Quinn détestait ces sinistres badauds qui observaient en silence les allées et venues des professionnels, tels des vampires à un enterrement.

L'odeur l'atteignit de plein fouet dès le palier, et il réprima une brusque nausée. La puanteur du cadavre en décomposition était insoutenable. A l'intérieur, quelques policiers étaient munis de masques, mais Quinn n'en portait jamais. Il savait depuis longtemps que le sens olfactif s'accoutumait en moins de cinq minutes, et il était plus facile de travailler sans cet accessoire encombrant. En revanche, il avait presque oublié combien cette odeur fétide lui faisait horreur. Machinalement, il se mit à respirer par la bouche.

Toutes les lampes de l'appartement étaient allumées. Derrière la porte, un petit vestibule séparait la cuisine de la salle d'eau. Plus loin, dans la salle de séjour, les enquêteurs examinaient les lieux en prenant des notes.

Un policier qui montait la garde sur le seuil de la cuisine pointa l'index vers l'autre pièce.

— Au fond, à droite. Diaz vous attend.

Les vieilles habitudes ne se perdant jamais, Quinn dressa mentalement un inventaire de ce qu'il voyait en traversant le séjour. Un mobilier ordinaire, quelques bibelots de quatre sous, un vieux tapis effiloché. A première vue, rien n'avait été dérangé, sinon par les experts qui manipulaient et étiquetaient les objets.

Il connaissait tous les techniciens de l'équipe, dont, pendant longtemps, il avait lui-même fait partie. Pourtant, ceux qui l'apercevaient le saluaient brièvement du geste qu'on adresse à une vague relation à qui l'on ne souhaite pas vraiment parler. Il était devenu un étranger, désormais.

Diaz l'attendait sur le seuil de la chambre. C'était un petit homme brun, presque sec, dont la forte personnalité compensait largement la petite taille. Personne ne cherchait d'histoires à Rick Diaz.

— Merci d'être venu, dit-il.

Au lieu de serrer la main de Quinn, il lui tendit une paire de gants en latex.

— Je ne suis plus dans le coup, Rick. Tu le sais bien.

Diaz haussa les épaules avec une pointe d'impatience.

— Allons, ne dis pas de bêtises. Je crois...

S'interrompant, il baissa la voix.

— Je crois qu'il pourrait s'agir d'un tueur en série. Enfile donc ces satanés gants.

Quinn sentit un frisson lui parcourir le dos.

— Combien de victimes ?

— Avec celle-ci, cela fait deux.

— Tu en es sûr ?

— Sans aucun doute. Viens voir.

Diaz entraîna le jeune homme hors de la chambre, où la femme étendue sur le lit n'était plus qu'une forme indescriptible, une forme que Quinn avait évité de regarder. Il remarqua que Diaz en détournait le regard, lui aussi.

Diaz le conduisit vers le coin repas aménagé dans un angle du séjour. Des sachets de plastique contenant d'éventuelles pièces à conviction jonchaient la table. Diaz prit une pochette transparente à travers laquelle on distinguait un morceau de papier passablement chiffonné, écorné, comme s'il avait été longuement manipulé.

— Nous en avons trouvé une demi-douzaine, déclara Diaz. Pratiquement identiques. Apparemment, elle les collectionnait.

— Elle les collectionnait ?

Quinn prit la pochette et l'inclina de manière à éviter les reflets de lumière. Les caractères imprimés sur le papier se détachaient nettement.

« Tu seras à LUI. Tu danseras pour le MARIONNETTISTE. »

Le détective Ray Matucek rejoignit les deux hommes.

— Eh bien, Connor, dit-il en saluant Quinn d'un mouvement de tête, comment ça se passe dans le civil ?

— On est mieux payé.

Matucek se mit à rire et découvrit ses dents jaunes qui le faisaient ressembler à un rat.

— L'excitation du métier doit tout de même te manquer.

— Voilà bien une chose qui ne manque pas, au contraire. Qui a trouvé le cadavre ?

— Une de ses amies. La victime ne s'était pas rendue à son travail ces deux derniers soirs — elle dansait dans un cabaret du boulevard Dale Mabry. Une collègue a commencé à s'inquiéter de cette absence, d'abord par téléphone, puis, ses coups de fil restant sans succès, elle est venue jusqu'ici et a remarqué l'odeur avant même d'avoir frappé.

Quinn hocha la tête d'un air entendu.

— Je vois. Qu'attendez-vous de moi, au juste ?

En fait, il connaissait la réponse. Il le savait sans se l'avouer, tout en espérant malgré tout se tromper.

— C'est assez évident, affirma Diaz en le dévisageant froidement. J'ai deux cadavres de femmes sur les bras, peut-être davantage, si d'autres attendent d'être découverts. Le scénario est exactement le même que la fois précédente, sans aucune preuve matérielle utilisable. Impossible d'effectuer un test ADN, puisqu'il n'y a ni cheveux, ni salive, ni sperme, ni sang — à l'exception de celui de la victime —, ni empreintes. A moins que le tueur n'ait commis une erreur cette fois-ci, mon dossier est à peu près vide, et je n'ai pas la moindre idée de la manière dont il choisit ses victimes, sinon qu'il s'agissait de deux danseuses nues.

Sans un mot, Quinn lui tourna le dos et sortit, accablé par ce qu'on attendait de lui. Car même si Diaz ne l'avait pas expressément formulé, il comptait sur lui. Dehors, il passa de nouveau sous le ruban tendu et s'enfonça dans l'obscurité, laissant derrière lui la femme assassinée, les flics désemparés et les badauds toujours à l'affût de quelque détail sordide.

Tout en sachant qu'il allait accepter, il voulait s'accorder quelques minutes pour tenter de s'en dissuader. Il avait besoin de s'écarter un moment de cette odeur de mort, besoin de laisser l'air frais éclaircir ses idées. Plus tard, quand il commencerait à se sentir happé par les ténèbres, avec la mort et l'horreur pour seule compagnie, du moins se souviendrait-il qu'il avait réfléchi, qu'il s'était donné l'occasion de refuser et que sa décision résultait d'un choix délibéré.

— Connor ?

Rick Diaz l'avait suivi ; il s'immobilisa à quelques pas de lui.

— Tu ne peux pas t'en laver les mains ; la souffrance des victimes t'obséderait nuit et jour.

— Trouve un argument plus original, veux-tu ?

Diaz franchit la distance qui les séparait.

— Très bien, tu le sais déjà, semble-t-il. Mais le temps presse. La scène se refroidit d'heure en heure pendant que tu t'interroges et donnes libre cours à tes états d'âme. J'ai empêché les experts d'entrer dans la chambre pour que tout reste intact, mais je ne peux pas leur en interdire l'accès beaucoup plus longtemps. Quelle est ta décision ?

En fait, Diaz ne doutait pas une minute de la réponse, songea Quinn en observant le ciel à travers les branches noueuses des chênes. Ils n'en doutaient ni l'un ni l'autre, d'ailleurs.

— Je suis journaliste à présent, rappela-t-il avec la sensation de jouer sa dernière carte.

— Justement, tu pourrais faire d'une pierre deux coups. J'ai dit à ton rédacteur en chef que tu pourrais utiliser tout ce que tu aurais appris dès que l'assassin sera sous les verrous. En attendant, vous aurez l'exclusivité du scoop en cas de nouveau meurtre.

Connor Quinn commençait à comprendre pourquoi Ben Hyssop avait tellement insisté pour qu'il couvre ce meurtre. Ainsi, chacun y trouverait son compte, sauf lui. Pour sa part, il n'y gagnerait qu'une série de nouveaux cauchemars.

Mais quelle importance, après tout ? S'armant de courage, il balaya les résolutions qu'il avait prises un jour afin de protéger sa santé mentale et fit volte-face.

— Allons nous occuper de cette saloperie, lança-t-il en reprenant la direction de l'immeuble, Diaz sur ses talons.

Chacun de ses pas l'éloignait un peu plus de l'existence qu'il s'était péniblement rebâtie, il en était conscient. Il reprenait la chasse, et ses narines semblaient se dilater pour mieux flairer sa proie. Un désaxé hantait la ville, prêt à tuer pour le plaisir, et cela ne pouvait plus durer. Mais pour mettre la main sur lui, Connor Quinn devrait penser comme lui.

Pour abattre le monstre, il fallait se transformer en monstre.

Cette perspective lui donnait la nausée.

La pièce dans laquelle Judy Eppinga avait rendu son dernier soupir offrait un spectacle plein de contradictions. Un cache-sexe et des talons aiguilles traînaient dans un coin, tandis que, sur une petite commode, on trouvait pêle-mêle quelques échantillons de produits de beauté et un étonnant crucifix en plastique phosphorescent.

Ce genre d'objet existait donc encore ? s'étonna Connor Quinn. Le souvenir d'avoir convoité celui aperçu dans une vitrine, à sept ou huit ans, lui revint avec précision. En l'observant, il se demanda où la victime se l'était procuré et quel trait de personnalité suggérait ce comportement.

« Prends une photo », lui souffla une voix intérieure tandis qu'il éprouvait soudain le besoin inexpliqué de coucher l'image sur du papier.

Jamais il ne résistait à ces pulsions irréfléchies surgies des profondeurs de son subconscient, et, l'œil collé à l'objectif, il photographia le meuble sous plusieurs angles.

Il remarqua également une image de Jésus au-dessus du lit, dont le cadre désuet évoquait l'héritage d'une grand-mère pieuse. Quant au lit, il s'agissait plutôt d'un divan dont on imaginait mal qu'il eût reçu régulièrement des visites masculines.

Mais pourquoi assimiler une danseuse de cabaret à une courtisane ? s'objecta-t-il. Peut-être Judy était-elle une jeune femme sérieuse.

Il évita de regarder ce qui restait d'elle, certain que toute information susceptible d'être fournie par le cadavre serait relevée par le médecin légiste, et conscient, par ailleurs, que l'état de décomposition était beaucoup trop avancé pour lui révéler quoi que ce fût avant l'autopsie. Il s'efforça aussi, tout en photographiant les moindres recoins, de ne pas réfléchir à ce qu'impliquait cette scène de tragédie et essaya d'ignorer le fait qu'une femme avait trouvé la mort au cours de quelque atroce rituel émanant d'un esprit dérangé.

Hélas, l'expérience ne l'avait pas rendu insensible, et il n'était pas arrivé au bout de ses peines. Il se représentait parfois son âme comme un tissu de cicatrices, somme des blessures s'additionnant au fil des affaires qu'il avait connues et des détails sordides accumulés dans sa mémoire.

Pour le moment, Judy Eppinga n'était encore qu'un nom, le nom d'une personne ayant habité un quartier défavorisé, dans un petit garni décoré d'objets de piété dérisoires. Bientôt, elle lui serait aussi proche qu'un membre de sa propre famille. L'assassin également...

Lentement, il fit le tour de la chambre, notant soigneusement sur son carnet la liste des photos qu'il prenait, comme à l'époque où il travaillait à la brigade criminelle. Concentré sur la routine, il évita de songer aux motivations de ses gestes.

« Prends une photo », lui commanda son instinct en le guidant vers la rangée de chaussures alignées sur le sol de la penderie.

Accroupi, il cadra son image en évitant la lumière des projecteurs. Il y avait là des paires de souliers en tout genre, escarpins, sandales, bottes, mocassins..., révélant que Judy Eppinga aimait changer de style. Une paire retint particulièrement l'attention du journaliste : des talons aiguilles d'une hauteur vertigineuse avec une bride ornée d'un nœud de satin noir à la cheville.

De toute évidence, des chaussures pour la scène, songea Connor Quinn en leur réservant un cliché spécifique.

Il s'avisa ensuite que la garde-robe accrochée dans la penderie ne comprenait aucun vêtement luxueux, et que la lingerie — classique — ne correspondait pas à l'image qu'on pouvait se faire d'une femme exerçant la profession de danseuse de cabaret.

Tout en regagnant la porte, il observa la pièce dans son ensemble et ajouta quelques clichés de grand angle. La propreté des lieux le frappa soudain. Comment la chambre pouvait-elle être aussi impeccable après les événements qui s'y étaient déroulés ? Pas d'objets brisés, aucune trace de sang sur les murs ou sur le parquet…

— Comment les a-t-il tuées ? demanda-t-il à Diaz.

— La première avait été saignée à mort. A mon avis, il a employé la même méthode cette fois-ci.

La jeune femme ne s'était donc pas débattue ? s'étonna Connor qui se demandait toujours avec stupéfaction comment les assassins intimidaient leurs victimes au point de pouvoir les tuer comme des agneaux sans défense.

Mais que faisait-il donc de tout ce sang ?

Le jeune homme passa ensuite dans la salle de séjour, tout en déplorant de n'avoir pu la visiter plus tôt, avant l'intervention des enquêteurs.

Comme rien n'attirait son attention, il songea que tout s'était probablement déroulé normalement jusqu'au moment où le meurtrier et sa victime étaient passés dans la chambre. Jusque-là, il s'agissait seulement… De quoi, au juste ? d'un dîner entre amis ? d'une rencontre avec un séduisant inconnu ? Ou bien l'assassin s'était-il introduit chez elle pendant son sommeil ?

— Pas de traces d'effraction ? s'enquit-il.

Diaz fit signe que non.

— Pas plus cette fois que la précédente. A mon avis, il trouve un moyen de se faire ouvrir la porte.

Quinn opina, s'efforçant de rassembler tous les éléments pour composer une première ébauche du personnage : un beau parleur, peut-être ? L'individu n'avait sans doute rien d'inquiétant. Peut-être même était-il séduisant ; et son obsession morbide pour le sang passait inaperçue.

Le jeune homme se tourna vers l'un des enquêteurs.

— Quand vous examinerez la chambre, n'oubliez pas de vérifier les empreintes sur les chaussures, dans la penderie.

Rick Diaz fronça les sourcils, l'air interrogateur.

— Une vague intuition, dit évasivement Quinn en haussant les épaules. On ne sait jamais.

Il s'éloignait du canapé quand il aperçut le coin d'un livre dépassant à peine du volant de tissu qui en bordait le bas.

— Qu'y a-t-il là-dessous ?

L'un des policiers se pencha pour jeter un coup d'œil.

— Un livre.

— Je vois bien, dit Quinn. Mais encore ?

— Passez-moi une lampe, demanda l'homme en se mettant à plat ventre et en soulevant le tissu.

Quelqu'un apporta une torche électrique, et le faisceau lumineux balaya le sol.

— Il y a pas mal de livres là-dessous.

— Pourrions-nous déplacer le sofa ?

Les experts se consultèrent du regard.

— Entendu, dit enfin Bill Daley, le plus ancien d'entre eux. Nous en avons pratiquement terminé avec cette pièce.

Deux policiers soulevèrent le meuble et le poussèrent contre le mur, laissant apparaître des livres d'études soigneusement empilés. De sa main gantée, Connor prit un volume au hasard et en lut le titre : *Traité de mathématiques et de géométrie analytique*. Le programme était celui de deuxième année d'université.

— Ce n'était pas seulement une danseuse, constata-t-il. La précédente victime était-elle également étudiante ?

Diaz esquissa un geste d'ignorance.

— Pas à ma connaissance, en tout cas.

Connor Quinn crut bon de préciser sa pensée.

— Il existe probablement un autre rapport entre ces deux femmes. Quelque point commun qui expliquerait pourquoi le tueur a jeté son dévolu sur elles parmi des milliers de danseuses de cabaret.

— Bon sang, crois-tu que je ne me sois pas posé la question ?

Gêné de s'être emporté, Diaz ajouta d'une voix conciliante :

— Ce qui est sûr, c'est qu'elles ne travaillaient pas dans le même club.

— Sont-ils situés tous les deux sur Dale Mabry ?

— Oui ; à quelques centaines de mètres l'un de l'autre.

Songeur et perplexe, Quinn observa un instant les piles d'ouvrages. Ainsi, au cours de sa brève existence, Judy Eppinga avait aussi été une étudiante appliquée. Alors, que penser d'une strip-teaseuse qui décorait sa chambre d'images pieuses et cachait des livres de maths sous son canapé ?

Il prit encore quelques photos des livres, puis un cliché ou deux dans la cuisine et la salle de bains avant de quitter l'appartement, pour de bon, cette fois.

Une fois dehors, il respira à pleins poumons et renonça à regagner sa voiture. Il n'avait pas envie de s'enfermer tout de suite, même pour un instant. Il voulait s'aérer et évacuer l'odeur nauséabonde qui s'attachait à ses vêtements, à sa peau, à ses muqueuses.

Il s'éloigna de la maison du crime et continua de marcher tandis que le vent froid de la nuit lui fouettait le visage. A vrai dire, l'odeur de décomposition ne suffisait pas à expliquer son malaise. De manière étrange, il avait ressenti la terreur de cette femme comme si dans la pièce où elle avait rendu l'âme flottait encore quelque témoignage de sa souffrance, qu'il percevait avec acuité.

Marcher dans la nuit l'aiderait peut-être à s'en délivrer. Mais trouverait-il le salut dans la fuite ? La solution n'était pas si facile.

Enfin, quand ses oreilles et son nez menacèrent de se figer en glaçons, il rebroussa chemin pour regagner sa voiture.

Les orangers risquaient de geler, cette nuit, songea-t-il. Les plantes en pots sur sa terrasse devaient également craindre le gel ; peut-être serait-il plus sage de les rentrer.

C'était sa voisine de palier, une charmante octogénaire aux doigts verts, qui l'avait initié aux joies du jardinage, après l'avoir chargé d'arroser les fleurs de son balcon en son absence et lui avoir offert en remerciement quelques plantes bien vivaces.

Ce souci futile, se dit-il, tellement incongru après le macabre spectacle dont il venait d'être témoin, faisait décidément partie de ces absurdités qui contribuent à rendre l'existence un peu moins pénible.

Tant et si bien que lorsqu'il atteignit sa voiture, les mâchoires paralysées par le froid, il avait à peu près surmonté le choc.

De retour à son appartement, il rentra aussitôt les géraniums et l'hibiscus dans la salle de séjour et les installa dans un coin. Puis il fourra ses vêtements dans le lave-linge et se doucha longuement. Le ruissellement de l'eau tiède sur sa peau lui procura un réconfort inappréciable, purifiant à la fois son corps et son âme.

Son cerveau enfiévré refusait toutefois de se mettre au repos, et ses pensées vagabondaient de manière totalement anarchique. Il se remémora par exemple telle soirée de son adolescence où son père l'avait envoyé rouler par terre en le voyant tituber dans l'entrée, après une petite fête entre amis un peu trop arrosée. A peine venait-il d'écarter cet épisode de sa mémoire qu'il songea au jour où Diurmuid Quinn l'avait jeté en bas de l'escalier d'un coup de pied bien placé.

Pourquoi ces souvenirs sordides venaient-ils le hanter au beau milieu de la nuit, alors qu'il n'aspirait qu'à quelques heures de sommeil réparateur ? Sans doute son inconscient cherchait-il à lui rappeler qu'on pouvait aussi survivre aux pires atrocités.

Le principal attrait de son appartement résidait dans la superbe vue sur la baie dont il jouissait. Ce soir-là, les nuages accrochaient les lumières de la ville, irradiant la nuit d'une lueur orangée. Quinn demeura un long moment debout dans l'embrasure de la porte donnant sur la terrasse, cherchant la paix dans la contemplation du ciel et de l'eau. Un grand voilier sortit du port, glissant gracieusement sur une mer d'huile, les voiles ferlées. Seul le clapotis des vagues contre les pierres de la jetée troublait le silence.

Finalement, abandonnant tout espoir de sommeil, il gagna son bureau et s'installa devant l'ordinateur. En ce monde froid et hostile, du moins lui restait-il encore une certitude, celle de trouver quelque part un autre oiseau de nuit prêt à bavarder un moment avec lui.

Heureusement, il trouva Katydid[1] branchée sur le réseau. En voyant le signal de son interlocutrice préférée clignoter en réponse à son propre appel, il se sentit déjà un peu mieux. Qui

1. *Katydid :* sauterelle verte d'Amérique dont la stridulation ressemble à celle du grillon. (N.d.T.)

était-elle ? Il n'en avait pas la moindre idée mais appréciait de plus en plus leurs échanges sur Internet. Il s'était presque habitué à retrouver Katydid quand il rentrait tard le soir, trop obsédé par quelque image d'horreur pour espérer dormir.

Ayant noté qu'elle s'était plainte un jour de travailler tard, il l'imaginait serveuse de restaurant. Peut-être poursuivait-elle parallèlement ses études, bien que sa conversation laissât deviner une certaine maturité.

Ces spéculations amusaient Connor, mais il ne lui avait jamais posé de questions trop personnelles. Elle manifestait du reste une discrétion identique, comme s'ils préféraient tous deux conserver l'anonymat tout en partageant quelques-unes de leurs émotions les plus authentiques.

Il sollicita un dialogue, et son écran se sépara presque immédiatement en deux, les réponses de sa correspondante apparaissant sur la moitié inférieure.

— Bonsoir, CQ, écrivit-elle. Je n'ai pas eu de vos nouvelles depuis quelque temps. Etiez-vous souffrant ?

— Pas du tout, répondit Connor.

Tenté de lui raconter sa journée, il préféra cependant rester dans le vague.

— Je viens seulement d'effectuer une séance de photos particulièrement pénible.

— Des photos de crime ?

— Etes-vous psychologue ou voyante ?

La réponse se fit un peu attendre.

— Ni l'un ni l'autre ; je suis tombée pile, voilà tout. A mon avis, photographier l'association de broderie paroissiale n'aurait pas constitué un boulot trop pénible.

— N'en soyez pas si certaine. (Il se surprit à sourire en pianotant sur le clavier.) Ces grenouilles-là sont parfois coriaces.

— A qui le dites-vous !

Il y eut une pause ; elle semblait ne rien avoir à ajouter. Il ne trouvait pas grand-chose à dire non plus. Les images d'horreur remplissaient chaque pause de la conversation, et il ne parvenait pas à leur échapper, comme si son cerveau se repassait inlassablement la bande-annonce d'un film d'épouvante.

Conscient de se montrer lamentable, il faillit prendre congé de son interlocutrice. De quel droit monopoliser Katydid s'il n'avait rien à lui raconter ? Il valait mieux qu'elle se remît à surfer sur Internet et s'amusât un peu, plutôt que de continuer à contempler inutilement l'écran dans l'attente d'une réponse.

— CQ, écrivit-elle soudain, avez-vous entendu parler de harcèlement par courrier électronique ?

Connor sentit son cœur bondir dans sa poitrine. Il revit brusquement les notes dactylographiées que Diaz lui avait montrées chez Judy Eppinga.

— Harcèlement ? Que voulez-vous dire ?

— Je reçois régulièrement du courrier d'un mystérieux correspondant qui signe simplement « Predator ». Ses messages me mettent mal à l'aise.

— S'agit-il de menaces ?

— Non. Il se contente…

La communication fut interrompue, puis reprit au bout de quelques secondes.

— Je ne sais trop comment dire. Cela ne me plaît pas du tout. Je ne réponds pas, mais il persiste néanmoins à m'écrire.

— Pouvez-vous m'envoyer l'un de ses messages ?

— Je les ai tous effacés.

Naturellement, songea Connor durant la pause qui suivit. Pourquoi les aurait-elle gardés ?

— Faites-moi parvenir le prochain. Je voudrais y jeter un coup d'œil.

La communication prit fin, et Connor se retrouva subitement seul, sans aucun moyen de reprendre contact avec elle.

Par quelque association d'idées inexplicable, Katydid et Judy Eppinga commencèrent à se confondre dans les pensées de Connor Quinn. Assis dans la pénombre et le silence du petit matin, il eut soudain l'impression que la réalité se déchirait comme un voile, laissant les démons s'infiltrer par les interstices.

2.

Kate Devane regarda Connor Quinn traverser la salle de rédaction et remarqua que les conversations s'arrêtaient à son passage. Mark Polanski attendit de le voir disparaître dans le bureau de Ben Hyssop pour envoyer sa flèche.

— Tiens, voilà notre as du reportage et roi des hypocrites de surcroît.

Kate se rembrunit. Les commentaires allaient bon train dans la salle de rédaction depuis que la couverture du meurtre avait été ôtée à Mark au profit de Connor. Tout le monde ou presque prenait parti pour Mark. Polanski n'était-il pas le spécialiste des affaires criminelles, et Connor, un simple photographe ? Comme d'habitude, Polanski s'était rendu sur les lieux du crime, le soir précédent, en apprenant la nouvelle, et personne d'autre que lui n'aurait dû rédiger l'article relatant les faits. Mais, pour quelque raison obscure, le rédacteur en chef, Ben Hyssop, en avait décidé autrement.

« Sans doute est-ce parce qu'il a travaillé dans la police, avait avancé Mark un instant plus tôt. Il doit être capable de flairer quelque piste, et Ben a fait passer cela en priorité ; mais après tout, Quinn n'est pas rédacteur. Il serait incapable d'écrire un article, même si sa vie en dépendait ! »

Tout le monde s'accordait à penser que Ben Hyssop avait raison d'utiliser les compétences d'un ancien membre de la brigade criminelle, mais qu'il n'aurait pas dû évincer Polanski de l'affaire. De l'avis général, Polanski aurait dû être autorisé à exploiter les informations fournies par Connor à cette occasion.

« Un arrangement douteux, avait répété Mark à plusieurs reprises. Il y a vraiment quelque chose de louche dans cette histoire. »

Chaque fois, Kate avait eu envie de défendre Connor, mais c'était impossible. Pivotant sur sa chaise, elle jeta un coup d'œil anxieux vers la paroi vitrée du box où Ben Hyssop recevait le reporter.

Combien de fois, en présence de Connor, n'avait-elle déploré de ne pouvoir simplement lui dire : « Bonjour, c'est moi, Katydid. » Mais jamais elle n'avait pu s'y résoudre. Elle ne livrait ses secrets à personne, préservant jalousement son image de femme insouciante qui dialoguait avec verve et entrain par écran interposé, jusque tard dans la nuit. Elle avait un peu honte de cette personnalité désinvolte et considérait parfois son inoffensif divertissement comme une sorte de tricherie.

Ignorant la tension qui régnait dans la pièce, elle s'efforça de reporter son attention sur le texte qu'elle formatait. La tâche exigeait une grande minutie et un souci extrême du détail ; ce n'était vraiment pas le moment de songer aux querelles entre journalistes ou aux messages inquiétants découverts dans sa messagerie Internet, ni de rêver sa vie sous un pseudonyme quelconque pour oublier l'existence sans intérêt de Kathleen Devane, secrétaire de rédaction et femme divorcée.

Ce dernier qualificatif ne s'ajoutait que depuis peu à son curriculum vitæ, et elle s'y accoutumait difficilement, à tel point qu'elle ne s'était pas encore décidée à ôter son alliance. Mordillant son stylo, elle rassembla ses idées et s'efforça de transformer les dix lignes d'informations dont elle disposait en un article de trois paragraphes.

Autour d'elle, les autres rédacteurs planchaient également sur des tâches de précision, vérifiant l'authenticité de leurs renseignements, corrigeant fautes de grammaire ou d'orthographe, abrégeant ou allongeant leur article pour occuper un emplacement désigné. Sauf imprévu, le journal serait sous presse aux alentours de 20 heures.

Le téléphone posé sur son bureau se mit à sonner, et Kate décrocha aussitôt.

— Kate Devane…

— Kate, venez nous rejoindre, je vous prie.

Elle détestait cette manie de ne jamais se présenter qu'affectionnait le rédacteur en chef. Les premiers temps, ces injonctions anonymes la mettaient dans tous ses états tandis qu'elle se demandait à qui elle avait affaire. Désormais, elle reconnaissait instantanément la voix de son rédacteur en chef, mais n'appréciait toujours pas le procédé.

Le bureau de Ben Hyssop — un simple box aux parois vitrées — ne s'encombrait d'aucun meuble superflu. Outre la table de travail et trois chaises, Ben disposait d'un divan d'angle où il s'allongeait parfois lorsqu'une actualité mouvementée l'obligeait à passer la nuit au journal. Connor Quinn occupait pour le moment l'une des chaises, les bras croisés et l'air passablement contrarié. Les traits de son visage — remarquable mélange d'origines irlandaise et indienne — demeuraient impassibles mais ses yeux bleus trahissaient une émotion intense.

— Ici, dit Hyssop en regardant Kate par-dessus ses lunettes et en désignant un siège d'une main impérieuse.

La jeune femme hésita, choquée par cet accueil cavalier mais peu désireuse d'entamer une polémique.

— Vous ne parlez pas à un chien, Ben, intervint Connor.

Ben soupira et se gratta machinalement l'oreille.

— Préférez-vous que je dise : « Madame Devane, veuillez vous asseoir » ?

Mais Kate avait déjà pris place en évitant de son mieux de regarder Connor. Beaucoup trop près de lui à son gré, elle se sentait nerveuse.

— Fermez cette foutue porte, gronda Hyssop.

Connor pivota sur sa chaise et fit claquer la porte. Le vacarme de la salle de rédaction se réduisit à un lointain murmure.

— Bien, reprit Ben en les observant tour à tour pendant quelques secondes. Kate, ajouta-t-il, l'index pointé sur la jeune femme, je vous charge de rédiger une série d'articles dont votre collègue ici présent vous apportera la matière.

— Mais…

En principe, seule Sally Dyer — la première secrétaire de rédaction — était qualifiée pour émettre une décision concernant ce genre d'affectation.

Ben devina l'objection.

— Je m'occupe de Sally. Il se trouve que Connor, n'étant pas rédacteur, n'a jamais écrit autre chose que des rapports de police, lesquels — si vous voulez bien excuser ma franchise — n'ont jamais cherché à passionner leurs futurs lecteurs.

Malgré elle, Kate esquissa un sourire. Connor lui-même parut légèrement amusé.

— En somme, poursuivit Hyssop, Quinn, en tant que reporter, vous remettra le récit détaillé de son enquête, que vous transformerez en un récit palpitant.

— Pourquoi ne confiez-vous pas cette mission à l'un des chefs de rubrique ? s'enquit Kate, songeant à Mark Polanski.

— Parce qu'il ne se contenterait pas forcément des renseignements qui lui seraient fournis.

Une appréhension soudaine s'empara d'elle.

— Que se passe-t-il donc ?

Hyssop se cala dans son siège.

— Quelques explications ne seraient pas superflues, en effet. Quinn est en relation avec les services du shérif au sujet d'une série de meurtres commis dans le quartier de Hillsborough. Afin de lui permettre de rester en contact avec eux, nous nous sommes engagés à ne révéler aucune information sans autorisation expresse de la police.

— Pourquoi voudraient-ils cacher des informations au public ? demanda Kate.

Quinn se tourna vers elle.

— Pour que l'assassin puisse être identifié sans apprendre par la presse où en est l'enquête, et pour décourager les fausses confessions. Il faut également éviter d'inciter d'éventuels candidats au crime à prendre modèle sur l'assassin.

Le terme de « candidats au crime » fit frémir Kate. Elle comprit soudain que, en évoquant une série de crimes, Ben suggérait bel et bien l'existence d'un tueur en série. Mark n'était pas au courant de cela, et personne ne l'avait pour l'instant soupçonné. La raison pour laquelle Ben avait choisi Quinn paraissait désormais évidente.

— Oh, mon Dieu, dit-elle dans un souffle.

Ben se pencha en avant.

— Pas un mot de tout cela, Kate. Ni ici ni à l'extérieur. Pour le moment, nous présenterons ces meurtres comme des affaires sans aucun lien. Il ne faut jamais flatter le goût de la renommée très répandu chez ce genre de désaxé.

— Et nous ne voulons pas encore qu'il apprenne dans quelle direction s'orientent les recherches, ajouta Connor.

« Nous », releva la jeune femme, étonnée de voir que le reporter s'exprimait exactement comme s'il appartenait toujours à la police.

— Entendu, dit-elle non sans se demander jusqu'à quel point ce dernier était impliqué dans l'affaire, je garderai le silence, mais tôt ou tard, il y aura des fuites.

— Quand cela se produira, nous aviserons, répondit Quinn avec un haussement d'épaules.

— Ecoutez, intervint Hyssop, il ne s'agit pas d'une réunion où nous discuterions la stratégie à suivre. Le journal a déjà accepté certaines conditions restrictives en échange d'informations confidentielles. Quinn vous donnera ce qu'il est autorisé à laisser filtrer, et vous, Devane, vous rédigerez le récit. Justement, à ce propos…

Il jeta une disquette sur le bureau et pointa sur elle un index autoritaire.

— Voici le rapport du jour. Mettez cela au point. L'article paraîtra en page 1-B.

Sans perdre une seconde, il enfonça le bouton de son Interphone.

— Sally, venez dans mon bureau. Nous allons modifier la première page de la section B.

Il lâcha le bouton sans attendre la réponse.

— Kate, quand vous aurez lu les notes de Quinn, venez me dire combien de lignes vous pouvez en tirer. Nous aurons autre chose à régler.

Comme ils s'apprêtaient à sortir, il les arrêta.

— Un dernier détail : je tiens à ce que l'article paraisse sous le nom de Quinn. Je n'ai pas la moindre envie qu'on trouve une signature féminine au bas d'un récit concernant des femmes assassinées. Assignez-moi en justice pour discrimination sexuelle si cela vous chante.

Kate secoua la tête.

— Rassurez-vous, je ne comptais pas m'approprier l'enquête d'un autre. Connor n'a aucun souci à se faire ; je ne suis qu'une simple rédactrice à ses ordres.

— A ses ordres, voyez-vous cela ! ironisa Ben en la foudroyant du regard. Allez ouste, filez d'ici.

Kate le salua d'un signe de tête et franchit la porte sur les talons de Connor. Celui-ci s'immobilisa un moment sur le seuil et lui adressa un clin d'œil tandis que Sally Dyer entrait chez Ben en les gratifiant au passage d'un regard inquisiteur.

— Je resterai un moment dans les parages pour que vous puissiez me trouver si vous avez des questions, dit-il lorsque la porte se fut refermée sur Sally. Je serai au laboratoire photo.

Kate le remercia et le regarda s'éloigner, persuadée que le rôle qu'il aurait dans cette histoire ne se bornerait pas à glaner des renseignements auprès du shérif. Mais ce n'étaient pas ses affaires, et elle avait reçu l'ordre de ne pas chercher à en savoir plus que ce qu'il voudrait bien lui révéler. Sans une bonne raison de passer outre, elle se conformerait strictement à cette injonction.

De retour à son bureau, elle se hâta d'achever l'article en cours, afin de se consacrer ensuite au rapport de Quinn. Hyssop avait raison : le style était bien celui d'un rapport de police. Aussi captivant qu'un catalogue de vente par correspondance, il présentait les faits à l'état brut. Il fournissait toutefois certains détails que seul un œil d'artiste avait pu déceler, comme la description du cadre ancien autour d'une image pieuse, dans la chambre de la victime.

Kate leva les yeux et contempla sans le voir l'écran de son ordinateur, soudain consciente d'une évidence : Connor avait vu le lieu du crime de ses propres yeux. Il avait eu accès à un endroit où personne, hormis les membres de la police et les médecins légistes, n'était autorisé à se rendre. Comment y avait-il été admis ? Le fait qu'il n'eût quitté la police que depuis peu suffisait-il à expliquer ce passe-droit ?

Quoi qu'il en soit, elle ne pouvait l'interroger là-dessus sans transgresser les limites qu'elle s'était vu assigner ; et qu'elle avait l'intention de respecter, du moins pour le moment.

A 6 heures du soir, elle avait rédigé un récit d'une vingtaine de lignes à partir du rapport de Quinn, qu'elle dut, après calibrage, amputer de deux cents signes pour respecter l'espace rendu disponible par la suppression d'un article sur la lutte contre la pollution des eaux.

Derrière elle, Sally Dyer, chargée du bouclage en tant que première secrétaire de rédaction, s'enquit :

— Bientôt terminé, Devane ?

— Plus que la mise en page.

— Décidément, je ne comprends vraiment pas pourquoi Hyssop ne s'est pas arrangé pour que ce satané communiqué soit ficelé un peu plus tôt. Il m'aurait épargné tout le tracas que m'a valu l'annulation de l'autre article. Après tout, ils ont découvert le cadavre hier soir, non ? La nouvelle n'était déjà plus très fraîche quand il s'est décidé à la diffuser.

Sans mot dire, Kate se borna à sauvegarder son texte et passa aux instructions de maquette. Le titre qu'elle avait trouvé occupait trois lignes de la colonne : « Aucune piste pour l'assassinat de la danseuse ».

Sally émit un petit reniflement écœuré.

— Ces filles pourraient tout de même réfléchir un peu avant d'aller danser dans des endroits aussi mal famés. Bonté divine, c'est pratiquement aussi dangereux que de partir pour le front.

— Je me fais parfois la même réflexion, admit Kate.

— Parfois ? répéta Sally d'un ton dédaigneux. Il n'y a pas si longtemps, un tueur en série sévissait du côté de Clearwater, vous vous souvenez ? Celui qui s'attaquait aux prostituées. Seulement, quand ces dingues s'en prennent aux prostituées, tout le monde s'en moque. De toute évidence, ils savent que personne ne s'en souciera assez pour mener sérieusement l'enquête.

— La critique vise davantage la société que les tueurs eux-mêmes, répliqua Kate.

Les doigts crispés sur le clavier, elle se demanda pourquoi Sally lui parlait de tueurs en série. Hyssop lui avait-il fait des révélations ?

— Notez bien ce que je vous dis, Devane, insista Sally en faisant rebondir la gomme de son crayon sur la surface de l'écran. Cette affaire nous mènera à un pervers qui traque uniquement ce genre de femmes. Hélas, il n'en est sans doute pas à sa première victime.

Affolée, Kate se demanda comment lui répondre sans mentir ou révéler quelque information secrète. Mais Sally n'attendit pas la réponse.

— Quand vous aurez terminé l'article concernant la commission d'examen des grâces présidentielles, je vous donne quartier libre. Pour le reste, je peux m'en occuper.

De cette manière, Sally manifestait sa reprise en main du secrétariat de rédaction, pouvoir un moment usurpé par l'intrusion de Ben Hyssop. Kate sourit et aquiesça de bonne grâce tout en se demandant comment diable occuper ces heures supplémentaires de loisir. De manière générale, le temps libre la mettait désormais terriblement mal à l'aise.

— Vous allez donc rédiger l'article de Quinn.

Kate leva les yeux et réprima un gémissement en découvrant Mark Polanski derrière elle.

Non qu'elle détestât Polanski. C'était un garçon tout à fait convenable doublé d'un excellent journaliste. Mais elle n'avait aucune envie d'entamer une controverse concernant des questions qui n'étaient pas de son ressort. Elle enfonça une touche pour sauvegarder l'article et le faire disparaître de l'écran.

— Oui, répondit-elle laconiquement.

— Eh bien, dites-moi, Kate... Pourquoi vous charger d'une tâche supplémentaire alors que je pourrais m'en acquitter en tant que chef de rubrique ?

Kate le regarda bien en face.

— Il faut poser la question à Ben.

— Je le lui ai déjà demandé. Il n'a rien voulu me dire.

— Qu'est-ce qui vous fait croire qu'il m'en ait dit davantage ?

— Il vous a chargée de couvrir cette affaire. Je veux savoir pour quelle raison.

— Lui seul pourra vous répondre, répéta Kate, modérant d'un sourire la vivacité de son propos. Je comprends votre colère, Mark, mais en l'occurrence, je n'ai pas plus mon mot à dire que vous.

Le jeune homme hocha la tête d'un air mécontent.

— A mon avis, il ne devrait pas y avoir de secrets dans une salle de rédaction.

— J'imagine que le boss doit avoir de sérieuses raisons pour déroger à la règle.

— En tout cas, comptez sur moi pour essayer de les découvrir. Après tout, que lui trouve-t-on, à ce garçon ? Quinn n'est parmi nous que depuis six mois. C'est un assez bon photographe, je vous l'accorde, mais personne ne peut le considérer comme un journaliste.

— Vraiment ? Vous oubliez que le mot « journaliste » indique avant tout la corporation de tous ceux qui contribuent au contenu du journal et qui détiennent la carte de presse. Ainsi sont journalistes les enquêteurs, reporters, photographes, maquettistes, secrétaires de rédaction et rédacteurs. Sans oublier bien sûr l'encadrement : chefs de rubrique, rédacteur en chef et directeurs de rédaction.

— Exact, et vous avez raison de le rappeler, car on a trop tendance à l'oublier, concéda de mauvaise grâce Polanski.

Le sourire de Kate s'accentua quand elle ajouta :

— En outre, il me semble que la profession de journaliste s'apparente d'une certaine façon à celle de policier ; dans un cas comme dans l'autre, on effectue des enquêtes.

— Pas exactement. Les journalistes cherchent à découvrir la vérité. Les flics s'efforcent de faire inculper le principal suspect.

Kate secoua la tête.

— Les journalistes n'échappent pas plus que d'autres à la tentation de la facilité. N'oubliez pas que je corrige leurs copies...

— Hum... Qu'a-t-il pu faire pour entrer ainsi dans vos bonnes grâces ?

— Que voulez-vous dire par là ?

Le regard de Mark effleura l'alliance qu'elle portait à l'annulaire gauche.

— Vous défendez Quinn avec une ardeur remarquable.

Kate domina à grand-peine une brusque envie de le gifler.

— Ces bassesses sont indignes de vous, Mark. J'entends seulement me tenir à l'écart d'intrigues qui ne sont pas de mon ressort.

Il la toisa un long moment puis haussa les épaules d'un air faussement détaché.

— Très bien.

Kate le regarda s'éloigner en se demandant si elle n'avait rien dit de fâcheux. Elle ne mentait pas en affirmant que les intrigues de bureau ne l'intéressaient pas. Sa vie était déjà suffisamment compliquée sans cela.

Bien que sa journée fût terminée, elle se sentait un peu gênée d'abandonner la salle de rédaction en pleine effervescence.

Prenant son sac et sa veste, elle salua discrètement les gens qui se trouvaient sur son passage et emprunta l'escalier pour gagner le rez-de-chaussée.

La nuit était tombée, et le calme du soir régnait déjà dans les rues de Saint Petersburg. Malgré son importance, la ville donnait l'impression de n'être qu'un gros bourg endormi. Du reste, elle gardait en fait son esprit provincial.

Comme il était encore tôt, elle décida d'aller dîner dans un petit restaurant italien situé au bout de l'avenue. Elle n'avait guère plus de trois cents mètres à parcourir et s'était toujours sentie en sécurité dans le quartier.

Du moins jusqu'à ce soir. Elle songea qu'il était ridicule de se laisser impressionner par le récit qu'elle venait de formater mais réprima néanmoins à grand-peine un besoin subit de jeter un coup d'œil derrière elle au premier croisement.

Rien d'étonnant, se dit-elle pour chasser son angoisse. C'était sans doute un peu de nervosité, ajoutée à la présence d'un tueur en série qui sévissait à l'autre extrémité du golfe et aux messages inquiétants qu'elle recevait sur Internet.

Elle s'efforça d'ignorer son malaise, mais éprouva tout de même un certain soulagement en atteignant enfin le petit restaurant douillet.

Tout y était chaleureux, accueillant, et la lumière dorée des lampes invitait à entrer. A l'heure du déjeuner, il y régnait une ambiance moins sympathique, et la clientèle issue des bureaux voisins prenait ses repas sur des tables nues. Le soir, de jolies nappes blanches et des bouquets d'œillets incitaient les dîneurs à s'attarder davantage. Kate se sentit terriblement seule parmi les couples et les groupes attablés dans la salle.

« Tu devras pourtant t'y accoutumer », se dit-elle avec un petit serrement de cœur.

Le serveur eut la délicatesse de la placer dans un angle afin qu'elle n'eût pas l'impression de se donner en spectacle. Elle n'avait aucune raison de réagir ainsi, et, pourtant, elle ne parvenait pas à se raisonner, incapable de s'expliquer pourquoi son divorce lui faisait ressentir avec une telle acuité sa solitude, alors que les absences de son mari durant leurs années de mariage auraient dû l'y préparer.

Elle commanda des *fettucine* aux praires et une salade, en essayant d'oublier combien Michael était friand de cuisine italienne. Tout cela la mettait au supplice. Elle décida de passer par la librairie sur le chemin du retour pour éviter de ressasser son chagrin le reste de la soirée, ce qui ne l'avancerait à rien. A quoi bon pleurnicher sur son sort ?

On ne pouvait rien y changer, songea-t-elle en suivant du bout du doigt la courbe de son verre. Si injuste et révoltante fût-elle, la vie suivait son cours, immuable ; il fallait bien s'y résigner.

Connor Quinn se dirigeait vers sa voiture quand il vit Kate Devane s'éloigner de l'immeuble du journal, descendant la rue d'un pas pressé sur le trottoir opposé. Aussitôt, il s'immobilisa pour s'accorder le plaisir de l'observer.

Car cette jeune femme lui avait toujours plu. Elle dégageait une impression de raffinement et d'élégance, une élégance innée qui n'appartenait qu'à elle. Même en jean, il lui trouvait une allure incomparable.

Ce soir-là, elle portait un tailleur de laine grège dont elle serrait frileusement la veste autour d'elle pour se protéger du vent glacial qui soufflait par rafales. Quelque chose dans sa démarche l'intrigua, et il se demanda pourquoi elle n'avait pas l'air rassurée.

Il balaya du regard les alentours sans rien remarquer d'anormal. Les rares passants semblaient se hâter de rentrer chez eux. Son intuition de policier était toutefois en alerte : le comportement de Kate Devane trahissait une anxiété évidente, et il n'avait pas la moindre intention de l'abandonner à son sort.

Il entreprit donc de la suivre à distance, sur le trottoir d'en face. Lorsqu'elle s'engouffra dans le restaurant, il décida d'attendre un peu pour voir si quelqu'un y entrait après elle. Personne ne la suivit.

Le vent de plus en plus froid tourbillonnait dans l'avenue déserte. Les habitants, accoutumés à des températures plus clémentes, ne s'aventuraient pas volontiers dehors par ce temps. Seul le passage de voitures isolées animait momentanément la rue, qui retombait aussitôt dans le silence. On aurait pu se croire en pleine nuit, bien qu'il ne fût que 7 heures et demie du soir.

Quinn s'attarda encore un moment, guettant un improbable rôdeur. Les oreilles engourdies, il envisagea de regagner son appartement et de passer la soirée à examiner les clichés qu'il avait pris la veille. Mais un sentiment de malaise le retint sur place et il commença à s'irriter de son indécision.

Bannissant toute hésitation, il traversa finalement la rue et se dirigea vers le restaurant. Il pourrait ainsi garder un œil sur Kate tout en prenant son dîner.

En pénétrant dans la salle, il l'aperçut instantanément. Assise tout au fond, dans un coin, visiblement plongée dans ses pensées, elle lui parut soudain terriblement triste. L'inclinaison de sa tête et la courbure de son cou sous la masse de cheveux relevés en chignon lui conféraient un maintien particulier empreint de force et de chagrin inconsolable.

Il fut tenté de la photographier. Il ne se séparait jamais de son appareil, rangé dans l'étui qu'il portait en bandoulière. En qualité de policier, puis de reporter photographe, il avait appris à ne pas s'encombrer de scrupules concernant les atteintes à la vie privée. Mais la détresse et la solitude évidentes de la jeune femme forçaient tellement le respect qu'il se sentit incapable de passer outre.

Reprenant ses esprits, il avança vers elle tout en se demandant s'il devait louer ou maudire ce mélange de sang irlandais et indien qui coulait dans ses veines, et auquel il devait ces tendances mystiques qui exacerbaient en lui une intuition proche de la divination. Rick Diaz n'aurait jamais fait appel à lui s'il n'en avait expérimenté quelques avantages. Et sans ce don, lui-même n'aurait jamais soupçonné la tristesse et le désarroi de la jeune femme assise à quelques pas de lui. Sans doute aurait-il pu se passer de tout cela.

— Puis-je m'asseoir à votre table ?

Elle releva lentement la tête ; lorsque leurs yeux se rencontrèrent, il éprouva une sorte de choc, comme si une onde imperceptible les eût isolés un instant du reste de la salle. Une lueur vacilla une fraction de seconde dans les prunelles vertes, puis disparut.

— Certainement, dit-elle avec un sourire. Je serai ravie que vous me teniez compagnie.

Il prit place en face d'elle. Presque aussitôt, un serveur vint lui apporter le menu.

— Que me conseillez-vous ? demanda-t-il à Kate.

— Toutes leurs spécialités sont délicieuses. La sauce *marinara* est l'une des meilleures que je connaisse.

Après avoir parcouru le menu, il se tourna vers le serveur.

— Apportez-moi des spaghettis en sauce *marinara* avec du parmesan râpé, je vous prie.

Reportant son attention sur sa compagne, il vit qu'elle l'observait toujours d'un air un peu surpris, voire effrayé. Sa grande taille et sa physionomie typée impressionnaient parfois ses interlocuteurs, il en était conscient, mais Kate n'avait encore jamais manifesté ce genre de réaction.

— Auriez-vous peur de moi ?

La jeune femme battit des paupières.

— Je... Non. Pas le moins du monde. Pourquoi cette question ?

— Parce que vous paraissez terrorisée. Que se passe-t-il ? Voulez-vous que je m'en aille ?

— Certainement pas !

Elle fronça les sourcils.

— Pourquoi m'agressez-vous ainsi ?

— Je ne vous agresse pas. Je cherche à savoir si ma présence à votre table vous incommode. Si c'est le cas, je peux m'asseoir ailleurs.

Kate pencha la tête et le considéra d'un air perplexe.

— Où apprend-on cette manière d'engager la conversation ? Dans la police, peut-être ?

Déposant les armes, il lui rendit son sourire.

— C'est bien possible.

— Eh bien non, je n'ai pas peur de vous.

— Vous m'en voyez ravi.

Il se cala dans son siège et la regarda bien en face.

— Je vous ai vue marcher dans la rue. Vous couriez presque et vous paraissiez craindre d'être suivie.

Manifestement embarrassée, elle haussa une épaule sans conviction.

— Je ne me sentais pas très à l'aise, voilà tout. Je ne m'explique pas pourquoi. D'ordinaire, je ne suis pas craintive.

Du moins, elle ne l'était pas avant de recevoir des messages d'un individu qui prétendait tout savoir à son sujet, songea-t-elle. Elle aurait pu confier tout cela à Connor, mais un sentiment de pudeur la retint. Si elle commençait à s'épancher, rien ne pourrait plus l'arrêter, et au lieu de la compagnie agréable que Connor recherchait, elle déviderait le récit complet de ses déboires conjugaux. Or, ses relations avec Michael n'intéressaient personne.

Une nouvelle vague de tristesse la submergea. Elle baissa les yeux sur la nappe où ses paumes reposaient bien à plat, comme si elle s'apprêtait à se lever. Son alliance sertie de diamants brillait à son doigt.

Connor la désigna d'un geste.

— Pourquoi ne dînez-vous pas en compagnie de votre mari ?

La jeune femme tressaillit involontairement et pinça les lèvres, hésitant entre le faux-fuyant et l'aveu brutal de la vérité. Mais qui pouvait comprendre cette vérité-là ? Elle n'était pas certaine d'avoir tout compris elle-même. Pourquoi s'estimait-elle liée à jamais à un homme dont elle avait divorcé ?

Réprimant un soupir, elle leva les yeux et chercha comment formuler sa réponse.

— Excusez-moi, dit-il avant qu'elle ait pu trouver ses mots. Cela ne me regarde pas.

— Mon mari est malade, avoua-t-elle enfin. Gravement malade.

Sur ces entrefaites, on apporta leurs plats. Kate se tassa sur sa banquette, bénissant cette diversion qui lui évitait de fournir davantage d'explications. D'ordinaire, lorsqu'elle décrivait la situation, ses interlocuteurs s'échappaient aussi rapidement que les règles de la politesse le leur permettaient. Sans savoir au juste pourquoi, elle n'avait pas envie de voir Connor Quinn s'enfuir de cette manière. Une idée étrange qu'elle se reprocha aussitôt, vaguement honteuse.

— Vous aviez raison, déclara Connor après avoir goûté une bouchée de spaghettis. Cette sauce est vraiment incomparable.

Il savoura ses pâtes un moment en silence, puis la regarda de nouveau.

— Cela vous ennuie-t-il d'écrire des articles qui me seront attribués ?

Kate secoua la tête.

— C'est mon travail, vous savez. Beaucoup de journalistes savent très bien raconter une histoire mais seraient incapables de l'écrire correctement.

— Ma foi, je ne pourrais pas vous reprocher de vouloir signer ces articles, même si Ben a raison d'en souligner le danger.

— Sur ce point, je ne vous suis pas très bien.

— Nous savons seulement que notre homme possède au moins partiellement le profil du tueur en série. Il a probablement des pulsions meurtrières, un comportement ritualiste, une lésion cérébrale plus ou moins importante, et il se sent à la fois impuissant et inadapté. A travers ces meurtres, il cherche avant tout à imposer son autorité, à dominer une situation donnée.

Bien entendu, il existe d'autres caractéristiques, mais nous ne pouvons pas encore savoir lesquelles s'appliquent particulièrement à cet assassin. Celles que je viens d'énumérer sont simplement les plus répandues chez ce genre d'individu.

Kate hocha la tête, fascinée presque malgré elle. Plus familiarisée que la plupart des gens aux lubies des malades mentaux, elle ne parvenait cependant pas à imaginer à quel genre de logique obéissait le cerveau d'un tueur en série.

— A part cela, poursuivit Connor, nous avançons à l'aveuglette. Les deux victimes présentaient apparemment quelques similitudes, mais je ne peux pas en dire plus pour l'instant. Je tiens surtout à souligner que, ne sachant pas exactement comment il choisit ses victimes, nous ne pouvons fournir aucune ligne de conduite pour assurer la sécurité des gens. En ce qui vous concerne, par exemple, vous attireriez à coup sûr son attention sur vous en signant les articles relatant ses crimes. La plupart de ces tueurs suivent attentivement tout ce qui paraît à leur sujet dans la presse ; une fois dans sa ligne de mire, vous risquez de commettre le geste qui déclenche le processus meurtrier.

— Et puisque personne ne sait ce qui le déclenche…

Elle laissa sa phrase en suspens, parfaitement consciente du problème.

— Il est donc préférable d'associer les articles à un nom masculin, conclut Connor.

— Et s'il vous prenait pour cible ?

— Je saurais me défendre mieux que vous. La police m'a formé pour cela.

Kate posa sa fourchette et s'adossa à sa chaise, l'appétit soudain coupé.

— Il n'y a donc eu que deux victimes ? Etes-vous vraiment certains qu'elles ont été tuées par la même personne ?

— Nous n'en avons découvert que deux jusqu'ici ; et, considérant les éléments dont nous disposons, l'hypothèse d'une coïncidence semble peu vraisemblable.

L'évocation la fit frissonner.

— Quelle horreur de penser qu'il est peut-être en train de traquer quelqu'un, dehors, en ce moment même.

Connor la regarda sans rien dire. Qu'aurait-il pu répondre ? Ce monstre était sans doute bel et bien dehors, en ce moment même, à l'affût de sa nouvelle proie — une personne innocente qui ignorait encore qu'il ne lui restait plus très longtemps à vivre.

Il eut soudain hâte de rentrer chez lui pour examiner les clichés qu'il avait pris sur le lieu du crime, hâte de passer au commissariat prendre les rapports d'autopsie que Rick avait dû lui laisser, hâte de se lancer sur la piste de l'assassin.

Ce n'était pas un plaisir pour lui ; il devrait se faire violence pour effectuer sa tâche, mais comment supporter l'idée qu'une autre femme pût être tuée tandis qu'il dînait tranquillement en compagnie de Kate Devane ?

Le déclic, brusque et impérieux, balaya d'un coup les réticences qui l'avaient freiné tout au long de la journée.

Tout aussi brusquement, il éprouva le besoin de consulter son ordinateur pour vérifier si Katydid avait répondu au message qu'il lui avait laissé à l'aube, lorsque leur communication avait été interrompue. Il avait essayé de reprendre contact avec elle à plusieurs reprises depuis le bureau, sans aucun succès. Peut-être trouverait-il un mot dans sa messagerie, à son retour.

Bon sang ! s'avisa-t-il soudain. Et si l'assassin ne traquait pas les femmes dans les rues mais sur Internet ? Judy Eppinga avait été étudiante ; elle avait eu accès au réseau informatique à l'université. Etait-ce là le critère selon lequel il choisissait ses victimes ?

Cette révélation le tétanisa. Remarquant alors que Kate avait légèrement repoussé son assiette, il n'hésita plus.

— Venez, dit-il d'un ton sans réplique. Je vous raccompagne à votre voiture.

A présent, tout était net et clair dans son esprit, comme si les brumes qui le troublaient venaient d'être dissipées par quelque vent salutaire, son souffle glacial affermissant sa résolution.

Découvrir l'assassin : tel était désormais son unique objectif.

3.

Ainsi, son rêve s'était accompli.

D'une main tremblante, il découpa l'article dans le journal, posa le morceau de papier sur la table et le lissa soigneusement.

Dire qu'il avait failli ne pas le voir ! La nouvelle aurait dû paraître au beau milieu de la première page, tel un signal destiné à mettre en garde les autres femmes. Pourquoi l'avait-on reléguée en deuxième section ?

Inexplicablement, cette négligence l'offensait, mais il était incapable d'y réfléchir davantage pour le moment. Son mal de tête s'aggravait de minute en minute et si la douleur ne cessait pas, il devrait se rendre à l'hôpital pour réclamer une piqûre.

Dans l'immédiat, il avala plusieurs cachets, qu'un whisky l'aida à faire descendre. Il devait cesser de boire ainsi. L'alcool n'arrangeait pas les choses. Il augmentait l'acuité de ses rêves et en redoublait la fréquence. Si Dieu avait pitié de lui, Il le délivrerait de cette maudite faculté de prémonition.

Sa mère avait souvent tenté de le débarrasser de ce qu'elle appelait le « don du diable » ; mais elle avait eu beau le rouer de coups pour qu'il cesse de « faire l'intéressant », son étrange pouvoir avait persisté.

Il savait des choses que les autres ignoraient. Il voyait des choses que les autres ne voyaient pas. Et il ne parvenait pas à se faire entendre lorsqu'il essayait de les mettre en garde.

Cette femme qu'il avait vue en rêve la nuit dernière, il devait la trouver d'une manière ou d'une autre et l'avertir qu'un assassin l'épiait. Evidemment, il ne pouvait pas l'obliger à le croire, mais sa conscience lui enjoignait d'essayer ; en obéissant, il échapperait peut-être à la vision nocturne de cette mort atroce. Peut-être Dieu aurait-Il la bonté de lui épargner cette épreuve.

Ses mains tremblaient de plus en plus, et il jeta un coup d'œil sur l'article posé devant lui. Il devait le ranger avec tous ceux qu'il conservait à titre de preuves ; des preuves que ses rêves annonçaient bel et bien des faits réels, quelques jours par avance.

Il voulut quitter sa table mais ne parvint pas à bouger un seul muscle. Son regard s'immobilisa soudain sur le nom inscrit au bas de l'article. Connor Quinn. Peut-être fallait-il tout raconter à ce journaliste. Peut-être ce Quinn le croirait-il enfin.

Pour l'instant, il devait se mettre debout. Réussissant enfin à coordonner ses mouvements, il emporta la coupure de journal dans sa petite chambre et la glissa derrière un livre avec les autres. Il y en avait beaucoup d'autres ; beaucoup trop. L'une provenait d'un quotidien de Caroline du Sud, où il rendait parfois visite à des cousins. Deux autres relataient des assassinats commis à Miami, où il donnait des conférences. Et un article concernait le meurtre plus récent de Jacksonville, dans la région où il passait ses vacances.

Il revêtit ensuite son faux col blanc, accessoire indispensable auquel ses ouailles reconnaissaient leur chef spirituel. Dans quelques minutes, la petite église voisine serait pleine à craquer ;

comme chaque mercredi, il dirigerait les prières des fidèles qui venaient écouter son sermon. Il ne savait pas encore ce qu'il leur dirait mais un passage de la Bible lui servait généralement de fil conducteur.

La Bible le guidait dans chacun de ses actes. Dieu lui montrait toujours le chemin, notamment lorsqu'il amenait ses fidèles dans le quartier des cabarets et des boîtes de strip-tease après la messe pour exhorter les pécheurs à se repentir.

Avec l'aide de Dieu, il rencontrerait à cette occasion la femme qu'il espérait sauver.

Et si Dieu le permettait, elle écouterait son avertissement.

« Tout va bien, disait le message affiché sur l'écran de l'ordinateur. Je suis désolée pour cette interruption brutale de notre communication, hier soir. Une panne générale m'a privée d'électricité pendant près d'une heure. Ensuite, j'ai pensé que vous aviez dû vous coucher et je n'ai pas essayé de rétablir le contact.

» Quant à l'individu qui me harcèle, je ne sais trop que penser, CQ. J'accorde sans doute beaucoup trop d'importance à cette anecdote. Il n'a vraiment aucun moyen de découvrir qui je suis... »

Soulagé d'avoir trouvé ce message, Connor se cala plus confortablement dans son fauteuil et regarda dehors par la baie vitrée. La température avoisinait zéro degré, et le froid conférait un éclat particulier à cette nuit étoilée. En reportant son attention sur l'écran, il balaya des yeux les clichés pris la veille, ainsi que les photos du meurtre précédent que Diaz lui avait confiées.

Le monde lui parut soudain terriblement froid et sans âme.

Il appuya sur la touche de réponse et entreprit d'écrire un message à l'intention de Katydid.

Au fil des semaines, ils s'étaient inventé un petit paradis où se retrouver lors de leurs rencontres sur Internet. Ils l'avaient dessiné par touches successives, d'abord un bungalow sur la plage, puis la balancelle sous le porche où se détendre en bavardant à la tombée du jour. Elle avait ajouté le héron bleu au bord de l'eau quelques jours plus tôt, et Connor avait également adopté un gros chat roux baptisé Tigret. Ils savouraient de temps en temps un petit vin frais et passaient ensemble des moments de rêve dans un endroit inaccessible au commun des mortels.

Cette chimère plaisait infiniment à Connor et lui devenait peu à peu étrangement indispensable.

« La mer est calme, ce soir, écrivit-il lentement. Les vagues viennent caresser langoureusement le sable. Le héron vole au-dessus de nos têtes en poussant des cris aigus comme chaque soir, à l'heure d'aller pêcher son dîner. Roulé en boule sur vos genoux, Tigret ronronne paisiblement, et je vous propose une boisson fraîche. Vous acquiescez avec un sourire, les yeux aussi brillants que les premières étoiles qui apparaissent à l'horizon… »

Ils n'échangeaient presque jamais de propos concernant des sujets trop personnels. Ils préféraient partager leurs états d'âme, leurs impressions, une humeur fugitive. Leurs messages évoquaient des paysages, un moment de détente ensemble sur la balancelle à contempler les reflets changeants du ciel et de l'eau. L'exercice aurait pu devenir ennuyeux ; en fait, il ne l'était jamais. La fiction leur procurait autant de plaisir qu'un instant vécu. Ils n'attendaient rien de plus l'un de l'autre que ces conversations à bâtons rompus à propos du temps, de la mer, du chat ou des mouettes.

D'un geste machinal, il pianota sur son clavier, et le mot « évasion » s'inscrivit sur l'écran. C'était bien cela. Cette correspondance était devenue un moyen d'évasion où son esprit trouvait refuge dès qu'il en éprouvait le besoin.

Mais sitôt le message expédié, il retrouva son appartement de Saint Petersburg dans le silence d'une nuit glaciale, avec d'horribles photographies et des dossiers de police pour unique compagnie.

Il resta un moment immobile, peu enclin à se mettre au travail bien que parfaitement conscient de gaspiller des minutes précieuses. Puis il se leva enfin et alla préparer du café. Il épingla ensuite les photos sur les murs et étala les photocopies des rapports de police et d'autopsie sur sa table de travail, les classant par victime et par type de rapport.

Le premier cadavre retrouvé n'était pas dans un état de décomposition aussi avancé que celui de Judy Eppinga. Le décès résultait d'une grave hémorragie provoquée par plusieurs incisions mortelles. La victime portait des marques de liens fortement serrés aux poignets et aux chevilles. La peau des genoux était éraflée sur plusieurs centimètres, et des fibres de textile s'y étaient incrustées ; l'analyse révélait que ces fibres provenaient de la moquette. Des traces de ligature avaient été aussi relevées sur la gorge, mais l'os hyoïde intact éliminait l'hypothèse d'une strangulation. De nombreuses ecchymoses en divers endroits indiquaient que la victime avait été violemment frappée à plusieurs reprises.

L'expertise médico-légale confirmait cependant l'absence de torture gratuite ou de mutilation, traits caractéristiques des crimes commis par les tueurs en série.

Cette constatation laissa Connor perplexe. Avait-on affaire à un original ou bien en était-il à son coup d'essai, ce qui eût expliqué un rituel moins élaboré qu'à l'ordinaire ? Un obstacle imprévu avait également pu l'empêcher de mener sa macabre entreprise à terme.

A cet égard, on ne pouvait avancer que des conjectures. Le rapport d'autopsie de Judy Eppinga ne fournirait probablement pas d'autre précision, compte tenu de l'état de décomposition du cadavre.

Ayant glané tout ce qu'il pouvait dans le dossier d'expertise, Connor étudia les documents de la police dans l'espoir qu'un élément inhabituel lui sauterait aux yeux.

« Nous avons affaire à un assassin méthodique, avait écrit Rick Diaz. Tout semble soigneusement préparé de longue date. Pas de désordre après son passage, pas de traces de lutte, aucune arme sur le lieu du crime. »

Sur un feuillet intercalaire, il avait ajouté un petit mot où il détaillait plus particulièrement ses impressions personnelles à l'attention de Quinn.

« Sur place, j'ai éprouvé une sorte de malaise indéfinissable, comme en présence d'une mise en scène trop réfléchie. J'étais certain que cette découverte ne serait pas la seule du genre. Vois-tu ce que je veux dire ? »

Quinn reprit tous les clichés du premier crime et passa en revue les photos de la victime. Les ayant déjà examinées avec minutie, il était persuadé que l'autopsie ne révélerait pas grand-chose sur l'assassin.

Le photographe avait bien fait son travail. Aucun recoin de la maison n'avait été oublié. A une ou deux reprises, Connor estima qu'un gros plan eût été nécessaire mais, dans l'ensemble, tout y était : la coiffeuse parfaitement en ordre, le costume de danseuse accroché à la poignée de la penderie, les talons aiguilles couchés sur le côté…

Se munissant d'une loupe, il l'approcha de la dernière photo, celle d'une paire d'escarpins de velours noir à talon de dix centimètres avec une bride à la cheville, élément classique d'une panoplie de danseuse nue. Exerçant la même profession, les deux victimes utilisaient évidemment le même genre d'accessoires. Il les observa toutefois un long moment et décida enfin d'épingler la photo au mur à côté de celle des chaussures de Judy Eppinga. Sans être parfaitement identiques, elles se ressemblaient beaucoup ; et pour le moment, aucune similitude ne devait être négligée.

Après un examen attentif de plus d'une heure, il n'avait toujours pas trouvé ce que Diaz suggérait dans son message.

Aussi, pour échapper à la sensation de tourner en rond, décida-t-il de s'offrir une pause. Prenant sa veste, il quitta l'appartement et partit se promener en voiture sans but précis, au gré de ses impulsions.

En se retrouvant sur le pont Howard Frankland, qui traverse la baie de Tampa, il comprit qu'il se dirigeait vers le lieu du crime. Quelle idée insensée ! L'horloge du véhicule indiquait minuit vingt. Evidemment, il n'y aurait personne sur place pour lui ouvrir. Maudissant son extravagance, il prit son téléphone portable et composa le numéro personnel de Rick Diaz.

— Que se passe-t-il ? demanda le commissaire. Tu as découvert quelque chose ?

— Pas tout à fait. J'ai envie de me rendre chez Judy Eppinga. Quelqu'un pourrait-il me faire entrer dans l'appartement ?

— Je m'en occupe.

— Dis-moi… Les victimes travaillaient toutes les deux sur Dale Mabry, n'est-ce pas ?

— Oui ; les adresses des night-clubs sont consignées dans le rapport.

— Alors, je vais d'abord faire un tour de ce côté-là. Je serai chez Eppinga vers… 2 heures du matin.

— Très bien. Au fait, elle a apparemment omis de régler ses factures le mois dernier. L'électricité a été coupée.

— J'ai emporté une lampe électrique.

— Eh bien, c'est entendu. A 2 heures, sans faute.

Connor poursuivit sa route le long de la baie, vaste étendue sombre qu'animaient, sur sa droite, les réverbères du Gandy Bridge et, en face de lui, les lumières de la ville de Tampa.

Le boulevard Dale Mabry, artère principale située au nord de Saint Petersburg, drainait une circulation intense tous les jours de la semaine. Même à minuit, camions et voitures quittaient ou rejoignaient l'autoroute voisine, et la clientèle des boîtes de strip-tease flânait sur les trottoirs. Cette activité s'était localisée dans un quartier suffisamment éloigné des écoles, crèches, églises et autres lieux publics pour ne pas contrevenir aux arrêtés municipaux.

Quinn se gara sur le parking d'un cabaret dont le nom — Sweet Nights — s'affichait en lettres de néon au-dessus de la porte. Tout paraissait normal. De petits groupes de badauds s'attardaient dans la rue en dépit du froid ; une musique rythmée filtrait jusqu'au-dehors, le son s'amplifiant chaque fois que la porte s'ouvrait. Une voiture de police qui remontait l'avenue au ralenti opérait de toute évidence une ronde de surveillance.

Le mercredi soir, il y avait cependant moins de clients qu'un week-end. A l'intérieur, Connor trouva une salle aux trois quarts vide. Cinq ou six femmes plus ou moins dévêtues évoluaient de façon suggestive entre les tables, s'approchant lascivement des clients qui leur offraient un pourboire. Une danseuse s'exhibait sur la scène centrale, une sorte d'estrade légèrement surélevée. Ses déhanchements d'automate trahissaient un ennui incommensurable qui semblait se communiquer au public composé d'hommes, à moitié ivres pour la plupart.

Connor gagna le bar et commanda une bière qu'il n'avait pas l'intention de boire. Sa chope à la main, il négligea ensuite de la porter à ses lèvres. Suivant des yeux les danseuses, il se demanda si l'une ou l'autre d'entre elles ressemblait aux deux victimes.

— Bonsoir, mon chou. Tu m'offres un verre ?

L'une des entraîneuses se jucha sur un tabouret voisin et le gratifia d'un sourire enjôleur, révélant des dents jaunies par la nicotine. Elle se pencha vers lui en prenant soin de lui offrir une vue imprenable sur son décolleté plongeant.

— Certainement, dit-il en faisant signe au barman. A condition que nous parlions.

— Parler, ce n'est pas cher, dit-elle avec une moue.

— C'est tout ce que je veux.

— Erotique ou porno ?

— Informatif.

Le barman s'approcha d'eux.

— Donnez à cette dame ce qui lui plaira, dit Connor.

La dame en question décida de profiter de l'aubaine.

— Un Jack Daniels, sec.

Quinn s'accouda au bar et attendit la suite.

— Tu es flic ?

— Plus maintenant.

Elle le dévisagea attentivement, les yeux légèrement plissés. L'évaluation dura quelques secondes à peine. Il ne saurait jamais ce qui lui valut sa confiance.

— D'accord ; allons-y.

— Connaissiez-vous Judy Eppinga ?

— La fille qu'on a assassinée ? Non. Elle travaillait à l'After Midnight, n'est-ce pas ?

Connor aquiesça d'un mouvement de tête.

— J'ai lu la nouvelle dans le journal. On n'a découvert le cadavre qu'au bout de plusieurs jours, je crois ?

Elle frissonna.

— C'est là le pire, à mon avis : imaginer les vers qui grouillent sur votre corps...

Et pour calmer le tremblement qui la secouait, elle vida d'un trait son verre.

— Encore un ? demanda-t-elle ensuite.

— Si vous voulez.

Le serveur vint remplir le verre qu'elle lui tendait.

— Ainsi, vous n'avez rien entendu dire à propos de cette affaire ? demanda Connor après une pause.

— Vous êtes bel et bien de la police.

— Non, dit-il d'un ton assuré.

— Journaliste, alors ?

Connor réfléchit un instant. Devait-il à tout prix garder le secret ?

— Ne le dites à personne, avoua-t-il enfin.

La femme posa un doigt sur ses lèvres.

— Entendu. Je serai muette comme une tombe.

Elle frissonna de nouveau et eut un petit rire amer.

— Bon sang, ça me fait froid dans le dos ! Cette histoire de vers me trotte dans la tête. Qu'est-il arrivé à cette femme ?

— Quelqu'un l'a tuée.

— Oui, je sais, mais qui ? L'homme avec qui elle vivait ?

— Il semble qu'elle vivait seule.

— Alors c'était un de ces types… Pff ! L'argent que je gagne est bien mérité, vous savez. On prétend que c'est de l'argent facile mais ce n'est pas vrai. Nous avons la frousse en permanence. Nous ne savons jamais ce qui nous attend au moment de monter en voiture.

— Ce doit être pénible, admit Quinn.

Sa remarque compatissante lui valut un sourire entendu.

— Vous pouvez le dire. En somme… vous voulez que je vous appelle si j'entends parler de cette fille — comment s'appelait-elle, au juste ?

— Judy Eppinga.

Sortant une carte de visite de sa poche intérieure, il la lui tendit discrètement.

— Ou si vous rencontrez un type qui aurait l'air…

Il s'interrompit, craignant de l'influencer.

— Si je vois quelqu'un d'inquiétant, je vous préviendrai, assura-t-elle.

D'un geste furtif, elle glissa la carte dans son soutien-gorge.

— Les danseuses n'acceptent pas toujours de rentrer avec des hommes, vous savez. Certains s'imaginent qu'ils peuvent toutes les acheter, mais ils se trompent. Beaucoup de danseuses ne font que danser… plus ou moins nues. Un homme l'a peut-être tuée parce qu'elle refusait ses avances ?

— Tout est possible, en effet.

Inexplicablement, cela la fit rire. Puis elle acheva son whisky et coula vers lui un regard d'invite.

— Si vous avez envie de quoi que ce soit, faites-moi signe, d'accord ?

Il n'éprouvait pas la moindre tentation. Demeuré seul, il se remit à examiner les clients à la recherche d'un indice quelconque, sans le moindre succès.

A 1 heure et demie, il avait fait le tour de l'établissement et bavardé avec deux autres entraîneuses. En revanche, pour aborder les danseuses, il fallait exhiber un billet de vingt dollars. Elles daignaient alors s'approcher de sa table, se trémoussaient lascivement et répondaient aux questions d'un air de profond ennui. Parmi elles, deux ou trois jeunes femmes se montrèrent assez coopératives pour accepter de lui parler au moment de leur pause. Une seule avait connu Judy. Elle s'appelait Doreen.

— Mon Dieu, c'était encore une gamine, gémit-elle en aspirant une profonde bouffée de cigarette.

Elle avait rejoint Connor sur le parking situé derrière l'immeuble, loin du bruit, après avoir expliqué que seul l'air frais de la nuit pouvait calmer les bouffées de chaleur qu'elle attrapait en dansant.

— Judy poursuivait des études universitaires, n'est-ce pas ? s'enquit Connor.

La jeune femme hocha affirmativement la tête et souffla un rond de fumée.

— Elle devait passer ses examens en mai pour obtenir son diplôme d'expert-comptable. Vous vous rendez compte ?

— Pourquoi dansait-elle nue ?

— Pour gagner sa vie.

Doreen haussa les épaules.

— C'est un travail comme un autre ; rien qu'un foutu travail. Les hommes sont prêts à payer cher pour voir une femme nue. Pourquoi ne pas en profiter ? Tout le monde prend des airs pincés, mais les types qui sont assis là déboursent des sommes appréciables simplement pour me voir exhiber ce que la nature m'a donné. Un bon vendredi soir me rapporte deux cents dollars de pourboires. Il n'y a pas beaucoup d'endroits où je gagnerais autant d'argent.

— Certainement pas, admit Connor.

— Donc, Judy dansait, ce qui lui évitait d'emprunter des sommes importantes pour ses études — peut-être même pouvait-elle s'en passer. Je connais deux ou trois autres filles dans ce cas, par ici.

— Avait-elle d'autres activités parallèles ?

— Non, répondit Doreen, catégorique, en tirant de plus belle sur sa cigarette. Elle ne perdait pas son temps avec les clients. Jamais. Deux ou trois s'en sont plaints, je crois, mais après tout, elle était libre de décider, n'est-ce pas ? Un peu plus loin, au Breezie's, les patrons incitent les filles à accepter, mais la plupart des clubs ne le font pas. Cela risquerait de leur attirer trop d'ennuis.

Quinn comprenait très bien. Les autorités municipales, qui n'attendaient qu'une occasion pour fermer ces lieux de débauche, les auraient alors volontiers poursuivis pour proxénétisme.

— Auriez-vous aperçu quelqu'un ou quelque chose d'inhabituel ?

La question provoqua l'hilarité de la jeune femme.

— Par ici ? Tout est inhabituel. Regardez donc autour de vous. Vous trouverez un bel assortiment d'énergumènes, depuis le voyeur ordinaire jusqu'au dangereux truand de la mafia. Récemment, nous avons hérité d'un groupe de paroissiens soucieux du salut des âmes qui exhortent les pécheurs à se repentir. Ils n'ont cependant pas le droit de pénétrer dans des locaux protégés par les règles de la propriété privée et se retrouvent très vite sur le trottoir, où ils ne s'attardent guère.

— Quoi d'autre encore ?

Doreen jeta sa cigarette et serra frileusement son chandail autour d'elle.

— Que voulez-vous de plus ? Les véritables assassins sont apparemment les types les plus normaux du monde. Le genre de types que chacun inviterait chez soi sans la moindre hésitation. Normal : S'ils avaient l'air de criminels, personne ne leur adresserait la parole.

— Judy ne vous a donc jamais dit qu'elle fréquentait quelqu'un ?

— Jamais, affirma Doreen. Elle ne sortait pas souvent avec des garçons. Je l'ai entendue un jour se plaindre que tous ceux avec qui elle entamait une liaison lui demandaient d'abandonner ce métier.

Un rire désabusé accompagna son propos.

— Et puis quoi encore ? Comme s'ils allaient régler les factures à sa place ! Ecoutez, je dois rentrer à présent pour aller boire un peu d'eau avant ma prochaine exhibition. Vous pourriez essayer de rencontrer Xena à l'After Midnight. Elle est étudiante, elle aussi. Peut-être connaissait-elle Judy.

— Merci, dit Connor, reconnaissant.

Il avait déjà mené une brève enquête dans ce cabaret, mais décida d'y retourner pour demander Xena. Hélas, elle ne travaillait pas ce soir-là, et le directeur refusa de lui communiquer le moindre renseignement la concernant.

— J'ai appris par les journaux ce qui était arrivé à Judy, déclara-t-il. Vous comprendrez qu'on se méfie de tous ceux qui essaient d'en savoir plus sur nos danseuses.

— Cette prudence vous honore, répondit Connor. Néanmoins, rien ne vous empêche de lui transmettre ma carte de visite, dit-il en ajoutant à son bristol un billet de vingt dollars. Elle peut m'appeler n'importe quand. J'aimerais lui parler de Judy Eppinga.

L'homme hésita une fraction de seconde avant de fourrer carte et billet dans la poche de sa veste.

— Je lui donnerai la carte. Je ne vous promets rien de plus.

— C'est tout à fait normal.

Lorsque Connor sortit de nouveau dans la rue, la température semblait avoir chuté de cinq à dix degrés. Ce n'était peut-être qu'une impression, son organisme réagissant simplement à l'heure tardive, mais il regretta amèrement d'avoir renoncé à acheter une veste plus chaude sous prétexte qu'il ne la porterait que deux ou trois fois dans l'année.

L'activité s'était considérablement ralentie sur le boulevard, et les parkings réservés aux usagers des boîtes de nuit étaient presque vides.

Les feux de signalisation lui étant favorables, il ne fallut que quelques minutes à Connor pour se rendre chez Judy Eppinga. Le ruban de la police n'interdisait plus l'accès au trottoir et à l'entrée de l'immeuble, mais la porte restait barrée d'un grand X jaune. A son approche, Connor vit la portière d'une voiture s'ouvrir et Rick Diaz en sortir.

Les deux hommes marchèrent ensemble jusqu'à l'appartement.

— Je suis désolé de t'avoir tiré du lit, dit Connor.

— Qui a dit que je dormais ?

— Tu aurais pu m'envoyer un policier de garde, ou remettre cette visite à demain.

Tout en ôtant les scellés, Rick secoua énergiquement la tête.

— Je ne veux pas avoir de problèmes avec les preuves. Si tu découvres quoi que ce soit, je tiens absolument à être sur place pour servir de témoin.

Bien que Rick se fût muni d'une torche électrique dix fois plus puissante que la petite lampe de Connor, la lumière demeurait insuffisante, mais Quinn s'intéressait surtout à ce qu'il ressentait.

Faisant signe à Diaz de se tenir à l'écart, il pénétra dans l'appartement. Instantanément, les murs semblèrent se refermer sur lui. Les bruits extérieurs lui parvenaient à peine, assourdis, le souffle du vent et le bruissement des feuilles se réduisant à un lointain murmure. Une odeur de mort flottait toujours dans l'appartement, qu'elle imprégnerait sans doute encore longtemps.

De toute évidence, la jeune femme n'avait pas senti la mort approcher en laissant entrer l'homme qui allait la tuer, et

Connor ne doutait pas un instant qu'elle eût amené l'assassin chez elle de son plein gré.

Cela impliquait, se dit-il, que si elle refusait d'ordinaire de passer la nuit avec un client, elle avait peut-être accepté exceptionnellement ce soir-là. Peut-être l'homme s'était-il montré charmant et persuasif ; ou bien ils se connaissaient depuis quelque temps, et elle le considérait désormais comme un ami. Peut-être était-ce vraiment un ami ?

Debout au centre de la pièce, les yeux fermés, il s'efforça d'imaginer la scène. Elle avait travaillé tard ce soir-là et personne ne l'avait vue en compagnie d'un homme — ou d'une femme. On avait retrouvé sa voiture sur le parking de son immeuble, preuve qu'elle était rentrée par ses propres moyens.

— Avez-vous trouvé quoi que ce soit dans sa voiture ?

— Non.

Rick appuya une épaule lasse contre le mur.

— Les experts l'ont passée au crible toute la journée. Aucun indice ne nous mène à quelqu'un d'autre qu'elle.

— L'assassin conduisait donc son propre véhicule.

— Il a pu venir à pied, ou en taxi. Ou bien il habite à proximité.

Connor ébaucha une grimace.

— Je ne crois pas. Il est trop malin pour choisir une victime à laquelle on puisse trop aisément le relier.

— Ces types ont souvent envie de se faire arrêter.

— Pas celui-ci. Pas encore, affirma Connor.

D'un geste ample, il désigna l'ensemble de l'appartement.

— La mise en scène est trop élaborée. Il ne sème pas encore d'indices.

Le commissaire soupira.

— Dans ce cas, que faisons-nous ici à 2 heures du matin ?

Connor ne répondit rien. Fermant de nouveau les yeux, il se laissa lentement envahir par ses impressions. Elle avait amené l'homme avec elle ; soit qu'elle l'eût considéré comme un personnage parfaitement inoffensif, soit par compassion à son égard.

Parmi les célèbres tueurs en série, il n'oubliait pas en effet que Ted Bundy avait réussi à apitoyer des femmes sur son sort avec une jambe plâtrée. Le maudit bonhomme avait même travaillé dans les services gouvernementaux du téléphone rouge. Quant à John Wayne Gacy, il était un notable apprécié de tous. L'homme qu'ils recherchaient à présent pouvait aussi bien présenter les informations à la télévision, être membre du conseil municipal, avocat, médecin, instituteur…

Réprimant un soupir, il s'efforça de ne plus songer aux difficultés de leur entreprise. Il regarda attentivement autour de lui en se concentrant sur le déroulement probable des événements. Peut-être avait-elle offert un café ou du vin à son invité. Connor gagna la cuisine et sortit un mouchoir de sa poche pour éviter de déposer ses empreintes sur les poignées des placards et du réfrigérateur, dont il inspecta tour à tour le contenu. Il nota l'absence de lave-vaisselle et découvrit deux tasses soigneusement lavées retournées sur un torchon à côté de l'évier.

Il y avait une cafetière électrique près du fourneau, à proximité d'un bocal de café moulu.

— Elle lui a préparé du café, dit-il à Diaz. L'un d'entre eux a ensuite nettoyé les tasses.

— C'est probablement lui, déclara Diaz. Il a éliminé tout indice éventuel ; évidemment, il n'aura pas voulu laisser sa salive et ses empreintes sur la vaisselle.

— Tu as sans doute raison, admit Connor qui se garda de souligner que les experts avaient omis d'examiner les tasses.

Puis il se demanda, si l'assassin avait lui-même étalé le torchon pour les y poser, quel trait de personnalité trahissait ce comportement. Fallait-il en déduire qu'il s'agissait d'un maniaque ? d'un pervers anal ?

— Avait-elle de la famille ? demanda-t-il soudain.

— Une mère qui vit dans le Nevada. Nous n'avons pas encore réussi à la dénicher. Sa voisine de palier dit qu'elle la connaît à peine.

— Tu sais ce qui ne colle pas ? J'ai parlé tout à l'heure avec quelques strip-teaseuses des night-clubs. L'une d'entre elles connaissait Judy Eppinga. Elle prétend que la jeune fille y travaillait parce qu'on y gagne beaucoup d'argent et que cela lui évitait d'emprunter pour payer ses études. Dans ce cas, pourquoi était-elle incapable de régler sa facture d'électricité ?

Rick haussa les épaules d'un air fataliste.

— Rien ne s'explique vraiment dans cette affaire. Rien du tout. Pourquoi diable cette femme a-t-elle été assassinée ? Pourquoi elle plus qu'une autre ? Tu sais, j'ai cru un moment avoir trouvé un point commun avec la précédente victime parce qu'elles étaient blondes toutes les deux ; mais en fait, elle portait une perruque ; une foutue perruque, Quinn.

— L'assassin l'ignorait peut-être. Il aura donc choisi deux strip-teaseuses blondes. Ce qui fournit tout de même un point de départ. En outre, il ne faut pas oublier que ce qu'il juge rationnel ne serait sans doute pas très logique pour nous.

— Oui, bien sûr.

Sortant un paquet de cigarettes, Rick en cala une au coin de sa bouche et l'alluma tranquillement, puis tourna la tête pour souffler la fumée loin de Quinn.

— Allons, dépêche-toi. Si incroyable que cela puisse paraître, j'ai une famille qui aime bien prendre le petit déjeuner avec moi.

— Encore une minute, s'il te plaît, dit Connor. Car j'ai la sensation de brûler, pour reprendre l'expression des jeux d'enfants…

Naturellement, le cadavre avait été enlevé ainsi qu'un certain nombre d'objets jugés importants pour l'expertise, mais Connor ne se souciait pas de ce qui pouvait manquer. Il n'était pas venu pour cela.

Le matelas était maculé en plusieurs endroits de sang noirâtre et portait encore l'empreinte du corps en voie de décomposition ; on devinait ainsi de manière horrible la dernière position de la jeune fille.

— A-t-on découvert à quel endroit de la moquette elle s'est agenouillée ?

Diaz le dévisagea avec intérêt.

— Que veux-tu dire ?

— Le rapport concernant le premier crime précise que la peau de la victime portait des éraflures aux genoux et que des fibres provenant de la moquette s'y étaient incrustées. Je suppose qu'il l'a obligée à s'agenouiller pour un motif quelconque, et qu'il a dû renouveler cette scène avec Judy Eppinga.

— Je ne sais pas si quelqu'un a vérifié cela. Le cadavre ne pouvait évidemment nous fournir aucun renseignement de cet ordre.

— Dans ce cas, fais apporter la lampe à acétylène et voyons un peu ce que révélera l'examen du sol. Si cette fille a dû s'agenouiller longuement, il y aura peut-être des traces de sang. Si possible, je voudrais savoir à quel endroit cela s'est passé.

— J'enverrai quelqu'un à la première heure. Autre chose encore ?

Connor ne répondit pas tout de suite. Se déplaçant lentement, il fouilla la chambre du regard et remarqua que les vêtements posés dans un coin avaient disparu avec d'autres pièces à conviction, comme les chaussures à talon aiguille. Le crucifix phosphorescent, toujours posé sur la commode, émettait une faible lueur jaunâtre.

— Non, dit-il enfin, les yeux fixés sur la croix. Je crois que c'est tout.

Il se retourna vers Diaz.

— A propos du premier meurtre…

Son compagnon secoua vigoureusement la tête.

— Les rapports de police devraient te suffire. Mes impressions pourraient t'influencer et risquer de brouiller les pistes.

Connor éprouva un sentiment de frustration, comme s'il passait à côté de quelque chose sans le voir. Pis encore, il craignit qu'un ou deux meurtres ne fussent encore commis avant que le schéma devînt assez clair pour leur permettre de cerner la personnalité du coupable.

A moins de croire aux miracles.

4.

Kate s'éveilla le cœur serré par une profonde appréhension. Sa première tasse de café lui resta sur l'estomac comme un poids brûlant qui l'alourdissait et freinait ses mouvements. C'était le jour de sa visite à Mike, corvée qui lui devenait de plus en plus pénible.

Elle prit le temps de brancher son ordinateur pour vérifier si CQ lui avait envoyé un message. Captivée par leurs échanges dans un monde d'évasion virtuelle, elle s'était peu à peu prise au jeu, au point d'être sérieusement déçue quand il ne lui écrivait pas.

Il y avait un petit mot de lui ce matin-là ; il évoquait une tiède journée ensoleillée et les rires des enfants qui jouaient dans l'eau. Kate se prit à sourire et oublia un instant l'anxiété que la perspective de voir Michael lui causait inéluctablement. Elle rédigea une brève réponse à l'intention de Connor, lui proposant une promenade le long de la plage. Il était temps, songea-t-elle, de quitter le refuge du porche pour explorer l'univers qu'ils créaient ensemble.

Elle n'avait pas de courrier de Predator. Il avait cessé depuis plusieurs jours de lui envoyer des messages. En se comportant comme s'il n'existait pas, peut-être avait-elle finalement réussi à le décourager. Sans vouloir s'en réjouir prématurément, elle en conçut tout de même un soulagement appréciable.

Encore fallait-il prendre la voiture et aller voir Mike. C'était là une contrainte qu'elle s'imposait elle-même ; personne d'autre ne l'y obligeait. Mais bien qu'elle eût fixé cette règle de son plein gré, elle était incapable d'y déroger. Son sens du devoir et sa loyauté lui tenaient lieu de loi en la matière.

Son amour pour Michael n'était pas en cause. Ou, plus précisément, elle aimait le Michael qu'elle avait épousé. L'étranger qu'il était devenu — bien qu'affublé de ses traits — ne lui inspirait plus désormais qu'un sentiment de compassion humaine qui résistait au ressentiment accumulé au fil des ans.

En effet, comment pardonner totalement toutes les humiliations subies, les bleus à l'âme, les insultes et le mépris constant qu'elle avait endurés ? Pour tout dire, ces visites la mettaient au supplice, alors qu'elle n'avait en fait aucune raison de culpabiliser. Elle n'était pas responsable de l'état de démence dans lequel son mari avait fini par sombrer, quoi que sa belle-famille pût en penser. Elle avait seulement tenté de le secourir.

Mais quand elle songeait à cet être pathétique assis dans une chambre d'hôpital, privé de toute affection, qui s'enfonçait chaque jour davantage dans l'infernal cloaque de la schizophrénie, un chagrin intolérable la submergeait. Comment aurait-elle pu en toute conscience l'abandonner ?

Après avoir garé sa voiture sur le parking de la Clinique des Cèdres, elle demeura un instant immobile au volant en s'efforçant de se calmer un peu. Chaque fois qu'elle effectuait ce trajet, elle arrivait au bord des larmes, déchirée par une foule d'émotions contradictoires. Grâce à une sensibilité sans doute exacerbée par son aliénation mentale, Michael la sentait alors perturbée. Aussi, pour éviter de le plonger dans une agitation inutile, devait-elle à tout prix se dominer.

Au bout de quelques minutes, elle prit enfin son sac, descendit de voiture et gagna le hall de la réception.

L'infirmière chargée de l'accueil lui adressa un gracieux sourire.

— Bonjour, madame Devane. Comment allez-vous ?

Kate dut fournir un effort presque douloureux pour se montrer simplement agréable.

— Très bien, Rhonda, je vous remercie. Je me sentirais encore mieux si le temps se réchauffait un peu.

— Il fait un froid épouvantable, en effet, dit la jeune femme d'un air frileux. La météo annonce toutefois un radoucissement. Le thermomètre ne devrait pas tarder à remonter de cinq à six degrés.

C'était bien possible, songea Kate avec lassitude tandis que l'ascenseur l'emportait au troisième étage.

Mike était toujours replié sur lui-même. Un sentiment de panique s'empara d'elle tandis qu'elle s'asseyait en face de lui, attendant un signe quelconque de reconnaissance. Et s'il restait toujours ainsi ? S'il ne recouvrait jamais une lucidité suffisante pour la reconnaître un jour ?

Elle n'aurait su dire si elle s'affolait davantage pour lui que pour elle. L'idée que Mike puisse être à jamais plongé dans le silence d'un corps privé d'esprit lui était tout aussi intolérable que la perspective d'être définitivement liée à un homme qui ne saurait même plus qui elle était.

Mais peut-être le savait-il. Au plus profond de son inertie, il était peut-être conscient de sa présence, conscient qu'elle lui parlait.

Simultanément, elle se rendit compte de l'égoïsme qu'impliquait cette idée. Il valait sans doute infiniment mieux qu'il fût totalement inconscient plutôt que conscient, et incapable de communiquer ; ou, pis encore, qu'il fût conscient de sa propre folie.

A quoi bon envisager telle ou telle hypothèse ? Elles étaient toutes aussi douloureuses. Tout ce qu'il était possible de faire pour lui était fait, grâce au soutien financier de sa famille. Pour sa part, Kate pouvait seulement continuer de lui rendre visite avec une assiduité constante. Tâchant de se résigner, elle lui fit tranquillement la lecture et s'efforça d'ignorer la souffrance qui la tenaillait.

Une heure plus tard, Mike n'avait toujours pas esquissé le moindre geste indiquant qu'il eût remarqué sa visiteuse. Elle l'embrassa sur le front, lui lissa les cheveux en arrière et lui promit de revenir la semaine suivante.

A la salle de garde, elle demanda à parler au médecin, mais on lui répondit que le Dr Pritchard s'était absenté.

— Mike s'isole de plus en plus, dit-elle en espérant qu'une infirmière pourrait lui fournir quelque renseignement sur l'état du malade.

Comme d'habitude, personne ne s'y risqua.

— Je ferai part de votre inquiétude au docteur, affirma l'une d'entre elles.

De manière générale, ce manque d'informations désorientait terriblement Kate. Ses questions se heurtaient invariablement à un mur de silence ; personne ne voulait prendre la responsabilité de lui fournir les précisions qu'elle sollicitait. Les médecins eux-mêmes ne s'avançaient guère et se refusaient à émettre le moindre pronostic — positif ou non — sur l'éventualité d'une guérison.

Evidemment, ils n'étaient sûrs de rien. Kate pouvait le comprendre. Les certitudes n'existaient pas en ce domaine. Mais elle aurait aimé du moins les entendre émettre une opinion quelconque. Pourquoi ne lui disait-on jamais, par exemple : « Son état a fort peu de chances de s'améliorer » ou encore : « Il faut attendre un an ou deux pour savoir s'il s'en sortira ; cela s'est déjà produit » ?

En conséquence de quoi, elle vivait dans un monde nébuleux et dans la crainte permanente que Mike n'émergeât un jour de sa démence pour se retrouver seul, abandonné de tous.

En effet, il ne fallait guère compter sur sa famille. Les parents de Mike réglaient les factures et se manifestaient une fois par an, dans le meilleur des cas. Plus précisément, seule sa mère lui rendait visite tous les 24 avril, pour son anniversaire. Son père ne venait plus du tout, et ses frères et sœurs avaient apparemment oublié jusqu'à son existence.

En fait, sans elle, il aurait été complètement isolé. Cette idée lui brisait le cœur. Elle ne pouvait pas le quitter. Elle ne le pourrait jamais, convaincue que, même s'il ne devait jamais recouvrer la raison, il serait monstrueux de le laisser ainsi, totalement seul au monde.

Et le fait qu'elle ait été obligée de divorcer n'y changerait rien. Elle avait attendu d'avoir englouti toutes ses économies dans les frais d'hospitalisation de Mike pour solliciter l'aide de sa belle-famille. Ses beaux-parents avaient alors consenti à régler les factures de la clinique à condition que la jeune femme acceptât le divorce. D'abord révoltée, elle avait finalement été contrainte de capituler. Le prix d'une semaine à la clinique des Cèdres dépassait largement son salaire mensuel, et ses beaux-parents avaient en revanche les moyens de payer. En refusant le marché qu'ils lui proposaient, elle eût condamné Mike à l'internement en hôpital psychiatrique, où les soins et les conditions de vie laissaient beaucoup à désirer.

Elle avait divorcé pour le bien de Mike, mais se reprochait sans cesse son impuissance à le prendre en charge et se sentait presque aussi coupable qu'une femme infidèle. Il aurait dû pouvoir compter sur elle en toute circonstance. Elle était en outre sur ses gardes, ses beaux-parents lui ayant ordonné de ne plus revoir Mike. Ils avaient même essayé de l'en empêcher, mais le médecin qui dirigeait l'établissement ne tenait pas compte de cette exigence et autorisait la jeune femme à venir comme bon lui semblait.

L'air commençait à se radoucir quand elle quitta la clinique, annonçant la fin de la période de froid. Un bref coup d'œil à sa montre lui indiqua qu'elle disposait encore d'une demi-heure de liberté avant de regagner le journal.

Aussi décida-t-elle de satisfaire sa curiosité.

Elle prit la direction de l'université de Suitcase City. Elle ne se rendait pas souvent de ce côté de la baie, n'ayant aucun motif de le faire sinon pour assister à de rares conférences universitaires ou donner quelques conseils à un groupe de futurs journalistes.

Suitcase City n'était pas à proprement parler une ville distincte mais plutôt un faubourg de Tampa, baptisé « la ville aux valises » parce que peuplée en majorité de résidents de passage. Même les minuscules pavillons égarés au milieu des immeubles récents et des bureaux n'abritaient que des locataires, et tout le quartier portait les stigmates de la négligence.

D'anciennes propriétés divisées en appartements à louer avaient été entourées de hautes palissades ; n'assurant qu'une protection illusoire, ces clôtures mettaient surtout l'accent sur le danger qui régnait dans les parages. Leur présence enlaidissait en outre considérablement un quartier autrefois coquet.

Quand elle eut découvert la résidence de Judy Eppinga, Kate s'engagea dans l'allée menant au parking et se gara devant la porte barrée d'un grand X jaune. Sans savoir au juste ce qu'elle faisait là ni ce qu'elle s'attendait à trouver, elle avait éprouvé la nécessité d'y venir, mue par la conviction que quelqu'un devait porter à la disparition de cette jeune femme un intérêt dénué de curiosité, voire de cet étrange sentiment de revanche sur la dépravation si fréquemment partagé par les commentateurs du drame.

En effet, cela l'avait révoltée de voir que les gens qui en parlaient dissimulaient à peine une indifférence confinant au mépris, même au journal, où, sans exprimer clairement le fond de leur pensée, ses collègues manifestaient le même genre de réaction. Le meurtre d'une strip-teaseuse ne soulevait aucune réelle indignation, tant prévalait l'arrière-pensée que ces filles-là l'avaient bien cherché.

Seulement, cela revenait à oublier que personne ne cherchait à se faire tuer, ou violer. Le tueur en série jetait probablement son dévolu sur des danseuses de cabaret parce qu'il s'agissait de proies faciles, tout comme les violeurs rôdent autour des lycées où ils savent trouver de quoi satisfaire leurs instincts pervers.

Un coup frappé à la vitre la fit tressaillir. Elle tourna brusquement la tête et vit un homme entre deux âges vêtu d'un uniforme de vigile penché sur sa portière. S'efforçant d'apaiser les battements désordonnés de son cœur, elle descendit sa vitre de quelques centimètres.

— Que faites-vous ici, madame ? C'est un parking privé.

— Oui, je sais, dit Kate.

Elle fouilla dans son sac à la recherche de sa carte de presse et la lui présenta.

— Je travaille pour le *Sentinel.*

— Ah bon, dit l'homme en opinant.

Il désigna l'appartement.

— Je ne peux pas vous faire entrer. Les scellés sont encore sur la porte.

— Ce n'est pas grave. Je voulais simplement me faire une idée de l'endroit où elle vivait.

— Oh, si vous ne cherchez que cela, je peux vous y aider. Vous savez, on trouve toutes sortes de gens dans cette résidence.

Kate ne tarda guère à quitter sa voiture pour bavarder avec le gardien, adossée à sa portière. Il faisait si doux maintenant qu'elle déboutonna sa veste. Le soleil de janvier lui réchauffait les joues.

— Effectuez-vous régulièrement des rondes dans les parages, ou bien seulement depuis le crime ? demanda-t-elle.

— Je travaille ici depuis trois ans, affirma le gardien. Nous nous relayons pour assurer la surveillance nuit et jour par équipes de deux.

— Est-ce une protection efficace contre la délinquance ?

— Tout dépend du type de délinquance. Nous sommes surtout prêts à appeler la police en cas de coup dur ; et notre présence dissuade sans doute pas mal de cambrioleurs. Les appartements sont très rarement visités par ici. En outre, les femmes sont contentes de nous savoir à proximité quand elles regagnent leur domicile après la tombée du jour.

— Mais personne n'a vu Judy Eppinga rentrer chez elle ce soir-là.

L'homme secoua la tête.

— Nous ne pouvons pas être partout à la fois. La résidence est assez étendue. Elle a dû arriver quand nous nous trouvions de l'autre côté.

— Tous les membres de vos équipes travaillent-ils ici depuis aussi longtemps que vous ?

— Non. Le personnel est très mobile. Vous comprenez, ce n'est pas l'emploi idéal. On est mal payé et il n'y a pas d'horaires. Cela me convient parce que j'apprécie mon indépendance, mais les jeunes, eux, ne tiennent pas en place.

Il s'interrompit et la regarda en clignant des yeux face au soleil éclatant.

— J'ai l'impression d'entendre les flics. Ils m'ont posé le même genre de questions.

— Connaissiez-vous la victime ?

— Judy ? Assez bien, oui. Elle habitait ici depuis plus longtemps que beaucoup de locataires et elle me traitait en ami. Elle m'avait même confectionné des biscuits pour Noël.

Son visage s'assombrit et il se frotta machinalement le menton comme pour se débarrasser d'une impression déplaisante.

— De délicieux biscuits au chocolat joliment décorés avec des pastilles de sucre multicolores, ajouta-t-il d'une voix altérée par l'émotion.

— Elle devait être très gentille, semble-t-il.

— C'était une fille adorable. L'idée que quelqu'un lui ait fait du mal me met hors de moi. Oh, je sais bien ce que tout le monde pense des strip-teaseuses, mais elle n'était pas comme les autres. Ce métier lui permettait seulement de gagner de quoi poursuivre ses études. « Le jour où j'obtiendrai mon diplôme, adieu le cabaret, Joe, me disait-elle souvent. Personne au monde ne m'obligera alors à remettre ces maudits talons aiguilles, et l'homme qui voudra me voir nue devra d'abord me passer la bague au doigt. » Et elle riait comme une gamine qui aurait joué un bon tour aux adultes, confiante en son avenir…

La voix de Joe se fêla et il s'interrompit un instant, puis regarda Kate.

— Pourquoi ne racontez-vous jamais ces choses-là, vous autres, journalistes ? L'article du *Sentinel* ne parlait pas du tout d'elle. Quelle fille charmante c'était, combien elle aimait rire, ou quels étaient ses projets dans la vie. Elle dansait nue dans les cabarets, voilà tout ce qu'apprendront vos lecteurs. Eh bien, il y avait beaucoup plus à dire à son sujet, vous pouvez me croire !

La jeune femme opina d'un mouvement de tête et faillit poser une main sur le bras du brave homme dans un élan de sympathie spontanée.

— Je vous écoute, se borna-t-elle enfin à dire.

— Bien sûr, maugréa-t-il d'un ton bourru. Vous écoutez, mais allez-vous rapporter mes propos dans votre journal ?

Les gens ont l'air de dire qu'elle a eu ce qu'elle méritait sous prétexte qu'elle dansait nue.

— Je déplorais justement en moi-même cet aspect négatif quand vous êtes arrivé. Personnellement, je pense que sa vie avait autant de valeur que n'importe quelle autre.

— Exactement. Elle allait à la messe tous les dimanches, vous savez. C'était une personne très pieuse. Le péché, ce n'est pas de se déshabiller sur scène ; ce sont tous ces types qui venaient la regarder qu'il faudrait blâmer. Ce sont eux qui commettent un péché.

« *Ce sont eux qui commettent un péché.* » La phrase obséda Kate durant tout le trajet du retour. Elle résonnait encore dans sa tête lorsqu'elle s'assit à son bureau et entreprit d'étudier les dossiers qui s'accumulaient sur sa table de travail.

Joe avait raison. Seuls les spectateurs commettaient un péché. Judy Eppinga était strip-teaseuse parce qu'elle gagnait mieux sa vie grâce à cet emploi à mi-temps qu'avec un poste de secrétaire ou de vendeuse à temps complet. Si péché il y avait, il était bel et bien commis par ceux qui sous-évaluent le travail honnête d'une femme et la paient dix fois plus cher pour se déshabiller.

Morose, Kate alluma l'écran de son ordinateur et fit apparaître le premier article qu'elle devait arranger, un interminable récit concernant un braquage de banque mis en échec par l'intervention de la police.

— Vous êtes en retard, Devane, dit Sally Dyer en passant devant son bureau dix minutes plus tard.

— J'ai été retenue à Tampa.

— Vous vous rendez là-bas tous les vendredis, n'est-ce pas ?

Tout en parlant, Sally prit une chaise et s'assit en face d'elle.

— Je… je vais voir un ami, répondit Kate, redoutant un interrogatoire en règle. Je suis désolée pour ce retard.

Sally balaya ses excuses d'un geste désinvolte.

— Ici, on ne pointe pas, vous le savez bien.

D'un geste hésitant, elle sortit un paquet de cigarettes d'une poche et en glissa une au coin de sa bouche sans l'allumer.

— Seigneur, je déteste cette nouvelle loi interdisant de fumer sur le lieu de travail. Une salle de rédaction est bien l'unique endroit sur terre où le droit de fumer devrait être sacré.

Kate esquissa un sourire entendu tout en se réjouissant secrètement de ne pas avoir à respirer la nicotine dégagée par quarante fumeurs.

— En fait, poursuivit Sally, sa cigarette s'agitant à chaque mouvement de lèvres, je m'immisçais dans vos affaires. Comme vous n'étiez pas arrivée, je commençais à me demander s'il ne vous était pas arrivé quelque chose de fâcheux, voilà tout.

— Pas du tout ; je rendais seulement visite à un ami malade.

— Bien, bien, dit Sally en hochant la tête. Hyssop a laissé entendre qu'il y aurait un article supplémentaire à propos du meurtre de la danseuse ; Quinn vous apportera donc les résultats de son enquête dans la matinée. Il faudra dégager une colonne sur quatre centimètres en section B, d'accord ?

— Entendu.

— Si vous avez l'impression que ce ne sera pas suffisant, faites-le-moi savoir. Je peux encore supprimer le communiqué sur les embouteillages à l'aéroport. De toute façon, ce n'est que du remplissage.

Comme à l'accoutumée, le rythme de la salle de rédaction s'accéléra régulièrement à partir de 2 heures. Les chefs de rubrique revenaient un à un de leur mission quotidienne et s'installaient à leur ordinateur, le cliquetis des touches et le murmure des conversations s'amplifiant comme une symphonie.

Quinn ne réapparut pas avant 18 heures. Il avait tellement la mine sombre que, instinctivement, Kate se leva d'un bond et le suivit au laboratoire. Après avoir posé rageusement sur le plan de travail toutes les pellicules qu'il sortait de ses poches, il se défoula.

— On voit vraiment n'importe quoi ! fulmina-t-il. Un sombre crétin condamné cinq fois pour conduite en état d'ivresse et privé de son permis roulait sur la voie rapide à cent quatre-vingts à l'heure, complètement soûl. Il a manqué un virage, a percuté le van d'une famille de touristes qui arrivait en face et l'a projeté par-dessus la glissière du pont autoroutier. Les enfants gisaient éparpillés comme des pantins de chiffon sur la chaussée du dessous. Deux autres voitures ont essayé en vain de les éviter, et l'auteur de ce massacre s'en est sorti sans une égratignure. Savez-vous ce qu'il a dit ? Qu'il n'avait bu qu'une ou deux canettes de bière.

Kate croisa les bras, ne sachant trop que dire.

— Bonté divine, poursuivit Connor en empilant ses rouleaux de pellicule dans une corbeille, je me demande pourquoi la peine de mort ne s'applique pas à ces monstres-là. J'ai tout vu, Kate. C'était un cauchemar. Cet énergumène roulait à toute allure en tanguant comme une chaloupe ; l'autre conducteur l'a sans doute vu foncer sur lui mais il n'a rien pu faire…

Sa voix se brisa et ses épaules s'affaissèrent.

— Dites à Hyssop que j'ai une photo pour la première page. Il ne laissera pas passer cela.

— Il attend aussi un deuxième article sur le meurtre de la danseuse.

— Je n'ai rien de nouveau à ce sujet. J'ai assisté à l'autopsie ce matin, et la police ne veut pas divulguer certains éléments inhabituels. A mon avis, il n'y a pas grand-chose à dire, d'ailleurs. On peut pratiquement affirmer qu'elle n'a pas été violée, voilà tout. Cela ne nous avance guère, n'est-ce pas ?

— Je me suis rendue ce matin sur le lieu du crime et j'ai parlé avec un agent de sécurité.

Connor tourna la tête, ses yeux bleus la dévisageant pour la première fois. En d'autres circonstances, elle s'en serait probablement réjouie.

— Pourquoi ? Hyssop a passé un accord avec la police. Nous avons promis de ne pas mener d'enquête en échange d'un certain nombre d'informations exclusives.

— Je n'ai pas mené d'enquête à proprement parler. J'éprouvais seulement le besoin de voir où elle habitait.

— Je vois, soupira-t-il. Qui a été journaliste le reste toute sa vie…

— Qui a été flic le reste toute sa vie, riposta Kate.

Il soupira et s'appuya au muret du plan de travail.

— Ecoutez, je dois développer ces clichés. Croyez-moi, Ben va en exiger un pour la première page. Alors, venons-en au fait, voulez-vous ? Qu'attendez-vous de moi, au juste ?

— L'autorisation d'utiliser ce que m'a dit le vigile à propos de Judy : comment elle étudiait à l'université pour devenir comptable, la gentillesse dont elle faisait preuve, les projets d'avenir qu'elle lui confiait…

Connor opina lentement, une petite lueur au fond des yeux.

— Allez-y. Les seuls éléments que nous nous efforçons de garder secrets sont des détails concernant le meurtre. L'aspect humain de l'affaire est à votre disposition.

— Dans ce cas, je vais en parler.

— Bien, dit-il en prenant la corbeille de pellicules et en se dirigeant vers la salle obscure. Il est bon de faire savoir aux lecteurs que les victimes sont des êtres humains, de braves gens comme vous et moi. Bon sang, j'aurais volontiers tordu le cou à cet ivrogne !

Kate s'apprêtait à sortir quand il l'arrêta.

— A propos, Devane, dit-il sans ambages, ne vous avisez plus de fourrer votre nez dans cette affaire.

— Vous n'avez pas le droit...

— Inutile de discuter. Vous avez comme moi accepté les règles.

Il fit un pas vers elle et plongea les yeux dans les siens.

— C'est un jeu dangereux que vous jouez là.

— J'ai seulement parlé avec un vigile !

— Un vigile qui est peut-être l'assassin. Comment le savoir ?

Elle ouvrit la bouche pour répliquer, mais la referma en s'avisant que l'objection était imparable.

— Soyez raisonnable ; ces enfantillages peuvent vous coûter la vie, insista Connor. Ne vous en mêlez plus, Kate.

— Mais...

S'il avait raison, elle n'avait pas tort non plus.

— Il est important de rendre ces victimes plus humaines aux yeux des lecteurs, insista-t-elle. Et si je peux en l'occurrence secouer l'indifférence des gens, je ne m'en priverai pas !

Connor la menaça du doigt.

— Ne vous mêlez plus de cela, je vous le répète. Vous allez au-devant de graves ennuis.

La jeune femme regagna précipitamment son bureau, indignée d'avoir été traitée de la sorte et bien décidée à prouver qu'elle avait largement de quoi justifier les risques qu'il lui reprochait de prendre.

— Il me faut plus de place, dit-elle à Sally. Avons-nous une photo de la victime, à présent ?

— Nous venons de la recevoir, répondit sa collègue. Une photo de lycée prise le jour de la remise du diplôme, que sa mère a envoyée au dépôt mortuaire.

— Bon ; je vais rédiger un bref portrait de Judy pour présenter la situation sous un angle humain. Le cliché illustrera parfaitement mon propos.

— Aïe, il faudra donc se priver des élucubrations sur les encombrements à l'aéroport !

Une lueur machiavélique brillait dans les yeux de Sally, et Kate ne put s'empêcher de sourire.

— C'est quelque chose d'important pour moi, Sally.

— Eh bien alors, foncez. Donner aux tragédies un visage humain relève aussi de la mission des journalistes.

Ainsi encouragée, Kate fonça, s'efforçant d'évoquer la tristesse exprimée par le gardien, tâchant de faire revivre Judy Eppinga pour les lecteurs du journal comme Joe l'avait fait revivre pour elle. Il eût été injuste de ne garder d'elle d'autre souvenir que celui d'une strip-teaseuse parmi tant d'autres.

— Tiens, voici peut-être un rapprochement intéressant, commenta Mark Polanski dans son dos.

Elle ne l'avait pas entendu approcher et réprima un mouvement de surprise.

— Pardon ? Quel rapprochement ?

— J'étais ce matin au palais de justice pour assurer la couverture d'un procès ; vous savez, celui de l'assassin des deux prostituées, à Clearwater. Il a dit aux policiers qu'il ne comprenait pas pourquoi on faisait tant d'histoires pour la disparition de deux filles de joie. Après tout, elles n'étaient que des délinquantes, a-t-il expliqué.

— C'est précisément l'opinion que j'essaie de combattre.

— Je sais.

Polanski tira une chaise pour s'installer en face d'elle.

— En revanche, je me demande bien pourquoi vous en faites pratiquement une affaire personnelle.

— Il faut bien que quelqu'un se sente concerné. Sinon, les assassins se sentiront libres d'agir à leur guise.

Polanski fronça les sourcils.

— Les flics sont payés pour les arrêter, riposta-t-il.

— Mais les flics redoublent de zèle quand l'opinion publique s'émeut.

— Ma foi, c'est exact. Dites-moi, êtes-vous libre ce soir en sortant du bureau ? J'aimerais vous offrir un verre quelque part.

Kate eut l'impression que la terre s'arrêtait de tourner. Dévisageant le jeune homme, elle se demanda quelle mouche avait bien pu le piquer. Depuis qu'elle travaillait au journal, il n'avait jamais manifesté le moindre intérêt pour elle.

— Merci mais... je n'accepte pas d'invitations.

— Vous avez dîné avec Quinn hier soir.

— Ah oui ?

Avec un soupir, elle songea aux rumeurs qui devaient à présent circuler dans la salle de rédaction. Tout le monde ici la croyait encore mariée.

— Nous travaillons ensemble, Mark. Il s'agit simplement d'une relation professionnelle.

— D'accord. Eh bien, ce ne sera rien de plus si nous prenons un verre ensemble.

Pour comble, songea Kate, Polanski était l'un des meilleurs journalistes de la maison. Personne n'avait plus d'influence que lui sur la direction. Le vexer eût été maladroit de sa part. Néanmoins, elle ne souhaitait pas donner un tour plus personnel à leurs relations.

— Juste un verre, insista Mark. C'est promis. Je voudrais avoir une petite conversation avec vous.

Elle hésita encore un instant avant d'acquiescer.

— Eh bien, entendu. A tout à l'heure, quand le journal sera sous presse.

Ils allèrent au Cannaday's, un bar situé deux rues plus bas et fréquenté par le personnel du *Sentinel*. Kate se sentait plus à l'aise à l'idée de se retrouver parmi des gens qu'elle connaissait.

En fait, elle ne s'expliquait pas pourquoi elle redoutait à ce point un tête-à-tête avec Mark. Aucune raison valable ne lui venait à l'esprit. C'était ainsi, voilà tout.

Ils s'installèrent à une table du fond. Mark commanda un gin-fizz ; Kate prit un double soda.

— Vous ne buvez pas d'alcool ? demanda-t-il d'un air faussement indigné.

— Jamais avant de prendre le volant.

A la vérité, elle ne buvait pratiquement plus d'alcool. Au début de son mariage, elle jugeait romantique d'accompagner le dîner d'un bon vin ou de déguster ensuite un cognac au coin du feu avec son époux. Puis la santé mentale de Mike avait commencé à se dégrader et la nécessité de garder les idées claires était devenue une véritable obsession pour elle. Elle ne s'autorisait même plus la moindre boisson contenant de la caféine.

— Eh bien, de quoi vouliez-vous me parler ? reprit-elle.

Il inclina la tête avec un petit sourire ironique.

— Pourquoi se presser ? Personne ne vous attend à la maison, n'est-ce pas ?

Kate pâlit légèrement, le souffle soudain coupé.

— Que voulez-vous dire ?

— Je me demande pourquoi vous portez toujours cette alliance puisque vous êtes divorcée depuis six mois.

Le serveur apporta leurs verres, mais la jeune femme s'en aperçut à peine. Perplexe, elle chercha à comprendre le but que recherchait Mark. Son divorce ne le concernait d'aucune manière et ne présentait pas le moindre intérêt pour un public friand de scandales.

— Eh bien ?

— Eh bien, pourquoi portez-vous toujours cette alliance ?

— Ce n'est pas votre affaire, il me semble.

— Peut-être aimerais-je que ce soit mon affaire.

Partagée entre l'envie de le planter là ou de lui dire d'aller voir ailleurs, elle s'efforça de se dominer.

— Ecoutez, Mark, le fait que je sois divorcée ou non est hors de propos. Je ne veux pas fréquenter qui que ce soit ; un point, c'est tout.

Sans se démonter pour autant, il continua de la fixer avec attention.

— Votre réaction n'a rien d'étonnant. Il ne doit pas être facile tous les jours de vivre avec un homme atteint de schizophrénie paranoïde.

Kate faillit s'étrangler avec sa première gorgée de soda.

— Comment ? Qui vous a… ?

— Un membre de votre ex-belle-famille m'a appelé. Je ne vous dirai pas lequel. Les faits rapportés sont exacts. Vous avez été mariée pendant dix ans à Michael Devane. Sa santé mentale s'est progressivement dégradée à partir de la troisième année. A plusieurs reprises, vous avez dû le faire interner et soigner comme la loi Baker vous y autorise. Ce n'est pas une épreuve facile, j'imagine.

La colère et la stupéfaction la laissèrent sans voix. Ainsi, un membre de la famille de Mike cherchait à lui nuire. Pourquoi ? Elle n'ignorait pas qu'ils la détestaient, mais jamais elle ne les aurait crus capables d'une telle infamie. Quel avantage espéraient-ils en tirer ? Pensaient-ils lui faire perdre ainsi son emploi ?

— La famille prétend que vous l'avez rendu fou, poursuivit implacablement Mark. J'ai appris par ailleurs que c'était impossible. La théorie des relations schizophrénogéniques ne s'applique qu'aux géniteurs — plus particulièrement à la mère. Ce qui m'intrigue, c'est la raison pour laquelle ces gens semblent vous haïr.

— A quel titre cela vous regarderait-il ?

Il haussa les épaules et croisa les bras sur la table.

— Je suis journaliste. Tout me regarde tant que je n'ai pas renoncé à en faire un reportage. Je pose une question. Vous n'êtes pas obligée de me répondre.

— Vous ne me ferez pas croire qu'il y a là matière à reportage.

— Une grave accusation a été portée contre vous. Cela peut intéresser pas mal de lecteurs.

Kate le regarda d'un air horrifié.

— Vous êtes écœurant.

— Je pourrais utiliser votre affaire comme un cas d'école sur les possibilités qu'offre la loi Baker aux personnes désireuses de se débarrasser d'un conjoint ou d'un parent encombrant…

— Oh, par exemple !

Etait-ce un cauchemar ? Allait-elle bientôt se réveiller ? Cette histoire lui paraissait totalement invraisemblable. Comment un collègue avec lequel elle avait toujours entretenu des rapports courtois osait-il la menacer de la sorte ?

— Ecoutez, reprit Polanski, je ne tiens pas vraiment à vous causer du tort. En fait, je serais sincèrement ravi de pouvoir oublier tout cela. S'il y a effectivement matière à reportage, je ne veux pas vous y impliquer personnellement. Mais si vous persistez à m'interdire de vous interroger à ce sujet, je me passerai forcément de votre point de vue pour rédiger un éventuel article.

La fureur de Kate atteignit son comble. Respirant par saccades, elle serra les poings si fort que ses ongles s'enfoncèrent dans ses paumes. Mais elle ne pouvait pas le planter là et partir sans autre forme de procès. La famille de Mike ne triompherait pas aussi aisément.

— Où voulez-vous en venir, Mark ? demanda-t-elle enfin d'une voix contenue, en dardant sur lui un regard étincelant. Qu'espérez-vous découvrir ? Je peux vous montrer les rapports de police. Cela vous satisfera-t-il ? Voulez-vous ébruiter le récit de cette nuit où les flics l'ont trouvé nu comme un ver au beau milieu de Central Avenue, étendu à plat ventre sur la chaussée ? Il attendait que les Martiens viennent le chercher, a-t-il expliqué.

— Kate…

L'assurance de Mark parut soudain quelque peu ébranlée.

— Ou peut-être souhaitez-vous voir des photographies de notre maison ? Il avait cloué des planches en travers de chaque fenêtre pour que les petits hommes verts ne puissent pas entrer. Il empilait vaisselle et casseroles sur les rebords des croisées pour être réveillé par le fracas des objets cassés quand les Vénusiens les feraient tomber au passage. Je peux encore vous apprendre comment j'ai été privée de sommeil pendant plusieurs mois parce qu'il allait et venait toutes les nuits à travers la maison en répondant à des voix qu'il était seul à entendre. Il passait également des annonces dans les journaux locaux pour alerter les gens à propos des tentatives d'invasion perpétrées par les extraterrestres à l'aide de messages téléguidés dans nos cerveaux.

— Kate…

— Non. Vous vouliez savoir, n'est-ce pas ? Eh bien, je vais tout vous dire. Je vais vous dire à quoi ressemble la vie auprès de quelqu'un qui perd la raison. Je vais vous parler de l'angoisse et des soucis constants, de l'affolement quand il disparaissait de nouveau, au risque de se faire tuer. Savez-vous ce qu'on éprouve lorsqu'il faut donner des remèdes à quelqu'un qui vous accuse de vouloir l'empoisonner ? Savez-vous quel calvaire on peut endurer en voyant un être qu'on aime se transformer au point de vous considérer comme l'ennemi ?

Visiblement embarrassé, Mark baissa finalement les yeux.

— Non, dit-il, je ne prétendrai pas le savoir.

— J'ai fait interner Mike parce que je n'avais pas le choix. Et vous pouvez me croire, j'ai tout essayé avant d'en arriver là. J'ai essayé de le garder à la maison, essayé de lui faire suivre son traitement, essayé d'assurer sa sécurité.

— Sa famille ne donne pas la même version des faits.

— Naturellement. Sa famille croyait ce qu'il affirmait, lui. Seulement, voyez-vous, il pensait que tout le monde cherchait à lui nuire. Il se méfiait des médecins, il se méfiait de la police et, par-dessus tout, il se méfiait de moi.

Kate s'interrompit pour reprendre son souffle, consciente d'avoir élevé le ton. Elle n'avait pas envie qu'on l'entende ; pour quelque raison inexplicable, la maladie mentale gardait un caractère inavouable, et son impuissance à sauver Mike lui procurait un sentiment de honte.

— En définitive, conclut-elle en se penchant en avant et en frappant la table du bout de l'index pour souligner son propos, si la loi Baker ne m'avait pas permis de le faire interner, il ne serait plus de ce monde. Il se serait jeté du haut d'un gratte-ciel en essayant d'échapper aux extraterrestres. Un camion l'aurait écrasé quand il tentait de démontrer son caractère invincible au beau milieu de la route. Il se serait mis à délirer en pleine rue, et les policiers l'auraient écroué sans autre forme de procès. La loi Baker lui a sauvé la vie, à défaut de lui rendre la raison.

Sur ces mots, elle prit son sac, se leva et gagna la porte. Polanski lui emboîta le pas.

— Attendez, Kate. S'il vous plaît, attendez une minute.

Elle s'immobilisa sur le seuil et se tourna vers lui, le cœur débordant de colère, de douleur et de haine.

— Ecoutez, dit-il, je suis désolé. Je devais vérifier le bien-fondé de ces accusations. Je m'étais déjà renseigné avant de vous proposer cet entretien. Mais il fallait que je sache la vérité. Vous pouvez me comprendre.

— Je n'ai pas à comprendre quoi que ce soit.

Il soupira et détourna brièvement les yeux.

— Très bien. Vous n'êtes pas obligée d'admettre mon point de vue. Mais j'ai encore une chose à vous dire.

La jeune femme attendit, impatiente d'échapper au supplice qu'il lui infligeait.

— C'est au sujet de Quinn.

— Oh, pour l'amour du ciel, Mark ! Vous n'allez pas vous montrer mesquin pour un reportage qui vous échappe, n'est-ce pas ?

— Je ne suis pas mesquin. Mais soyez prudente avec lui. N'oubliez pas qu'il est entré dans l'appartement où cette femme a été assassinée, alors que d'ordinaire, vous le savez, la police n'autorise aucun journaliste à pénétrer sur les lieux d'un crime.

— Il a été policier.

— Hum.

Mark esquissa une grimace.

— C'est une bonne excuse, n'est-ce pas ? Enfin, n'oubliez pas mon avertissement.

Sa migraine s'aggravait de minute en minute. A l'hôpital, les infirmières avaient refusé de lui administrer une piqûre parce qu'il avait bu un ou deux whiskys. Mais elles lui avaient donné des cachets en lui recommandant de ne pas les prendre avant minuit.

Il les prit tout de même. Il avait si mal à la tête qu'il se moquait bien d'en mourir.

Mais il n'en mourut pas. Le remède fut même assez efficace pour lui permettre de voir autre chose que des étoiles et des fragments d'arc-en-ciel. Quand il quitta l'autobus, la douleur avait fini par se réduire à un battement persistant derrière la tête.

Son crâne avait été défoncé à cet endroit six ans auparavant, lorsqu'une voiture l'avait renversé au bord du trottoir et projeté vingt mètres plus loin. Les médecins prétendaient qu'il avait eu de la chance de ne pas succomber à ses blessures, mais quand sa tête semblait sur le point d'éclater, il se prenait parfois à regretter d'avoir eu la vie sauve.

Il fut un peu surpris de découvrir qu'il était descendu de l'autobus sur l'avenue Nebraska, à des kilomètres de son domicile. Pourquoi diable avait-il fait cela ? Il pivota lentement sur lui-même en regardant autour de lui pour tenter de s'orienter. Il n'avait qu'une vague idée de l'endroit où il se trouvait, et les palissades entourant les immeubles indiquaient que le quartier n'était pas très sûr.

Il leva les yeux sur la plaque de la rue sans y trouver d'indication utile. Devait-il prendre à droite ou à gauche pour se diriger vers son domicile ? Il ne savait pas de quel côté se trouvait le nord, et, par conséquent, rien ne lui permettait de se repérer.

Remontant les épaules sous sa veste fourrée, il se mit à marcher le long de l'avenue, comptant sur la numérotation des immeubles pour lui apprendre s'il se dirigeait vers le nord ou vers le sud.

Hélas, les numéros étaient introuvables sur la plupart des magasins, et il lui fallut dépasser deux pâtés de maisons avant de se rendre compte qu'il allait tout droit vers le centre de Tampa, exactement à l'opposé de sa destination initiale. Rebroussant chemin, il s'apprêtait à revenir sur ses pas quand il aperçut l'enseigne au néon multicolore qui clignotait sur une devanture, de l'autre côté de la rue.

« Défilés de lingerie féminine », lut-il.

La lumière se fit dans son esprit, et il frissonna, comprenant subitement qu'il n'était pas venu là par hasard. Ses pas avaient été guidés. Il ferma brièvement les yeux et murmura une fervente prière d'action de grâces. Il avait été dirigé jusqu'ici, cela ne faisait plus aucun doute. Il avait été entraîné jusque-là pour y trouver la femme qu'il devait sauver.

D'un geste vif, il fouilla dans ses poches pour vérifier s'il avait de l'argent, persuadé qu'il faudrait payer pour approcher cette femme et que la première qu'il verrait serait celle qu'il était destiné à sauver.

Oui, il avait de l'argent. Pas mal d'argent. Il ne savait pas au juste d'où il provenait mais il était inutile de s'interroger davantage. Puisqu'il avait été guidé, la Providence s'était aussi chargée de mettre l'argent dans sa poche.

D'un pas résolu, il traversa la rue pour aller accomplir sa mission.

5.

De retour chez elle, Kate dut lutter contre son envie de tout casser, tant sa colère et son chagrin exigeaient de se défouler. Mark et ses maudites questions l'avaient contrainte à exhumer des souvenirs qu'elle essayait d'oublier depuis longtemps, et cela l'avait complètement déstabilisée.

Debout au milieu de la salle de séjour, elle s'efforça de se calmer. La vue des traces d'enduit sur les murs, là où il avait fallu reboucher les trous laissés par les clous qui maintenaient les planches obstruant les fenêtres, ne l'y aidait guère ; pas plus que celle des craquelures sur le montant de la cheminée, où Mike s'était cogné volontairement la tête au point de saigner et de s'assommer, si bien qu'elle avait dû le traîner jusqu'à la voiture pour l'amener à l'hôpital. Elle avait toujours eu l'intention de faire réparer ces fissures pour éliminer ce rappel constant d'un épisode douloureux, mais l'état de ses finances lui interdisait la dépense.

Au demeurant, cette maison était trop vaste pour elle, songea-t-elle avec lassitude en gagnant la cuisine. Mike et elle en avaient fait l'acquisition en prévision de la famille nombreuse qu'ils entendaient fonder, perspective à laquelle il avait fallu bien vite renoncer. C'était là l'un des principaux griefs de sa belle-mère à son encontre.

Bien que les contrariétés lui eussent coupé l'appétit, elle réchauffa un reste de lasagnes et prépara une salade verte pour l'accompagner, bien décidée à ne pas se laisser abattre. Seule devant son assiette, elle ne put s'empêcher ensuite de songer aux repas qu'elle avait pris avec Mike à cette table.

— Maudit soit Mark pour avoir ravivé tous ces souvenirs ! pesta-t-elle entre ses dents.

Elle alla ensuite allumer son ordinateur et se brancha sur le serveur local où Connor et elle échangeaient leur courrier électronique. Peut-être aurait-il trouvé un moment dans la matinée pour répondre à son petit mot ; elle n'osait pas trop y croire malgré tout, considérant l'humeur dans laquelle l'avait plongé le spectacle de l'accident.

Un message de Predator l'attendait, en revanche.

Son cœur se serra malgré elle. Pourquoi accorder la moindre importance à ces inepties ? se demanda-t-elle aussitôt. Ce n'était rien de plus que des phrases sur un écran ; leur auteur ne pouvait lui faire aucun mal. Il n'avait aucun moyen de la retrouver.

Pour tout dire, elle n'en était pas si sûre. Il semblait en savoir un peu trop à son sujet ; et s'il savait quelque chose à son sujet, il connaissait probablement son adresse.

En fait, il ne l'avait jamais vraiment menacée. Le ton de ses propos lui procurait néanmoins une impression de malaise.

Elle avança la main vers la touche « supprimer » puis interrompit son geste. Non. Elle allait lire ce message ; et si son contenu prenait une tournure alarmante, elle l'expédierait à Connor en sollicitant son avis. S'il jugeait qu'il pouvait s'agir d'un dangereux désaxé, elle enverrait ensuite le document au responsable du serveur. Après tout, son rôle consistait à contrôler le bon fonctionnement du réseau.

Cliquant sur la souris, elle ouvrit sa boîte aux lettres. Dès les premiers mots, son cœur bondit douloureusement dans sa poitrine.

« Je te connais. Je sais tout de toi. Je sais où tu travailles, où tu habites.

» Tu ne peux pas m'échapper. Tu peux faire semblant d'ignorer mes messages mais je sais que tu les lis et tu sais que je te surveille.

» Je prendrai ma revanche. »

Une fureur aveugle s'empara d'elle, cédant rapidement la place à l'affolement. Il la surveillait ? Comment pouvait-il la surveiller ? Il n'avait aucun moyen de savoir où elle se trouvait.

Sur le point de reprendre courage, elle prit conscience que le fournisseur qui gérait son compte sur le serveur disposait évidemment de son numéro de téléphone et de son adresse pour la facturation. Si Predator avait accès d'une manière ou d'une autre aux dossiers de leur comptabilité, il était en effet en mesure de la trouver.

Mais quelle revanche voulait-il donc prendre sur elle ? A moins qu'il ne s'agît de quelqu'un de son entourage qui avait deviné qu'elle se cachait sur Internet sous le surnom de Katydid et qui s'amusait à l'effrayer…

Les yeux fixés sur l'écran, elle essaya de se convaincre — dans l'hypothèse d'un désaxé complètement inconnu d'elle — qu'il s'agissait seulement d'une tactique d'intimidation. Il lui adressait des messages depuis plusieurs semaines. S'il savait vraiment qui elle était, sans doute serait-il déjà passé à l'action.

Incapable de réfléchir de manière objective, elle décida de solliciter l'opinion d'un tiers. Elle écrivit un bref message à l'intention de Connor et lui expédia celui de Predator. Un ancien policier devrait pouvoir lui dire s'il fallait prendre ces menaces au sérieux ou si elle pouvait les ignorer sans danger.

Jusque-là, il était inutile d'y songer.

Sur ces entrefaites, elle se remémora l'ultime réflexion de Mark, à la sortie du bar. Avait-il voulu insinuer que Connor était impliqué dans le meurtre de cette femme ?

Cette suggestion lui semblait inconcevable. Elle ne connaissait Connor que depuis six mois, mais elle avait largement eu l'occasion de l'observer ; en outre, ils échangeaient une correspondance régulière depuis plusieurs mois. Rien — absolument rien — dans son comportement ne pouvait éveiller le moindre soupçon.

Hélas, il s'avérait que beaucoup de tueurs en série étonnaient tout le monde par leur prestance, et ceux qui les connaissaient en pensaient fréquemment le plus grand bien.

Cette idée n'avait rien de réconfortant.

La sonnerie du téléphone tira Connor d'un rêve de vacances à Key West, lié à sa correspondance avec Katydid et à la promenade sur la plage qu'elle lui proposait dans son dernier message. Quand il ouvrit les yeux, il pouvait presque respirer l'odeur de l'air marin et sentir la douceur du sable tiède sous ses pieds.

L'appareil clignotait sur sa table de nuit. Il roula sur le côté et tendit le bras pour décrocher.

— Allô ?

— Quinn, ici Rick Diaz. Il y a un nouveau meurtre, et c'est la pagaille. Il a été commis dans le secteur du commissariat de Tampa mais ils nous ont demandé de venir. Enfile quelque chose et ramène-toi d'urgence.

L'adresse qu'il lui communiqua acheva de réveiller Connor. Cette fois, il ne s'agissait pas de Suitcase City mais de Davis Island, un quartier résidentiel beaucoup plus huppé. Il en déduisit aussitôt qu'ils n'avaient pas affaire au même type. Car un tueur en série n'aurait pu passer aussi brutalement des cabarets de strip-tease au bal des débutantes.

C'était pourtant possible, riposta une petite voix intérieure. Avait-il oublié Ramirez, le démon de la Nuit ? Ses choix variaient de la petite vieille indigente à l'adolescente issue de la meilleure bourgeoisie du comté. Il tuait hommes et femmes sans distinction et laissait parfois même la vie sauve à quelques victimes.

Il fallait prier pour que le Marionnettiste n'eût pas des réactions aussi imprévisibles que celles de Richard Ramirez.

La traversée de la baie lui parut trois fois plus longue qu'à l'accoutumée. Quand il s'arrêta enfin devant la maison, il eut l'impression que les journalistes étaient plus nombreux que les policiers. Les quatre chaînes de télévision régionales étaient représentées, de même que tous les journaux. Il reconnut plusieurs personnes au passage, et quelques-unes ne cachèrent pas leur surprise en le voyant franchir le cordon de police. Ces gens savaient qu'il avait démissionné depuis pas mal de temps, et cela lui vaudrait certainement quelques questions embarrassantes.

Rick l'attendait dans l'entrée. Il parlait avec Bob Silva, du commissariat de Tampa. Connor avait quelquefois travaillé avec Bob sur des affaires concernant plusieurs juridictions et il était heureux de le rencontrer. La réciproque sembla moins évidente quand le vieux policier l'aborda.

— Diaz m'a appris que vous vous occupiez de cette affaire avec lui.

Comme Connor opinait, Bob prit un air sarcastique.

— Et je suis censé croire que rien de cet arrangement ne transpirera dans la presse ?

— Nous en sommes convenus ainsi, affirma Connor.

Silva se tourna vers Diaz.

— Avez-vous une idée des ennuis que j'aurai avec les autres journalistes si je l'autorise à entrer ?

— Très bien, dit Connor en pivotant vers la porte. J'ai assez de cauchemars comme cela.

— Un instant, coupa Diaz. Bon sang, ne me mets pas de bâtons dans les roues maintenant, Connor. Bob, vous savez bien que Quinn est notre meilleur photographe, et le plus intuitif. Si vous ne voulez pas de lui, il faut appeler les fédéraux pour dresser un portrait-robot. Faites votre choix.

Personne n'avait vraiment envie de faire appel au F.B.I. Ils le feraient en dernier ressort, mais en dépit des efforts consentis par le Bureau pour arranger les relations avec la police locale depuis Hoover, les vieilles rancunes restaient vivaces.

— Il faudra probablement les appeler tout de même, dit Silva, surtout s'il s'agit d'un tueur en série.

Il passa une main dans ses cheveux argentés et posa sur Quinn un regard furieux.

— Entendu, je vais faire un essai. Je me demande ce que je vais pouvoir dire à ces reporters qui attendent dehors.

Diaz haussa les épaules.

— Dites-leur que Quinn a repris du service auprès du shérif. Inutile de préciser que c'est temporaire.

Il se tourna vers Quinn.

— Le cadavre est encore frais. Cette femme a dû être assassinée juste avant le retour de son mari.

— Est-ce le mari qui l'a trouvée ?

— Il y a deux heures à peine.

Quinn consulta sa montre et fut surpris de constater qu'il était déjà 5 heures et demie.

— Où était-il à l'heure du crime ?

— Il affirme qu'il rendait visite à sa sœur près d'Orlando, dit Silva. Nos hommes sont en train de vérifier son alibi.

— Cela ne correspond pas au reste, dit Quinn à Rick Diaz. La victime est trop différente des autres.

Sa remarque fut balayée d'un geste.

— Le meurtre ne l'est pas, affirma Diaz. Il faut donc découvrir pourquoi il a choisi une femme de banquier, cette fois.

Quinn fit quelques pas dans l'entrée, tout en déplorant de ne pas être seul pour examiner les lieux. Il aurait pu se faire une idée plus précise de ce qui avait dû se passer. Où le Marionnettiste avait-il trouvé cette femme ? Et pourquoi l'avait-il choisie ? Elle n'avait aucun point commun avec les deux précédentes victimes. Les éléments ne concordaient pas dans cette affaire, et Connor détestait ce genre de situation. Sans le rituel et la similitude habituelle des victimes, comment pouvait-il espérer suivre la piste d'un tueur en série ?

Le vaste hall donnait accès à plusieurs pièces, et il se demanda si l'assassin avait hésité un instant à cet endroit pour s'interroger sur la possibilité d'arriver à ses fins. Il avait dû marquer une pause pour réfléchir, comprenant que le choix d'une victime appartenant à un milieu plus protégé augmentait les risques de son entreprise.

Peut-être était-ce précisément ce qu'il recherchait ?

Debout au milieu de la pièce, Quinn pivota lentement en regardant autour de lui, essayant d'imaginer les réactions du criminel.

— Y a-t-il des traces d'effraction ? s'enquit-il.

— Pas la moindre, répondit Silva. Et croyez-moi, nous avons vérifié. Cette maison est équipée d'un système d'alarme sacrément efficace. Eh bien, il n'a pas émis le moindre bruit cette nuit et il fonctionne parfaitement.

Elle l'avait donc fait entrer. Quel genre d'individu aurait pu fréquenter à la fois des danseuses de cabaret et des épouses de banquier ? Quinn tourna encore une fois sur lui-même, puis regarda Silva.

— Où est le cadavre ?

— A l'étage.

— Je voudrais d'abord jeter un coup d'œil au rez-de-chaussée.

— A votre guise.

La maison n'était pas immense mais néanmoins plus spacieuse que beaucoup de constructions récentes du même genre. Le rez-de-chaussée comprenait un salon de dimensions moyennes, une petite cuisine, la salle à manger, une chambre avec coin toilette et une vaste salle de séjour. Le mari était assis sur le canapé du séjour, les avant-bras posés sur les cuisses, les mains serrées l'une contre l'autre comme s'il craignait de se laisser aller. Il se balançait continuellement d'avant en arrière, la tête baissée, le regard dans le vide.

En entendant Connor approcher, il leva les yeux, révélant des traits ravagés par l'angoisse.

— Je n'aurais jamais dû partir. Je savais qu'il ne fallait pas quitter la maison. Mais ce soir, elle sortait avec ses amis, et ma sœur avait besoin de moi — elle est en plein divorce, vous comprenez. Son mari se comporte comme un vrai salaud…

Il se tut brusquement et secoua la tête comme pour s'éclaircir les idées.

— J'aurais dû rester à la maison. Si je n'étais pas parti, Marceline serait encore vie…

Sa voix se brisa sur un sanglot étouffé. Sur le point de sortir, Connor s'immobilisa.

— Cela n'aurait rien changé, lui dit-il. Si vous étiez resté là ce soir, il l'aurait tuée un autre jour. Quand son choix est fait, plus rien ne peut l'arrêter.

L'homme le regarda et se voûta comme si chacune de ces paroles lui assenait un coup insoutenable.

— J'aurais pu la sauver, répéta-t-il avec obstination.

— Vous ne pouviez rien faire du tout. Personne ne pouvait la sauver. Nous devons mettre la main sur ce monstre avant qu'il choisisse une nouvelle proie.

Le banquier opina avec conviction.

— Il faut le trouver. Comment puis-je vous aider ?

— Dites-moi si quelque chose a été déplacé dans cette maison ou si vous remarquez quoi que ce soit d'anormal.

— D'accord. Seulement… Je ne peux pas retourner dans… cette chambre.

— Non, non, rien ne vous y oblige. Vous examinerez les autres pièces pour moi, si vous le voulez bien.

L'homme acquiesça et se leva immédiatement. Il était encore visiblement sous le choc mais il se sentait investi d'une mission, et cet objectif lui donnait au moins la force de réagir. Avant d'entreprendre ses recherches, il s'arrêta devant Connor.

— Sa voiture n'était pas au garage, dit-il. Je l'ai tout de suite remarqué en arrivant. Elle rentre toujours sa voiture au garage, mais cette nuit, elle ne l'a pas fait.

— Pour quelle raison, à votre avis ? En avez-vous une idée ?

— Pas la moindre.

Connor le vit frissonner.

— L'alarme n'était pas branchée. C'est ce qui a d'abord éveillé mon inquiétude. Elle la branchait toujours. Je la taquinais parfois à ce sujet parce qu'il lui arrivait même de sortir du lit en pleine nuit pour aller s'assurer qu'elle n'avait pas oublié d'enclencher le système. Et en mon absence, elle ne l'arrête jamais, même en plein jour.

— Les circonstances étaient donc particulières, cette nuit ?

— Oui, c'est étrange. Il y avait aussi une drôle d'odeur quand je suis entré. C'est la deuxième chose que j'ai remarquée, cette odeur désagréable : un curieux mélange, je ne saurais dire au juste...

Le banquier esquissa une grimace de dégoût et baissa de nouveau la tête.

— Dès que je l'ai sentie, j'ai compris.

Sans rien ajouter, il s'éloigna en respirant péniblement.

En effet, cela sentait plutôt mauvais, songea Connor. Il l'avait également remarquée en franchissant le seuil : une odeur d'excréments, d'urine et de peur — la sueur fétide de la peur —, signe incontestable d'une mort violente. Toutefois, il ne s'agissait pas d'une puanteur insoutenable, et les pots-pourris placés dans chaque pièce y ajoutaient leur parfum épicé, créant une combinaison olfactive assez insolite.

A l'arrière de la maison, un vaste ponton de bois conduisait à un hangar à bateaux. Amarré juste au-dessous, un superbe yacht accrochait les premiers rayons du soleil levant.

« Un loisir de riches, songea Connor. Dans ces milieux privilégiés, les risques de mort violente semblent moins élevés. Quoi qu'il en soit, personne ne s'attend vraiment à mourir ainsi. »

A première vue, tout semblait à peu près en ordre, ce qui pouvait éventuellement s'expliquer.

Peut-être, songea Connor, l'assassin avait-il précipité les choses, conscient des risques qu'il prenait, peut-être avait-il escamoté l'étape des préliminaires. Ou bien la victime entretenait-elle une liaison avec lui ?

Ce n'aurait pas été la première fois qu'un tueur en série aurait entretenu des relations normales avec une femme parallèlement à son activité criminelle. Il y avait eu Bundy, qui vivait avec une compagne, et Gacy, un homme marié, ou encore cet assassin en Georgie, qui fréquentait une femme policier et une psychiatre tout en égorgeant des vieilles dames seules.

En somme, pourquoi ne pas supposer que la femme du banquier ait été la maîtresse du meurtrier ? Et que sa soirée entre amis — simple prétexte — n'ait jamais eu lieu ?

Il retrouva Silva dans la cuisine. Une vive discussion l'opposait à l'un des enquêteurs à propos d'une feuille de papier qu'il tenait à la main dans une enveloppe transparente. De toute évidence, il s'agissait d'une pièce à conviction.

— A-t-il aussi écrit des petits mots à cette femme ? s'enquit Connor.

Silva opina et congédia d'un geste l'autre policier.

— Comment le saurais-je ? maugréa-t-il, visiblement de méchante humeur. Que feriez-vous de ce papier, à ma place ?

Connor prit l'enveloppe et l'inclina de manière à pouvoir en lire le contenu.

« Il t'a trouvée. Il t'épie. Fuis pour échapper à la mort. »

— Cela n'a rien à voir avec les messages trouvés chez les deux autres femmes.

— Diaz m'a dit la même chose.

Silva soupira et se frotta les yeux d'un geste las.

— Sale histoire. Quelqu'un d'autre a peut-être semé la pagaille là-dedans. Parce que le tueur a suivi le même scénario que pour les autres crimes.

Le spectacle qui attendait Quinn à l'étage était en effet sensiblement le même. En revanche, on aurait pu croire la victime prête à se réveiller d'un moment à l'autre.

Elle était pâle, presque livide, et une entaille à son bras indiquait qu'elle avait été saignée à mort, elle aussi.

« Quel peut être le mobile d'une telle pratique ? se demanda Quinn. C'est inexplicable. A quoi bon emporter avec soi deux ou trois litres de sang lorsqu'on vient de commettre un meurtre ? Ce doit être plutôt encombrant. »

La jeune femme avait également été ligotée comme les deux autres par les poignets, les genoux et la gorge. Particulièrement intéressé par les liens aux genoux, Connor l'examina un long moment, essayant d'imaginer pour quelle raison on avait pu l'attacher ainsi, et se demandant à quoi les cordes avaient été fixées. A présent, elles étaient détachées et pendaient du lit jusqu'au sol.

— Cette chambre n'est pas la sienne.

La voix de Silva le fit tressaillir, et il se retourna d'un bloc.

— Ce n'est pas la sienne ?

Silva secoua la tête. Diaz apparut derrière lui.

— Le mari nous a dit que c'est la chambre d'amis. Personne n'y couche à l'exception de sa mère quand elle vient les voir de Miami.

Quinn regarda de nouveau le cadavre.

— Elle y couchait, s'entendit-il affirmer. Elle y couchait fréquemment.

— Que voulez-vous dire ?

— Fouillez cette pièce. Vous y trouverez des objets qui lui appartiennent.

Silva fronça les sourcils d'un air irrité.

— Quels objets ? Vous n'avez même pas cherché. Vous n'en savez rien.

Mais Quinn était sûr de lui.

— Elle a amené l'assassin à son domicile. Aucun signe de violence n'a été relevé dans la maison ; il ne l'a donc pas forcée à monter dans cette chambre. Ce qui signifie, puisqu'elle était chez elle, qu'elle l'y a conduit.

Diaz se tourna vers Silva.

— A mon avis, le raisonnement se tient.

— Pour moi, c'est du charabia de Peau-Rouge, maugréa Silva.

Loin de s'en offenser, Connor réprima un sourire amusé. La grand-mère de Silva était une Indienne séminole.

— Bon, d'accord, reprit Silva. Vérifions. Mais que le diable m'emporte si je trouve un moyen de prouver qu'elle utilisait cette chambre !

Quinn sortit des gants de latex de sa poche et les enfila.

— On va s'en assurer tout de suite…

Il s'approcha de la commode et entreprit d'en ouvrir les tiroirs. Dans le premier, sous une couverture chauffante soigneusement pliée, il découvrit des articles de lingerie, le genre de sous-vêtements que les femmes portent pour affoler les hommes. Il les sortit l'un après l'autre et les jeta en direction de Silva.

Diaz siffla légèrement entre ses dents.

— Bon sang, un joli petit nid d'amour, commenta-t-il.

Le regard qu'il posa sur Quinn n'était pas dénué d'admiration.

— Tu as d'autres lapins dans ton chapeau ? maugréa Silva.

Connor haussa les épaules.

— Il est possible qu'elle ait eu une liaison avec cet individu et qu'elle soit tombée par hasard sur quelque chose qui pouvait le trahir ; ce qui expliquerait la différence entre cette victime et les autres.

— Voilà pourquoi je voulais qu'il vienne, dit Diaz à Silva avec un clin d'œil entendu.

— Je peux me tromper. Peut-être avait-elle l'habitude d'amener des inconnus chez elle.

— L'ennui, intervint Diaz, c'est qu'elle avait sans doute l'habitude d'amener n'importe quel homme chez elle. Le mari sera effondré en apprenant cela.

— C'est peut-être lui qui utilisait cette chambre comme garçonnière, renchérit Silva. Elle aurait pu décider de prendre sa revanche.

Mais il s'agissait de simples hypothèses, aucun des trois hommes ne l'ignorait, la seule certitude étant que cette femme avait laissé entrer un homme au cours de la nuit avant de le conduire jusqu'à cette chambre, où il avait commis le meurtre.

— Pensez-vous que ces filles se soient laissé attacher sans résistance avant de se rendre compte de quoi que ce soit ? interrogea Silva.

— Je ne vois pas d'autre solution, admit Connor. Il doit se montrer particulièrement persuasif. Dieu sait quels arguments il peut employer !

En balayant la pièce du regard, il aperçut soudain quelque chose dans un coin, à demi dissimulé par la commode. Il s'en approcha et hocha pensivement la tête : un string minuscule et des talons aiguilles… tout à fait comparables à ceux trouvés chez Judy Eppinga.

— Rick ? appela-t-il.

Il désigna sa découverte.

Diaz s'approcha à son tour.

— Oh, merde alors.

— Qu'y a-t-il ? demanda Silva en rejoignant les deux autres.

— Encore une de ses signatures, répondit Rick Diaz. Les deux précédentes victimes avaient porté les leurs. Je parie que l'examen prouvera la même chose pour celle-ci.

Se tournant à demi, Connor leur montra le corps.

— Regardez ses genoux, dit-il. Elle a des éraflures aux genoux.

— Comme la première.

Mû par quelque instinct dont il n'aurait su s'expli-quer la provenance, Connor leva les yeux au-dessus du lit. Accroché à mi-hauteur du mur, un petit crucifix de bois sombre se détachait à peine sur le semis de fleurs du papier mural. Il eut soudain l'impression de ne voir que lui.

Que diable fallait-il donc en déduire ?

— On ne parlait que de cela aux informations, ce matin.

Connor examinait les négatifs des clichés qu'il avait pris dans la maison de Davis Island lorsque Kathleen Devane fit irruption dans le laboratoire de photo.

— Je m'en doutais un peu, répondit-il sans lever la tête.

Toute cette affaire commençait à lui faire perdre patience, et il n'avait plus qu'une envie : aller trouver Katydid et l'enlever pour filer vers Key West passer une semaine de rêve. Ou un mois. Ou le restant de ses jours. Passer ses journées sur le sable, dans l'eau, et oublier le reste de l'univers.

— La presse parle d'un tueur en série, baptisé le Marionnettiste, poursuivit Kate en s'adossant au muret du plan de travail et en croisant les bras. D'où tiennent-ils ce surnom ?

— Des petits mots découverts chez l'une des victimes, sans doute.

Kate respira profondément pour se donner du courage.

— Racontez-moi cela.

— Les messages évoquaient simplement le « Marionnettiste ». Je ne suis pas sûr qu'il se soit désigné lui-même ainsi. En fait, je ne me souviens pas des termes exacts qu'il a employés et je demanderai des précisions à Diaz avant de répéter le contenu du texte à qui que ce soit.

— Dans ce cas, appelez-le tout de suite, voulez-vous ?

Les sourcils froncés, elle l'observa un instant.

— Je vous ai vu dans l'un des reportages qui sont passés ce matin. Que faisiez-vous là-bas ? Vous avez traversé le cordon de police.

Il y eut un silence.

— Je connais des gens, grommela-t-il enfin entre ses dents pour toute réponse.

— Vous connaissez des gens ? Moi aussi, j'en connais. Tout comme Kerry McKue, la présentatrice de la 9. Pourtant, elle n'a pas pu traverser le cordon de police, et on m'aurait également interdit de le faire.

— Elle n'a jamais été flic.

Se redressant, il la regarda bien en face. Il offrait un spectacle impressionnant avec ses yeux bleus creusés par le manque de sommeil et ses cheveux de jais qui lui effleuraient les épaules. Son attitude tout entière la mettait au défi de poursuivre son interrogatoire.

— C'est vrai, finit-elle par admettre, abandonnant le sujet — pour le moment, du moins. Le meurtre d'hier soir ne correspond pas aux précédents cas de figure. Les deux autres victimes étaient des danseuses de cabaret. Marceline Whitmore fréquentait les rallyes et les soirées mondaines. Elle appartenait à une grande famille du Sud dont la fortune remonte à plusieurs générations, et son mari est un banquier renommé, vedette de la finance. Les femmes comme elle ne se font pas assassiner par des tueurs en série amateurs de simples strip-teaseuses.

— Du moins, on l'imagine mal.

— Alors dites-moi ce qui m'échappe dans cette affaire.

— Je ne le sais pas encore.

Elle le dévisagea sans aménité.

— Naturellement.

Exaspéré par ce scepticisme, il émit un soupir éloquent.

— Ecoutez, Kate, je l'ignore réellement. Quelque chose nous échappe, je vous l'accorde volontiers, mais je ne sais pas ce que c'est. Personne ne le sait.

La jeune femme fit quelques pas de plus, et il prit les négatifs qu'il examinait un instant plus tôt pour les glisser dans une enveloppe.

— Je dois écrire un article sur ce meurtre et le remettre avant 19 heures, dit-elle. J'attends donc votre rapport sur les derniers éléments d'enquête.

— Je vous le ferai parvenir dès que possible.

— Je ne peux pas attendre indéfiniment. Cette histoire doit faire la une du journal, et vous connaissez les délais…

— La une ! répéta Connor, sans pouvoir dissimuler une certaine amertume. C'est vrai qu'on accorde toujours plus d'importance au meurtre des gens appartenant à ce milieu-là. Une danseuse de cabaret a droit à un entrefilet en section B, mais l'épouse d'un banquier fait la une de toutes les gazettes.

— Elle fait la une parce qu'il s'agit d'un tueur en série.

— Allons donc, dit Connor. Vous n'êtes pas née de la dernière pluie, Kate ! Souvenez-vous plutôt du tueur en série qui sévissait à Clearwater, il y a deux ans. Ses premières victimes n'ont eu droit qu'à la section B. Il n'a finalement fait la une que lorsqu'il s'est évadé du commissariat et que le shérif s'est personnellement engagé à lui mettre le grappin dessus. Seulement, voilà : il ne tuait que de malheureuses prostituées.

— Les gens préféreront apprendre des choses sur la femme du banquier. Son cas fournira un récit plus intéressant. Il ne s'agit pas de comparer la valeur de ces vies.

— Le croyez-vous vraiment ?

Connor secoua énergiquement la tête.

— Dans ce cas, vous vous trompez lourdement, affirma-t-il. Je vous ferai parvenir des informations, mais je ne dispose que d'éléments concernant l'homicide. Si vous voulez vous renseigner sur cette femme, il faudra vous débrouiller par vous-même.

— Eh bien, je m'en charge.

Il la regarda s'éloigner, et une idée lui traversa soudain l'esprit. Gagnant rapidement la porte, il passa la tête dans le couloir pour l'appeler.

— Dites-moi, s'il vous vient d'autres idées farfelues comme celle de la dernière fois, avec le vigile, prévenez-moi d'abord, vous entendez ?

— Allez au diable, Quinn.

— Après vous !

Il la laissa tout de même partir, bien décidé à ne pas la perdre de vue. Surtout maintenant, alors que le tueur commençait à dévoiler son type de comportement.

Au début de l'après-midi, Kate avait trié tous les renseignements dont disposait le journal concernant Marceline

Whitmore. L'épouse du banquier s'était montrée particulièrement active dans les associations locales jusqu'aux treize ou quatorze derniers mois. Puis, de manière inexplicable, son nom disparaissait des rubriques mondaines et n'était plus même mentionné à l'occasion de plusieurs collectes de fonds effectuées pour des œuvres de charité dans lesquelles elle s'était précédemment distinguée.

La jeune femme feuilleta les photocopies apportées par l'employé des archives en s'efforçant de découvrir un élément quelconque susceptible de permettre un rapprochement entre cette femme et le désaxé qui, avant elle, ne s'en était pris qu'à des strip-teaseuses. Ses recherches se révélant infructueuses, elle orienta son enquête vers les antécédents des deux premières victimes dans l'espoir d'y trouver quelque circonstance où leur chemin aurait pu croiser celui de Marceline Whitmore ; là encore, ses efforts furent vains.

Désappointée, elle se cala dans son siège et tambourina du bout des doigts sur sa table. Se pouvait-il vraiment que ces femmes eussent pour unique point commun l'identité de leur assassin ? qu'il n'y ait eu aucune autre ressemblance entre elles ?

Au demeurant, ce n'était pas tout à fait le cas, puisque les victimes, âgées de moins de trente-cinq ans, étaient blondes toutes les trois. Le tueur traquait peut-être les blondes, et le fait que les deux premières eussent exercé la même profession ne serait alors qu'une coïncidence. Dans cette hypothèse, toutes les jeunes femmes blondes de Tampa devenaient ses proies potentielles.

Et Kate, avec ses cheveux couleur de miel, entrait dans cette catégorie. A cette idée, un frisson lui parcourut le dos, et elle ne put s'empêcher de songer au dernier message de Predator. Et s'il ne s'agissait pas d'un inoffensif excentrique ? Si au contraire... ?

C'était ridicule. Ecartant ces idées saugrenues, elle se remit assidûment au travail. Elle avait beaucoup trop à faire avant le bouclage du journal pour continuer de se perdre en conjectures inutiles.

A 4 heures, elle avait rédigé son papier sur feu Marceline Whitmore. Elle l'expédiait à Sally Dyer aux fins d'insertion quand Connor Quinn fit irruption dans la salle de rédaction et s'installa à califourchon sur une chaise près de son bureau.

— Tenez, dit-il en lui tendant une feuille dactylographiée. Voici ce que la police donne en pâture à la presse.

Kate se tourna vers lui.

— Ah, merci beaucoup. Où se trouve le scoop qu'ils nous ont promis ?

— Regardez : ceci fournira matière à un entrefilet croustillant, affirma Connor en se penchant vers elle.

Un bref instant, en le voyant si proche d'elle, les pensées de Kate s'éparpillèrent comme feuilles mortes sous le vent d'automne, lui prouvant qu'elle ressentait pour cet homme une redoutable attirance, même si elle se refusait à l'admettre.

— Qu'est-ce que c'est ? demanda-t-elle sans rien laisser paraître de son émotion.

— La porte d'entrée n'était pas verrouillée, et le système d'alarme n'était pas branché. Il n'y a aucune trace d'effraction, aucune trace de lutte. Le tueur est entré parce que Marceline Whitmore l'y a invité.

— Oh, mon Dieu, murmura Kate. Sans doute le connaissait-elle !

— Tout porte à le croire, en effet. Si ce n'est pas le cas, il doit vraiment savoir parler aux femmes ! La même scène s'est reproduite pour chaque meurtre. Les victimes font entrer elles-mêmes leur futur assassin. Quoi qu'il en soit, il s'agit d'une information exclusive ; aucun autre journal n'est encore au courant.

Kate opina, satisfaite.

— Rien de plus ? demanda-t-elle.

— Rien, sinon que la diffusion de ce surnom de Marionnettiste provient d'une fuite au bureau du shérif. Mais vous trouverez toutes les explications dans le document que je viens de vous remettre. En cas de besoin, vous me trouverez au labo photo. Et ne partez pas sans me prévenir. J'aurai peut-être encore quelque chose pour vous.

Le reste de la journée passa à une allure folle. Son article achevé juste à temps, Kate attendit patiemment que Sally vînt le relire. La première secrétaire de rédaction n'y apporta aucune correction.

— Parfait, déclara Sally. Filez vite, Devane. C'est fini pour aujourd'hui. A moins qu'on vous demande d'écrire un autre article sur l'assassin, vous n'aurez que de la mise en page à faire demain.

Elle esquissa un sourire.

— Eh bien, j'avais raison, n'est-ce pas ? C'était bel et bien un tueur en série. Mon flair me trompe rarement, conclut-elle en tapant du doigt le bout de son nez.

Sa veste et son sac sur le bras, Kate se dirigea vers l'ascenseur puis se ravisa, songeant que Connor avait demandé à la voir avant son départ. Venant d'un autre que lui, la requête ne l'eût certes pas dissuadée de poursuivre son chemin. Pour Connor, en revanche, elle fit demi-tour et revint sur ses pas.

Au demeurant, elle appréhendait de sortir dans la rue obscure pour rentrer chez elle. Le message de Predator, auquel elle s'interdisait de penser depuis qu'elle l'avait expédié à CQ, revenait à présent au premier rang de ses préoccupations. Peut-être devrait-elle envisager de louer une partie de son domicile pour ne pas rester seule dans cette immense maison…

En pénétrant dans le laboratoire, elle s'immobilisa brusquement, et un sourire se dessina sur ses lèvres. Etendu de tout son long — un bon mètre quatre-vingt-dix — sur le sol, Connor Quinn dormait à poings fermés.

Elle hésita un instant, partagée entre la crainte de le déranger et une inexplicable réticence à partir sur la pointe des pieds, avant de décider qu'elle n'allait tout de même pas patienter jusqu'à son réveil.

— Connor, dit-elle à mi-voix. Connor, réveillez-vous.

Les yeux du jeune homme s'ouvrirent instantanément. D'un mouvement souple, il se remit debout.

— Excusez-moi. Je m'étais assoupi.

Kate inclina la tête avec un sourire.

— J'aimerais être capable de me réveiller aussi rapidement.

— Tout le monde ne possède pas cette faculté, affirma-t-il en riant.

Son visage rayonna brièvement d'une insouciance presque juvénile, telle une éclaircie entre deux nuages. Inconsciemment, Kate retint son souffle, comme pour essayer de prolonger le miracle.

Mais, se rappela-t-elle à l'ordre, leur conversation devait se limiter à des questions d'ordre professionnel. Elle réservait le reste à leurs échanges sur Internet, où la distance et l'anonymat l'autorisaient à se départir de son flegme apparent, à écarter le masque d'insensibilité dont elle s'affublait pour se protéger, dévoilant enfin sa véritable personnalité.

— Eh bien, dit-elle d'un ton ferme, vous aviez quelque chose à me dire avant que je parte ?

— En effet. Si nous allions dîner ensemble quelque part ? Nous irons ensuite en ville poser quelques questions concernant notre affaire.

6.

Ce soir-là, ils ne dînèrent pas aux chandelles à une petite table juponnée de blanc. Connor choisit le self-service le plus proche, où Kate commanda un double hamburger au fromage tandis que son compagnon en prenait un triple. Ils s'installèrent à une table d'angle et se gavèrent de matière grasse.

Kate eut l'impression de retrouver le bon vieux temps où elle occupait un poste de journaliste-enquêtrice, toujours sur la brèche, lorsque l'état mental de Mike ne l'avait pas encore contrainte à choisir une situation moins mouvementée. Sans se soucier un instant des calories contenues dans son repas, elle savoura son hamburger jusqu'à la dernière miette.

— Alors, quel est programme ? demanda-t-elle.

Et surtout, pour quelle raison avait-il décidé de l'emmener ? Car Connor n'avait certainement pas besoin de sa compagnie pour accomplir une mission de ce genre.

— Je dois interroger une amie de Judy Eppinga, une danseuse du night-club où elle travaillait. Elle m'a appelé ce matin pour me proposer de nous rencontrer. Je lui poserai les questions susceptibles de faire avancer l'enquête policière, et vous vous chargerez de celles qui intéressent la presse. Avec un peu de chance, nous parviendrons peut-être à dégager une piste.

Kate sentit son cœur battre un peu plus vite.

— Si c'est le cas, pourrai-je en tirer un article ?

Connor secoua la tête.

— Pas avant que la police nous ait accordé le feu vert.

— Bon sang, Connor !

— Voyons, Kate, vous savez parfaitement qu'il faut observer la plus grande prudence à propos des informations que nous filtrons à l'intention du public. En premier lieu, un excès de publicité autour du tueur suscite des risques d'incitation au meurtre. Ensuite, si notre homme découvre trop de détails concernant ses crimes dans la presse, il modifiera probablement ses habitudes et sa façon d'opérer pour nous dérouter. Il ne serait pas le premier à réagir ainsi.

Elle aurait logiquement dû acquiescer, voire riposter ; il s'attendait à tout sauf à la question qui suivit.

— Pourquoi avez-vous quitté la police ?

Déconcerté, il la dévisagea un instant sans un mot.

— Je ne vois pas très bien le rapport, dit-il enfin.

— Il n'y en a pas. Ou plutôt si : je vous écoute parler, et c'est un flic que j'entends. Vous n'êtes pas un journaliste chargé d'effectuer un reportage mais un flic chargé d'élucider une affaire. Alors dites-moi, Connor, pourquoi avoir quitté la police pour venir travailler au journal ?

Elle sut avoir touché un point sensible en lui à la crispation des mâchoires qu'il ne put réprimer. Il parut sur le point de se lever et de la planter là sans une explication. Puis, contre toute attente, il se contint et finit par répondre :

— J'ai changé de métier parce que je ne supportais plus les cauchemars.

La gravité de la réponse ébranla la jeune femme. Soudain privée de toute repartie, elle garda le silence.

— J'ai changé de métier, reprit-il, parce que j'ai eu la faiblesse de croire que la profession de reporter serait plus créatrice et moins éprouvante ; parce que je voulais prendre des photos qui montreraient tout ce qu'il y avait à montrer, des photos que je laisserais au bureau en rentrant chez moi, et qui ne me poursuivraient pas pendant des semaines ou des mois. Je voulais prendre mes distances avec toute cette boue qui submerge le monde.

Kate retint son souffle.

— Cela a-t-il marché ?

— A votre avis ?

Se levant, il apporta sa tasse de café au comptoir pour la faire remplir de nouveau.

Restée seule devant son assiette, Kate grignota quelques frites refroidies en se demandant s'il existait quelque part sur terre des gens heureux et sans histoires.

Quand il revint, sa physionomie s'était figée en un masque d'une rigidité de marbre.

— Xena veut sans doute me faire part de quelque information puisqu'elle a pris l'initiative de m'appeler, déclara-t-il en reprenant sa place en face de Kate.

— Comment a-t-elle eu l'idée de prendre contact avec vous ?

— L'une des danseuses que j'ai interrogées m'a appris que Xena était la meilleure amie de Judy. J'ai donc remis à son intention ma carte de presse au patron du bar.

Le fait qu'elle l'eût appelé était plutôt bon signe, jugea Kate. Les personnes désireuses de se confier à la presse avaient toujours beaucoup à dire.

— Mais comment savoir si elle ne cherche pas simplement à attirer l'attention des médias pour assurer sa publicité personnelle ?

— On ne peut pas négliger cette éventualité, admit Connor.

Une demi-heure plus tard, ils franchissaient le seuil de l'After Midnight, une boîte de nuit d'un genre un peu particulier. Sur les talons de Connor, Kate s'efforça d'ignorer l'appréhension qui s'emparait d'elle. Elle n'était jamais entrée dans un établissement comme celui-ci dont l'enseigne au néon vantait les charmes très dévoilés des danseuses.

Remarquant son hésitation, Connor se pencha vers elle.

— Allons, sœur Kate, il n'y a là rien de bien méchant, lui chuchota-t-il à l'oreille. Regardez droit devant vous, voilà tout.

— Sommes-nous obligés de la rencontrer ici ?

Les traits de Connor s'assombrirent.

— Pour des raisons que je ne peux qu'imaginer, l'idée de retrouver un inconnu ailleurs qu'en public ne semblait pas l'enthousiasmer, dit-il sèchement.

— Oh, oui, bien sûr, balbutia Kate, un peu honteuse.

A l'intérieur, la musique n'était pas trop bruyante, mais la batterie marquait le rythme avec insistance. Dans la salle à peine éclairée, on distinguait quelques silhouettes floues, à l'exception d'une femme qui se trémoussait sur une estrade illuminée par un projecteur. Juchée sur des talons aiguilles et vêtue d'un string minuscule, elle s'arrangeait pour faire bouger chaque parcelle de son corps de façon si suggestive que Kate sentit ses joues s'empourprer.

Accoutumée à la pénombre, elle aperçut ensuite dans les endroits plus sombres des femmes pratiquement nues qui s'asseyaient sur les genoux des hommes ou circulaient entre les tables en ondulant des hanches. De plus en plus embarrassée, Kate dut se dominer pour ne pas rebrousser chemin.

— Allons nous installer au bar, dit Connor en pointant le menton devant lui.

Kate lui emboîta le pas en se demandant s'il ne l'avait pas entraînée dans cette aventure uniquement pour lui faire perdre contenance et la remettre ainsi à sa place. Sitôt formé, ce soupçon indigne d'elle lui causa les plus vifs remords. Mark Polanski était capable d'une telle ignominie. Connor, lui, ne faisait jamais preuve de mauvais esprit.

Au bar, ils s'installèrent sur des tabourets et commandèrent des boissons : Kate, un verre de vin dont elle n'avait pas envie, Connor, une bière qu'il ne toucha même pas.

— Xena m'a donné rendez-vous ici, dit-il au barman qui remplissait leurs verres.

— Sa pause a lieu dans dix minutes, répondit l'homme. Elle viendra vous rejoindre.

Les yeux fixés sur les bouteilles alignées le long du mur, Kate s'efforça de ne pas songer à ce qui se passait derrière elle.

— La pruderie est une étrange vertu pour une journaliste, fit remarquer Quinn, presque aussi étrange qu'elle le serait chez un policier. Tôt ou tard, nous sommes amenés à tout voir.

— Dans mon cas, ce serait plutôt tard ; je n'avais encore jamais mis les pieds dans un endroit pareil.

— J'ai le sentiment que vous n'y reviendrez pas de sitôt.

— Pas de ma propre initiative, en tout cas.

Il se mit à rire doucement.

— Je ne choisirais pas non plus d'y passer mes soirées.

— Vraiment ? demanda Kate en le détaillant de la tête aux pieds d'un air mi-incrédule, mi-ironique.

— Du moins, plus maintenant, avoua-t-il en souriant. A seize ans, rien ne m'intéressait davantage, naturellement.

Ce fut au tour de Kate de rire, et, ce faisant, elle se sentit beaucoup moins mal à l'aise. Après tout, n'était-elle pas journaliste ? Pourquoi ne pas feindre d'être aguerrie, plus coriace qu'un vétéran de l'armée ? Cette comédie l'avait aidée à surmonter bien des difficultés au cours de sa carrière.

Soudain, bien décidée à donner le change, elle portait son verre à ses lèvres avec une désinvolture affectée, quand une voix la fit sursauter.

— Vous êtes Connor Quinn ?

Kate pivota sur son siège et vit une jeune femme grande et élancée, à la peau café au lait, qui s'approchait de Quinn. Vêtue d'un caftan rouge, elle était d'une beauté stupéfiante, et Kate ressentit malgré elle un petit pincement de jalousie.

— Bonsoir, je suis Xena, annonça la nouvelle venue en s'asseyant sur un tabouret à côté de Connor.

— Je vous présente Kate, qui travaille avec moi, dit Connor. Elle vous posera probablement quelques questions, si vous n'y voyez pas d'inconvénient.

— Pas du tout, répondit Xena. Seulement, voyez-vous, je ne veux pas que mon nom soit cité dans la presse. J'ai l'intention d'entreprendre des études de médecine, et le fait d'exercer une activité de ce genre ne serait certainement pas retenu comme un élément favorable à mon admission.

— C'est entendu, dit Kate. Je peux vous garantir l'anonymat

de vos propos. Nous dirons qu'ils proviennent d'une amie de la victime.

Xena la considéra un instant avec attention avant d'acquiescer. Sortant un paquet de cigarettes de sa poche, elle en alluma une et souffla un nuage de fumée devant elle.

— Judy et moi, nous étions amies intimes. Nous nous sommes connues en première année d'université. Nous avions même envisagé d'habiter ensemble, mais je fume beaucoup, et Judy avait des crises d'asthme. Elle supporte… pardon, elle supportait difficilement l'air enfumé de cet endroit. Ses remèdes la suivaient partout. J'ai songé à arrêter…

Sa voix se fêla imperceptiblement, et elle laissa sa phrase en suspens. Inclinant la tête, elle regarda sa cigarette un long moment sans rien dire.

— Si j'en avais eu le courage, reprit-elle enfin, elle serait peut-être encore en vie aujourd'hui.

Que lui répondre sinon des paroles de réconfort qui auraient sonné faux ? se demanda Kate qui préféra se taire. Eprouvant manifestement le même embarras, Connor s'empressa de poursuivre.

— Judy ne fréquentait jamais les clients, n'est-ce pas ?

Xena leva les yeux sur lui et fit signe que non.

— Jamais. Elle acceptait de remuer les fesses pour de l'argent mais elle ne s'est jamais prostituée.

— Lui connaissiez-vous des amants ?

— Elle en a pincé pour un garçon pendant quelque temps, puis ils ont rompu quand elle a commencé à danser ici. Je me souviens d'une autre brève liaison et ensuite, plus rien. Ils lui demandaient tous de renoncer à ce travail, disait-elle. Décidément, je ne comprends pas les hommes. C'est toujours la même histoire. Ils viennent ici nous regarder des soirées entières, pratiquement en transe, mais dès qu'ils ont jeté leur dévolu sur l'une d'entre nous, ils se transforment en moralistes.

— L'amour rend possessif, dit Connor.

La jeune femme eut un rire bref.

— Sans doute. Seulement, si vous commencez à fréquenter une strip-teaseuse, il faut être naïf pour croire qu'elle va abandonner un emploi aussi rémunérateur.

— Je crois que Judy avait l'intention d'arrêter un jour, intervint Kate.

Xena opina et souffla un rond de fumée.

— Sitôt son diplôme en poche, confirma-t-elle. Elle ne faisait cela que pour financer ses études, tout comme moi. Elle aurait ensuite effectué un stage de deux ou trois ans dans un cabinet de comptabilité. Il faut compter environ cinq ans pour pouvoir monter sa propre affaire, assurait-elle.

— Cette jeune fille ne manquait pas d'ambition, dit Kate.

— C'était l'un des éléments qui nous rapprochaient. Nous voulions toutes les deux nous faire une situation et nous nous sentions capables de surmonter tous les obstacles. Nous avons eu une enfance pauvre, vous savez. J'ai grandi dans les quartiers sud de Saint Petersburg : inutile de vous décrire l'environnement, je suppose. Il n'y avait pas beaucoup d'argent chez nous, mais ma famille est très unie. Judy n'a pas eu cette chance : ses parents ont divorcé peu de temps après sa naissance, et sa mère l'a élevée seule, sans aucune aide de la part de son père. Elle déménageait fréquemment pour essayer de trouver un emploi plus intéressant ; quand sa maman a quitté Tampa pour s'installer dans l'Ouest, Judy est restée ici et s'est inscrite à l'université. Elles ne se sont plus jamais revues.

La jeune femme secoua la tête d'un air consterné.

— Cela m'a toujours semblé inimaginable. Pour ma part, je passe tous mes week-ends en famille.

— Que pense votre mère de votre job ici ?

Xena esquissa une grimace.

— Elle n'est pas ravie, c'est le moins qu'on puisse dire. Elle a peur qu'il ne m'arrive des ennuis. Ce matin, aux informations, un reporter a suggéré que Judy aurait été victime d'un tueur en série ; cette histoire va la mettre dans tous ses états, évidemment. Elle va crier, tempêter, et m'ordonner d'abandonner immédiatement cet emploi.

— Le pourriez-vous ? demanda Connor.

La question ne parut pas la surprendre.

— Oh, oui, bien entendu. J'ai suffisamment d'économies, à présent. Seulement, voilà : ce n'est pas un salopard de Blanc qui va m'obliger à quitter mon emploi. Ces histoires-là me mettent hors de moi.

— Il ne s'agit pas forcément d'un Blanc, fit observer Connor.

— Les tueurs en série ne sont pratiquement jamais des gens de couleur.

La jeune femme écrasa son mégot dans un cendrier.

— Il m'arrive aussi de lire, ajouta-t-elle.

— Je n'ai jamais suggéré le contraire.

— Admettons. Quoi qu'il en soit, je sais que ce genre d'assassins choisissent toujours le même type de victimes. En l'occurrence, je ne leur ressemble pas le moins du monde :

je ne suis pas blonde et j'ai la peau café au lait. Il a un faible pour la vanille.

Elle haussa les épaules.

— En ce qui me concerne, le danger provient d'un autre genre d'énergumènes ; ceux-là ne manquent pas, par ici.

— Vous avez sans doute raison, dit Connor.

Sortant un carnet de sa poche, il griffonna quelque chose à la hâte.

— Si nous parlions du dernier soir où Judy est venue danser ici ? reprit-il. Etiez-vous présente ?

— J'étais là, en effet. Mary Helen aussi ; Mary Helen est la jeune fille qui l'a... trouvée. Elle s'entendait bien avec Judy. Peut-être souhaiteriez-vous également lui parler ?

— Nous verrons. Mais revenons-en à cette nuit-là : avez-vous remarqué quoi que ce soit d'insolite ? Son comportement vous a-t-il paru normal ? Se serait-elle exceptionnellement attardée auprès d'un client ?

— Non. Je regrette. Elle est seulement partie une heure plus tôt que d'habitude, c'est-à-dire aux environs de minuit. Une crise d'asthme assez pénible l'empêchait de continuer, et le patron l'a autorisée à rentrer chez elle.

— Quelqu'un aurait-il pu l'accompagner pour s'assurer que tout irait bien ?

Xena ébaucha un geste d'ignorance.

— Ecoutez, à vrai dire, je n'en sais rien. J'étais en train de danser à une table et je tournais le dos à la porte. Je n'ai pas fait tellement attention. Ces crises sont gênantes, mais pas au point de nécessiter une aide extérieure...

S'interrompant, elle quitta brusquement son tabouret.

— Je vais aller demander au patron. Il en saura peut-être davantage.

Kate regarda Connor.

— Les policiers ne lui ont-ils pas déjà posé ces questions ?

— Ce que nous venons d'apprendre a dû leur suffire ; pourquoi auraient-ils continué de l'interroger, sachant qu'elle avait vu partir son amie ?

La jeune femme ne tarda pas à les rejoindre.

— Bob assure qu'elle est partie seule. La crise était supportable, lui a-t-elle dit ; elle se proposait même de sortir un moment sur le parking en attendant que ça passe. Il lui suffisait parfois de s'éloigner temporairement des endroits enfumés.

— Quelqu'un aurait donc pu l'attendre sur le parking, dit Connor.

— Je ne crois pas, répliqua Xena. J'y ai beaucoup réfléchi depuis la visite des flics. Cela me semble difficile.

— Pour quelle raison ?

— Parce que le pasteur était dehors ce soir-là. Vous savez, cet hurluberlu qui vient prêcher la bonne parole dans le quartier avec son groupe de paroissiens. Ils essaient de nous inciter à abandonner le strip-tease et de faire honte aux hommes pour les dissuader d'entrer. En fait, ils étaient tous là à l'heure de ma pause et ils commençaient à se disperser quand je suis partie, à 1 heure du matin.

Connor et Kate échangèrent un coup d'œil entendu.

— De toute façon, commenta Kate, Judy Eppinga n'a probablement pas été enlevée. Elle connaissait l'assassin et l'a invité chez elle.

Son compagnon acquiesça.

— Ma foi, elle connaissait beaucoup de monde, renchérit Xena en allumant sa quatrième cigarette. Elle ne manquait pas d'amis sur le campus — étudiants aussi bien que professeurs — et elle n'aurait pas hésité une seconde à faire entrer l'un d'entre eux, surtout s'il avait besoin d'aide. Elle était comme ça, vous savez.

Une fois dans la rue, après que Connor eut remis à Xena sa carte de visite pour Mary Helen, ils ne se sentirent guère plus avancés qu'une heure auparavant.

— En tout cas, tout cela présente un réel intérêt sur le plan humain, déclara Kate.

— Sans nous faire avancer d'un pas sur la piste de l'assassin…

— Hélas, non. Nous savons seulement que Judy est probablement partie seule d'ici, sans quoi les paroissiens qui arpentaient le parking l'auraient su. La police les a également interrogés, je présume ?

— Sans aucun doute. Mais je m'en assurerai quand même demain matin.

Visiblement épuisé, Connor se frotta les yeux et exhala un profond soupir.

— La seule éventualité qui me vienne à l'esprit est que son traitement contre l'asthme ait pu avoir des répercussions sur son jugement. Peut-être a-t-elle pris un auto-stoppeur. Peut-être a-t-elle laissé entrer chez elle quelqu'un dont elle aurait dû se méfier. Sa crise s'est peut-être aggravée en route, l'obligeant à chercher secours auprès du premier venu.

Kate opina, son attention soudain en éveil.

— La même hypothèse pourrait s'appliquer pour Marceline Whitmore, avança-t-elle. Elle aurait pu avoir besoin d'aide à la suite d'un malaise quelconque ; ou bien tomber en panne en pleine rue et rencontrer un inconnu serviable. En fait, notre homme n'avait pas forcément jeté son dévolu sur des strip-teaseuses. Il a peut-être toujours rencontré fortuitement ses victimes, et son besoin de tuer n'est survenu qu'après coup, parce que l'occasion lui en était soudain donnée.

— Pourquoi pas ? ponctua Connor en envoyant d'un coup de pied voler quelques petits cailloux. D'après ce que j'ai compris, ce genre d'assassins connaîtraient une sorte d'envoûtement. A certains moments, ils sont pris dans une aura particulière et perdent contact avec la réalité. Une fois sous son emprise, ils se mettent en quête de leur proie, et lorsque la victime potentielle apparaît, hop ! le piège se referme sur elle.

Kate hocha la tête d'un air concentré.

— Mais quelle est au juste la différence entre un tueur en série et un assassin qui commet plusieurs homicides ?

— Le tueur en série observe un rituel particulier dans l'accomplissement du meurtre. Je n'ai pas encore bien cerné les caractéristiques de celui qui nous intéresse en ce moment.

Inexplicablement, elle ne songea pas à lui demander pourquoi il chercherait à les connaître.

— Qu'avez-vous découvert, jusqu'ici ?

Connor sortit ses clés de sa poche.

— Pas grand-chose, dit-il en allant lui ouvrir la portière.

Il ne souhaitait pas en parler. Du reste, ses propos risquaient fort de faire l'objet d'un article dans le journal du lendemain.

Tandis qu'il s'installait au volant, un violent désir de retrouver Katydid s'empara de lui. Elle avait évoqué une promenade sur la plage, et il avait envie de lui prendre la main. Elle sentait le sable chaud sous ses pieds, avait-elle encore écrit, et cela lui donnait envie de caresser sa peau tiède, fût-ce seulement en imagination.

Seigneur, il perdait complètement la tête ! Ils entretenaient une correspondance sur Internet, rien de plus, et les idées qui lui venaient à l'esprit n'étaient que pures chimères. Certaines personnes, il le savait, échangeaient des propos érotiques par écran interposé, et des liaisons fictives se nouaient sur les réseaux informatiques.

Etrange phénomène révélateur d'une époque passablement perturbée, jugeait-il jusqu'ici, sans savoir comment lui-même avait pu en arriver là. Car ces rêves d'une intensité alarmante auraient dû être réservés à une personne qu'il fréquentait plutôt qu'à une inconnue.

Tout en manœuvrant pour quitter le parking, il jeta un coup d'œil embarrassé du côté de sa passagère. Que penserait-elle de ses élucubrations et des égarements où l'entraînait son idylle sur ordinateur ? Elle considérerait sans doute ce besoin irrationnel de retrouver une femme qu'il rencontrait dans un monde virtuel comme un signe de débilité mentale.

Elle aurait peut-être raison. Lui-même avait quelquefois honte d'une telle déviation. Pourquoi diable ne dénichait-il pas l'âme sœur, une femme bien réelle, comme Kathleen Devane, par exemple ? Kate était mariée, mais les célibataires ne manquaient certes pas, et rien ne l'empêchait de se mettre en quête d'une compagne. Pourquoi persister à mener une existence monacale peuplée de cauchemars et de photos terrifiantes, pratiquement isolé de tout à l'exception de cette relation éphémère par écran interposé ?

Pour la première fois, il se demanda si le fait d'avoir travaillé longtemps pour la police ne l'avait pas rendu inapte à la vie civile. Il fréquentait toujours ses anciens collègues, et jusqu'à présent, il ne s'était pas fait d'amis dans son nouvel environnement professionnel.

De toute évidence, il devait à tout prix redescendre sur terre au lieu de chercher une évasion illusoire. Dans l'immédiat, le meilleur moyen d'y parvenir était sans doute de prêter attention à autrui.

— Votre mari est-il rétabli ? demanda-t-il inopinément en tournant légèrement la tête vers Kate.

Apparemment stupéfaite, elle le dévisagea sans rien dire, ses grands yeux verts fixés sur lui dans la pénombre. Le silence se prolongea pendant plusieurs minutes, et Connor commença à douter qu'elle l'eût entendu. Peut-être était-elle simplement absorbée dans ses pensées.

— Est-il toujours souffrant ? insista-t-il presque machinalement.

Comme elle demeurait muette, il craignit d'avoir abordé un sujet moins anodin qu'il ne l'aurait cru.

— Excusez-moi, Kate. Cela ne me regarde pas, je suppose.

Il ne voyait pas très bien pour quelle raison, cependant.

— Non, ce n'est pas cela, murmura-t-elle enfin. C'est seulement… Oh, zut, je n'aime pas en parler. Il est gravement malade.

— Et vous vous inquiétez à son sujet ?

— Continuellement.

Il était donc préférable de mettre un terme à cette conversation, jugea Connor. On commet souvent une maladresse en se mêlant des questions de divorce et autres problèmes de couple ; il ne connaissait rien de plus déprimant, du reste. En outre, Kate n'avait manifestement aucune envie de s'épancher auprès de lui.

Ils arrivèrent devant l'immeuble du *Sentinel* sans avoir échangé une parole de plus. Connor avait viscéralement horreur des mystères et l'aurait volontiers interrogée sans relâche pour lui faire avouer son secret, ce qui confirmait sa certitude de garder à jamais une âme de flic. En revanche, il était trop sensible pour ignorer quel mal il pouvait lui infliger de cette façon.

Or, il ne voulait pas faire souffrir cette femme.

En se garant sur le parking où elle avait laissé sa voiture, il l'observa à la dérobée et remarqua combien elle paraissait vulnérable. Sans doute ne l'était-elle pas davantage qu'une autre, mais son corps recroquevillé et sa tête légèrement inclinée sur un cou délicat dégageaient une impression de fragilité émouvante.

Comme son attention se fixait sur la nuque qu'effleuraient quelques mèches blondes échappées du chignon, un désir brûlant monta brusquement en lui, qui l'obligea à détourner vivement le regard.

L'abstinence commençait à lui jouer des tours, songea-t-il. Après avoir fantasmé sur une femme qu'il n'avait jamais vue, il se mettait à éprouver de violentes pulsions à l'égard d'une camarade de travail.

Réprimant ces instincts primaires, il descendit de voiture et contourna le capot pour aller ouvrir la portière de Kate. Mais elle ne l'avait pas attendu et se dirigeait déjà vers sa Buick.

— Je vous suis jusque chez vous, lança-t-il. Je tiens à m'assurer qu'il ne vous arrivera rien.

La jeune femme se raidit légèrement.

— Ne prenez pas cette peine. C'est inutile, je vous assure.

— Qu'en savez-vous ? dit Connor. Un tueur en série amateur de blondes se promène dans la ville. Je vous suis en voiture.

Cette fois, elle ne refusa pas.

La mère de Connor était une Indienne crow de pure souche qui avait travaillé comme serveuse dans un restaurant de routiers sur l'autoroute 2 dans le Montana ; son père, immigré irlandais et chauffeur de camion, y faisait toujours halte lors de ses passages. Il avait le mal du pays et, tandis qu'il donnait libre cours à sa nostalgie, elle se lamentait sur les rigueurs des interminables hivers et sur les mauvais traitements infligés à son peuple.

Connor n'avait jamais très bien compris comment ni pourquoi ils s'étaient décidés aussi vite : mariés à la hâte, ils avaient tout quitté pour partir s'installer en Floride, jugeant probablement que la misère serait plus supportable au soleil. Fils et petit-fils de pêcheurs irlandais, Diurmuid dépérissait loin de la mer, disait-il. Anna, pour sa part, ne voulait plus jamais voir un flocon de neige. C'était ainsi que Connor avait vu le jour à Tampa.

A présent, accoudé au balcon de son appartement, leur fils regardait les vagues d'un noir d'encre clapoter contre la jetée. Le temps s'était radouci, et il se promit de remettre géraniums et hibiscus sur la terrasse le lendemain matin avant qu'ils ne commencent à se prendre pour des plantes d'appartement.

L'intuition exceptionnelle, presque divinatoire, que lui avaient léguée ses parents lui apparaissait désormais comme un véritable handicap. Il se serait volontiers passé de voir et de ressentir des choses inaccessibles au commun des mortels. Cette faculté unique lui avait rendu d'inestimables services dans la poursuite des criminels. Mais aujourd'hui, il ne supportait plus de se glisser dans la peau des assassins, dans leur esprit dépravé, afin d'anticiper leurs actes.

Pourtant ce soir-là, après avoir laissé Kathleen Devane en sécurité chez elle et avant de s'autoriser la récréation que lui procurait la lecture de son courrier électronique, il donna libre cours à son intuition.

Le souffle tiède d'une brise tempérée par l'air du large caressait légèrement ses cheveux. Au-dessus de lui, une myriade d'étoiles scintillaient d'un éclat incomparable sur la voûte opaque du ciel. C'était une nuit somptueuse dont la beauté, cependant, ne pouvait atteindre son âme envahie par un froid mortel.

Il se représentait si clairement Judy Eppinga, à présent. Quinze à vingt photos d'elle étaient épinglées sur son mur. Les clichés pris par des amis montraient une jeune femme joyeuse, rayonnante, qui souriait à la vie, pleine d'espoir et de rêves.

Elle n'avait pas mérité de mourir si jeune.

Son assassin en avait toutefois décidé autrement. Il l'avait froidement supprimée. Le meurtre avait été beaucoup moins violent que ceux commis d'ordinaire par des tueurs en série. Il obéissait néanmoins indiscutablement à un rituel bien précis.

A en croire le rapport, le tueur n'avait donc pas voulu lui infliger une terrible agonie ou la faire hurler de douleur pour satisfaire ses instincts sadiques. En somme, il ne semblait pas s'acharner particulièrement sur ses victimes. Peut-être se contentait-il de la peur qu'elles manifestaient face à la mort.

Mais que faisait-il donc de leur sang ? La quantité de sang perdue par la première victime et par Mme Whitmore était estimée à environ cinq litres. Pareille hémorragie suffit à provoquer un état de choc entraînant la mort. Dès que le cœur avait cessé de battre, il avait apparemment mis fin à la saignée.

Quelle explication trouver à ce comportement ?

La plus plausible conduisait à croire qu'il réservait ce sang à quelque rituel ultérieur pratiqué ailleurs que sur le lieu du crime. Le prélèvement de trophées sur les cadavres constituait une pratique assez courante chez les tueurs en série, qui s'en servaient généralement pour revivre le moment du meurtre ; le prélèvement de sang était cependant fort rare, et sa conservation, fort difficile.

Quel vice pouvait-il donc permettre au tueur d'assouvir ?

Finalement, Connor fit demi-tour et regagna le séjour, reléguant sensations et impressions à demi formées dans un coin de son esprit tandis qu'il s'autorisait à penser à autre chose.

Katydid lui avait écrit deux messages. Le premier confirmait sa prémonition puisqu'elle lui proposait bel et bien une promenade le long de la mer. Sa virtuosité à le transporter en imagination — grâce à quelques mots bien choisis — jusqu'aux plages désertes de Key West ou de Key Largo le stupéfiait toujours.

Elle écrivait que Tigret, le chaton roux, dévalait la dune derrière eux en roulant dans le sable. Elle dépeignait un coucher de soleil aux nuances d'or et de turquoise, un voilier dont les contours se découpaient sur l'horizon changeant, par-delà la barrière de corail.

Il voyait tout cela, le respirait, le vivait. Et quand son cœur se mit à battre calmement, régulièrement, il entreprit de lui répondre, évoquant la brise tiède et l'étincelle qui brillait dans les yeux de sa compagne. Puis, s'efforçant de continuer à respirer posément, il écrivit qu'il lui prenait la main — le premier contact qu'il se soit jamais permis avec elle. Ses doigts semblaient voler sur le clavier tandis qu'il savourait la chaleur de sa paume blottie contre la sienne.

Alors il s'enhardit enfin et la fit doucement pivoter vers lui pour l'embrasser avec passion. Il décrivit chacune de ses sensations, aussi bouleversé que s'il la tenait pour de bon entre ses bras.

Puis il appuya sur la touche « envoi » avant de pouvoir changer d'avis et resta un moment immobile à regarder l'écran, se demandant comment elle allait réagir, espérant contre toute attente une réponse analogue, tant Katydid était devenue l'âme, le pivot de sa vie intime.

Quelques instants plus tard, sa crainte de s'être montré trop audacieux ne s'était pas atténuée, et il prit connaissance du second message.

« Je vous expédie la dernière missive du personnage qui me harcèle sur le site Internet, écrivait-elle. Vous la trouverez ci-dessous. Voudriez-vous me dire ce que vous en pensez ? »

Il lut le document en question, et son cœur s'emballa de nouveau, de manière différente, cette fois. Le ton employé lui déplaisait souverainement, et il se demanda si cet individu bluffait en prétendant la connaître.

A force de le lire et de le relire, le texte se mit à danser devant ses yeux, et il eut l'impression que les fils du destin se mêlaient inexplicablement. Un sentiment de malaise s'empara de lui sans qu'il sût au juste en saisir l'origine. Sans doute était-il si préoccupé par le Marionnettiste qu'il accordait trop d'importance à l'énergumène qui harcelait Katydid. Tout compte fait, il ne faisait rien de plus que de lui adresser d'odieux messages.

Il effectua une sauvegarde du texte et écrivit un petit mot rassurant à la jeune femme, lui conseillant de ne pas s'inquiéter tant qu'elle ne recevrait pas de menaces plus précises. En même temps, il se promit mentalement d'en parler à un ami susceptible de retrouver l'auteur de ce mot.

Il éteignait son ordinateur, prêt à mettre un terme à cette longue journée, lorsque le téléphone sonna à trois reprises, déclenchant le fonctionnement de son répondeur. Quelques secondes plus tard, une voix masculine, sourde et haletante, se fit entendre.

— Monsieur Quinn… Monsieur Quinn… Vous ne me connaissez pas, mais je lis vos articles dans le journal à propos de ces… homicides. Ceux du tueur en série. Je… Vous allez me croire fou mais… j'ai des prémonitions… Je sais qui sera sa prochaine victime…

Il y eut une pause, puis un déclic.

Quinn se dirigeait vers le téléphone quand l'individu raccrocha. Le son aigu de la tonalité résonna dans l'appartement pendant quelques secondes avant l'arrêt complet du répondeur.

Quinn jura furieusement entre ses dents, décrocha le combiné et composa le 69 pour connaître l'origine de l'appel. Une voix préenregistrée lui apprit que le dernier appel provenait du numéro 555 1032. Connor le nota sur un coin de journal et le rappela immédiatement. Il laissa sonner une dizaine de fois, en vain.

— Nom de nom !

Raccrochant rageusement, il ôta la cassette du répondeur pour éviter de l'effacer par erreur. Puis il reprit le téléphone et appela Rick Diaz, qu'il tira du lit une fois de plus.

— Rick ? Je crois que le Marionnettiste vient de téléphoner chez moi.

7.

— Ce numéro est celui d'une cabine téléphonique de l'avenue Fletcher, déclara Diaz. N'importe qui pouvait t'appeler de cet endroit. Nous avons probablement affaire à un cinglé. Cinq personnes se sont déjà manifestées pour s'accuser des meurtres. Pourquoi n'aurais-tu pas ta part d'illuminés ?

— Pourquoi pas, en effet.

Au téléphone, l'homme n'avait vraiment pas dit grand-chose, si ce n'est qu'il savait par avance qui serait la prochaine victime. N'importe qui pouvait prétendre cela.

— Mais tu n'en crois rien, dit Rick après un bref silence. Très bien ; alors, selon toi, pourquoi ne s'agirait-il pas simplement de quelqu'un qui veut faire parler de lui ?

— Parce qu'il n'a pas laissé son nom.

Le détective leva les yeux au ciel.

— Il n'a pas laissé son nom.

— Exactement. S'il voulait faire parler de lui ou attirer l'attention des médias, il n'aurait pas manqué de se présenter.

— D'accord. Nous voilà donc en présence d'un drôle de phénomène qui ne veut pas attirer l'attention ; un gars avec une demi-case en moins au lieu d'une entière.

— Peut-être.

Rick esquissa un geste d'impatience et mit un sucre dans son café. Les deux hommes étaient assis côte à côte au bar d'une brasserie à proximité du boulevard Fowler. Quinn était venu dans le quartier pour immortaliser une nouvelle exposition au musée de la Science et de l'Industrie, tandis que Rick s'occupait d'une affaire sur le campus de l'université, à proximité.

— Bobby Joe Long sévissait dans le même périmètre, reprit Connor.

— Ce maudit breuvage a un goût de caoutchouc brûlé, dit Rick avec une grimace.

Il y ajouta un autre sucre.

— Bon, d'accord : Bobby Joe Long sévissait aussi par ici. Et après ? Avec cette population changeante, tous ces étudiants, ces magasins de lingerie érotique, ces commerces de vidéo pornographique…, ce faubourg est l'endroit rêvé pour les tueurs en série. Les victimes en puissance y sillonnent les rues, en quelque sorte.

— Notre assassin s'est pourtant déplacé vers le sud de Tampa.

— Ne m'en parle pas.

Non pas que Rick voulût l'oublier. Mais les flics n'apprécient guère que les tueurs s'en prennent aux gens riches et influents à cause du remue-ménage qui en résulte ; leur vie devient un enfer jusqu'à ce que le coupable soit arrêté.

— Il a commis là sa première erreur.

— C'est possible.

Connor repoussa sa tasse, adressa un signe au serveur et demanda un verre d'eau.

— Ces types-là veulent se faire arrêter, Rick. Tu le sais bien. Tôt ou tard, ils se mettent à semer des indices derrière eux.

— C'est une théorie intéressante.

— Elle se vérifie très souvent.

— Tu penses donc que ce type veut qu'on l'attrape ?

— Je ne sais pas. Je suis en train d'y réfléchir. Il a changé sa façon d'opérer — du moins, à première vue — et peut-être l'a-t-il fait pour inciter les détectives à redoubler d'efforts ; à moins qu'il ne cherche à démontrer ainsi son habileté diabolique.

— Je penche plutôt pour la seconde hypothèse : celle du pied de nez.

— Seulement, il nous a fourni là un indice appréciable : l'assassin est une personne dont Mme Whitmore ne se méfiait pas, et plusieurs strip-teaseuses avaient également confiance en lui. Il semble donc avoir des amitiés plutôt éclectiques.

Rick haussa les épaules.

— C'est le cas de tous ces jeunes débauchés qui rôdent dans les parages : des vauriens qui ont beaucoup trop d'argent à dépenser.

— Précisément.

Le front de Rick se plissa. Pivotant sur son tabouret, il se tourna vers Quinn.

— Il vaudrait mieux éviter de le crier sur les toits.

— Les gens y penseront bien sans nous. C'est la seule déduction logique. Tout semble désigner l'un de ces jeunes désœuvrés qui hantent les cabarets la nuit et fréquentent des femmes de banquiers ; quelqu'un du beau monde, en somme.

De plus en plus inquiet, Rick jeta autour de lui un coup d'œil circonspect.

— N'ébruite rien de tout cela. La police a déjà assez à faire avec les Whitmore, qui sont passablement déchaînés. Il ne manquerait plus que la moitié de la ville devienne hystérique.

Mais Quinn ne se laissa pas apitoyer. Diaz ne l'avait-il pas justement entraîné dans cette sordide affaire parce qu'il ne procédait pas suivant les schémas classiques ?

— Tout cela correspondrait bien à l'impression que je garde de cet appel anonyme : l'homme s'exprimait de manière correcte, et sa voix est celle d'une personne d'un excellent niveau socioculturel.

— Ma foi, nous ne sommes guère avancés pour autant.

— Qui sait ? En admettant que l'inconnu du téléphone soit l'assassin, son appel me fournirait un élément de plus pour mieux le cerner : il prétend avoir des prémonitions.

— Et si ce n'est pas l'assassin ?

— Je ne tarderai pas à le découvrir. Mais pour l'amour du ciel, Rick, je ne dispose pratiquement d'aucune base pour entamer mes recherches ! Quelques cordes, des genoux éraflés, trois saignées mortelles, aucun signe de lutte…, nous nageons là en plein brouillard. En revanche, si notre homme avait réellement des visions…

— Eh bien, maugréa Diaz, l'interrompant, dans ce cas, que diable pourrais-tu en déduire ?

La réponse se fit attendre.

— A coup sûr, dit enfin Connor en regardant fixement le verre d'eau posé devant lui, cela prouverait qu'il s'agit d'un individu souffrant de dédoublement de la personnalité.

— Magnifique ! Tous les tueurs en série présentent des troubles dissociatifs ; n'est-ce pas précisément leur trait caractéristique ?

— Celui-ci est particulièrement atteint, à en juger d'après le message enregistré sur mon répondeur.

— Ecoute, dit Rick en se tournant de nouveau vers lui. Je connais tes méthodes de travail et je m'efforce de laisser libre cours à tes intuitions, mais si tu commences à te tromper de cible, tu risques de nous causer de sérieux ennuis ; ainsi qu'à certaine jeune femme qui, en ce moment même, ignore qu'il ne lui reste plus que quelques jours à vivre. Tâche de bien réfléchir à la manière dont tu vas exploiter l'appel de cet énergumène.

Connor opina, conscient que Rick pouvait avoir raison, sans se promettre pour autant de négliger l'appel de la veille.

— Quand allez-vous appeler le F.B.I. ?

L'inspecteur baissa les yeux.

— Nous avons pris contact avec eux ce matin. Ils vont nous envoyer deux ou trois spécialistes pour examiner les pièces à conviction.

— Parfait ; toute aide extérieure sera la bienvenue.

Rick releva la tête.

— Cela ne veut pas dire que nous te retirons notre confiance.

Connor le rassura d'un sourire.

— Tu connais le dicton, Rick : plus on est de fous, plus on rit. Il vaut mieux découvrir le tueur le plus vite possible. Du reste, en appelant les agents fédéraux, tu me délivres d'une bonne part du fardeau. Crois-moi, je me sens beaucoup plus léger ainsi. Peut-être même me permettront-ils de recouvrer le sommeil.

— Je sais, Quinn, je sais.

— Non, je ne crois pas que tu aies bien compris, répliqua Connor. J'ai quitté la police, l'as-tu oublié ? J'ai fui ce cloaque pour échapper aux cauchemars qui m'empoisonnaient l'existence, et toi, tu es venu m'y traîner de nouveau. Sais-tu de quoi je rêve en ce moment, Rick ? Toutes les nuits, je vois le tueur dans l'objectif de mon appareil et je ne peux rien faire d'autre que photographier tout ce qui se passe : impossible d'intervenir pour arrêter le massacre. Impossible de sauver la fille. Je suis seulement capable de continuer à mitrailler la scène.

Se levant, Connor jeta quelques pièces sur le comptoir.

— Il faut que je retourne au musée. Quand les gars du F.B.I. arriveront, dis-leur de m'appeler. Je ne demande pas mieux que de leur faire part du peu que j'ai appris.

Lorsque Kate arriva au journal, à midi, la salle de rédaction était en pleine effervescence. Aux premières heures du jour, la police avait abattu une femme au nord-ouest de Saint Petersburg et les communiqués manquaient de précision. Certains prétendaient que la victime, âgée de trente-cinq ans, complètement ivre, avait menacé un agent de police avec un couteau. D'autres témoins affirmaient qu'elle n'était pas armée.

— Il faut choisir entre plusieurs versions, dit Mark Polanski à Kate. Vous êtes chargée de rédiger l'article, n'est-ce pas ? Hélas, les témoignages visuels se contredisent : et bien entendu, comme chacun sait, si cette femme n'était pas armée quand le flic lui a tiré dessus, elle a probablement été armée ensuite.

Malgré elle, Kate sourit avec une ironie désabusée.

— Ne soyez pas aussi cynique, Mark.

— Cynique, moi ? Je suis simplement réaliste. Il ne faut jamais prendre à la lettre les rapports des flics en pareil cas, même s'ils sont assermentés.

— Pourquoi ne pas mener votre propre enquête, en l'occurrence ?

— Mais comment donc ! Qui serait en mesure d'apporter la preuve de ce que j'avance ? Personne. Quoi qu'il en soit, le peu dont nous disposons fournit déjà matière à un article intéressant. En écartant les divergences de descriptions et de points de vue, il nous reste tout de même les péripéties d'une femme ivre qui attaque son mari, le poursuit jusque dans le jardin, réveille les voisins, menace de tuer l'un d'entre eux qui se portait au secours du malheureux. Quelqu'un appelle la police ; les flics rappliquent, essaient de calmer la femme, mais un incident quelconque survient. Quelle qu'en soit la nature, la femme est morte, et le mari réclame la peau du flic.

— Le mari veut venger sa femme ?

— Oh, c'est une réaction courante de la part des conjoints maltraités, hommes ou femmes, indifféremment. Cela mis à part, je venais vous parler de tout autre chose.

Kate sentit tout son corps se raidir. Elle n'était pas très à l'aise avec Mark depuis l'entretien privé au cours duquel il lui avait fait part de ses soupçons concernant Mike, et elle attendait l'épisode suivant.

— La personne qui avait pris contact avec moi — un membre de votre belle-famille — m'a rappelé hier soir, annonça Mark.

D'un geste, il désamorça toute protestation.

— Patientez une seconde, Kate. Tout cela n'est que pure malveillance à votre égard, je le sais parfaitement. Je me suis renseigné et j'ai découvert que ce prétendu scandale n'est qu'une tempête dans un verre d'eau. J'ai donc décidé de vous avertir que cette personne ne désarme pas et que vous auriez intérêt à rester vigilante.

— Merci, Mark.

Sa tension s'atténua un peu, bien que ce ne fût pas une nouvelle bien inattendue pour elle. La famille Devane n'avait jamais cessé de lui attribuer la responsabilité de tout ce qui était arrivé à Mike. Au point qu'elle se demandait parfois si cette démence n'était pas un trait génétique.

Après le départ de Mark, elle essaya de se concentrer sur les dossiers qui s'entassaient sur son bureau mais se surprit à rêver au message de Connor qu'elle avait découvert le matin même dans la boîte aux lettres de son site Internet. Il l'avait rassurée en affirmant qu'elle n'avait rien à redouter de l'individu qui lui adressait du courrier anonyme.

Quant au reste... Son cœur s'affola soudain, et ses mains se crispèrent sur le clavier de l'ordinateur au souvenir du baiser qu'il avait décrit. D'abord sous le choc, elle avait ensuite très vite compris à quel point elle avait besoin qu'il l'embrassât. Elle imaginait parfaitement la scène et avait passé un long moment devant son écran à rêver de ses bras autour d'elle, de leurs corps étroitement enlacés. Violemment troublée, elle s'était sentie soudain plus vivante, palpitante de désir.

Elle lui en voulait beaucoup pour cela : cette évocation de tout ce qui lui manquait si cruellement depuis la maladie de Mike lui semblait presque intolérable. Elle le détestait presque pour ces moments de pur bonheur — de pure souffrance — où elle avait pris conscience du feu qui couvait en elle. Elle eut soudain l'impression d'avoir ouvert la boîte de

Pandore, laissant échapper un flot de sentiments désormais impossibles à ignorer.

— Comment vous sentez-vous ?

S'asseyant près d'elle, Sally lui posa une main sur l'épaule.

— Devane, vous avez une mine épouvantable. Ne me dites pas que vous couvez une grippe.

La remarque réussit à arracher un sourire à la jeune femme.

— J'espère bien que non ; nous avons tous été vaccinés en novembre, vous le savez bien.

— Bien sûr, mais avec ces touristes qui nous envahissent, les nouveaux germes pullulent. Ils nous empoisonnent vraiment l'existence. Comme chaque année, circuler en ville s'apparente depuis quelques jours à un exercice périlleux ; impossible de changer de file pour doubler sur l'autoroute sans risquer une collision. J'ai bien envie d'afficher sur ma vitre arrière un de ces autocollants rappelant que : « Tout le monde n'est pas en vacances » !

Kate ne put s'empêcher de rire. Pour les habitants de la région, la Floride devenait un lieu invivable pendant les vacances. Les files d'attente aux caisses étaient interminables, il fallait réserver sa table au restaurant plus de huit jours à l'avance, et les autochtones finissaient par manifester une impatience et une grossièreté analogues à celles des touristes dont ils se plaignaient tant.

— Par-dessus tout, c'est leur comportement qui me met hors de moi, poursuivit Sally. A croire que la population locale doit se mettre entièrement à leur service ! C'est une exigence tolérable à l'hôtel où ils descendent, mais pas dans un supermarché ou une pharmacie, tout de même.

— Je ne sais trop que vous dire, Sally. Je m'en accommode à peu près, sauf en ce qui concerne la grossièreté qui semble inséparable du phénomène. En fait, j'essaie surtout de ne pas trop y penser.

— Vous avez bien raison, dit Sally en lui tapotant l'épaule. Et dans l'immédiat, pourquoi ne pas oublier vos soucis ? L'affaire de cette femme abattue par un flic vous fournira un excellent dérivatif : les choses commencent à se corser. Le mari affirme à présent que le couteau avec lequel le policier prétend avoir été menacé ne leur appartient pas.

— Est-ce précisé dans le récit de Mark ?

Sally secoua la tête.

— Nous venons de l'apprendre par téléphone. Polanski est encore au bout du fil, du reste.

— Il va sans doute vouloir remodeler son article, dans ce cas.

— C'est possible. Tout dépend de son opinion sur la fiabilité de l'information et des possibilités de vérification. En tout état de cause, retardez la mise au point jusqu'à ce qu'il raccroche et vous dise ce qu'il compte faire. En attendant, jetez donc un coup d'œil sur la mise en page dans la section B. A mon avis, la disposition de la 1-B pourrait être améliorée.

Kate acquiesça de bonne grâce et fit aussitôt apparaître la page en question sur son écran. Dix minutes plus tard, elle avait modifié la présentation de deux articles, rendant à la page un aspect plus équilibré et plaçant en tête le titre le plus important. Tout en travaillant, elle se demanda pour quelle raison Sally lui demandait cela maintenant : il y avait fort à parier que quelque imprévu de dernière heure les obligerait encore à tout recommencer avant la fin de la journée.

— Devane, lança Sally depuis un autre bureau, il y a un appel pour Quinn à propos de l'affaire du Marionnettiste mais il s'est absenté. Voulez-vous le prendre à sa place ?

— Certainement.

Kate décrocha le récepteur et adressa un petit signe à Sally.

— Kathleen Devane, j'écoute.

— Je voudrais parler à Connor Quinn.

— Je regrette, il est absent pour le moment. Puis-je vous aider ? Je travaille avec lui.

Il y eut un long silence au bout de la ligne. Kate commençait à se demander si son correspondant avait raccroché quand il reprit la parole.

— Etes-vous au courant des trois meurtres ?

— Oui, nous nous occupons ensemble de cette affaire. Avez-vous de nouveaux éléments d'information à ce sujet ?

L'homme hésita encore.

— Vous ne me croirez pas.

Cette remarque éveilla immédiatement l'intérêt de la jeune femme. A sa connaissance, les gens qui s'apprêtaient à mentir ne disaient jamais cela. Elle pouvait se tromper, malgré tout.

— Dites toujours.

— Eh bien, je… je fais sans cesse les mêmes rêves.

— Des rêves ?

Le stylo de Kate resta en suspens au-dessus du bloc-notes.

— Quel genre de rêves ?

— Des rêves concernant ces meurtres. Je… n'y prêtais pas foi au début mais je… Oui, je vois les femmes qu'il va tuer avant qu'il les tue.

— Dans vos rêves ? Vous les voyez en rêve ?

Partagée entre la conviction d'avoir affaire à un mythomane et la crainte qu'il n'en soit pas un, Kate retint son souffle.

— Oui. Je le vois… en train de les suivre. Enfin, je ne le vois pas, lui, naturellement ; mais elles, leur image est si nette… Ensuite… ensuite je découvre leurs photos dans le journal. Et ce sont bien les femmes que je voyais en rêve…

La voix s'affaiblit, comme rongée par l'angoisse, au point de devenir presque inaudible lorsqu'il ajouta :

— Oh, Seigneur, je dois trouver un moyen d'empêcher cela !

Complètement affolée, Kate essaya de rassembler ses idées pour trouver une réponse adéquate. Devait-elle s'excuser poliment et lui raccrocher au nez ou bien lui suggérer un entretien pour approfondir la question ? Ou bien encore lui proposer de l'aider à découvrir ces femmes. Un bon dessinateur devait être capable d'établir des portraits d'après ses descriptions… s'il les voyait pour de bon.

Mais avant qu'elle ait pu opter pour l'une ou l'autre de ces solutions, il se remit à parler d'une voix plus assurée.

— Excusez-moi, dit-il. Vous ne me croyez pas, évidemment. Pourquoi le feriez-vous ? C'est à peine si j'y arrive moi-même.

Sur ces mots, un bref déclic annonça qu'il venait de raccrocher.

Kate vérifia immédiatement le numéro du dernier appel et jura entre ses dents en découvrant que son correspondant avait bloqué les recherches. Selon toute vraisemblance, il s'agissait d'un illuminé, mais elle eut néanmoins l'impression que quelque chose d'important venait de lui filer entre les doigts.

— Avez-vous obtenu un renseignement utile ? s'enquit Sally.

— Hélas, non.

Kate haussa évasivement les épaules.

— Un genre d'halluciné qui prétend avoir des visions.

— Nous nous passerions volontiers de ces hurluberlus ; du moins jusqu'à ce que les flics fassent appel à un psychiatre.

— En ont-ils l'intention ?

— Je ne sais pas. Toutefois, les pressions se font de plus en plus insistantes. Avez-vous parcouru l'article de Gerry sur la conférence de presse donnée par le maire, ce matin ? Apparemment, la population locale s'agite et exige que l'affaire soit promptement résolue ; surtout depuis qu'une habitante de Tampa a été tuée.

— Qui ne le souhaite pas ?

— Comme vous dites, admit Sally avec un rire goguenard.

Kate appela l'article de Gerry Aldrich sur son serveur et le lut rapidement.

La municipalité exprimait sa consternation et affirmait que la police ne ménageait pas ses efforts pour retrouver le Marionnettiste. Le shérif et le commissaire en chef l'épaulaient énergiquement et donnaient la composition du détachement spécial formé à cette occasion. La jeune femme fut surprise de ne trouver aucune allusion à une éventuelle intervention du F.B.I. A la suite du dernier homicide, elle pensait qu'un notable ne tarderait pas à l'exiger.

— C'est de la politique, commenta Connor un peu plus tard, en revenant avec plusieurs rouleaux de pellicule à développer. De la politique pure et simple : quelqu'un doit rechigner à détourner les projecteurs vers les fédéraux.

Il s'abstint de préciser que Rick avait déjà engagé les pourparlers avec eux.

— A la suite du meurtre de Mme Whitmore, je pensais qu'ils auraient hâte de se décharger des responsabilités.

— C'est vrai en ce qui me concerne, affirma Connor.

— Vous ?

Kate haussa les sourcils, perplexe.

— Mais quelle responsabilité avez-vous dans l'histoire ?

Il jeta une bobine dans une corbeille et parut hésiter.

— Plus exactement, j'*aurais* hâte de m'en décharger, à leur place. Bon sang, cette affaire est comme un marron chaud qui devient de jour en jour plus brûlant ; celui qui l'a tiré du feu semble pourtant croire qu'il a tout intérêt à le garder pour lui.

— Le fait de trouver le coupable n'est-il pas plus important que tous ces calculs politiques ? objecta-t-elle.

Connor la considéra d'un œil sombre.

— La réponse ne fait aucun doute pour vous, n'est-ce pas ?

Il franchit le seuil de la chambre noire, poussant la porte à tambour. Kate lui emboîta le pas et cligna des yeux, surprise par l'intensité de la lumière. Elle avait toujours cru que ces pièces-là n'avaient d'autre éclairage qu'une minuscule veilleuse.

— J'ai reçu un appel téléphonique intéressant, dit-elle en le regardant disposer ses rouleaux de pellicule sur le plan de travail.

Il prit ensuite trois cuvettes métalliques sur une étagère et les plaça côte à côte, puis sortit une paire de ciseaux et un ouvre-boîtes d'un tiroir.

— Je vais éteindre la lumière quelques instants, déclara-t-il. Adossez-vous au mur pour garder un repère.

— Entendu.

Une série de bruits indiqua ensuite qu'il s'affairait dans l'obscurité, sans qu'elle sût au juste ce qu'il faisait.

— A propos de cet appel…

— Attendez que j'aie rallumé, dit Connor, l'interrompant. Je dois être très attentif à mes gestes.

— Certainement.

C'est alors que le message dans lequel il l'avait embrassée vint la frapper, surgissant de sa mémoire où il était resté tapi, comme en embuscade. Préoccupée par ce maudit appel, elle l'avait momentanément oublié.

Enfermée avec lui dans l'obscurité, elle sentit soudain un trouble étrange l'envahir, et son cœur se mit à battre de façon désordonnée.

— Comment vous sentez-vous ? demanda-t-il inopinément.

— Euh… Bien, très bien. Pourquoi cette question ?

— Parce que vous respirez péniblement. Auriez-vous peur dans le noir ? Seriez-vous claustrophobe ?

— Non, tout va parfaitement bien, je vous assure.

Honteuse, elle aurait voulu disparaître sous terre. Si la simple évocation de ce baiser la bouleversait autant, elle n'osait se demander comment elle réagirait s'il s'approchait et l'embrassait pour de bon. Mais évidemment, il ne ferait rien de tel. Il pouvait embrasser virtuellement Katydid sur

Internet parce qu'il s'agissait d'un geste sans conséquence. Il n'embrasserait jamais Kathleen Devane, qui travaillait avec lui, parce que cela provoquerait toutes sortes de complications ; comment saurait-il s'il ne risquait pas de se voir accuser de harcèlement sexuel, par exemple ?

Mais personne ne l'avait embrassée depuis si longtemps ! S'imaginer dans les bras de Connor Quinn, de surcroît…

Un vif sentiment de culpabilité commençait à combattre ce fantasme, quand, soudain, la lumière inonda de nouveau la pièce. Les rouleaux de pellicule, amputés de leurs extrémités, étaient éparpillés sur le plan de travail. Connor les ramassa et les jeta dans la corbeille à papier, puis vérifia la température du bain et y plongea l'hyposulfite de soude. Kate le regarda ensuite verser le révélateur dans les boîtes et régler le minuteur.

— Qu'avez-vous fait pendant que tout était éteint ? demanda Kate tandis qu'il agitait les boîtes en effectuant un mouvement de rotation du poignet.

— J'ai ouvert les rouleaux, placé les pellicules autour des bobines en acier et plongé le tout dans les bains.

— Vous pouvez effectuer ce travail dans l'obscurité ?

— J'en ai tellement l'habitude que je pourrais le faire la tête en bas, dit-il.

— Cela doit tout de même être difficile, au début.

— Pas autant qu'on peut le croire. Mais parlez-moi plutôt de cet appel téléphonique, demanda Connor.

Sur ces entrefaites, le minuteur se mit à sonner. Plaçant les cuvettes dans le bain à température constante, il régla de nouveau l'appareil.

Kate hésita. Elle se sentit soudain ridicule d'avoir accordé assez d'importance à ce mauvais plaisant pour mentionner l'anecdote.

— Oh, ce n'est sans doute pas grand-chose, mais cet individu voulait vous parler. Je me suis permis de prendre l'appel en votre absence.

— Naturellement, dit Connor. Vous avez bien fait.

— Cet homme prétend donc avoir des sortes de… visions relatives aux meurtres.

Connor fit brusquement volte-face.

— Que vous a-t-il dit, exactement ?

Elle haussa les épaules en un geste évasif.

— Ses propos étaient assez confus. Il semblait s'excuser d'appeler et m'a dit que je n'allais sûrement pas le croire. Quoi qu'il en soit, il a raccroché sans me laisser le temps de le questionner davantage. J'ai cherché à obtenir son numéro par le service de rappel mais il avait bloqué les recherches.

— Oh, non !

L'alarme sonna une troisième fois, et Connor s'activa de nouveau autour du bain.

— Eh bien, quoi ? demanda-t-elle, comme il se taisait.

— Le même individu m'a appelé hier soir à mon domicile. Il a raccroché avant que j'aie pu atteindre l'appareil. Du moins, je pense que c'était lui, à en juger par le message qu'il a laissé sur mon répondeur.

Un frisson glacé parcourut le dos de la jeune femme.

— Se pourrait-il qu'il n'ait pas menti ?

— C'est la question à quarante mille dollars, n'est-ce pas ? Et s'il s'agissait de l'assassin en personne ?

— Oh, mon Dieu !

— Charmante hypothèse, non ?

Le dernier bain terminé, Connor prit les cuvettes métalliques.

— Laissez-moi un peu de temps pour réfléchir à ce qu'il convient de faire. Si une idée géniale me vient, je vous en ferai part.

— D'accord.

Elle se dirigea vers la porte.

— Kate ?

— Avez-vous donné votre nom à cet homme ?

Le froid pénétra plus profondément en elle, la glaçant jusqu'aux os.

— Oui, naturellement ; je me présente toujours en décrochant. J'ai précisé que je travaillais avec vous.

— Merde.

Le ton du juron était si éloquent que Kate regagna son bureau, aussi bouleversée que le jour où elle avait dû faire interner Mike à l'hôpital psychiatrique pour la première fois.

C'était difficile. Beaucoup plus difficile qu'il ne l'avait envisagé. Comment s'y prendre pour appeler de parfaits inconnus et leur révéler qu'il avait des visions ? Comment les empêcher de le considérer comme un mauvais plaisant ? Il avait déjà téléphoné à deux reprises et chaque fois il s'était affolé, craignant d'être éconduit comme un vulgaire mythomane ou, pis encore, de passer pour le tueur lui-même.

Il se mit à prier. Il pria jusqu'à ce que les mots bourdonnent dans sa tête, tel un essaim d'abeilles en colère. S'il rappelait pour fournir plus de précisions, on lui demanderait à coup sûr de décliner son identité. Et s'il donnait son nom, peu importerait qu'on le croie fou ou qu'on le prenne pour l'assassin : il devrait dire adieu à son sacerdoce. Ses paroissiens le considéreraient comme un importun et l'abandonneraient.

Que deviendrait-il, dans ce cas ? Comment trouver un autre ministère ? Qui voudrait encore de lui ?

Il devrait fournir des explications sur ses visions et sur l'aggravation de son cas depuis l'accident ; il faudrait aussi parler des céphalées qui l'obligeaient de plus en plus fréquemment à s'aliter. Tout le monde s'éloignerait de lui. Même Mme Hebert, sa gouvernante, n'était pas au courant de ces visions, et elle prenait ses maux de tête pour de vulgaires migraines. Personne ne savait qu'il avait des visions. S'il se mettait à parler de l'accident, des céphalées et des visions, on l'internerait de nouveau dans un hôpital. Or, il ne se sentait plus capable d'endurer leurs traitements.

Mais à quoi bon se lamenter sur son propre sort ? Prenant sa bible tout écornée — celle que sa mère lui avait offerte le jour de sa confirmation —, il relut l'évangile relatant l'arrestation de Jésus et la trahison de Pierre, lorsque le prince des apôtres avait, par trois fois, renié le Messie.

Il se prénommait Pierre, lui aussi ; et il se reprocha un instant de suivre l'exemple de son saint patron en refusant le fardeau qui lui était destiné. Il devait cesser de redouter ce qui pouvait survenir. Que lui importaient les insultes et les crachats s'il agissait selon sa conscience ? Que lui importaient les humiliations ? Pouvait-il souffrir davantage que le Christ quand on l'avait crucifié ?

Mais la chair est faible, et sa tête lui semblait sur le point d'éclater. Il craignait que, une fois exclu de sa paroisse, ses moyens ne lui permettent plus de se faire soigner convenablement. Et lorsque la douleur atteignait son paroxysme, il se sentait capable de mettre fin à ses jours. Mais en se suicidant, il mourrait en état de péché mortel ; pouvait-il risquer de s'exposer ainsi au châtiment éternel ?

Oh, Seigneur ! implora-t-il, pourquoi ces questions étaient-elles si difficiles, et les réponses si condamnables ?

Sentant le désespoir le gagner, il donna congé à Mme Hebert. Puis il se rendit au temple, où il s'agenouilla pour prier toute la soirée.

Dieu allait le sauver ; il devait avoir foi en Lui. C'était là son unique espoir.

8.

— Oui, naturellement, nous avons bien interrogé les dévots, affirma Rick Diaz. Tout est consigné dans le rapport de police.

— L'exemplaire que tu m'as remis n'en fait pas mention.

— Dans ce cas, branche ton fax, et je t'envoie immédiatement la version complète.

— Il est branché, répliqua Connor.

— Bon. Patiente une minute.

Connor raccrocha le récepteur et chargea le fax sur son ordinateur. Deux minutes plus tard, la sonnerie du téléphone lui indiquait que la transmission du document commençait. En attendant la fin de l'opération, il s'approcha de la baie vitrée et regarda dehors. Un soleil éclatant illuminait le golfe, et l'eau scintillait de mille feux, à perte de vue. C'était une journée de rêve, avec une brise légère qui animait les feuilles des arbres, et une température idéale ; le genre de journée qui donnait envie d'aller courir le long de la plage.

Un signal sonore annonça que la transmission était terminée. Connor fit apparaître le texte sur l'écran et se rendit compte qu'il était inutile de l'imprimer ; la qualité déplorable de la photocopie l'obligerait à le consulter uniquement sur ordinateur.

Les membres du groupe religieux avaient bien été interrogés le lendemain du jour de la découverte du corps. Les policiers leur avaient posé quelques questions, d'abord individuellement, puis en s'adressant à l'ensemble des participants au rassemblement qui se déplaçait vers un autre night-club. Aucun d'entre eux ne gardait un souvenir très précis des dernières heures de la malheureuse Judy. Ils se rappelaient vaguement qu'elle avait dû quitter l'établissement peu de temps avant la fermeture. L'un d'entre eux s'était déclaré certain de l'avoir vue partir seule. Deux autres en étaient moins sûrs, et les trois derniers ne se souvenaient pas du tout d'elle. Le pasteur, Peter Masterson, avait dit que, s'il s'agissait bien d'elle, cette jeune femme s'était arrêtée quelques secondes pour leur parler, se plaignant du froid et de son asthme. Puis elle s'était éloignée au volant de sa voiture.

Rien d'intéressant, en somme. Connor avait l'impression de se heurter sans cesse à un mur, et rien ne pouvait l'agacer davantage.

Qu'avait-il découvert jusqu'ici ? Aucun élément susceptible de le mettre sur une piste ; absolument aucun.

Prenant une feuille et un crayon, il récapitula tout ce qu'il savait de manière à peu près indiscutable.

Tout d'abord, le tueur était une personne organisée. Il ne laissait rien sur place qui permît de l'identifier. Du moins, rien qu'on eût encore réussi à trouver.

L'idée le fit grimacer. Se renversant contre le dossier de sa chaise, il ferma les yeux et réfléchit intensément. Comment l'assassin s'arrangeait-il pour ne laisser aucune trace, pas même un cheveu ? Ces femmes n'auraient sans doute pas laissé entrer chez elle un individu affublé d'une cagoule ou d'un masque quelconque. Quel était donc son secret ? Se rasait-il complètement la tête et le corps ? Dans ce cas, il ne serait certainement pas passé inaperçu, et quelqu'un se serait souvenu de l'avoir vu.

Ensuite, les homicides ne présentaient pas un caractère sexuel évident. Il était encore difficile d'affirmer avec certitude que toute tendance sexuelle en fût bannie, mais les experts n'avaient relevé aucun signe de viol ou de masturbation sur les lieux des crimes. Si ce type se soulageait sexuellement, il le faisait ailleurs.

Enfin, aucun trophée n'avait été prélevé, à l'exception du sang. Du moins, pas à la connaissance des enquêteurs, ce qui ne signifiait pas grand-chose. En effet, comment remarquer la disparition d'une épingle à cheveux ou d'une paire de bas appartenant à l'une des femmes ? A cette question, M. Whitmore lui-même n'avait pu répondre avec certitude.

Le banquier, justement, risquait en ce moment d'être arrêté pour le meurtre de son épouse. Certaines rumeurs se propageaient dans la ville, insinuant qu'il aurait commis les deux premiers crimes afin de brouiller les pistes tandis qu'il préméditait le troisième. Le témoignage de sa sœur venait étayer ces soupçons puisqu'elle assurait qu'il avait quitté Orlando en début de soirée ; il aurait dû par conséquent être de retour aux environs de minuit. A de nouvelles questions sur son emploi du temps au cours des heures suspectes, Alan Whitmore avait fourni des réponses contradictoires. Quinn aurait parié qu'il avait une maîtresse ; les policiers aussi. Tout cela n'arrangeait guère son affaire.

Quinn était cependant convaincu que cet homme n'avait pas tué sa femme. Aucun de ces homicides ne trahissait la colère qui préside généralement aux actes commis en pareil cas. Ils semblaient plutôt curieusement dépourvus de passion, ce qui les rendait d'autant plus déroutants.

Sans aucun doute, le comportement du tueur obéissait à des raisons personnelles ; mais quelles que fussent ces raisons, toute rage en était absente.

Sans doute cet individu n'aurait-il jamais attaqué sa mère, ou son épouse, en déduisit Connor qui savait que les victimes de tueurs en série étaient en fait immolées à la place d'une personne de leur entourage proche qu'ils exécraient secrètement.

Ted Bundy, par exemple, n'avait tué que des femmes qui ressemblaient à son ex-compagne, au point que la ressemblance entre toutes ses victimes était impressionnante.

La cible la plus courante de leur colère restait cependant la mère, Ed Kemper et Henry Lucas fournissant les exemples les plus remarquables de ce type de fonctionnement.

Or, dans ces trois derniers meurtres, on ne constatait en revanche aucun signe évident d'agressivité envers la mère.

Mais encore une fois, se dit Connor, il était difficile de se prononcer avec certitude tant qu'on ignorait l'usage qu'il faisait du sang prélevé.

L'idée lui vint soudain que cet assassin ne devait pas être aussi jeune que les cas d'école. La maîtrise parfaite de ses émotions et de ses actes prouvait qu'il ne se laissait pas dominer par des impulsions annexes au besoin de tuer. Tout était méthodiquement organisé par avance, ce qui laissait deviner une maturité exceptionnelle.

Il avait donc probablement plus de trente ans, quarante peut-être ? L'homme était avenant, bien vêtu et sans doute beau parleur. A une époque où la méfiance régnait au cœur des villes, aucune femme censée n'aurait laissé entrer chez elle un inconnu plus ou moins inquiétant. Les policiers eux-mêmes avaient toutes les peines du monde à franchir le seuil des maisons !

Personne n'avait revu la première victime après son départ du night-club, le soir du crime ; de même pour la deuxième. Quant à la femme du banquier, elle n'avait pas reparu après 4 heures de l'après-midi, heure à laquelle elle avait quitté une amie qui faisait des courses avec elle en annonçant qu'elle passerait la soirée à rédiger un bulletin pour une œuvre caritative. Si c'était vrai, on n'en avait trouvé aucune trace à son domicile.

La Lexus blanche de la jeune femme se trouvait au garage quand son amie l'avait déposée à sa porte. Personne ne pouvait expliquer quand ni comment la voiture avait ensuite été déplacée dans l'allée. Sans doute Mme Whitmore était-elle sortie au cours de la soirée.

Les divers éléments de l'enquête ne concordaient pas. Les deux premières victimes avaient été préalablement traquées : on avait retrouvé chez elles des lettres de menaces. Les lettres faisant allusion au Marionnettiste étaient probablement l'œuvre de l'assassin. Si Mme Whitmore en avait également reçu, elle n'en avait jamais fait part à quiconque et n'en avait gardé aucune, à l'exception du petit mot de mise en garde trouvé dans sa poche.

Manifestement, elle n'en avait pas tenu compte. Pourquoi ? Une femme assez peureuse pour vérifier le système d'alarme en pleine nuit — selon les dires du mari — aurait logiquement dû s'affoler et parler à quelqu'un de cet avertissement. Et qu'on le veuille ou non, cette objection venait aggraver le cas de son époux. Il pouvait aisément passer pour un opportuniste qui, ayant entendu une conversation entre policiers ou criminalistes à propos des deux meurtres précédents, aurait écrit ce petit mot pour détourner les soupçons et diriger l'enquête vers le tueur en série. Dans ce cas, il avait commis une grave erreur parce que l'absence de lettres évoquant le Marionnettiste avait tendance à dénoncer le coup monté.

Connor se promit de vérifier si le banquier avait des amis dans la police ou au bureau du procureur général.

Au demeurant, le troisième meurtre était en tout point semblable aux deux autres, et il lui paraissait fort improbable qu'un particulier réussît à reproduire fidèlement une démarche aussi inhabituelle. Car, cette fois, tous les détails coïncidaient parfaitement : non seulement les cordes et la saignée, mais encore les éraflures aux genoux.

Connor revint sur ces genoux éraflés, sentant qu'il s'agissait là d'un indice essentiel, sans leur trouver pour autant la moindre explication valable. Le rôle des liens semblait plus évident, considérant les allusions du tueur à quelque mystérieux marionnettiste. De toute évidence, il avait attaché ces femmes comme des marionnettes, les obligeant sans doute à danser pour lui.

Danser, danseuse, marionnette : tout cela allait fort bien ensemble, hormis le fait que l'une des victimes n'était pas danseuse.

Mais autrement, tout eût semblé trop simple, se dit Connor qui se méfiait des évidences, souvent trompeuses, et qui n'ignorait pas que le rituel d'un tueur en série était rarement aussi limpide.

Néanmoins, si ténue fût-elle, cette lueur lui permettait tout de même d'avancer à tâtons et de déchiffrer quelques bribes de l'énigme.

De nouveau, il examina les photographies avec un maximum d'éclairage. Il les examina à la loupe, cherchant les détails saisis par l'objectif et qui auraient pu échapper à un œil humain. Il prêta une attention toute particulière à ces clichés qu'une voix intérieure l'avait incité à prendre ; tout se passait souvent comme si son subconscient accordait à certains détails une importance exceptionnelle, à condition qu'il laissât libre cours à son intuition.

Hélas, cela ne fonctionnait pas chaque fois, et cet examen le laissa bredouille.

Découragé, les yeux troubles d'avoir trop forcé, il alla enfin s'installer à son ordinateur et se brancha sur le réseau. Deux messages de Katydid l'attendaient ; soudain, il se rendit compte qu'elle avait certainement reçu le sien, celui de son premier baiser.

Ses pensées éparses semblèrent alors se rassembler, s'éloigner du meurtre et de toute autre préoccupation pour venir se fixer sur l'écran allumé devant lui, comme si plus rien au monde ne comptait davantage à cet instant.

Néanmoins, une vague inquiétude lui serra le cœur tandis qu'il s'interrogeait sur les implications de son audace. Etait-elle furieuse contre lui ? Peut-être allait-il perdre une amie pour un moment d'abandon fugitif ?

Enfin, il actionna la souris et déchiffra le premier message.

« Merci, CQ, vous avez raison. Cet énergumène n'a aucun moyen de découvrir mon identité. J'ai interrogé les responsables du serveur ; ils m'ont assuré qu'aucun renseignement personnel n'est publié sur le réseau. Je me sens beaucoup mieux, désormais. Merci encore. »

A la fois soulagé et un peu déçu, Connor fit apparaître le second message sur son écran. Dès les premiers mots, il eut l'impression que l'air se raréfiait dans la pièce.

« CQ, avait-elle écrit, vous me prenez la main, et c'est si bon d'avoir un ami tel que vous, quelqu'un avec qui je me sens tellement à l'aise. La chaleur de votre paume irradie la mienne, et nos doigts s'entrelacent. Il passe tant de choses dans ce simple contact… »

Soulagé de voir qu'elle ne semblait pas trop fâchée, Connor fit descendre la page.

« Puis vous m'attirez vers vous et inclinez légèrement la tête, poursuivait-elle. J'anticipe la suite ; je sens ce qui va se passer entre nous. Je crains un peu de perdre l'amitié précieuse qui nous unit en nous engageant dans un autre genre de relation. Mais tout au fond de moi… Tout au fond de moi, j'en ai envie plus que de tout au monde. Le clair de lune se reflète doucement dans vos yeux, souligne les contours de vos épaules, et la brise du soir joue dans vos cheveux de jais… Oui, j'en ai envie, moi aussi… »

Prenant à peine le temps de respirer, Connor se pencha légèrement en avant comme pour absorber les mots à mesure qu'il les lisait.

« Comme c'est bon, disait-elle, de me blottir au creux de vos bras et de vous sentir tout autour de moi. Rien de fâcheux ne peut plus m'arriver, et il me semble que je pourrais rester là pour l'éternité. Puis vos lèvres se posent sur les miennes, nos souffles se mêlent, une lave brûlante se répand dans mes veines... Je me hausse sur la pointe des pieds, je voudrais plus encore, je voudrais ne jamais arrêter... »

Le message s'interrompait, pourtant.

Le cœur battant la chamade, Connor relut la dernière phrase à plusieurs reprises. Incontestablement, elle le mettait au défi ; mais dcvait-il réagir immédiatement à sa provocation ou tenir compte des réticences qu'elle manifestait dans la première partie ?

« *Je voudrais ne jamais arrêter.* » Il décida enfin de la prendre au mot et se mit à taper spontanément sa réponse. Tendre et délicat dans le message précédent, son baiser se fit fougueux, exigeant, passionné. Il laissa libre cours à son ardeur et trouva tout naturellement les termes justes pour transmettre l'intensité de ses émotions ; il voulait qu'elle le sentît tout contre elle, comme il la sentait tout contre lui. Profondément absorbé, il vivait un instant magique, hors d'atteinte du monde réel.

Il venait d'appuyer sur la touche « envoi » quand le téléphone sonna.

— Eh bien, Quinn, dit Rick Diaz, voyons un peu ce que tu as pour moi.

— Pourquoi devrais-je avoir quelque chose, selon toi ?

— Parce que nous en sommes au troisième homicide, que le tueur frappe en moyenne tous les dix jours...

— Il est difficile d'établir une moyenne sur deux intervalles de temps seulement.

— Je la calcule tout de même. Voilà déjà trois jours que Mme Whitmore a été saignée, et il n'en reste sans doute que sept, environ, avant le prochain carnage. A l'heure où je te parle, ce dingue est probablement déjà sur la piste d'une nouvelle proie.

Il s'agissait là d'une telle évidence que Connor ne trouva rien à répliquer. Rick se plaisait généralement à s'enfoncer le couteau dans la plaie, comme s'il attendait de cette mortification le jaillissement d'une idée.

— Alors, quoi de neuf ? insista Diaz.

— Tout laisse à penser qu'il transforme ses victimes en marionnettes.

— Bon ; pourquoi se prend-il pour ce Marionnettiste ?

— Il ne se prend pas pour lui.

— Je ne comprends pas. Que veux-tu dire par là ?

— Relis ses petits mots, Rick. Il ne prétend pas être le Marionnettiste. A mon avis, il commet plutôt ces crimes dans le but de lui plaire.

Un silence suivit la révélation de Connor.

— Faut-il en déduire qu'un tiers serait impliqué dans l'affaire ? questionna enfin Diaz. Ou bien que ce type est un schizophrène ?

— Ni l'un ni l'autre, pour le moment. Je t'explique seulement ce que les missives et les meurtres évoquent pour moi. Le tueur essaie d'apaiser quelque mystérieux personnage qu'il appelle le Marionnettiste. Je commence à me demander s'il ne s'agirait pas d'un genre de sacrifice lié à la pratique de la sorcellerie.

— De la sorcellerie ? Oh ! là, là ! Cela peut nous mener n'importe où : les sectes pullulent, et les jeunes sont friands de satanisme et autres stupidités.

— Non ; je ne pensais pas à ce genre de choses mais à des pulsions beaucoup plus élémentaires, presque instinctives chez l'être humain. De nombreuses cultures admettent l'idée qu'on puisse s'approprier les qualités d'un animal en consommant sa chair ou en se servant d'accessoires fabriqués avec sa peau ou ses os. Les gens qui plantent des aiguilles dans des poupées de chiffon partent un peu du même principe.

— Ses victimes lui serviraient donc de poupées vaudoues, en quelque sorte ?

— Je n'irai pas jusque-là. Je n'en sais pas encore suffisamment. Mais je suppose que s'il essaie de satisfaire ce personnage — certainement symbolique — par des offrandes de femmes transformées en marionnettes, il doit aussi utiliser quelque formule de sorcellerie pour se calquer lui-même sur son idole. Le sang intervient certainement à un stade quelconque du processus. Peut-être le boit-il afin d'emprunter une caractéristique de ses victimes. Il peut aussi en faire un tout autre usage. Je n'ai encore rien déterminé avec certitude.

— Je me passerais volontiers de cette histoire de sang ; si la presse s'en empare, il y aura des rumeurs de culte vampirique, et nos élus locaux en profiteront pour faire tout un esclandre. Ce genre d'enquête est déjà suffisamment difficile ; nous n'avons pas besoin que l'hôtel de ville s'arrange pour nous éreinter.

— Tu évoques là quelques souvenirs, Rick.

Celui-ci eut un rire bref.

— Cela ne m'étonne pas.

— Où en êtes-vous avec le F.B.I. ?

— Nous communiquons par téléphone, mais tous leurs effectifs sont déjà occupés. Au cas où tu l'ignorerais, la fréquence des crimes en série grimpe en flèche depuis quelque temps. Pour le moment, l'affaire de Tampa est reléguée après les massacres de Chicago, Newark, Des Moines et Missoula.

— Missoula, dans le Montana ?

Connor avait de la famille de ce côté-là.

— Que se passe-t-il là-bas ?

— Je n'ai pas posé la question. J'ai bien assez de problèmes par ici. Hé, tu connais la dernière histoire drôle qui circule au palais de justice ?

— Raconte toujours.

— Eh bien, dit Rick avec un rire étouffé, tu sais comment virer un licencié en droit qui sonne à ta porte ?

— Ma foi, non.

— En payant la pizza qu'il te livre.

Connor rit poliment, bien qu'il n'eût vraiment pas le cœur à plaisanter. Lorsque Rick raccrocha, il se retrouva seul aux prises avec le meurtrier et les victimes ; et même une belle journée ensoleillée ne pourrait dissiper son humeur macabre.

Le trajet pour aller voir Mike épuisa complètement Kate, comme toujours. Cette fois, elle eut envie de s'en prendre à lui, d'exiger qu'il quittât son état de léthargie le temps d'une explication.

« Pourquoi ? aurait-elle voulu demander. Pourquoi m'avoir abandonnée ? Pourquoi avoir sombré dans la démence ? Et pourquoi diable a-t-il fallu que tu m'épouses ? »

La dernière question la ramena brutalement à la raison et la submergea de honte. Comment pouvait-elle concevoir des idées pareilles ? Comment reprocher à quelqu'un des événements dont il n'était pas responsable ?

Du reste, il n'eût tenu qu'à elle de se rendre compte de certaines anomalies dans le comportement de Mike, dès le début. En fait, elle trouvait sa versatilité amusante, et les étranges notions qu'il développait parfois, stimulantes. Il ne lui était jamais venu à l'esprit que tout cela pût laisser présager quelque chose d'infiniment plus grave. Elle admirait son imagination fertile, voilà tout.

De leur rencontre, à l'université, Kate gardait le souvenir d'un éblouissement ; le coup de foudre, réciproque, avait été le point de départ d'un véritable tourbillon. Grisée, elle avait alors évolué dans un monde un peu irréel, assez fou pour noyer un soupçon de folie véritable. Au demeurant, la défiance de Mike à l'égard des autres — qui en fait relevait d'un début de délire de persécution — semblait toujours fondée, et son engouement subit pour les extraterrestres pouvait passer pour une excellente plaisanterie.

Après le mariage, lorsque son état avait commencé à empirer, elle avait persisté à trouver des explications à toutes ses excentricités. A l'époque, en effet, il jouissait encore de longues périodes de rémission.

Et pendant ces périodes, elle l'avait aimé corps et âme.

Elle regarda le pantin qu'il était devenu, et son cœur se serra douloureusement. Oui, comme elle l'avait aimé, alors ! Avec lui, chaque journée se muait en une merveilleuse aventure, dans un monde vibrant, éclatant de couleurs. Avec lui, c'était Noël tous les matins.

Jusqu'à ce que le cauchemar commençât. Désormais, hélas, tous ses souvenirs de Mike gardaient l'empreinte de ce cauchemar, de l'angoisse, des longues nuits sans sommeil à l'écouter converser avec des voix qu'il était seul à entendre ; allait-il décider, cette nuit-là, de sortir dans la rue pour se livrer à quelque nouvelle extravagance ?

Les tout premiers temps, elle s'était efforcée de partager ses hallucinations parce qu'il était impossible de les combattre.

A quoi bon le contredire lorsqu'il avait manifestement tort ? Il n'écoutait jamais ses objections, qui le plongeaient dans un état d'agitation extrême. En pareil cas, il pouvait même se montrer menaçant.

En effet, tous ses efforts pour le protéger, tout l'amour et tous les soins qu'elle lui avait alors prodigués n'avaient pu l'empêcher de se mettre à la considérer comme une ennemie. Il en était venu à croire qu'elle remplaçait ses remèdes par du poison et à soupçonner que les petits plats amoureusement mijotés étaient destinés à le tuer. Il avait même fini par se persuader qu'une extraterrestre avait pris l'apparence de sa femme et cherchait à le séduire afin d'engendrer avec lui une race d'esclaves.

Il lui avait fait endurer un véritable calvaire, lui avait infligé des tortures morales d'un raffinement inconcevable pour un esprit normalement constitué. Elle n'était pas sortie indemne de l'aventure. Mais au plus fort de ses souffrances, au fur et à mesure que ses rêves s'écroulaient au fil d'une existence ravagée, elle n'avait jamais osé se rebeller, ni même s'estimer malheureuse, parce que le supplice de Mike lui semblait plus intolérable encore.

Ainsi, au lieu de prendre conscience du fardeau qui menaçait de l'anéantir, elle se reprochait amèrement d'avoir été épargnée. Elle avait honte de ses blessures et les dissimulait de son mieux. Personne n'eût réussi alors à lui faire avouer que sa vie était un enfer.

De telle sorte que, des années plus tard, assise en face du zombie qu'il était devenu, elle parvenait encore à se demander ce qui l'autoriserait à mener une vie normale.

— Ce n'est pas juste, Mike, s'entendit-elle gémir. Ce n'est pas juste que tu sois malade et que ta maladie ait gâché nos deux existences.

Sitôt prononcées, ces paroles irréfléchies lui parurent stupides. Qui était-elle, au demeurant, pour fustiger l'injustice du monde ?

Derrière lui, le soleil entrait à flots par la fenêtre munie de barreaux. Savait-il seulement qu'il faisait beau ou bien était-il complètement hors d'atteinte, noyé dans les abîmes de sa démence ? Ou bien encore les calmants qu'on lui administrait opéraient-ils un lavage de cerveau, laissant son esprit aussi vide qu'une ardoise fraîchement effacée ? Comment le savoir, au juste ?

Elle plongea les yeux dans les siens sans y discerner autre chose qu'une indifférence apathique. Finalement, elle l'embrassa et partit, se demandant une fois de plus s'il s'était rendu compte de sa présence ; ou s'il s'en souciait seulement. Ou bien si le traitement qu'il subissait le rendait également imperméable à toute émotion.

Il mangeait lorsqu'on posait une assiette devant lui. Il se rendait aux toilettes pour satisfaire ses besoins. Le reste du temps, il restait assis, immobile, le regard fixe ; exception faite, bien sûr, de ses moments d'agitation intense, moments où elle n'était pas autorisée à le voir. Pourquoi lui interdisait-on de l'approcher lorsqu'il allait mal ?

Au grand regret de Kate, les choses se passaient ainsi dès qu'un établissement se chargeait d'un malade mental. Une équipe médicale prenait tout en main, et il fallait lui donner carte blanche.

Dehors, elle respira une grande bouffée d'air et éprouva une envie subite de faire n'importe quoi. De s'amuser, de se faire plaisir ; d'arracher ces voiles de veuve sous lesquels elle se cachait et de se sentir de nouveau jeune et vivante.

Le mot « loisir » était exclu depuis longtemps de son vocabulaire, hélas. Du reste, elle n'avait même plus d'amis à appeler si elle décidait de sortir. Les crises successives de Mike avaient eu raison de leur patience ; et depuis le dernier internement, Kate avait renoncé à en trouver de nouveaux.

La jetée. Elle allait rouler jusqu'à la jetée de Saint Petersburg, se promener au bord de l'eau en admirant les voiliers et donner à manger aux pélicans. Elle avait pris un jour de congé, et la perspective de longues heures d'oisiveté après sa visite à Mike lui semblait redoutable. Elle devait à tout prix s'occuper.

En longeant la 66ᵉ Rue, elle vit plusieurs véhicules de police groupés en cercle devant un centre commercial qui longeait la chaussée. Apparemment, une voiture venait de défoncer la vitrine d'un magasin. Avant de s'arrêter, Kate prit son portable et appela le journal.

— Il me faut un photographe, dit-elle à Mary Carmichael en expliquant où elle se trouvait. Un quidam a défoncé la devanture d'un magasin avec sa voiture. Je ne vois pas d'ambulance mais il y a sept véhicules de police.

— Rappelez-moi quand vous en saurez davantage, répondit Mary. Je vous envoie immédiatement quelqu'un.

Kate se gara à la hâte sur un parking voisin et descendit de voiture en fouillant dans son sac à la recherche de son calepin et de son magnétophone de poche. Evidemment, ils étaient tout au fond, n'ayant pas servi depuis un certain temps. Heureusement, les piles de l'appareil semblaient encore bonnes.

L'approchant de sa bouche, elle énonça la date et l'endroit du sinistre, puis se dirigea vers le policier le plus proche.

— Bonjour, je suis Kate Devane, du *Sentinel*, dit-elle avec un sourire avenant en lui présentant rapidement le badge accroché à son sac. Que s'est-il passé ?

Le policier, un grand jeune homme à la mine débonnaire, secoua la tête d'un air fataliste.

— Ce serait amusant, s'il n'avait pas fallu évacuer une femme en ambulance. Tout a commencé par une controverse sur la garantie d'une marchandise.

— L'accident a donc été provoqué de façon délibérée ?

— Plutôt effarant, n'est-ce pas ?

— La personne qu'on a emmenée est-elle grièvement blessée ?

— Adressez-vous plutôt au sergent Yost, madame. Il est mieux renseigné que moi.

Se tournant légèrement, il lui indiqua le responsable de l'opération, à quelques pas de là. Yost était un homme d'une cinquantaine d'années aux tempes grisonnantes qui ne manquait pas de prestance. Il jeta un coup d'œil résigné au badge qu'elle exhibait, mais parut s'animer un peu en la regardant mieux.

Ravie qu'il la trouvât sympathique, elle lui décocha un sourire angélique.

— Sergent, j'espère que vous pourrez me raconter ce qui vient de se produire.

— Certainement, mademoiselle, dit-il avec empressement. D'après les témoins, une longue querelle aurait opposé le conducteur du véhicule au propriétaire du magasin, qui refusait de remplacer un meuble sous garantie. Estimant que le commerçant ne prêtait pas suffisamment d'attention à ses arguments, le client mécontent a manifestement décidé de se faire écouter.

Kate considéra pensivement la voiture enfoncée jusqu'au pare-brise dans le magasin.

— Il était difficile de continuer à l'ignorer, en effet.

Yost opina, l'air amusé.

— C'est aussi mon avis. M. Kazajian, le responsable de l'accident, sera inculpé pour tentative d'homicide, violences et voies de fait.

— Une femme aurait été blessée, m'a-t-on dit ?

— Mme Ambruster a été emmenée à Bayfront. Nous ignorons encore la gravité de ses blessures, mais elle était consciente à notre arrivée. Je vous prie de ne pas citer son nom tant que sa famille n'a pas été avertie.

Le propriétaire du magasin se montra, pour sa part, intarissable. Dès que les policiers en eurent terminé avec lui, il se mit spontanément à la disposition de Kate. Sur ces entrefaites, Connor Quinn arriva avec son appareil photo. M. Belfort, le plaignant, était occupé à fournir à la presse toutes sortes d'informations sur son agresseur. Manifestement, il aurait souhaité diffuser le récit de l'incident à l'échelle planétaire.

— Vous vous rendez compte ? dit-il à Kate tandis que Connor prenait quelques clichés du véhicule et des dégâts qu'il avait causés. Cet individu exigeait que je remplace son canapé sous prétexte que le tissu n'était pas assez résistant. Quel matériau résisterait au traitement qu'il lui inflige, d'ailleurs ? Figurez-vous qu'il a trois chats et deux chiens qui s'y vautrent toute la journée : si vous sentiez cette odeur ! Pouah ! Et croyez-moi, les matous ne se gênaient pas pour faire leurs griffes sur les coussins. Je ne vais pas endosser n'importe quelle responsabilité, tout de même !

Kate compatit d'un hochement de tête entendu, avant de recentrer l'interview.

Né trois mois plus tôt, le différend s'était vite envenimé. Kazajian avait assigné Belfort en justice pour faire valoir sa garantie, et Belfort avait riposté en engageant la responsabilité du client, confirmée par une contre-expertise. Finalement débouté, Kazajian n'avait pas accepté sa défaite. Le matin même, il s'était présenté au magasin pour annoncer à Belfort qu'il lui donnait une dernière chance, sinon… Belfort l'avait vigoureusement éconduit, menaçant d'appeler la police en renfort. Cinq minutes plus tard, la Toyota de Kazajian défonçait la vitrine du marchand de meubles, blessant Mme Ambruster, l'une des plus fidèles clientes de M. Belfort.

Sur ce dernier point, Kate demeura sceptique. De toute évidence, Belfort Mobilier n'était pas le genre de magasin susceptible de fidéliser sa clientèle. En fait, il ressemblait plutôt à l'un de ces établissements proposant marchandises au rabais et crédits mirobolants à des Kazajian en puissance. Elle garda toutefois cette opinion pour elle.

Belfort bomba avantageusement le torse devant l'appareil de Connor qui rejoignit ensuite Kate à sa voiture, d'où elle appelait le journal.

— J'allais me promener sur la plage, lui dit-il tandis qu'elle attendait les instructions de Mary, après avoir brièvement exposé les faits.

— Et moi, je descendais vers la jetée, expliqua Kate.

Ils échangèrent un sourire.

— C'est votre jour de congé, n'est-ce pas ? C'est aussi le mien. Nous n'avons pas de chance, décidément.

— En fait, je m'amuse beaucoup, avoua Kate. J'avais presque oublié les agréments du métier de reporter.

Son portable émit de petits bruits indistincts.

— Allô, Mary ? Oui, certainement. J'arrive tout de suite.

Elle adressa un clin d'œil à Connor.

— Adieu, promenade ensoleillée.

Jamais elle n'eût admis que cette occupation inespérée lui procurait un soulagement appréciable.

Quand ils en eurent terminé avec l'article et les photos, il était déjà plus de 4 heures. Ils quittèrent l'immeuble en même temps et marchèrent côte à côte jusqu'au parking.

— Il est déjà tard, dit Connor. Dans une heure à peine, il fera nuit.

— Hélas, oui.

— Nous pouvons encore descendre à la jetée. Vous donnerez aux pélicans leur repas du soir ; ensuite, je vous invite à dîner.

Malgré elle, Kate évoqua soudain le baiser virtuel qu'ils avaient échangé par ordinateur. Une vague de honte — associée au souvenir de Mike — la submergea instantanément. Sa conscience l'incitait à refuser. La situation devenait dangereuse. Plus elle se rapprochait de Connor au quotidien, plus leur relation épistolaire risquait de déborder sur la réalité.

Mais puisque Connor ignorait qui était réellement Katydid, elle n'avait aucun souci à se faire. Pour lui, il ne s'agissait là que de relations professionnelles amicales.

— Pourquoi pas ? dit-elle d'un ton faussement désinvolte. L'idée me semble excellente.

En acceptant, elle eut pourtant le sentiment de s'engager sur une voie infiniment périlleuse.

9.

— Pasteur ? Pasteur, vous n'êtes pas souffrant ?

Interrompu dans sa méditation par les coups frappés à la porte de son bureau, le prédicateur dut se faire violence pour ne pas crier à Mme Hebert d'aller au diable. Ce genre de réaction ne lui ressemblait pas, mais il ne se reconnaissait plus très bien depuis quelque temps. Une aberration de plus passait du reste presque inaperçue dans l'océan d'aberrations qui l'engloutissait, tandis que les battements de son sang emplissaient sa tête comme un grondement de tonnerre.

Quittant son prie-Dieu, il alla lui ouvrir.

— Qu'y a-t-il, madame Hebert ? J'étais en train de prier.

Bien que rougissant légèrement, le visage avenant de la gouvernante demeura soucieux.

— Pasteur, vous n'avez presque rien mangé ces derniers jours, et maintenant… Eh bien, plusieurs personnes attendent pour vous parler depuis ce matin. Nous sommes tous inquiets pour votre santé.

Depuis ce matin ? Il jeta un coup d'œil sur la pendule et découvrit avec consternation qu'il était presque 4 heures de l'après-midi. Comment la journée avait-elle pu passer aussi vite ?

— Excusez-moi, madame Hebert, dit-il enfin. Ces maux de tête me font perdre la notion du temps.

Mme Hebert fronça les sourcils.

— Vous devriez peut-être consulter un médecin. Je peux appeler pour demander un rendez-vous…

— Non, non…

Il balaya cette idée d'un revers de main.

— Dieu me viendra en aide le moment venu. En attendant, je dois supporter la souffrance.

— Tss, tss, fit-elle en secouant la tête. Comme je le dis toujours : « Aide-toi et le ciel t'aidera. » La médecine n'existe pas pour rien, et vous avez tort de laisser traîner les choses. A présent, j'ai renvoyé tous ces gens chez eux en leur disant de revenir demain. Je vais préparer le dîner, mais promettez-moi que vous mangerez un peu.

— Très bien ; c'est promis.

Une douleur fulgurante l'aveugla un instant, tel un tison brûlant au fond de ses orbites. La douleur fut telle qu'en refermant la porte il dut réprimer son envie de claquer le battant rageusement. Il en conçut aussitôt un sentiment de honte. Quelle mouche l'avait donc piqué pour qu'il se montrât aussi peu charitable, ces jours-ci ?

Son caractère devenait irascible, et il se sentait en permanence sur le point d'exploser. Sans doute s'agissait-il d'une épreuve divine, et il priait durant de longues heures afin de triompher du Mal.

Et puis, bien sûr, il y avait les rêves qui le hantaient presque chaque nuit, l'avertissant d'horreurs imminentes. A quoi bon, d'ailleurs, puisqu'il semblait totalement incapable de les empêcher ?

Il envisagea de nouveau de prendre contact avec le journal et se demanda si tous ses ennuis actuels ne résultaient pas de sa lâcheté. Le ciel le punissait peut-être d'avoir renoncé à faire tout son possible pour secourir ces malheureuses.

Une fois de plus, il jeta un coup d'œil sur le téléphone et songea à appeler Connor Quinn, ou bien cette journaliste qui le secondait. Comment s'appelait-elle ? Il avait noté son nom quelque part et entreprit de chercher parmi les papiers éparpillés sur son bureau. Il serait plus facile de lui parler, songea-t-il. Les femmes étaient souvent plus accessibles et plus compréhensives que les hommes.

L'insupportable martèlement reprit de plus belle derrière ses orbites, et il grimaça de douleur, serrant ses tempes entre les mains comme pour en comprimer la souffrance. Rien ne pouvait l'atténuer ; absolument rien. Sous ses paumes, il sentit soudain le métal qui remplaçait une partie de son crâne ; ne pourrait-on le débarrasser de ces maux de tête en le retirant ?

Naturellement, ce serait inutile. Il avait vu assez de médecins pour savoir qu'ils n'avaient aucune solution à lui proposer. La plupart d'entre eux émettaient même un doute quant à l'intensité des douleurs qu'il leur décrivait. L'accuser d'inventer pareille torture mettait un comble à son tourment. Et la souffrance le rendait furieux, de plus en plus furieux.

Il s'assit à son bureau, se cala dans son siège et renversa la nuque contre le dossier, les yeux fermés. Peu à peu, tandis qu'il s'efforçait de respirer calmement, les élancements s'atténuèrent suffisamment pour qu'il cessât d'avoir envie de s'arracher la tête.

A la réflexion, pourquoi ne pas envoyer une lettre anonyme à cette journaliste ? Exposer par écrit toutes les informations dont il disposait — pas grand-chose, en somme — était aussi facile que de tout raconter au téléphone. En outre, il pourrait achever son récit sans risquer d'être interrompu ou de perdre le fil de son discours, afin d'expliquer convenablement la situation.

Plus il y songeait, plus cette idée lui apparaissait comme le moyen le plus approprié pour régler une affaire aussi délicate sans risque de quiproquo. D'autant que si le destinataire commettait l'erreur de le prendre pour le tueur lui-même, faute de connaître l'auteur du message, il ne pourrait jamais le retrouver.

Oui, il allait procéder ainsi, décida-t-il en se redressant et en faisant pivoter son siège du côté de l'ordinateur. Il allait rédiger une lettre décrivant ses rêves en détail ; il expliquerait également comment il apprenait ensuite par la presse que ces rêves n'étaient pas de simples cauchemars, mais de véritables visions prémonitoires. Il leur dirait qu'il pouvait voir les femmes traquées par le tueur. Il leur promettrait de décrire la prochaine victime dès qu'il rêverait d'elle.

Peut-être même ajouterait-il que, à en croire ses rêves, les homicides imputables au même assassin ne se limitaient pas à trois.

— Pasteur ?

Mme Hebert passa la tête par l'entrebâillement de la porte.

— Le dîner est servi.

Une rage meurtrière s'empara de lui. L'image de Mme Hebert étendue dans une mare de sang sur le plancher du bureau traversa fugitivement son cerveau. Décidément, il devait à tout prix modérer ses emportements. Fermant de nouveau les yeux, il serra les paupières de toutes ses forces et demanda pardon à Dieu.

— Merci, répondit-il avec un sourire contraint. J'arrive tout de suite.

Il pourrait écrire sa lettre un peu plus tard. Ce n'était pas urgent, après tout. Le tueur ne traquait personne pour le moment.

La jetée de Saint Petersburg était l'un de ces lieux de repère où tout le monde se rend automatiquement aux premiers rayons de soleil, sans savoir au juste pourquoi. La promenade le long de l'embarcadère était agréable ; on y trouvait quelques restaurants, deux ou trois magasins, un grand aquarium et un golf miniature. En fonction du temps et des attractions annoncées, on y croisait plus ou moins de monde.

En cette fin d'après-midi, les passants étaient plutôt rares ; à l'exception de quelques écarts pour éviter la collision avec de jeunes patineurs écervelés, Kate et Connor atteignirent sans encombre l'emplacement où l'on pouvait nourrir les pélicans.

— Vous aimez leur donner à manger ? demanda Connor d'un air amusé.

— Bien sûr ; ils sont à la fois gloutons, patauds et si attendrissants !

— Mais vous ne leur rendez pas service ; ils doivent apprendre à pêcher pour se débrouiller seuls.

— Allons, ces oiseaux-là traînent du côté de la jetée depuis leur naissance. Ils pourraient difficilement modifier leurs habitudes, à présent.

Après avoir acheté un petit seau de poissons pour quelques dollars, elle grimpa sur une grosse pierre pour ne pas risquer de se faire bousculer par les pélicans. Leur ventre rebondi, leurs petites pattes et leurs yeux doux et tristes leur donnaient un aspect à la fois drôle et pathétique. Faisant un horrible tapage, ils se dandinaient autour d'elle en ouvrant tout grands leurs énormes becs chaque fois qu'elle leur jetait un poisson. Deux ou trois badauds prirent des photos.

Quand le seau fut vide, les oiseaux s'éloignèrent en attendant le prochain repas. Ses mains sentaient le poisson mais quelle importance ? Pour la première fois depuis longtemps, elle se sentait bien.

— Je vais chercher des lavabos pour me laver les mains, dit-elle à Connor tandis qu'ils poursuivaient leur promenade.

— Vous en trouverez à l'intérieur.

Le bâtiment qu'il désignait — une élégante structure de verre et d'acier en forme de navire — abritait l'aquarium, deux magasins et quelques restaurants. Quand la jeune femme sortit des toilettes, Connor lui proposa de déguster des pizzas en regardant le coucher de soleil.

— Il est plus impressionnant face au golfe, fit-elle remarquer.

Connor haussa légèrement les épaules.

— Nous le verrons aussi bien d'ici.

Ils trouvèrent une table orientée vers le sud, d'où l'on jouissait d'une vue assez étendue. Il était encore tôt, mais les nuages à l'horizon, au-dessus de Tampa, prenaient déjà des teintes orange et mauves.

— Les couchers de soleil sont toujours plus spectaculaires en hiver, dit-elle. Un jour ou l'autre, il faudra que j'en découvre la raison.

— Cela fournirait un bon sujet d'article.

— Bon ou mauvais, quelle importance ? J'aurai du moins appris quelque chose.

Ils burent un peu de vin et entamèrent les pizzas que le serveur venait de leur apporter.

— Vous sembliez prendre plaisir à faire parler les policiers et le commerçant quand je vous ai trouvée, reprit Connor.

— C'est vrai.

L'évocation la fit sourire.

— J'avais oublié combien le métier de journaliste me plaisait.

— Pourquoi ne pas le reprendre ?

Sur le point d'invoquer ses obligations envers Mike, elle se ravisa, soudain consciente que cette motivation avait perdu sa raison d'être. Elle n'avait plus besoin d'organiser sa vie en fonction de lui, puisqu'il ne reviendrait plus jamais à la maison.

— Peut-être, admit-elle enfin. Je vais certainement y réfléchir, en tout cas.

Sa fourchette en suspens au-dessus de l'assiette, elle le regarda bien en face.

— Avez-vous jamais eu envie de réintégrer la police ?

— Je ne sais pas.

Il détourna les yeux comme s'il s'intéressait aux nuages qui rosissaient à l'est.

— Je ne suis pas sûr d'être vraiment un flic dans l'âme.

— Vous avez pourtant longtemps travaillé dans leurs services.

— Oui, dit-il laconiquement.

Avec un haussement d'épaules, il porta un morceau de

pizza à sa bouche, ce qui fournissait une bonne excuse pour éluder le sujet.

— Selon Mark, vous avez d'abord abandonné le service d'ordre pour vous spécialiser dans l'investigation criminelle ; pourquoi cela ?

Cette fois, il croisa le regard inquisiteur sans ciller, ses prunelles bleues luisant d'un éclat glacé.

— Est-ce un interrogatoire ?

— Non ; cela m'intéresse, voilà tout. Pardonnez-moi si je me suis montrée indiscrète.

— Je ne supportais plus la routine policière, dit-il enfin en guise de réponse. J'étais las des cris, des sanglots, des crises de nerfs, de la confrontation permanente. J'ai donc opté pour la recherche. En fin de compte, je n'ai pas été plus satisfait du résultat. Je me suis trop... investi.

— Vous avez alors pensé qu'il serait plus facile de travailler dans la presse ? demanda Kate d'un ton incrédule.

— Plus facile, non ; différent, sans doute. C'est effectivement différent — sauf depuis quelque temps, ajouta-t-il comme pour lui-même. J'ai pensé que mes qualités de photographe, ma créativité auraient enfin l'occasion de s'épanouir.

— Avez-vous été déçu ?

— Pas du tout. Bien sûr, le travail sur l'actualité quotidienne n'apporte pas grand-chose mais j'ai bien d'autres activités, comme ma série de photos sur l'exposition au musée des Sciences ou mon reportage sur les hérons migrateurs du lac Majeur, par exemple. Ce ne sont pas des avantages négligeables.

Kate ne pouvait nier que le *Sentinel* encourageât la créativité des photographes en publiant à l'occasion leurs œuvres de caractère artistique, opportunité que, bien évidemment, la police judiciaire ne pouvait offrir à son personnel.

— N'avez-vous jamais songé à créer votre propre affaire ? demanda-t-elle encore.

— Voyez-vous, répliqua Connor, j'aime manger à ma faim et dormir à l'abri lorsqu'il pleut. Alors me mettre à mon compte impliquerait tellement de tâches alimentaires, du genre photos de mariage et autres portraits d'identité, que cela ne me tente pas du tout.

Kate le comprit d'autant mieux qu'elle se demandait elle-même souvent pourquoi elle ne destinait pas son talent à un autre usage, tel que l'écriture d'un roman. En réalité, elle avait besoin de cette effervescence qui régnait au journal ; besoin d'être stimulée.

— N'est-ce pas frustrant tout de même de travailler sur cette affaire de meurtres en série et de voir d'autres personnes se charger, à votre place, de l'enquête ?

Il garda un long moment le silence. Quand il répondit enfin, la candeur de son propos la surprit.

— Je ne souhaite à personne d'évoluer dans un tel cloaque. Mes nuits sont peuplées de cauchemars où je vois ces malheureuses se débattre, où je vois le monstre abject qui les tue. Plus je découvre de détails sur ces crimes, mieux je le connais. Et je n'ai pas la moindre envie de le connaître.

— De le connaître ? Qu'entendez-vous par là ?

Le front du jeune homme s'assombrit.

— Peu à peu, je me mets à savoir ce qu'il pense, ce qu'il ressent, ce qui le motive. C'est un homme doué d'une intelligence et d'un charme exceptionnels, véritables armes dont il se sert pour abuser des personnes qui ne songent pas à se méfier de lui. Il ne mérite pas de respirer le même air que le reste de l'espèce humaine.

Il désigna d'un geste les flâneurs, sur la jetée. Au-dessus d'eux, de fins nuages d'altitude s'ourlaient d'une lumière orangée dans le ciel turquoise.

— Il pourrait passer devant nous en ce moment même, à la recherche de sa prochaine victime. Il a l'air tout à fait normal ; vous lui adresseriez sans doute aisément la parole. Ses manières sont avenantes, inoffensives. Je ne serais pas surpris qu'il eût un visage angélique. Après tout, les messages qu'il a envoyés à deux de ses victimes auraient dû les mettre sur leurs gardes ; elles l'ont pourtant toutes deux amené chez elles. Elles avaient suffisamment confiance en lui l'une et l'autre pour se laisser attaquer sans résister.

— Il les terrifiait peut-être beaucoup trop. Je veux dire… Si quelqu'un me disait qu'il allait me libérer si je coopérais un peu, je serais certainement disposée à coopérer.

— C'est bien possible. Il faut tout de même qu'il soit parvenu à déjouer leur vigilance naturelle pour pénétrer chez elles. La première danseuse était peut-être une femme facile ; nous n'en savons rien. Mais ce n'était pas le cas de Judy Eppinga. Tout le monde s'accorde à le dire. Dans ce cas, pourquoi a-t-elle amené un homme dans son appartement ?

— Parce qu'elle le connaissait.

— De toute évidence, oui. La femme du banquier le connaissait aussi. Du moins l'ont-elles suffisamment reconnu pour se sentir en sécurité avec lui.

Connor secoua la tête.

— Dire qu'en ce moment il est probablement sur la piste d'une nouvelle proie. Seigneur !

Les pensées de Kate avaient suivi un autre cheminement.

— S'il adressait des menaces aux deux premières femmes, pourquoi n'en a-t-on pas trouvé chez la troisième ?

— Je l'ignore. Elle en a peut-être reçu mais les aura jetées. Ou bien encore, il n'avait pas prévu de l'assassiner quand l'occasion s'est présentée à lui.

Kate esquissa une moue incrédule. Cette théorie ne la satisfaisait pas, et elle réfléchit un moment sans parvenir à s'expliquer au juste pourquoi.

— Kate ?

— Hmm ?

— Chacun son tour. De quoi souffre votre mari ?

La surprise la laissa un moment sans voix.

— Pourquoi cette question ? demanda-t-elle enfin.

— Parce que vous ne parlez jamais de lui, et que vous êtes ici avec moi. Naturellement, je m'interroge.

Il était difficile de ne pas lui répondre alors que lui-même avait accepté de se confier à elle. Prise au piège, elle baissa la tête et croisa les mains d'un geste nerveux.

— Il... il est interné dans un hôpital psychiatrique.

Un long silence suivit son aveu. Les couleurs éclatantes du couchant avaient cédé la place à des teintes plus sombres, et la nuit tombait peu à peu sur la terre. L'éclairage de la jetée supplanta bientôt le soleil, parsemant les vagues de mille lueurs clignotantes.

— C'est terrible, dit enfin Connor.

Le qualificatif se passait de tout autre commentaire. Kate souhaitait en rester là et se surprit néanmoins à lui confier le reste de son secret.

— En fait, dit-elle d'une voix tremblante, les mains moites comme si elle s'apprêtait à effectuer un saut à l'élastique depuis la route suspendue, nous sommes divorcés.

Voilà. Elle l'avait dit. Enfin. Les mots qui n'avaient jamais franchi ses lèvres étaient désormais prononcés. Au lieu de se sentir libérée d'un poids, elle avait soudain l'impression de chavirer. En communiquant l'information à quelqu'un qui ne savait pas, elle venait en quelque sorte de concrétiser son divorce.

Elle mettait ainsi à nu la honte de son existence ; et tandis que l'obscurité s'épaississait autour d'eux, elle ne pouvait se résoudre à lever de nouveau les yeux, tant elle appréhendait la réaction qu'il aurait.

Connor s'étira, et sa chaise émit un léger craquement. Le clapotis des vagues contre la jetée ressemblait à une berceuse nostalgique, inlassablement répétée.

— Je comprends, dit-il doucement.

Kate s'enhardit enfin à le regarder, mais elle ne découvrit que des traits impénétrables, une expression impassible. A la lueur irréelle des réverbères, il ressemblait un peu à un Indien de western. Se penchant en avant, il effleura du bout de l'index l'alliance qu'elle portait toujours.

— C'est difficile, n'est-ce pas ? Vous n'êtes pas très fière de vous. Vous ne vouliez pas divorcer ; vous avez finalement dû vous y résoudre, et maintenant vous vous reprochez votre lâcheté…

Elle se figea de saisissement. Comment savait-il ? Tout cela était-il écrit sur son front ? Comment pouvait-il deviner des détails aussi personnels sur sa vie privée ?

— Vous gardez cette alliance parce que vous vous sentez coupable. Très coupable. Vous avez le sentiment d'un échec.

Se taisant soudain, il détourna les yeux, la laissant complètement déroutée. Mi-offensée de cette intrusion dans son territoire, mi-terrifiée, Kate se demanda ce qu'il fallait en penser.

— Excusez mon indiscrétion, dit-il. C'est une réaction presque instinctive, hélas ; c'est aussi l'une des raisons pour lesquelles j'ai été obligé de quitter la police. A force d'analyser les motivations des gens, je finis par ne plus pouvoir m'en sortir.

Encore sous le coup de la stupéfaction, Kate ne trouva rien à répondre.

— Vous exerciez ce genre d'activité en qualité de photographe détective ?

Il hocha affirmativement la tête.

— A la P.J., on utilise plutôt le terme d'« analyste criminel », ou encore de « profileur ». J'examinais les lieux des crimes en me mettant dans la peau des assassins. J'y réussissais trop bien.

— Trop bien ? Comment cela ?

Un nouveau silence suivit. Les vagues continuaient de clapoter, et la brise forcit un peu. Peut-être laissa-t-il échapper un soupir, sitôt emporté par le vent.

— Comme je viens de le dire, je me mettais dans leur peau. Je commençais à penser comme eux. En pareil cas, on ne peut éviter les répercussions.

Tout devint soudain clair pour elle.

— C'est ce qui vous arrive avec le Marionnettiste, n'est-ce pas ? Voilà pourquoi vous parliez de lui en ces termes. Seigneur, comment parvenez-vous à entrer ainsi dans l'esprit des gens ?

— Je ne sais pas. C'est… automatique. Seulement, ce cas-là est plus difficile.

— Vraiment ? Pour quelle raison ? Qu'y a-t-il de différent, cette fois ?

— Nous avons affaire à un individu tellement froid, tellement détaché…

« *Détaché* ». Le mot et ce qu'il impliquait glaça la jeune femme. Inexplicablement, elle préférait imaginer un tueur furieux, voire un pervers sexuel, plutôt qu'un personnage dépourvu de toute émotion.

— En êtes-vous certain ?

— C'est l'impression qu'il me donne.

Elle le contemplait à présent sans pouvoir détacher son regard de lui. Elle avait éprouvé une irrésistible attirance pour cet homme dès son arrivée au journal, comme si elle devinait en lui l'âme sœur. Elle en comprenait maintenant la raison : ils étaient tous deux à l'écart, isolés par des expériences que personne n'aurait pu partager avec eux.

Se levant soudain, il jeta sa serviette sur la table.

— Allons nous dégourdir un peu les jambes. Nous sommes restés trop longtemps assis.

Kate ne se fit pas prier pour le suivre.

Quand ils regagnèrent le parking, Connor conduisit Kate jusqu'à sa voiture puis la suivit jusqu'à son domicile pour s'assurer qu'elle rentrait saine et sauve. Quand elle agita la main sur le pas de sa porte, il lui rendit son salut, attendit encore cinq minutes, et l'appela finalement de son portable pour vérifier que tout allait bien.

C'était là un excès de prudence, jugea-t-elle. Depuis bien longtemps, elle rentrait chaque soir dans une maison vide.

Une amie de longue date qu'elle n'avait guère revue depuis l'internement de Mike avait laissé un message sur son répondeur. Jacqueline lui proposait de déjeuner avec elle un de ces jours. Kate hésita un peu, puis nota le numéro sur son agenda, non sans mauvaise conscience. Car si la désertion des amis pendant la maladie de Mike l'avait peinée, elle devait aussi admettre qu'elle n'avait pas fait grand-chose pour l'éviter. Les soins à lui prodiguer et les soucis qu'il lui causait avaient absorbé l'essentiel de son temps et de son énergie.

Elle se servit un verre de jus d'orange et gagna son bureau pour consulter sa boîte aux lettres informatique. Un frémissement de plaisir la parcourut à l'idée que Connor ait pu accepter de commenter le baiser qu'elle lui suggérait.

Et cette fois, elle l'envisageait sans aucune honte. En fait, pour le moment, sa loyauté envers Mike ne lui semblait pas en cause. Ces échanges virtuels restaient du domaine du rêve, et les fantasmes ne nuisaient à personne.

Dès qu'elle vit que Connor avait répondu, son cœur se mit à battre plus vite, et elle humecta ses lèvres un peu sèches tout en actionnant la souris.

« Katy, comment vous décrire le bonheur que j'éprouve à vous tenir dans mes bras ? Je me sens soudain comblé au-delà de toute espérance. Je vous serre plus étroitement contre moi et je sens nos deux cœurs battre à l'unisson. Je savoure la douceur infinie de vos lèvres ; je voudrais m'abreuver à leur source pour l'éternité.

» Il faut cependant résister au désir d'aller trop vite, d'aller trop loin, au risque de détruire notre belle amitié, à laquelle je tiens plus qu'à tout au monde.

» Lentement, la mort dans l'âme, je vous libère et m'écarte de vous. Autour de nous, le clair de lune fait doucement miroiter l'herbe humide de rosée... »

Une larme perla aux paupières de Kate, tandis qu'elle réprimait un soupir.

Comme il lui serait facile d'aimer cet homme ! songea-t-elle. Beaucoup trop facile, sans doute.

Un sursaut de scrupules et d'appréhension la retint au bord du précipice, et elle décida de prendre quelque distance avec ses émotions avant de donner suite.

D'autres correspondants lui avaient écrit — des personnes rencontrées sur différents sites avec lesquelles elle s'était découvert quelque intérêt commun. Elle leur répondit au fur et à mesure de ses lectures, de petits mots concis qui contribuèrent à lui remettre les idées en place.

A la fin de chaque réponse, elle appuyait sur la touche d'accès au message suivant, sans prêter vraiment attention au nombre d'opérations qu'elle effectuait. Predator ne figurait pas sur la liste alphabétique des expéditeurs du jour, aussi fut-elle surprise lorsqu'un message de lui surgit tout à coup sur l'écran.

« Je n'aime pas qu'on m'ignore, écrivait-il. Je sais que tu reçois mon courrier. Réponds-moi, ou je me verrai obligé de t'administrer une leçon. »

Prise de nausée, Kate faillit effacer instinctivement le message, comme si ce geste pouvait éliminer du même coup sa peur et son dégoût. Mais c'était peine perdue. Réprimant son impulsion initiale, elle se déconnecta du réseau.

Quelques secondes plus tard, elle composait le numéro du fournisseur de son serveur Internet, estimant que cette plaisanterie avait assez duré.

Personne n'était de service, et ce fut le répondeur qui enregistra le récit de ses mésaventures. Puis elle se brancha de nouveau sur le réseau et envoya le message de Predator à l'opérateur du système en lui demandant de l'aider à résoudre son problème.

« Il doit exister un moyen de l'empêcher de me joindre, écrivit-elle. Ou bien d'identifier l'individu qui me harcèle afin de le décourager. Que puis-je faire ? »

Enfin, mue par une impression de malaise qui lui rappela cruellement le comportement de son ex-mari, elle fit le tour de la maison, vérifiant la fermeture des portes et des fenêtres et tirant tous les rideaux afin que personne ne pût la voir de l'extérieur.

Ainsi barricadée, elle ne pouvait éviter de se sentir assiégée, exactement comme Mike lors de ses crises de paranoïa. A cette différence près que Mike se défendait contre des périls imaginaires alors qu'elle-même n'avait rien inventé.

Le téléphone sonna vers 3 heures du matin, tirant la jeune femme d'un sommeil agité. A demi assoupie, elle décrocha et porta le récepteur à l'oreille d'un geste automatique. Une voix sourde, indistincte, se mit à psalmodier à l'autre bout de la ligne.

— Il la suit, il la suit...

— Comment ?

Encore étourdie, Kate s'efforça de décrypter ces propos sibyllins.

— Il est en train de suivre une autre femme. J'ai fait un rêve. Un rêve… Je la vois dans mon rêve…

— Qui ? Qui voyez-vous donc ?

Soudain parfaitement éveillée, elle se souvint de l'appel qu'elle avait reçu au bureau, quelques jours plus tôt. Comment cet homme avait-il découvert son numéro personnel ?

— Le tueur… Il les tue… J'ai tout vu… Il la suit, il la suit, il la suit…

— Qui suit-il ? Qui ?

Il y eut un bruit étrange, comme un sanglot étouffé.

— Je ne sais pas… Je ne sais pas. Je la vois dans mes rêves… Il va lui faire du mal, lui faire du mal, du mal, du mal…

— Je vous en prie, implora Kate en s'asseyant dans son lit et en cherchant l'interrupteur. Pouvez-vous la décrire ? Me dire à quoi elle ressemble ?

— Pareille. Elle est pareille. Toutes pareilles. Pareilles… Pareilles… Pareilles… Il persécute les mêmes pour sauver.

— Pour sauver ? Pour sauver quoi ? Que voulez-vous dire ?

Un déclic annonça qu'il avait raccroché, et la tonalité revint.

Kate trouva l'interrupteur, alluma et se recroquevilla, les bras serrés autour d'elle, frissonnante. Venait-elle d'entendre la voix du tueur en série ? Ou bien celle d'une pauvre âme tourmentée, en butte à d'horribles cauchemars ? Pourquoi lui semblait-elle tellement sinistre ?

Soudain, elle comprit.

La voix de Mike produisait le même effet étrange quand il était plongé en plein délire hallucinatoire, son timbre altéré par la difficulté de franchir un abîme de démence pour communiquer.

Cet homme parlait exactement de la même manière. Il s'agissait donc d'un malade mental qui souffrait d'hallucinations ; un individu aussi atteint que Mike. Kate hésita un instant puis décrocha de nouveau et composa le 69 précédé d'une étoile. Quelques secondes plus tard, un enregistrement lui fournissait le numéro de la dernière personne ayant appelé. Elle téléphona aussitôt, mais la sonnerie résonna en vain au bout de la ligne. S'il était encore là, il n'avait pas l'intention de répondre.

Elle inscrivit le numéro sur un morceau de papier et attendit. Peut-être allait-il rappeler ? Comme il ne le faisait pas, elle décida finalement de s'adresser à Connor. Un ancien policier connaîtrait sans doute un moyen de relier ce numéro à l'auteur de l'appel ; dans ce cas, mieux valait entreprendre les recherches avant que l'oiseau se soit envolé.

Connor répondit tout de suite et il paraissait parfaitement éveillé.

— Que se passe-t-il ?

— L'individu qui affirme voir les victimes en rêve vient de m'appeler. Pouvez-vous identifier un abonné à partir de son numéro ?

— Donnez-le-moi.

Après l'avoir noté à son tour, il lui demanda de patienter un instant.

— Je vais téléphoner à un ami depuis mon portable. Ne raccrochez surtout pas.

— Entendu, dit-elle.

Elle n'avait pas la moindre envie de se retrouver seule ; par cette nuit inquiétante, la voix de Connor lui procurait un contact rassurant avec le monde normal. Le bruit étouffé d'une conversation parvenait jusqu'à elle mais il était impossible de comprendre ce qu'il disait. Quelques minutes plus tard, il reprit la ligne.

— Ecoutez, Kate, j'arrive tout de suite, d'accord ? Je voudrais que vous écriviez toutes les impressions que vous gardez de cet appel. Nous les transmettrons ensuite à la police.

— A la police ? Il n'y a vraiment aucun élément utilisable.

— Nous l'ignorons encore. En revanche, nous ne pouvons absolument pas nous permettre de laisser passer la moindre opportunité. Faites-moi un compte rendu détaillé, voulez-vous ? Je serai chez vous dans vingt minutes. N'ouvrez pas votre porte avant d'avoir reconnu ma voix.

Tout en raccrochant, Kate comprit soudain, horrifiée, qu'il avait peur pour elle. Il avait peur que cet homme ne soit l'assassin.

10.

Après avoir enfilé un jean et un polo blanc, Kate s'était assise sur le canapé, les bras serrés autour de ses genoux relevés. Bien qu'il ne fît pas particulièrement froid, elle se sentait glacée jusqu'aux os, sans doute à cause de l'heure tardive. Connor, arrivé dix minutes plus tôt, venait d'aller ouvrir à quelqu'un qui sonnait.

— Kate ?

Il regagna le salon en compagnie d'un homme brun, de petite taille.

— Je vous présente Rick Diaz, du bureau du shérif de Hillsborough.

La jeune femme échangea une poignée de main avec le nouveau venu et l'invita à s'asseoir.

— Voulez-vous que je prépare du café ?

Diaz déclina avec un sourire.

— J'en ai déjà bu une tasse en chemin ; cela me suffit, je vous remercie. Si nous en venions à cet appel…

Connor lui tendit le bloc-notes sur lequel Kate avait noté tous les propos dont elle se souvenait, ainsi que ses impressions concernant l'auteur de l'appel. Rick lut attentivement, les sourcils froncés.

— Malade ? dit-il soudain. Vous pensez que cet homme est un malade mental ?

— Je ne sais pas.

Kate réprima une pointe d'agacement avant d'aborder le sujet qu'elle avait horreur d'évoquer.

— Mon mari — mon ex-mari — est atteint de schizophrénie paranoïde chronique. La manière dont cet homme s'exprimait au téléphone m'a rappelé les moments où Mike était plongé en plein délire hallucinatoire. Sa voix semblait lointaine, comme atténuée par la distance. Oh, c'est trop difficile à expliquer…

Rick hocha la tête avec bonhomie.

— Prenez votre temps. Rien ne presse.

Fermant les yeux, Kate fit un effort pour surmonter sa nervosité et ses réticences. Heureusement, le détachement professionnel qu'elle avait appris en tant que reporter l'aida à surmonter ses états d'âme, qui nuisaient à son objectivité.

— Bien, dit-elle enfin. On aurait dit qu'un mur l'empêchait de se faire entendre. Il avait manifestement beaucoup de difficulté à communiquer. A mon avis, il était en train de perdre contact avec la réalité et lançait un appel de détresse avant de sombrer dans quelque délire. Cela se passait ainsi avec Mike, comme s'il se raccrochait au moindre semblant de logique susceptible de le relier au monde normal…

Elle rouvrit les yeux et regarda ses hôtes pour voir s'ils prenaient ses propos au sérieux. Rick marquait son assentiment, et Connor, l'air figé, semblait avoir une idée subite. Aucun des deux hommes ne se frappait le front de l'index, la mine apitoyée. Rick jeta un nouveau coup d'œil au bloc-notes.

— « Il persécute pour sauver », a-t-il dit. Qui persécute-t-il ? Ces femmes ? Et pour les sauver, elles ? Ou pour se sauver lui-même ?

— Il ne l'a pas précisé. C'est justement le caractère étrange de la formule qui m'a frappée.

— Mais il a employé exactement ces mots-là ?

Sur le point de répondre par l'affirmative, Kate marqua une pause. Se concentrant de son mieux, elle essaya de se remémorer le déroulement de la conversation dans les moindres détails.

— Il a d'abord dit qu'elles étaient toutes pareilles. Quand je lui ai demandé de me décrire la prochaine victime, il m'a dit qu'elle était pareille. Ensuite… Oui, c'est ça. Il a dit très exactement : « Il persécute les mêmes pour sauver. »

— Il persécute les mêmes pour sauver ?

Rick copia la phrase avec un soupir.

— Quoi de plus énigmatique, je vous le demande ? Cet homme est peut-être un simple désaxé qui a suivi l'affaire au journal télévisé. Il est fort possible — si vous voulez bien excuser ma franchise, madame Devane — qu'il ait divagué sous l'effet d'une de ces drogues prescrites aux malades mentaux. Ce genre de discours est totalement…

Laissant sa phrase en suspens, il ébaucha un geste vague, incapable de trouver un terme approprié.

— Ce genre de discours, reprit Kate, prouve qu'il a des difficultés à établir les rapports logiques qui régissent habituellement notre raisonnement. C'est ce que j'ai tenté de vous démontrer. Quand Mike commençait à perdre vraiment pied, son élocution et le fonctionnement de sa pensée se mettaient à « disjoncter ». Il donnait parfois le sentiment d'utiliser un langage légèrement différent du nôtre, comme si un mauvais interprète s'ingéniait à déformer le sens de ses phrases. J'ai retrouvé tout cela en entendant parler cet homme. Il faisait d'énormes efforts pour retrouver les connexions nécessaires à la transmission de son message.

— En somme, il ne nous reste plus qu'à décrypter ce qu'il entend par : « Il persécute les mêmes pour sauver. »

— Cela nous avancera certainement beaucoup, intervint Connor, pensif. Cet individu prétend donc que toutes les victimes sont semblables… ou se ressemblent. Je regrette de ne pas connaître précisément les termes qu'il a employés. Il ajoute que le tueur persécute les mêmes pour sauver, ce qui peut vouloir dire un certain nombre de choses fort intéressantes. Laisse-moi y réfléchir un peu, Rick. En rapprochant ce nouvel indice des éléments dont nous disposons, nous pourrions faire avancer l'enquête.

— Très bien.

Rick referma son calepin, le fourra dans sa poche et désigna le bloc-notes sur lequel Kate avait reporté l'essentiel de ce qu'elle avait entendu.

— Puis-je garder vos notes ?

— Certainement, dit-elle, estimant qu'il n'y avait pas matière à composer un article.

— Pour le cas — fort improbable — où ce type serait le tueur, je vais informer le service d'ordre local, décida le policier. S'il se met à sévir de ce côté de la baie, il faut les en avertir ; je serai en outre obligé de poursuivre les investigations dans ce périmètre.

— Avez-vous découvert d'où provenait l'appel ? demanda Kate tandis qu'il se levait.

— D'une cabine téléphonique du boulevard Busch.

Kate ne put dissimuler sa déception, persuadée que cet homme aurait pu leur fournir des renseignements inestimables à propos de ces crimes.

— Je vous comprends, dit Rick avec un sourire navré. Tout espoir n'est pas perdu, néanmoins.

Après avoir raccompagné le policier à la porte, Connor s'attarda encore un peu.

— Comment vous sentez-vous ? demanda-t-il à Kate.

— Très bien. Ce n'était qu'un appel téléphonique.

Le jeune homme marqua une hésitation.

— Etes-vous dans l'annuaire ?

— Non. Il a dû trouver mon numéro ailleurs.

— Justement : où aurait-il pu le trouver ?

La jeune femme esquissa un geste évasif.

— Comment le savoir ? Ce n'est pas vraiment un secret d'Etat. A l'époque où j'étais journaliste, je l'inscrivais même sur mes cartes de visite professionnelles pour ne pas risquer de perdre un scoop.

— Nous l'avons tous fait, dit Connor en souriant. Pour ma part, j'ai tout de même fini par y renoncer.

S'approchant de la fenêtre, il regarda dehors. Il était 5 h 10 mais le jour ne se lèverait pas avant une heure.

— Pourquoi ne monteriez-vous pas vous coucher ? suggéra-t-il sans se retourner. Je ne m'éloignerai pas.

Un silence suivit sa proposition ; comme il se prolongeait inexplicablement, Connor se retourna pour la regarder.

— Kate ?

Les grands yeux verts posés sur lui trahissaient un profond désarroi.

— Vous pensez qu'il a jeté son dévolu sur moi.

— Non !

Connor sentit son cœur se serrer presque douloureusement.

— Non, je ne crois pas. A la différence des autres, vous n'avez reçu ni menaces ni avertissements.

Visiblement peu convaincue, elle esquissa un petit sourire sans joie.

— C'est vrai, mais je suis blonde, et il s'attaque toujours à des blondes, dit-elle avec un soupir. Je n'ai plus envie de dormir.

Il n'avait plus sommeil, lui non plus. Se retournant vers la fenêtre, il s'efforça de chasser cette sensation de désastre imminent qui l'oppressait depuis plusieurs jours.

Sans doute fallait-il l'attribuer à la nature de ses préoccupations actuelles, qui n'avaient rien de réjouissant, se dit-il, alors que, rongé par des idées de plus en plus sombres, il avait l'impression de s'enliser dans des sables mouvants qui finiraient par l'engloutir. Allait-il céder à l'un de ces accès de mysticisme aigu imputables au sang indien qu'il tenait de sa mère ? Ou bien à une crise de mélancolie typiquement irlandaise, héritage paternel, cette fois ?

Sans pouvoir s'expliquer au juste pourquoi, il éprouva subitement le besoin d'en parler à Kate.

— Mes parents étaient deux des personnes les plus malheureuses que j'aie jamais connues.

— Pourquoi ? demanda-t-elle avec un intérêt qui semblait authentique.

— Je me suis souvent posé la question, surtout durant mon enfance, car, apparemment, ils avaient tout pour être heureux. Ma mère avait échappé à la réserve indienne et aux terribles hivers du Montana ; mon père s'était arrangé pour retrouver son élément, la mer. Né en Irlande, il avait vécu vingt ans sur la côte. En arrivant aux Etats-Unis, il avait dû se contenter d'un emploi de chauffeur de camion et passait son temps sur l'autoroute qui traverse le pays d'est en ouest. L'air du large et les bateaux de pêche lui manquaient cruellement.

— Rien d'étonnant à cela. Et votre mère ?

— Je suis le fils d'une authentique Indienne crow, née dans la réserve, qu'elle détestait viscéralement. Elle travaillait dans une halte pour routiers lorsqu'elle a rencontré mon père. Son seul rêve était d'aller vivre dans un endroit où elle ne souffrirait plus jamais du froid. Ils l'ont réalisé ; sitôt mariés, ils sont venus s'installer en Floride. Mon père a trouvé un emploi sur un chalutier, et ma mère n'a plus jamais vu un flocon de neige.

S'interrompant, il écarta les mains d'un geste fataliste.

— Ils auraient dû nager dans la béatitude, n'est-ce pas ?

Kate secoua la tête.

— Où qu'on aille, on ne peut pas se fuir soi-même.

— C'est juste.

Un sourire plissa les yeux du jeune homme.

— Ce sont d'éternels insatisfaits. J'ai fini par comprendre qu'ils se complaisaient dans leur propre malheur. La mélancolie de mon père envahissait la maison comme une fumée oppressante ; ma mère le supportait mal et s'en plaignait sans cesse. De son côté, elle avait des accès de mysticisme qu'il assimilait à quelque pratique sauvage et ne supportait pas davantage.

— Vous ne deviez pas vous amuser souvent.

Embarrassé, Connor détourna les yeux. Il redoutait pardessus tout qu'on ne s'apitoie sur son sort.

— A la réflexion, c'était plutôt… intéressant ; d'autant qu'ils manifestaient un penchant un peu trop prononcé pour l'alcool, tous les deux. J'ai dû prendre soin d'eux autant qu'ils ont pris soin de moi. Les colères de mon père et le tempérament fougueux de ma mère n'arrangeaient guère les choses. Seigneur, comme ils ont pu se chamailler !

Il enfonça les mains dans ses poches, essayant de se rappeler ce qui l'avait conduit à aborder ce sujet. Ah, oui !

— Tout cela pour éclairer quelques traits de ma personnalité qui pourraient sembler passablement mystérieux. Mes origines mi-irlandaises mi-indiennes peuvent expliquer mes accès de mélancolie ou de mysticisme. En ce moment, par exemple, je suis en proie à de sombres pressentiments ; je ne saurais dire s'ils sont fondés ou non, mais…

Laissant sa phrase en suspens, il haussa les épaules.

— Mais vous êtes obligé d'en tenir compte, acheva Kate. Je vous comprends très bien, Connor. Je partage d'ailleurs cette impression. Dans mon cas, on peut parler d'intuition féminine… ou de paranoïa, ajouta-t-elle avec un faible sourire.

— Pour ma part, je préfère ne pas négliger l'avertissement, toutefois.

— Sage précaution.

D'un mouvement souple, elle déplia ses longues jambes et quitta le canapé.

— Je vais préparer du café et tenter de faire en sorte que cette journée ne soit pas un fiasco complet. Aimez-vous les œufs au bacon ?

— J'en raffole, affirma-t-il d'un air gourmand.

Sur le pas de la porte, elle se retourna subitement.

— Connor, avez-vous également hérité du mauvais caractère de votre père ?

Il hésita un peu et finalement hocha la tête. Perplexe, il vit alors la jeune femme accepter la nouvelle sans broncher et pivoter sur ses talons pour gagner la cuisine.

Dans la pièce déserte, il se sentit soudain plus seul que jamais. Songeant à Katydid, il se prit à imaginer la lettre qu'il pourrait lui écrire, assis devant son ordinateur. Leur refuge virtuel lui offrait la seule opportunité de donner libre cours à sa vraie nature sans en redouter les effets, et cette terrible constatation n'était pas de nature à le réconforter.

Sally Dyer examina Kate et secoua la tête.

— A mon avis, vous devriez fumer une petite cigarette. Vous avez une mine épouvantable.

— Je ne vois pas très bien ce que le tabac pourrait m'apporter.

— Il procure un plaisir immédiat quand tout semble aller de travers dans la vie.

— Merci infiniment, mais tout va de travers dans ma vie depuis des années. Du moins puis-je me féliciter du bon état de mes poumons.

Sally eut un petit ricanement dédaigneux.

— Il faut bien mourir de quelque chose. Pour le moment, vous avez l'air d'être passée sous un rouleau compresseur.

— Une mort violente me paraît encore préférable au cancer, affirma Kate.

Sa collègue se pencha confidentiellement vers elle.

— Vous n'êtes donc pas au courant ? Dix pour cent seulement des fumeurs décèdent d'un cancer des poumons. Le risque de cancer du sein est beaucoup plus élevé pour une femme.

— Quelle marque de cigarettes vous a fourni ces chiffres ?

Le rire éraillé de Sally s'acheva en quinte de toux.

Quand elle se fut éloignée, Kate se remit au travail sans parvenir à se concentrer vraiment sur le texte à mettre au point. La contemplation de l'écran la faisait inévitablement bâiller. Que dirait Ben Hyssop s'il la surprenait en train de somnoler sur son clavier ? Mieux valait ne pas y songer.

Elle avait à peine remanié deux paragraphes quand Mark Polanski s'approcha à son tour.

— Puis-je vous parler un instant ?

— Je n'ai pas le choix, je suppose, maugréa-t-elle entre ses dents.

Depuis leur conversation au pub, il lui inspirait une antipathie de plus en plus vive. Sans se formaliser — prouvant ainsi que son métier l'avait très bien vacciné contre les rebuffades —, il la gratifia pourtant d'un sourire magnanime, tira une chaise, et s'installa si près d'elle que la jeune femme esquissa un mouvement de recul instinctif.

— Je ne veux pas qu'on m'entende, expliqua-t-il à voix basse, apparemment conscient de la gêne qu'il lui causait. Savez-vous jusqu'à quel point Quinn est impliqué dans cette affaire de meurtres en série ?

— On lui a confié la couverture du reportage.

— Je sais.

Mark jeta un coup d'œil par-dessus son épaule — geste théâtral qui eût frôlé le comique sans l'inquiétude évidente qui l'accompagnait.

— Croyez-moi, il en sait plus que nécessaire ; et bien davantage qu'il n'en raconte dans ses récits.

— Il a été policier, Mark. Les flics ne lui cachent pas grand-chose.

— Mais les photos… On n'autorise pas n'importe qui à prendre des clichés sur le lieu du crime ; et la police garde jalousement les épreuves prises au cours de l'enquête. Il n'est pas question de les publier dans la presse, où elles pourraient provoquer un intérêt malsain, celui de l'assassin lui-même, en particulier.

— Je n'ignore rien de tout cela.

— Vraiment ? Dans ce cas, vous vous demanderez peut-être pourquoi Connor Quinn est en possession de plusieurs clichés des scènes en question.

— Eh bien, c'est que… Il doit aider la police, je pense.

— Ah bon ? Et pourquoi donc ? Auraient-ils besoin de lui au point de ne pouvoir s'adresser à quelqu'un d'autre ? Et pourquoi lui permettrait-on de garder des pièces à conviction chez lui ? Si vous considérez l'intérêt morbide qu'il porte à cette affaire, à ces photos, de deux choses l'une : ou bien Quinn est un pervers, ou bien alors… Je vous laisse imaginer la suite.

Kate n'aurait su dire ce qui lui inspirait le plus d'horreur, du comportement de Mark ou de l'éventualité qu'il venait de suggérer. Elle ne trouva pas même un mot à dire lorsqu'il se leva et la quitta sur un regard lourd de sens. En revanche, elle sut alors, avec une certitude absolue, qu'elle détestait Mark Polanski de toute son âme.

Du moins avait-il réussi à la réveiller complètement, la colère qui bouillonnait en elle l'empêchant désormais de s'assoupir. Elle mit au point trois articles d'affilée qui convinrent, du premier coup et au signe près, à la place qu'on leur avait assignée. Sally s'émerveilla de tant d'efficacité et lui demanda s'il y avait le feu chez elle.

Kate haussa les épaules.

— Je voudrais simplement terminer tout ce que j'ai à faire avant de m'effondrer.

— Vous effondrer ? Dans une salle de rédaction, alors que nous recevons une nouvelle fraîche toutes les cinq minutes ? s'étonna Sally. Vous n'y pensez pas ! Si vous vous sentez sur le point de défaillir, prévenez-moi tout de suite. Je trouverai quelqu'un pour vous remplacer.

En s'autorisant une pause vers 3 heures, Kate prit la liberté de se brancher sur son serveur pour consulter son courrier électronique. Il y avait un message de Quinn, qu'elle ouvrit fébrilement tout en se reprochant d'accorder une telle importance à leur correspondance.

« Katydid, écrivait-il, les événements se bousculent, et je suis heureux de m'évader dans notre univers au bord de l'eau. Le moment où je rentre chez moi pour vous retrouver est désormais le point culminant de ma journée. »

« Moi aussi, Connor, songea-t-elle, moi aussi. »

« Depuis deux ou trois jours, je meurs d'envie de vous emmener dans les Keys. Croyez-vous que nous pourrions concrétiser ce rêve ? »

Une vague de tristesse la submergea soudain. C'était impossible, hélas. La réalité n'aurait jamais le même attrait que leur monde imaginaire dans l'espace virtuel.

« Probablement pas, poursuivait-il. Nous continuerons donc de nous évader ainsi et de bâtir nos châteaux dans le sable… ou dans les airs. La certitude que vous m'attendez comme je vous attends m'aide à supporter le quotidien.

» Vous me souriez tandis que je cours vers vous le long de la plage. Vous êtes allée jouer au bord des vagues avec Tigret. Le sable immaculé se découpe sur le bleu profond de la mer, lisse et calme comme le ciel.

» J'aime la lumière qui inonde vos traits quand vous souriez. Jamais personne ne m'a accueilli avec autant de chaleur. »

La gorge soudain serrée, Kate réprima l'élan presque douloureux qui l'entraînait vers cet homme. Que lui arrivait-il ? D'un geste prompt, presque effrayée à l'idée de cette porte qui semblait s'ouvrir devant elle, elle ferma sa boîte aux lettres et quitta le réseau.

Plus tard, elle réfléchirait à tout cela, se promit-elle. Car pour le moment, elle devait se remettre au travail avant de fondre en larmes aux yeux de tous.

Quelques instants plus tard, Connor apparut, son appareil photo accroché au cou et ses sacs d'accessoires divers en bandoulière. Il lui adressa un petit signe au passage et se dirigea vers le laboratoire photo. Deux ou trois photographes s'y trouvaient déjà ; elle les entendit échanger des salutations amicales avant que la porte se refermât sur lui.

Mark n'était qu'une langue de vipère, songea-t-elle en s'apercevant qu'elle n'avait pas quitté le laboratoire des yeux ; sa malveillance la révoltait. Si Connor conservait des photos des lieux des crimes et des victimes, il avait sans doute de bonnes raisons de le faire.

Mais la vipère avait accompli son œuvre, et Kate ne parvint pas à écarter de son esprit l'éventualité suggérée par Polanski, tout en sachant qu'elle manquait de confiance dans ses facultés de jugement concernant autrui depuis son échec avec Michael. Car elle n'oubliait pas que, à l'instar de l'autruche qui se cache la tête sous l'aile face au danger, elle s'était arrangée pour trouver mille explications aux excentricités de son mari jusqu'à ce que l'évidence s'impose. Pourquoi alors n'agirait-elle pas de même à l'égard de Connor, préférant ignorer toute mise en garde susceptible de lui ouvrir les yeux sur son compte ?

Néanmoins, il n'y avait pas tellement de motifs d'inquiétude. Ces photos lui étaient utiles : il travaillait sans aucun doute avec Diaz, même si leur collaboration n'avait rien d'officiel. Elle en avait la certitude depuis leur entrevue de la nuit précédente. Et rien d'autre ne permettait de croire…

Rien d'autre, sinon que l'auteur de cet appel nocturne connaissait son numéro de téléphone, et que Connor prétendait avoir reçu un appel similaire. Et s'il avait menti sur ce point ? Si c'était lui, au contraire, qui l'avait appelée ?

Elle écarta instantanément cette idée. C'était impossible. Absolument impossible. L'homme qui lui adressait des messages aussi romantiques était incapable d'une telle duplicité. Comment pouvait-elle laisser Mark lui empoisonner l'esprit de la sorte ?

Une phrase clignotait sur l'écran, annonçant l'arrivée d'un nouvel article à éditer. Brusquement ramenée à la réalité, Kate se remit à la tâche, décidée à envoyer Mark au diable avec ses allusions perfides.

Sur ces entrefaites, la porte de la salle de rédaction s'ouvrit, livrant passage à Rick Diaz, un badge de visiteur accroché au revers de sa veste.

Que venait-il faire ici ? se demanda Kate, surprise. Il s'agissait peut-être d'une alerte à la bombe comme celle de l'année précédente.

Mais alors qu'elle se rappelait soudain que Saint Pete n'était pas du ressort de sa juridiction, elle le vit se diriger droit vers elle.

— Où est Quinn ?

— Au laboratoire photo. Je vais vous y conduire.

En fait, elle n'avait pas l'intention de se laisser évincer de l'entrevue, bien décidée à entendre ce que Diaz venait annoncer.

Instinctivement, Mark Polanski repoussa sa chaise pour les rejoindre, mais Kate lui fit signe de se rasseoir pour lui indiquer que personne n'avait besoin de lui.

Ils trouvèrent Quinn en compagnie de Dick Helmut et de Barb Swart, deux autres photographes du journal. L'arrivée de Kate et de Rick Diaz interrompit un commentaire passionné du dernier match de base-ball.

Quinn se leva immédiatement et prit un sachet transparent contenant une feuille dactylographiée.

— A tout à l'heure, dit-il aux deux hommes en quittant le laboratoire.

Il se tourna vers Kate et Rick Diaz.

— Allons quelque part où nous pourrons parler tranquillement.

Diaz acquiesça, et Kate leur emboîta le pas. Dans l'ascenseur, Connor appuya sur le bouton de l'étage supérieur, où se trouvait une petite salle de conférences rarement utilisée. En chemin, il tendit le sachet au détective.

— Quand as-tu reçu cette lettre ? demanda Rick.

— Ce matin. J'ai pris mon courrier en quittant mon immeuble et ne l'ai ouvert qu'une fois ici.

— On y trouvera donc tes empreintes ?

— Bien sûr. Je ne savais pas ce que contenait l'enveloppe ; et je ne mets jamais de gants pour ouvrir mon courrier, répondit Connor avec humeur.

Sur le seuil de la salle, il s'effaça pour les laisser passer. Sitôt à l'intérieur, Diaz plaça l'enveloppe sous une source de lumière pour examiner son contenu.

— Bon sang !

— Qu'est-ce que c'est ? intervint Kate.

— Une lettre du type qui vous a téléphoné hier soir, semble-t-il.

— Puis-je la voir ?

Diaz hésita, consulta Connor du regard, et finalement haussa les épaules en stipulant :

— Naturellement, interdiction de publier ceci sans mon autorisation.

— Nous sommes d'accord là-dessus depuis le début, confirma Kate en dépit de sa réticence à dissimuler une information.

Saisissant vivement l'enveloppe de plastique, elle l'inclina afin de déchiffrer le texte.

« Il est en train de la traquer, en ce moment même, lut-elle. Je le vois dans mes rêves. Il faut à tout prix l'en empêcher. Croyez-moi, je vous en prie. Mes rêves ne mentent pas.

» Une jeune femme. Un mètre soixante-cinq environ, plutôt mince, cheveux blonds, yeux noisette. Certainement décolorée. Dans mon rêve, j'aperçois un duvet sombre au-dessus de sa bouche. Elle marche dans une rue mal éclairée et elle croit le connaître.

» Il est gentil avec elle. Il est toujours très gentil avec elles. Elles l'aiment bien. Elle, c'est une danseuse. Cherchez le grain de beauté sur le lobe de son oreille gauche.

» S'il vous plaît, trouvez-la avant qu'il lui fasse du mal. S'il vous plaît. »

— Mon Dieu, murmura Kate, le dos parcouru d'un frisson glacé. Croyez-vous que ce soit vrai ?

— Nous ne pouvons prendre le risque d'en douter, répondit Rick d'un ton mesuré. Il ne devrait pas être trop difficile de découvrir les danseuses de Dale Mabry qui ont un grain de beauté à l'oreille gauche.

Reprenant le sachet, il examina de nouveau la lettre.

— Ce n'est probablement pas l'assassin.

— Ah, non ? répliqua Connor. Ne t'en persuade pas si vite, Rick. Kate nous a dit que son mystérieux correspondant semblait souffrir de troubles hallucinatoires. Or, le dédoublement de personnalité est fréquent chez les tueurs en série. Cet individu en est peut-être atteint au point de croire quelqu'un d'autre responsable des meurtres qu'il commet lui-même.

Rick le regarda bien en face.

— Est-ce là ce que tu penses ? Allons, Connor, fournis-moi vite un profil sur lequel baser sérieusement mon enquête, veux-tu ?

L'exigence paraissait invraisemblable, et Kate n'eût pas été autrement surprise que Connor ripostât avec vivacité, affirmant qu'il ne pouvait accomplir des miracles. Sa réaction fut toutefois bien différente de ce qu'elle attendait. Une épaule appuyée au mur, il glissa les mains dans ses poches et considéra Diaz d'un air las et triste.

— Je te l'ai déjà dit, répondit-il. Nous n'avons pas affaire au jeune délinquant habituel. Il s'agit cette fois d'un homme de trente à quarante ans, charmant, voire séduisant. Sa maturité explique qu'il soit capable de maîtriser certaines pulsions.

Patient, intelligent, il est apprécié de tous ceux qui le côtoient, et probablement fort entouré. L'absence évidente de colère lors des crimes me porte à croire qu'il s'agit d'un tueur atypique, dépourvu de cette rage contenue qui explose un jour ou l'autre dans la plupart des cas. Un accident quelconque — un choc à la tête, par exemple — a fait de lui un monstre. S'il est bien l'auteur de ces appels téléphoniques, ses agissements doivent lui poser de sérieux problèmes de conscience.

Silencieux, Diaz prenait des notes sur un carnet en hochant la tête de temps à autre.

— Il est tellement horrifié par ses propres crimes qu'il ne peut admettre en être l'auteur, poursuivit Connor, le regard perdu dans le vague. Il présente de graves troubles dissociatifs et doit se persuader que les fragments de souvenirs qui lui reviennent sont des rêves prémonitoires. Il veut qu'on mette un terme à ces meurtres, mais, étant convaincu de son innocence, il ne peut nous aider à l'arrêter qu'en nous faisant part de ses prétendus rêves.

Kate le vit fermer les yeux, tandis que sa voix se faisait plus égale, songeuse, presque lointaine. Il leur décrivait à présent les profondeurs de l'inconscient humain ; il était presque effrayant de l'entendre parler de l'assassin comme s'il le connaissait intimement.

— Lorsqu'il commence à décompenser — donc à céder à ses pulsions de meurtre —, il rationalise ses actes. Il se persuade qu'il sauve ces femmes en les tuant. C'est ce qu'il voulait dire au téléphone. Il les sauve et croit peut-être aussi se sauver lui-même grâce au rituel auquel il se livre. Il justifie ses crimes à ses propres yeux par la conviction de les commettre dans l'intérêt de sa victime, ou le sien, ou celui des deux à la fois. Peut-être même est-il convaincu de défendre l'intérêt de la société.

Avec un soupir, Connor passa une main sur son visage sans ouvrir les paupières. Après une brève interruption, il poursuivit son monologue.

— Il a des pulsions violentes depuis plusieurs années. Quand il a commencé à craindre de ne plus pouvoir les dominer, il a dû chercher à se faire aider. Mais pour une raison ou pour une autre, il a échoué. Il a donc fallu qu'il compense pendant longtemps, tout en menant une vie exemplaire. Il occupe probablement une position importante dans la communauté, où il est fort bien considéré. Un beau jour, il a commencé à ne plus pouvoir compenser ; à présent, la seule manière de lui venir en aide serait de l'arrêter.

Diaz grommela quelques mots dont Kate ne saisit pas le sens.

— Je n'éprouve pas non plus une grande compassion pour lui, répondit Connor en ouvrant les yeux. Mais en l'occurrence, il s'agit plutôt de comprendre que de compatir. Cet homme a besoin d'aide. Il a besoin d'être délivré de ses démons.

Il baissa un instant la tête pour intensifier encore sa concentration.

— Il jouit sans doute d'une certaine aisance, reprit-il. Sans être forcément riche, il n'appartient pas à un milieu où la criminalité est monnaie courante, ce qui explique en partie la confiance qu'il inspire à ses victimes. S'il possède une voiture, il s'agit d'un véhicule de qualité, assez récent sans être flambant neuf — ce qui le rendrait trop aisément identifiable — et de couleur neutre, gris ou beige mats. Elle correspond à sa personnalité, traditionnelle et conservatrice.

Il porte des vêtements classiques — pardessus, costumes et cravates de couleur sombre. Pour tous ceux qui le connaissent, il est l'un des piliers de la communauté.

— Comme Gacy, fit remarquer Rick Diaz.

— Comme Gacy.

Se redressant, Connor sortit les mains de ses poches.

— Grâce à une parfaite maîtrise de soi, il peut afficher une façade irréprochable. Personne ne le croirait capable de se montrer violent ; je parierais même qu'on ne l'a jamais vu se mettre vraiment en colère. On lui décernerait presque une auréole.

— Magnifique, déclara Diaz. Tout cela va beaucoup m'aider. Je n'ai plus qu'à rechercher l'un des piliers de la communauté qui passe pour un saint. Ce qui devrait réduire le nombre de suspects à quelques centaines de milliers d'individus.

Un sourire inattendu éclaira les traits de Connor.

— En outre, il s'exprime fort bien, et il n'a pas de cheveu sur la langue.

— Tu en es sûr ?

— Absolument.

Etait-ce une plaisanterie ? se demanda Kate, si perplexe qu'elle s'interposa.

— Comment pouvez-vous savoir s'il a un cheveu sur la langue ou non ?

— Les beaux parleurs ne zézaient pas ; et à cet égard, notre homme est un virtuose.

— La crédulité des gens me semble toujours invraisemblable, admit Kate. Pourquoi font-ils confiance à ce type ?

— Ces femmes ne paraissent crédules que parce qu'elles ont été assassinées. Des milliers d'imprudences commises par des personnes aussi faciles à duper restent sans effet. C'est là l'unique différence. Si personne ne prenait plus d'auto-stoppeurs, pourquoi tant de gens feraient-ils encore de l'auto-stop ?

L'argument ne manquait pas de pertinence, en effet.

— Vous n'avez pas tort, admit Kate.

Mais Rick avait suivi un autre cheminement de pensée.

— Crois-tu que ce type ait un casier judiciaire ?

— Non, dit Connor, catégorique. Cet homme ne laisse rien au hasard, et ses meurtres sont des actes prémédités plutôt que fortuits. Il ne fait pas n'importe quoi.

— Son dernier meurtre, celui de Mme Whitmore, n'a-t-il pas été commis fortuitement ?

Connor secoua lentement la tête.

— Je l'ai cru un moment, en effet. Mais je me trompais. Non, ce crime-là a été préparé comme les autres. A mon avis, cette femme se livrait à des activités ignorées de son entourage.

— Toutes les recherches de la police de Tampa à ce sujet sont restées infructueuses, affirma Diaz.

— Il faudra donc élargir l'enquête à toute la région. Laisse-moi montrer sa photo sur Dale Mabry ; ou bien encore dans ces prétendus défilés de lingerie féminine de l'avenue Nebraska. Mme Whitmore connaissait peut-être l'une des femmes qui s'y produisent.

Rick hésita visiblement.

— Vois-tu, reprit Connor, les gens sont plus disposés à répondre à mes questions depuis que je leur présente une carte de presse au lieu d'un badge de policier.

— Je n'en doute pas ! s'exclama le détective. Rien ne leur plaît davantage que de voir les pires turpitudes faire la une des journaux à scandale.

— C'est possible, mais je respecte du moins leur anonymat.

— Je vous accompagnerai, dit Kate. Les femmes se confient parfois plus facilement à une autre femme. En outre, elles pourraient vous prendre pour le tueur, après tout.

— Bon, c'est entendu, conclut Rick après un instant de réflexion. Mais j'aurai la primeur de tout ce que vous pourriez découvrir. Gare à vous si j'apprenais quoi que ce soit sur cette affaire en ouvrant le *Sentinel* au petit déjeuner.

11.

En compagnie de Kate, Connor essayait d'y voir plus clair en réfléchissant à haute voix.

— Marceline Whitmore est sortie la nuit du meurtre, ne l'oublions pas. C'est pourquoi sa voiture était garée dans l'allée. Sans doute a-t-elle ramené l'assassin avec elle en rentrant. Il serait donc préférable d'interroger dans la soirée les personnes susceptibles de l'avoir vue.

La jeune femme acquiesça sans hésiter. Cela semblait logique, en effet.

— Je dois toutefois terminer mon travail.

— Si nous envisagions de quitter le journal à 19 heures ? Aurez-vous fini ce que vous avez à faire ?

— Je peux toujours m'arranger.

Sally et Ben Hyssop l'autoriseraient probablement à partir sans la moindre difficulté. La perspective d'un scoop exceptionnel leur ferait accepter sans rechigner toutes les restrictions imposées sur les articles actuels, au risque de voir le *Sentinel* distancé dans l'immédiat par les autres quotidiens.

— Mais il vaudrait mieux tenir Ben au courant de nos projets, ajouta-t-elle.

L'hésitation de Connor la surprit car, à son avis, ils pouvaient se montrer discrets sur le résultat de leurs recherches sans garder pour autant le secret sur toute l'opération.

— Je prendrai ces heures sur mon temps libre, dit-il enfin.

— Vous restez un flic dans l'âme, n'est-ce pas ? Eh bien, ce n'est pas du jeu ! protesta Kate avec un enjouement forcé. Vous êtes désormais journaliste au *Sentinel*, et Ben pourrait à juste titre se formaliser d'être tenu dans l'ignorance de l'enquête que nous menons sur l'affaire la plus importante du moment.

Malheureusement, Ben était ce jour-là d'une humeur massacrante.

— Quinn peut y aller, bougonna-t-il, mais pas vous, Devane.

— Pourquoi donc ? s'insurgea-t-elle. Ne suis-je pas une bonne journaliste ?

— Oh si, sans aucun doute ! Mais vous êtes aussi une jeune femme blonde et, que cela vous plaise ou non, je n'ai pas la moindre envie de vous voir rôder dans des endroits où vous pourriez attirer l'attention du tueur.

— Bon sang ! s'exclama Kate. Quand cesserez-vous de m'infliger ce genre de remarque ? Vous pouvez mettre en cause mes compétences de journaliste, mais je refuse toute discrimination d'ordre sexuel.

— Vous n'êtes plus journaliste, lui rappela Ben. Vous travaillez au secrétariat de rédaction ; et si vous voulez en gravir les échelons, encore faudrait-il vivre assez longtemps pour cela !

— Sur cette affaire, j'effectue le reportage avec Connor

Quinn, riposta-t-elle. Si vous y tenez, je me teindrai en brune, mais je mènerai l'enquête avec lui.

Hyssop se pencha en avant.

— Voyons, n'avez-vous pas assez d'ennuis comme cela ? Un membre de votre ex-belle-famille m'a appelé quatre fois en quinze jours pour me raconter toutes sortes d'horreurs à votre sujet. Il a également téléphoné à Mark Polanski. Mark n'a tenu aucun compte de cette histoire, et je n'y prête pas non plus la moindre attention — naturellement, Kate, je vous connais bien —, mais les autres journaux pourraient réagir différemment. Vous auriez peut-être intérêt à régler quelques difficultés personnelles si vous ne voulez pas avoir les honneurs de la presse à scandale.

Kate se cala au fond de son siège, incapable de croire ce qu'elle venait d'entendre. En partie gênée que Connor fût témoin de ces propos, elle était furieuse contre la famille de Mike, mais aussi contre Ben pour avoir évoqué la question comme si elle valait la peine d'être relevée.

— Je n'ai rien à régler avec qui que ce soit, dit-elle sèchement. Et je me demande comment vous osez vous mêler de ma vie privée.

— J'y suis mêlé bien malgré moi, répliqua Ben. A quatre reprises en deux semaines, j'ai dû écouter ces histoires sordides. Et cette boue pourrait vous enliser si cet individu parvient à convaincre quelqu'un d'en tirer un article à sensation.

— Il n'y aura pas d'article, intervint Connor à la stupéfaction de Kate. Michael Devane est atteint de schizophrénie paranoïde aiguë. Manifestement, l'auteur de ces appels en présente également des symptômes, ce qui n'a rien de surprenant puisqu'il s'agit d'une affection à caractère héréditaire.

Kate demeura bouche bée.

— Comment le savez-vous ?

Il haussa une épaule d'un air évasif.

— Je me suis renseigné après notre conversation, l'autre soir. J'aime savoir à quoi j'ai affaire.

— Vous n'avez affaire à rien du tout !

— Désolé, mais j'ai affaire à vous, qui êtes confrontée à ce problème.

Quelle audace ! jugea Kate. Visiblement, il n'en éprouvait aucun remords.

— Ma foi, dit Hyssop, je me suis fait le même genre de réflexions en écoutant le bonhomme. Il est sans doute dérangé, lui aussi. Toutes ces accusations concernant la manière dont vous auriez rendu fou et fait interner votre ex-mari évoquaient le délire d'un paranoïaque.

— Oh, je l'ai bel et bien fait interner, répliqua Kate, ignorant la douleur qui lui déchirait le cœur. Ne vous méprenez pas là-dessus, j'ai fait interner mon époux à plusieurs reprises. Je n'avais pas d'autre moyen de l'empêcher de se détruire.

Hyssop agita la main pour la faire taire.

— Cela va sans dire, bien sûr. Je crains simplement que vous ne vous retrouviez au centre d'une controverse sur la loi Baker et les possibilités d'abus qu'elle offrirait, selon ses détracteurs. C'est en effet la ligne d'attaque adoptée à votre encontre par l'auteur des appels.

— Vous a-t-il dit son nom ?

— Non, dit Ben en secouant la tête. Il s'est seulement présenté comme un parent préoccupé.

Kate en connaissait plusieurs spécimens, notamment les parents de Mike, les deux frères et l'une des sœurs. Jamais ils n'admettraient qu'une malformation génétique pût être à l'origine des troubles dont souffrait un membre de leur famille. Il était beaucoup plus facile pour eux de tout mettre sur le compte de Kate, qu'ils détestaient cordialement depuis le début.

— Mon cas ne suffirait pas à alimenter un article, affirma-t-elle. Et je ne vois pas comment empêcher ces gens-là de raconter ce qu'ils veulent.

— Vous pourriez déposer une plainte en diffamation, suggéra Ben. Ce « corbeau » essaie bel et bien de vous causer des ennuis et de vous faire perdre votre emploi.

— Pensez-vous que cela le dissuaderait ? Pour ma part, je n'en crois rien. Encore faudrait-il prouver l'identité du diffamateur. Cette démarche ne serait qu'une perte de temps.

— Vous avez sans doute raison, hélas, répondit Ben, qui travaillait depuis trop longtemps dans la presse pour se faire des illusions sur l'efficacité d'une telle procédure.

— Pour en revenir à notre enquête, reprit Kate, j'accompagnerai Quinn ce soir. C'est ma peau que je risque, Ben ; pas la vôtre.

Le regard menaçant du rédacteur en chef ne la fit pas ciller.

— Je vous ai interdit dès le premier jour d'attirer de quelque manière que ce soit l'attention de ce désaxé.

— Trop tard ; c'est déjà fait.

— Comment ?

Comme mû par un ressort invisible, Hyssop se redressa d'un bond.

— Que voulez-vous dire, pour l'amour du ciel ? Auriez-vous reçu des menaces ?

— Non, pas de menaces, intervint Connor. En revanche, il l'a peut-être appelée la nuit dernière.

Il relata brièvement ce qui s'était passé.

— Bon sang !

Le poing de Ben s'abattit sur le bureau.

— Ah, le monstre ! Comment est-il arrivé jusqu'à vous ?

— Il a téléphoné ici il y a deux ou trois jours, répondit Kate. Il voulait parler à Connor Quinn ; en son absence, j'ai pris l'appel à sa place.

— Laissez-moi deviner la suite. Vous vous êtes présentée en ajoutant que vous collaboriez avec Quinn sur cette série d'articles.

— Exactement.

— Je me demande parfois si vous avez plus de cervelle qu'un moineau, Devane. Je vous avais pourtant mise en garde !

— En effet. Mais je ne pouvais pas prévoir que l'assassin téléphonerait au journal.

Ben soupira, exaspéré.

— Seigneur, que dois-je faire pour vous mettre à l'abri des ennuis ? Très bien ! Accompagnez Quinn si vous y tenez. Mais s'il vous arrive quoi que ce soit, vous l'aurez bien cherché !

Animée d'une énergie nouvelle, Kate acheva son travail de bonne heure. Son rendez-vous avec Quinn étant fixé à 7 heures, et comme une demande de dernière minute le retenait encore au laboratoire, elle en profita pour se brancher sur le serveur local et répondre au dernier courrier de CQ. Une petite voix lui chuchotait bien qu'elle commençait à se rapprocher dangereusement de Quinn, mais elle préférait faire la sourde oreille pour le moment. La vie devenait beaucoup trop désagréable dans d'autres domaines pour qu'elle s'inquiétât d'une idylle naissante.

Car c'était bel et bien ce qui leur arrivait. De jour en jour, ils nouaient des rapports plus étroits par écran interposé. Kate éprouvait un émoi comparable à celui de ses premières amours ; son cœur caracolait follement comme à l'aube d'une passion, la faisant passer en quelques instants d'une joie délirante à un profond abattement selon des paramètres aussi futiles que la présence ou l'absence sur l'ordinateur d'un message de son soupirant.

Cela aurait dû lui servir d'avertissement, elle le savait bien, mais elle était tout bonnement incapable de réagir pour le moment. Un jour, peut-être ; pas maintenant. Pourquoi renoncer à ce qui lui réchauffait le cœur, occupait son esprit du matin au soir, tel un délicieux bourdonnement continu ? Elle se sentait soudain plus légère, plus jeune, plus heureuse que jamais. Pourquoi ne pas prolonger encore un peu ce miracle ? Au demeurant, tant que CQ ignorait à qui il s'adressait réellement, elle ne risquait pas grand-chose. Leur relation amoureuse garderait un caractère purement virtuel.

Elle se répétait désormais cette objection comme un leitmotiv. Ne cherchait-elle pas plutôt à s'en persuader ? Avec un soupir, elle écrivit néanmoins à CQ, répondant à l'étreinte qu'il lui décrivait ; étreinte qu'elle n'hésiterait pas à rendre plus intense, plus érotique, s'aventurant vers des contrées dont elle s'interdisait l'accès depuis trop longtemps. Parfaitement consciente que n'importe quel curieux pouvait lire sur l'écran par-dessus son épaule, elle respecta scrupuleusement les limites de la décence.

En réalité, elle rêvait tout simplement de le coucher sur le sable de leur plage imaginaire et de lui faire l'amour, avant qu'il ne lui rendît la pareille.

Quelle folie ! songea-t-elle en rougissant, soudain embarrassée. Elle appuya sur la touche « envoi » et vit disparaître son texte. Quelques secondes plus tard, un signal clignotant lui apprit que son message avait bien été expédié.

Après avoir quitté le serveur, elle dut s'appliquer à étouffer les désirs que cette correspondance éveillait en elle. Son mariage avec Mike s'était progressivement mué en célibat ; depuis leur divorce, elle menait une existence de nonne. Cette abstinence prolongée la faisait parfois s'interroger sur la persistance de sa sexualité. Aujourd'hui rassurée, elle n'était pas certaine de pouvoir s'en féliciter.

— Kate…

Mark Polanski venait de s'asseoir auprès d'elle sur un coin de bureau.

— Je viens d'apprendre que vous sortirez ce soir en ville avec Quinn pour les besoins du reportage.

La jeune femme fit pivoter sa chaise pour le regarder en face mais ne répondit rien.

Mark secoua la tête avec un soupir.

— Bon, d'accord. Je ne veux pas me mêler de vos affaires. Simplement, n'oubliez pas ce que je vous ai dit hier. Il se passe quelque chose d'anormal. Soyez prudente.

Kate le regarda s'éloigner en se demandant pourquoi Mark s'intéressait tellement à elle depuis quelque temps. Il ne lui avait jamais autant adressé la parole que depuis une dizaine de jours. Certes, il n'avait pas apprécié d'être évincé du reportage sur le tueur en série et ne portait guère Quinn dans son cœur, mais cela ne suffisait pas à expliquer cette soudaine sollicitude envers elle.

En tout état de cause, décida-t-elle, il ne parviendrait pas à lui faire partager ses soupçons concernant Connor.

Quinn émergea dix minutes plus tard du laboratoire.

— Excusez-moi, dit-il. Je suis en retard.

— Ce n'est pas grave.

Prenant son sac et sa veste, elle quitta l'immeuble avec lui dans l'air tiède du soir. Sur le point d'émettre une remarque sur leurs échanges et le monde virtuel qu'ils avaient créé, elle se ravisa juste à temps.

Aïe, songea-t-elle ; cette éventualité ne lui avait jamais effleuré l'esprit. Comment imaginer qu'elle risquât de se trahir un jour ?

A présent, elle éprouvait un double sentiment de culpabilité, à l'égard de Mike et à l'égard de Connor. En définitive, elle les trompait tous les deux, chacun à sa manière. Elle s'était promis de demeurer fidèle à Mike — bien qu'elle ne se souvînt plus très bien pour quelle raison — et sa conscience lui imposait une obligation morale d'honnêteté absolue envers Connor. Mais en lui avouant qu'elle était Katydid, elle risquait de voir leur idylle virtuelle devenir une réalité, ce qu'en aucun cas elle ne pouvait accepter. En outre, il serait sans doute furieux d'apprendre qu'elle lui cachait la vérité depuis le début.

— Quelque chose ne va pas ? demanda-t-il tout en la guidant vers sa voiture.

— Non, répondit-elle vivement. Tout va bien. Je réfléchissais, c'est tout.

Prise à son propre piège, elle cherchait désespérément une échappatoire. Evidemment, Connor ne lui avait jamais avoué non plus son véritable nom au cours de leurs échanges. En principe, elle ne le connaissait que sous son nom de code. Mais il avait une excuse, puisqu'il s'adressait à une personne qu'il ne pensait pas connaître ailleurs que sur Internet. Kate, en revanche, avait commencé à frauder dès le moment où elle avait relié CQ à Connor Quinn.

Au lieu de lui avouer immédiatement qu'ils travaillaient ensemble, elle avait préféré se taire parce qu'elle se sentait coupable d'entretenir une relation amicale avec un collègue. Dans son esprit, ces rapports épistolaires lui permettaient de maintenir entre eux une certaine distance, évitant ainsi tout risque de débordement ; elle se sentait en sécurité, intouchable et irréprochable, en quelque sorte.

A cet égard, la manœuvre se soldait par un échec total : la distance s'était pratiquement réduite à néant, et ses pensées intimes ne pouvaient être qualifiées d'irréprochables !

Enfin, depuis que leur amitié prenait une tournure différente, elle se sentait de plus en plus incapable de lui avouer la vérité. Bref, elle s'enfonçait inéluctablement dans le mensonge.

La voix de Connor la tira de ses réflexions.

— Auriez-vous une préférence pour le dîner ?

— Le restaurant japonais, mais ce serait beaucoup trop long, hélas.

Connor se mit à rire.

— Je vous y inviterai un soir où nous n'aurons rien d'autre à faire. Ce serait un crime de ne pas prendre son temps pour déguster des sushis.

Ils optèrent finalement pour une formule de fast-food proposant du poulet.

— Dommage qu'il soit frit, fit remarquer Quinn.

Kate ôta consciencieusement la pâte à friture de son morceau de volaille, mais déséquilibra son régime en s'autorisant ensuite un copieux gâteau à la crème.

Une demi-heure plus tard, ils se garaient devant l'After Midnight. Cette fois, Kate se sentit beaucoup plus à l'aise en traversant le cabaret. C'était un jeudi, comme le soir du meurtre de Marceline Whitmore. Ils présentèrent une photo de la victime à la ronde, mais personne ne la reconnut, sinon un homme entre deux âges qui en avait vu le portrait dans le journal.

— Nous perdons notre temps, dit Kate tandis qu'ils se rendaient dans un autre établissement. Pourquoi diable Mme Whitmore aurait-elle fréquenté de tels bouges ? Ce genre de divertissement n'intéresse que les hommes.

— C'est précisément l'endroit idéal pour dénicher des hommes, affirma Connor.

Kate leva sur lui un regard incrédule. Elle éprouva soudain le besoin de fixer son attention sur quelque chose de simple, de naturel, comme la solidité du pavé sous ses pieds ou la fraîcheur de la brise qui jouait dans ses cheveux. L'aspect sordide de cette affaire l'écœurait et les possibilités qu'il venait d'évoquer la démoralisaient. Elle évoluait pourtant dans le milieu de la presse depuis une dizaine d'années, et les turpitudes de l'espèce humaine lui étaient familières. Alors d'où lui venait donc cette impression que cette fois il en allait autrement, que la boue qu'ils remuaient risquait de l'éclabousser ?

— Connor...

Elle hésita, s'efforçant de rassembler ses idées.

— Mme Whitmore occupait une place privilégiée dans la communauté. Son nom et son image apparaissaient régulièrement dans les pages des rubriques mondaines. Pourquoi aurait-elle mis sa réputation en péril en venant chercher des hommes dans un endroit pareil ?

— Je n'affirme pas qu'elle le faisait. Je propose seulement un motif pouvant expliquer sa présence ici. Il doit bien y avoir un rapport, Kate. Réfléchissez un peu. Quel point commun peut-on trouver entre une femme de banquier et deux danseuses nues ? Si elles ne fréquentaient pas les mêmes lieux, elles devaient connaître toutes les trois une même personne. Dans un cas comme dans l'autre, nous avons des chances de trouver quelque chose dans les parages.

— Mais si c'était la seule raison qu'elle ait eu de venir ici...

Connor fit non de la tête, l'interrompant.

— Elle s'occupait d'associations charitables, ne l'oubliez pas. Pourquoi ne serait-elle pas venue prêcher la bonne conduite aux pécheresses qui s'exhibent dans les cabarets, essayer de les ramener dans le droit chemin, tout comme le font le pasteur et son escorte ?

La jeune femme opina sans grande conviction.

— C'est possible, mais serait-elle venue seule, dans ce cas ?

— Je l'ignore. En revanche, je sais à coup sûr que nous ne pouvons espérer mettre la main sur le tueur avant son prochain crime sans découvrir le lien dont je parle.

Ils poursuivirent leur enquête, examinant des lobes d'oreille et se renseignant sur les danseuses qui faisaient relâche ce soir-là. Personne ne connaissait une jeune femme blonde avec un grain de beauté à l'oreille gauche.

— Cette particularité n'a pourtant rien d'exceptionnel, maugréa Kate, déçue, comme ils sortaient du deuxième cabaret. Des centaines de gens doivent avoir un grain de beauté à l'oreille.

— Encore faut-il qu'il soit du genre qu'on remarque aisément.

Cela allait sans dire. En fait, l'impatience dont elle faisait preuve l'irritait secrètement. Ne savait-elle pas dès le début que leur entreprise déboucherait probablement sur une impasse ? En qualité de journaliste, elle avait souvent arpenté les rues en vain, mais l'habitude ne l'avait pas rendue plus insensible à l'échec.

Avant de visiter la dernière boîte de nuit, ils firent un crochet pour prendre un café chez un marchand de beignets. Comme ils s'asseyaient au comptoir, Kate ne put s'empêcher de taquiner son compagnon.

— Les vieilles habitudes de flic ont la vie dure, n'est-ce pas ?

Il la gratifia d'un de ses sourires qui la faisaient chavirer.

— Essayez d'effectuer une ronde de nuit et vous verrez ce que votre organisme réclame à 2 heures du matin : du sucre et de la caféine.

Elle consulta sa montre.

— Vous avez deux heures d'avance, dans ce cas.

— J'emmagasine des réserves.

L'échoppe était presque déserte. A part eux, il n'y avait qu'un client assis au bar, sa tasse entre les mains. L'employée de service, une charmante quinquagénaire un peu ensommeillée, leur apporta deux cafés et une assiette de beignets pour Connor.

— Lorsque j'étais de service de nuit, je m'arrêtais ici une ou deux fois par semaine, dit-il.

— Le quartier a-t-il beaucoup changé ?

— Il n'y a tout de même pas si longtemps, maugréa Connor avec une grimace comique.

— Je n'ai pas voulu dire cela. Mais cette partie de la ville se développe à une telle allure que sa population se renouvelle fréquemment.

Connor haussa les épaules.

— Par ici, c'est toujours à peu près la même chose.

Les crimes eux-mêmes ne varient pas beaucoup. Quelle tristesse, songea Kate.

— Lorsque nous en aurons terminé ici, reprit-il, nous devrions aller jeter un coup d'œil sur les établissements du boulevard Nebraska.

— Pourquoi donc ? Les deux premières victimes travaillaient sur Dale Mabry.

— Cela ne veut pas dire qu'il sévit exclusivement dans ce périmètre. J'en serais fort étonné. Le genre de femmes qu'il choisit se rencontre un peu partout.

— Y compris dans les quartiers résidentiels, semble-t-il.

Vingt minutes plus tard, ils pénétraient dans le dernier night-club de l'avenue. Le troisième client qu'ils abordèrent reconnut la femme dont ils lui montraient la photo.

— Je la connais, dit-il en plissant les yeux pour mieux voir dans la salle faiblement éclairée. Oui, oui, je l'ai déjà vue.

— En êtes-vous sûr ? insista Kate, se refusant à espérer trop vite.

— Tout à fait sûr.

— Où était-ce ?

L'homme aspira de l'air entre ses dents, produisant un léger sifflement.

— C'est une bonne gagneuse, si vous voyez ce que je veux dire. Mais je fréquente tellement d'endroits du même genre...

— L'avez-vous vue ici ou dans les parages ?

L'homme secoua lentement la tête, l'air songeur.

— Non...

— Essayez de vous rappeler, même approximativement. Le nom d'un quartier suffirait.

Soudain méfiant, il renversa légèrement la tête pour les regarder.

— Qu'est-ce que cela peut vous faire ? Avez-vous l'intention de l'arrêter ?

Sentant qu'ils allaient perdre leur unique source d'information, Kate fit quelques pas vers lui.

— Nous ne sommes pas des flics.

— Ah bon ? Que cherchez-vous donc, alors ?

Fallait-il lui avouer la vérité ? Kate hésita.

Connor n'eut pas autant de scrupules.

— Elle a été assassinée, dit-il. Nous nous efforçons de reconstituer l'emploi du temps de ses derniers moments.

— Donc, vous êtes bien des flics. Connor fit non de la tête et lui présenta sa carte de presse.

Après un bref instant de flottement, l'homme haussa les épaules.

— Très bien. Je l'ai vue présenter des modèles de lingerie féminine dans une maison spécialisée, je ne sais plus laquelle. Je me souviens seulement que le noir lui allait à merveille.

— Boulevard Nebraska, dit Connor en s'installant au volant. Ces prétendus salons de couture y pullulent, entre deux cabarets.

Kate ressassait encore ce que l'homme venait de leur dire.

— Il a pu se tromper. Vous figurez-vous Marceline Whitmore en « bonne gagneuse » ?

— Je ne l'ai jamais rencontrée, mais elle ne serait pas la première femme de la haute bourgeoisie à s'être encanaillée de la sorte.

— Probablement. Seigneur, si c'était vrai, sa famille ne s'en remettrait pas…

— Et son hypocrite de mari recevrait une bonne leçon.

Surprise, la jeune femme le dévisagea dans la pénombre de la voiture.

— Qu'entendez-vous par là ?

Le visage de Connor lui parut étrange à la lueur fugitive des phares qui balayaient l'habitacle.

— Simplement que le mari de la dame en question ne m'a pas fait grande impression. Il prétendait se trouver chez sa sœur à Orlando le soir du crime, mais il l'a quittée en fin d'après-midi. Restent cinq ou six heures durant lesquelles personne ne sait ce qu'il a fait. Par conséquent, soit cet animal a tué sa femme, soit il la trompait allégrement, et seule son inavouable maîtresse pourrait lui fournir un solide alibi. Dans un cas comme dans l'autre, il aura mérité de voir sa réputation ruinée.

— Seriez-vous d'un tempérament vindicatif ?

— Pas le moins du monde. Si c'était le cas, j'irais lui annoncer moi-même la nouvelle. Non, je serais presque prêt à parier que, dans cette affaire, la personne la plus vindicative était Mme Whitmore elle-même.

— Croyez-vous qu'elle agissait ainsi par pur désir de vengeance ?

— J'en mettrais presque ma main au feu.

— Encore faudrait-il qu'il soit au courant. Mais peut-être l'est-il, après tout ?

— S'il le sait, il le garde pour lui ; mais cela m'étonnerait beaucoup. A mon avis, elle lui en réservait la surprise, pour je ne sais quelle occasion.

— Oh, non ! Pareille malveillance dépasse l'imagination.

— Vraiment ? Auriez-vous oublié certain membre de votre ex-belle-famille ?

— Ce n'est pas la même chose. Il a l'esprit dérangé.

— En êtes-vous certaine ?

— Où voulez-vous en venir, au juste ? demanda la jeune femme avec humeur.

— Nulle part. Ou plutôt à une chose que mon expérience de policier m'a apprise, comme celle de journaliste aurait dû vous l'apprendre : il n'y a pas de limites aux vacheries que les gens peuvent s'infliger mutuellement. Et cela devient épouvantable si les sentiments interviennent.

La joue appuyée contre la vitre fraîche de sa portière, Kate regarda un signal tricolore passer au rouge.

— « L'enfer, c'est les autres », si je comprends bien ?

Pourquoi cette conversation la mettait-elle si mal à l'aise ? Pourquoi s'évertuait-elle à préserver feu Marceline Whitmore et le reste de l'humanité du cynisme de Quinn ? Peut-être ne pouvait-elle simplement supporter de découvrir son cynisme.

— Exactement. Songez à tous les conflits auxquels nous expose la vie quotidienne. Je n'ai pas besoin de vous les énumérer, n'est-ce pas ? Pourquoi serait-il tellement impossible que Mme Whitmore, découvrant que son mari entretenait une liaison, ait choisi de se venger en faisant ce qui lui causerait le plus de désagrément ?

— Ce n'est pas impossible, en effet. Mais en se transformant en fille de joie, elle se punissait surtout elle-même.

— Pas forcément. Tout dépend de la manière dont il la considérait et dont elle se considérait elle-même. Peut-être était-il extrêmement possessif, ou attaché à certains principes, ou que sais-je encore ?

L'arrivée d'un couple dans les « salons » de lingerie ne manqua pas de surprendre ; et bien davantage encore lorsqu'ils refusèrent de jeter un coup d'œil aux « mannequins ». Immédiatement catalogués comme des flics, ils se heurtèrent à un mur de silence.

— Ecoutez, répétait inlassablement Connor, je ne vous demande qu'une chose : cette femme a-t-elle travaillé ici récemment ? Répondez-nous, et nous vous laisserons tranquilles.

Ses interlocuteurs secouaient invariablement la tête.

— Ils doivent être paranoïaques, déclara finalement Kate, découragée.

— Non sans motif : ils exercent une activité illégale.

Ils finirent par obtenir une réponse affirmative, dans un établissement pompeusement baptisé Studio Renoir. Kate commençait à s'accoutumer à ces décors sordides, mais celui-ci battait vraiment tous les records. Le déshabillé accroché au mur, dans le minuscule vestibule où ils se tenaient, était criblé de taches de maquillage. Le parquet aurait eu besoin d'un sérieux coup de balai, et l'odeur de renfermé procurait une impression oppressante. A travers un rideau de perles, on apercevait trois femmes vautrées sur un canapé, la cigarette aux lèvres, dans un nuage de fumée.

— Elle travaillait ici, dit le gérant. Depuis plus de huit mois. Elle avait un succès fou auprès de nos clients.

Fronçant les sourcils, il leur rendit le cliché.

— C'est bien elle qui a été assassinée, n'est-ce pas ? Je me suis posé la question en voyant sa photo dans le journal. Elle se maquillait beaucoup plus pour exercer son activité. Cela modifiait légèrement son visage, mais je l'ai tout de même reconnue.

Une agitation fébrile s'empara de Kate — sensation familière qu'elle éprouvait toujours au moment de faire une découverte importante.

— L'avez-vous vue la nuit où elle a été tuée ?

— C'était jeudi dernier, je crois ? Oui, elle est venue travailler ; jusqu'à 1 heure du matin, environ.

— L'un de vos clients aurait-il manifesté un intérêt particulier à son égard ?

Le gérant esquissa un sourire.

— Elle les intéressait tous beaucoup. Cette femme-là, c'était de la dynamite.

Connor réprima un soupir.

— Mais auriez-vous remarqué plus particulièrement un homme le soir du crime ?

— Oh, dit le gérant, comprenant subitement. Vous voulez dire qu'elle aurait pu rencontrer l'assassin ici même ?

— C'est une éventualité.

— Vous persistez à prétendre que vous n'êtes pas de la police ?

— Absolument.

— Vous avez vraiment l'air d'un flic.

— J'ai été policier, puis j'ai démissionné. Ensuite, le journal m'a embauché. Mon salaire a diminué mais les horaires sont plus acceptables, ajouta Connor avec un clin d'œil.

Ses explications parurent apaiser le gérant.

— Ah oui ? dit-il en riant. Il est tout de même 2 heures du matin, vous savez. Pour répondre à votre question, je ne me souviens d'aucun client exceptionnel, ce soir-là. Mais l'assassin ne venait pas d'ici. Nous veillons attentivement sur nos filles : elles ne sont jamais seules, et nous les raccompagnons toujours à leur voiture.

— Elle est donc partie seule, et personne ne l'a suivie ?

— Je peux vous l'affirmer. Je l'ai accompagnée moi-même jusqu'au parking. Mona — c'était son nom ici — conduisait un petit coupé sport, une pure merveille. Elle avait probablement d'autres sources de revenus.

De nouveau, il se mit à rire.

— Mais oui, naturellement. Son mari est un financier important, n'est-ce pas ? Hum, était-il au courant de ce qu'elle faisait ? C'est parfois le cas, vous savez. Le fait que leur femme se prostitue excite certains hommes. J'ai du mal à le comprendre moi-même.

— Je ne peux rien vous dire au sujet de son époux, dit Connor d'un ton neutre. Mme Whitmore est donc bien partie seule, jeudi soir ?

— Je vous l'ai déjà dit.

— Et vous n'avez vraiment rien remarqué d'inhabituel cette nuit-là ?

— Rien du tout. Chez nous, voyez-vous, il n'y a pas de favoritisme. Pour jeter un œil sur la marchandise, il suffit de payer cinquante dollars. Notre clientèle offre donc un éventail très varié, de l'indigent au notable fortuné, sans exclure les toxicomanes ou les ivrognes. Comme d'habitude, j'ai vu passer un peu de tout.

Quinn opina et balaya la pièce du regard.

— Vous proposez un assortiment complet ?

— Bien entendu.

— Quelle était la spécialité de Mona ?

— La passe anglaise.

Kate se demanda pourquoi Connor arrondissait les yeux.

— Intéressant, dit-il. Le règlement de la maison permet-il aux filles d'exercer leur activité ailleurs ?

— Absolument pas. Si nous apprenons qu'elles ont passé outre, elles sont immédiatement renvoyées.

Ils regagnèrent la voiture en silence. Connor prit la direction du campus et s'arrêta devant un petit bar ouvert vingt-quatre heures sur vingt-quatre.

— Allons prendre un café, dit-il.

Kate lui emboîta le pas et commanda un milk-shake, craignant que la caféine ne l'empêchât de dormir. Apparemment, son compagnon ne souffrait pas d'insomnie, car il opta pour un espresso et un gros sandwich au jambon qu'il insista pour partager avec elle.

Incapable de réprimer davantage sa curiosité, Kate se tourna vers lui.

— Qu'est-ce qu'une « passe anglaise » ?

Comme il haussait les sourcils, feignant de ne pas comprendre, elle s'impatienta.

— Vous savez bien : la spécialité de Mme Whitmore.

— Ah oui.

Sa mine embarrassée amusa considérablement la jeune femme. Elle eût juré l'avoir vu rougir.

— Eh bien, c'était apparemment une adepte du sadomasochisme.

Kate sentit ses propres joues s'empourprer.

— C'est donc cela, dit-elle néanmoins d'un ton détaché. Elle maniait le fouet, dominatrice en sous-vêtements de cuir noir ?

— Tantôt ainsi, et tantôt l'inverse : ce qui expliquerait qu'elle se soit laissé attacher de son plein gré.

— Je me demande tout de même comment on peut accepter de se laisser ligoter, dit Kate d'un air songeur. Cela semble tellement aberrant.

— C'est le moins qu'on puisse dire ; mais la recherche du plaisir est une pulsion assez puissante pour étouffer la voix du bon sens.

— Pourquoi ce nom de « passe anglaise » ?

— Il s'agit simplement d'un code. Cela ne correspond sans doute à rien, mais les clients ont ainsi l'impression de faire partie d'un cercle d'initiés. On qualifie d'anglais le sadomasochisme, de française la fellation, et de grecque… Ma foi, pour ce qui est du grec, inutile de vous faire un dessin.

La jeune femme hocha la tête d'un air entendu.

— Je vous trouve fort bien informé. Où avez-vous appris tout cela ?

Cette fois, il rougit pour de bon. Kate réprima à grand-peine un sourire.

— Ne vous méprenez pas, maugréa-t-il, je ne fréquente pas les maisons de tolérance. Mais n'oubliez pas que j'ai fait partie de la brigade criminelle. Croyez-moi, on y apprend toutes sortes de petits secrets.

Kate eut la bonté de ne pas insister, estimant avoir obtenu sa revanche sur la condescendance de son compagnon pour sa naïveté. Satisfaite, elle mordit de bon cœur dans le sandwich au jambon.

Une autre idée lui vint soudain à l'esprit.

— Marceline prenait donc des clients ailleurs ?

— Il semble que oui, dit Connor, la bouche pleine.

Il prit le temps d'avaler et de boire une gorgée de café avant de poursuivre.

— Mais vous savez, tout le monde affirme que Judy Eppinga ne se prostituait pas. Marceline, elle, travaillait dans une maison de passe où il était interdit d'exercer à son compte. Pourquoi serait-elle passée outre ? Dans ce genre d'endroit, les femmes doivent satisfaire huit à dix clients par soirée. Quel motif aurait-elle eu d'en prendre davantage ? Manifestement, elle ne manquait pas d'argent.

— En effet, je ne vois pas très bien, murmura Kate, songeuse, tout en sirotant son milk-shake. Peut-être entretenait-elle des relations exceptionnelles avec l'assassin. A en juger par la manière dont ces trois femmes l'ont invité chez elles, il s'agissait certainement d'un homme qu'elles connaissaient et qui leur inspirait confiance.

— Personne n'en doute plus, en effet.

Le ton de la réplique offensa la jeune femme.

— Désolée ; je ne suis pas dans le secret de vos entretiens avec Rick Diaz.

— Allons, ne montez pas sur vos ergots.

Mais Kate persista à bouder.

— Il est techniquement impossible de monter sur ses ergots.

Un sourire éclaira soudain les traits de Connor.

— La fatigue vous rendrait-elle susceptible ?

— Je ne suis pas susceptible. Je suis contrariée parce que vous insinuez que je rabâche des évidences. Ce qui vous semble évident ne l'est pas pour tout le monde. Le commun des mortels ne possède pas vos facultés ni vos relations.

— Vous êtes fatiguée, répéta-t-il en souriant plus largement encore. Je n'insinuais rien du tout ; je confirmais ce que vous disiez. Sans doute me suis-je mal exprimé.

— C'est votre ton qui m'a déplu.

Ces reproches commençaient cependant à lui sembler ridicules ; peut-être accordait-elle trop d'importance à un simple détail.

— N'en parlons plus, reprit-elle. Je suis épuisée, en effet.

Il écarta ses excuses d'un geste et commanda un autre café. Une fois servi, il composa un numéro sur son téléphone portable.

— Vous ne dormirez plus de la nuit, lui dit Kate.

— Probablement pas.

En attendant la réponse de son correspondant, il se mit à tambouriner sur le bar.

— Rick ? dit-il enfin. C'est Connor. Il y a du nouveau en ce qui concerne la troisième victime. Veux-tu que nous nous rencontrions tout de suite, ou bien demain matin ?

Il se tut un instant.

— Je t'appelle de mon portable. Très bien. Je suis au Johnny's. A tout à l'heure.

Après avoir raccroché, il remit l'appareil dans sa poche et se tourna vers sa compagne.

— Il sera là dans vingt minutes.

— Allons bon ! Il ne dort donc pas, lui non plus ?

— Pas au cours d'une affaire comme celle-ci. En pareil cas, nous somnolions simplement quelques heures quand les circonstances le permettaient.

— C'est l'excitation qui vous tient éveillé.

Kate avait connu cette fièvre, quelques années plus tôt. Depuis lors, toutefois, elle en avait perdu l'habitude et se sentait à présent tout enveloppée de ouate, oscillant entre des moments de conscience et des phases de somnolence.

Décidée à chasser le sommeil, elle prit la tasse de Connor et avala une gorgée de café chaud. Son collègue se mit à rire.

— Servez un café à cette dame, dit-il à l'employé.

Elle entamait sa seconde tasse quand Rick Diaz les rejoignit. Il s'installa sur la banquette à côté de Connor, la mine aussi défaite que Kate. Le peigne n'avait pas réussi à discipliner ses cheveux, et un épi rebelle se dressait obstinément sur son crâne. Sa chemise semblait sortir directement de l'essoreuse.

— Eh bien, dit-il, quoi de neuf ?

— Marceline Whitmore menait une double vie.

Les yeux de Diaz s'arrondirent, et une lueur apparut dans ses prunelles sombres.

— Bonté divine, maugréa-t-il. Se droguait-elle ? Participait-elle à des orgies ?

— C'était une belle de nuit.

Diaz accusa le choc.

— Ah, merde. J'espérais entendre une histoire de petite fille riche et blasée. Bon sang, une occasionnelle ! La nouvelle va provoquer un joli scandale.

— Ce n'est pas ton problème.

Le détective considéra Connor d'un air sarcastique.

— Détrompe-toi. Je les entends déjà. Les politiciens vont nous accuser de fabriquer des indices de toutes pièces, dit-il avec un soupir à fendre l'âme. Comment avez-vous découvert son secret ?

Connor lui fit un récit détaillé de leurs dernières péripéties, et Diaz enregistra le tout sur un magnétophone de poche.

— Le gérant est-il certain qu'il s'agissait bien d'elle ?

— Il l'a identifiée d'après sa photo. Il a également décrit son coupé sport blanc.

— Bon.

Diaz éteignit l'appareil avant de le glisser dans sa poche.

— Gardez cela pour vous, d'accord ? Il faut vérifier ces données, et je tiens à le faire avant que le bruit se répande. Je dois également avertir la famille avant de vous laisser publier l'histoire.

— Sommes-nous tenus de la publier ? questionna Connor.

— Elle se répandra d'une manière ou d'une autre. Nous n'avons pas encore localisé la fuite à la brigade. Et c'est vous qui avez fait cette découverte.

Connor hésitait.

— L'affaire risque de bouleverser ses proches ; je ne vois pas très bien l'intérêt de les traumatiser davantage.

Kate se redressa sur son siège.

— Un instant, Quinn. Il s'agit d'une information.

— Une information tapageuse, idéale pour la presse à scandale, riposta-t-il.

— Pas du tout. Il est important d'avertir le public que l'assassin s'en prend à un certain genre de femmes. Les mères de famille tranquilles ont le droit de savoir qu'elles peuvent dormir sur leurs deux oreilles. En publiant cet article, nous les rassurerons.

— C'est une façon de voir les choses.

Il était inutile de poursuivre le débat. S'ils avaient le feu vert de la police, Ben Hyssop la chargerait sans aucun doute de rédiger le communiqué.

— Je n'exploiterai pas le sensationnel, assura-t-elle.

— Oh, ce serait superflu.

Kate se tourna vers Rick Diaz.

— Prévenez-moi seulement si nous pouvons mettre le papier sous presse avant 5 heures.

Diaz acquiesça et regarda Connor.

— Mieux vaut qu'elle publie l'article, après tout. Avec cette fuite dans nos services, si vous ne le faites pas, un autre journal s'en chargera.

Visiblement contrarié, Quinn accepta de mauvaise grâce.

— Je n'en parlerai à personne chez nous avant ce soir, ajouta Diaz. Je vous avais promis l'exclusivité, et vous avez gardé le silence tandis que le reste de la presse obtenait des informations qui n'auraient pas dû être divulguées.

Il agita un index menaçant.

— Dès que j'aurai mis la main sur ce bavard, il pourra dire adieu à sa carrière.

*
* *

Sitôt de retour au siège du *Sentinel*, Kate s'attela à l'article en question. Elle le classa ensuite dans un fichier protégé par un mot de passe, laissa une note à Sally expliquant pourquoi elle serait en retard et rentra se mettre au lit sans attendre. Connor semblait s'être volatilisé.

Le réveil indiquait midi quand elle se réveilla, aussi exténuée que si elle n'avait pas dormi. Consciente que le travail l'attendait au secrétariat de rédaction, elle prépara un café serré pour se remettre d'aplomb.

Sa tasse à la main, elle gagna la bibliothèque et brancha son ordinateur, décidée à jeter un bref coup d'œil sur son courrier avant de s'habiller et de filer au journal.

Assise sur le coin du bureau en attendant que la connexion avec le serveur s'effectuât, elle sentit son pouls s'accélérer. Elle avait envie de trouver un message de Connor. Elle avait envie de lire ces mots magiques qui l'émouvaient si profondément et ressuscitaient son désir de femme.

Son adresse Internet apparut en tête du courrier du jour, et elle se pencha vers l'écran pour voir ce qu'il racontait.

Dès les premiers mots, elle retint son souffle. CQ avait déplacé la scène dans le temps et dans l'espace ; du début de soirée, il passait à la nuit avancée et ils se retrouvaient à l'intérieur du bungalow en train de boire un verre auprès du feu qui crépitait dans la cheminée. Enlaçant son épaule, il l'attirait contre lui.

Soudain, par la pensée, elle se retrouva dans les bras de Connor. La moindre parcelle de sa peau frémissait au contact de ce corps solide soudé au sien, de sa chaleur qui irradiait jusqu'à elle. Des larmes roulèrent le long de ses joues, et un mélange de bonheur et de détresse envahit son cœur. Seigneur, comme elle avait besoin de lui. Comme elle aurait voulu être auprès de lui, loin de tout ; loin des remords, de la peur, de la violence, des soucis de toutes sortes.

Il s'inclina vers elle et cueillit ses lèvres. Kate savoura la douceur de sa bouche sensuelle et s'abandonna aux délices de son baiser. D'une main souple, il lui massa le dos, libérant les tensions accumulées au cours de la journée. Puis sa main glissa sous le bras de Kate, s'aventura plus loin et se referma sur un sein tiède, palpitant.

Sa prose s'arrêtait là, la laissant éperdue de désir, haletante, la tête pleine d'images, de fantasmes…

Un autre petit mot de lui, plus prosaïque celui-là, évoquait les choses de la vie, les inconvénients du métier de photographe, presque aussi gênants que ceux dont se plaignaient les policiers ; car il avait été policier, ajoutait-il. Le lui avait-il jamais dit ?

Submergée de honte, elle se reprocha amèrement de ne lui avoir toujours pas révélé qui elle était. Avant de poursuivre cette idylle virtuelle, n'était-elle pas tenue de le lui avouer ? de se montrer honnête ?

Oui, mais pourquoi ? Pour qu'il changeât d'avis en apprenant qu'il avait affaire à une collègue ? Pour risquer de détruire ce fragile équilibre qui leur permettait de communiquer dans un climat de franchise aussi remarquable ? Pourraient-ils se parler franchement face à face ?

Elle en doutait. En présence l'un de l'autre, toutes les inhibitions et tous les interdits reprendraient leur place. Jamais il ne pourrait se montrer aussi sincère qu'il l'était dans ce dernier message ; ou dans celui qui suivait.

« J'ai encore fait un cauchemar, écrivait-il. Cette affaire ressuscite toutes les terreurs assoupies dont je croyais m'être définitivement délivré. Une image de corps affreusement mutilés m'a réveillé en sursaut au petit jour. Je tenais encore à la main le couteau qui leur avait donné la mort.

» Je sais que je ne ferais jamais rien de tel et pourtant… lorsque j'établis le profil d'un assassin, mon cerveau se met à fonctionner suivant d'étranges schémas, et j'en arrive parfois à me faire peur. Mes rêves reflètent la transformation, donnant vie à l'assassin que j'élabore en moi.

» Je déteste cela. Je ne saurais vous dire à quel point, et combien je hais ce qui m'arrive alors. C'est la raison pour laquelle j'ai quitté la police. Mais ai-je vraiment le choix ? D'autres femmes mourront… »

Kate répondit à ce message, affirmant qu'il prenait trop à cœur des situations dont il n'était pas responsable. Elle lui dit combien elle était désolée qu'il eût des cauchemars ; elle chercha en vain les mots susceptibles de lui apporter quelque réconfort.

A l'étreinte qu'il décrivait, elle n'apporta aucune réponse.

12.

— Un nouveau meurtre a été commis.

A cette nouvelle que lui assenait de bon matin Rick Diaz par téléphone, Connor eut envie de jeter l'appareil à travers la pièce pour ne pas entendre ce qui allait suivre.

— Le bureau du shérif de Pinellas vient de nous avertir, poursuivit le policier.

— Pinellas ?

Connor se figea subitement. Le district de Pinellas se trouvait de ce côté de la baie ; la péninsule englobant Saint Petersburg, Clearwarter, Largo et quelques autres communes en faisait partie.

— Oui, soupira Rick, manifestement découragé. Tandis que nous cherchions une danseuse avec un grain de beauté à l'oreille dans la zone de Hillsborough, l'assassin frappait par ici, tout près de l'autoroute 19, à la limite de la ville de Largo.

— Seigneur !

— Charmant, n'est-ce pas ? Ecoute, je vais recevoir les rapports par télécopie mais je leur ai dit que tu irais peut-être jeter un coup d'œil sur ce qu'ils ont. Ils acceptent de te laisser examiner le dossier ; je te serais donc reconnaissant d'aller y faire un tour sans tarder.

— A quel stade en est l'enquête ?

— Le cadavre a été découvert hier après-midi. Elle a été tuée la nuit précédente.

— Avant que j'aie reçu la lettre, par conséquent.

Cette idée l'ennuya sans qu'il sût au juste pourquoi, aussi décida-t-il d'y réfléchir plus tard.

— En effet, admit Diaz. Peut-être cet animal se moque-t-il de nous.

— A-t-on trouvé des messages ?

— Je n'en sais rien. Je viens de te le dire, j'attends une copie des rapports, mais je compte sur toi pour aller recueillir toutes les informations possibles.

— Tu oublies que j'ai du travail au journal. Je dois assurer deux reportages photo cet après-midi.

— J'appellerai ton patron. Il peut trouver quelqu'un d'autre pour te remplacer. J'ai besoin de toi, Quinn.

Finalement, Connor appela lui-même Ben Hyssop et lui expliqua ce qui se passait. Le rédacteur en chef l'autorisa à prendre sa demi-journée, arguant qu'un article comme celui que Kate avait écrit à propos de Marceline Whitmore valait largement le sacrifice.

Une des vieilles connaissances de Connor, Bill Kittrick, était chargé de l'enquête.

— Quinn ! s'exclama-t-il au bout du fil. Eh bien, cela me fait plaisir de t'entendre, mon vieux ! Il est grand temps de te replonger dans le bain.

— Crois-moi, j'aurais cent fois préféré ne plus me mouiller.

— A en juger par le récit de Diaz, il s'agit d'une sale affaire. Ce maniaque t'aurait appelé au téléphone et t'enverrait des messages par courrier, m'a-t-il dit ?

— Je te montrerai mes photocopies si tu m'apportes les tiennes.

— Entendu. Ecoute, je manque vraiment de temps pour le moment, reprit Bill, mais nous pourrions nous retrouver ce soir, si cela te convient. Pour t'éviter de faire le trajet jusqu'à Largo, fixons par exemple le rendez-vous à mi-chemin. Tu pourras parcourir le dossier et me dire ce que tu sais au sujet de ce type.

— D'accord.

— Si nous en profitions pour dîner ensemble ? Je n'ai avalé qu'un ou deux beignets depuis la découverte du corps.

La mention des beignets ramena Connor quelques heures en arrière ; songeant à Kate et à son humeur querelleuse au petit matin, il ne put réprimer un sourire.

— Si tu n'y vois pas d'inconvénient, dit-il, pourquoi ne viendrais-tu pas plutôt me rejoindre chez moi ? Toutes les photos prises sur les lieux des trois premiers crimes sont affichées au mur, et j'irai chercher des plats à emporter au restaurant chinois du quartier.

— Excellente idée. Disons, 19 heures ?

— J'y serai. En attendant, pourrais-je aller jeter un coup d'œil sur les lieux ?

— Certainement. Je vais appeler tout de suite l'équipe pour leur dire de te laisser entrer. Promets-moi seulement que tes photos ne feront pas la une du *Sentinel* demain matin. Jusqu'ici, nous nous sommes arrangés pour que ce dernier meurtre ne soit pas ébruité.

— Ne te fais aucun souci. Nous avons conclu un accord avec Rick : nous ne publions rien sans son autorisation expresse.

— Dans ce cas, tu peux y aller. A ce soir, donc.

Quinn raccrocha le récepteur, envisagea un instant de se rendre au journal, et se retrouva sans savoir comment sur le seuil de son atelier aux murs couverts de clichés. Il alluma toutes les sources d'éclairage, y compris un projecteur à halogène et la rampe de spots, illuminant la pièce comme en plein jour.

Travaillé par quelque chose, il n'avait pas l'esprit tranquille, comme si quelque détail négligé cherchait à s'imposer à son attention. S'asseyant dans son fauteuil de cuir, il cala sa nuque contre le dossier et le fit pivoter lentement pour examiner les photos à la manière d'un puzzle, un puzzle dont les pièces maîtresses lui manquaient encore.

Le carillon sonna dans l'entrée. Toujours absorbé par ses réflexions, il alla ouvrir et trouva sa voisine de palier, Sophie Butler, sur le pas de sa porte, l'air sévère.

— Ce n'est pas bien, Connor, gronda-t-elle en pointant sur lui un doigt raidi par l'arthrose. Avez-vous jeté un coup d'œil sur votre pauvre hibiscus ? Il est en train de se dessécher, le malheureux. En l'apercevant, depuis mon balcon, je me suis demandé si vous n'étiez pas mort !

— Oh, oh.

Quinn s'effaça galamment pour lui céder le passage. L'octogénaire pénétra dans l'appartement, sa longue jupe rose fuchsia virevoltant autour de ses chevilles. La blouse vert pomme qu'elle portait par-dessus était parsemée de taches multicolores provenant de sa palette de peintre. Ses longs cheveux blancs flottaient, dénoués, dans son dos, avec ici et là quelques traces de bleu cobalt et de jaune cadmium.

— Que peignez-vous en ce moment ? lui demanda-t-il en la suivant dans la cuisine où elle entreprit de chercher l'arrosoir.

— La baie. Elle est absolument somptueuse depuis quelques jours. On peut distinguer une centaine de teintes différentes, le matin, à la surface de l'eau.

Ayant trouvé l'arrosoir, elle se redressa et le dévisagea sans aménité avant de remplir le récipient au robinet.

— Quand êtes-vous devenu un tueur de plantes ?

Il secoua la tête d'un air penaud.

— Je suis désolé, Sophie. Les événements ne m'ont laissé aucun répit.

— Rien n'est plus important que les soins à prodiguer à un être vivant dont on est responsable.

— Naturellement.

— Eh bien, dans ce cas, je vous suggère de présenter vos excuses à ce pauvre hibiscus.

Connor sortit avec elle sur le balcon et esquissa une grimace en découvrant l'étendue des dégâts. La plante avait perdu la plupart de ses feuilles et n'arborait plus qu'une malheureuse fleur isolée sur une branche nue.

— Quelle honte ! dit Sophie en effleurant l'une des rares feuilles du bout des doigts. Les géraniums sont moins exigeants mais ils sont manifestement assoiffés, eux aussi. Et quand avez-vous fertilisé la terre pour la dernière fois ?

En dépit de ses efforts, il ne parvint pas à s'en souvenir — non qu'il ne l'eût pas fait récemment, mais parce que son cerveau refusait de se concentrer sur ce sujet.

— Je l'ai fait, mais je ne sais vraiment plus si c'était il y a quinze jours ou trois semaines, avoua-t-il.

— Ma foi, si ce n'est pas davantage, je ne recommencerai pas aujourd'hui.

Le vent souleva ses cheveux de neige, plaquant une mèche contre sa joue. Elle l'écarta d'un geste impatient.

— Si vous êtes trop occupé, laissez-moi votre clé, et je prendrai soin de ces pauvres chéries.

— Ce serait peut-être préférable, en effet.

Les yeux limpides de Sophie le dévisagèrent attentivement.

— Travailleriez-vous sur ces meurtres en série ?

— D'où tenez-vous cette idée ?

— De vos errances nocturnes. Depuis que vous avez commencé à travailler pour le journal, vous finissiez d'ordinaire à des heures raisonnables.

La regardant, il réussit presque à sourire.

— Vous feriez une excellente détective.

— Sans doute. Je suis attentive à ce qui m'entoure... A ces plantes, par exemple.

— Pour l'amour du ciel, Sophie ! Je regrette, je vous l'ai dit.

— Réfléchissez seulement à ce que vous éprouveriez si vous étiez immobilisé, à la merci de quelqu'un qui risque d'oublier de vous donner à boire.

S'interrompant, elle se mit à rire et cligna de l'œil.

— Donnez-moi simplement une clé. Ainsi, vous ne risquerez plus de commettre un planticide.

— Un planticide ?

Incapable de se contenir, il fut soudain secoué d'un fou rire incoercible. Sans doute n'aurait-il pas ainsi ri aux larmes en temps ordinaire, son hilarité étant en partie imputable à la tension accumulée ces derniers jours. Sophie continua d'arroser, imperturbable, en le considérant avec une bienveillance amusée.

— Vous en aviez besoin, dit-elle quand il reprit enfin son souffle.

— Sans aucun doute.

— Où en êtes-vous donc avec cette histoire de meurtres en série ?

— Sophie…

— Je sais, je sais. Vous n'avez pas le droit d'en parler. Sur cette affaire, travaillez-vous pour la presse ou pour la police ?

Sophie sachant tenir sa langue, il ne vit aucune raison de lui mentir.

— Pour la police.

La vieille dame marqua son assentiment d'un hochement de tête.

— Parfait. Vous n'êtes pas vraiment heureux depuis que vous avez démissionné. Bien sûr, vous ne pouviez plus supporter la violence, mais je ne crois pas que vous vous sentiez aussi utile qu'avant, n'est-ce pas ?

Stupéfait, Connor eut soudain l'impression qu'elle avait raison. Mais comment se résigner à l'insupportable ? Les gangsters pouvaient bien s'abattre mutuellement, les époux déchaînés s'entretuer au cours d'une querelle, cela le laissait pratiquement indifférent. Mais les souffrances infligées aux innocents, aux enfants victimes de chauffards irresponsables, par exemple, le révoltaient plus que tout au monde.

Les meurtres en série l'affectaient encore plus. Et lorsque l'assassin s'adressait directement à lui, comme cela venait de se produire, il se sentait pris au piège, happé dans un cercle infernal, impliqué dans le crime et souillé jusqu'à l'âme.

Etait-il en train de perdre la tête ?

— Allons, vous ferez pour le mieux, j'en suis certaine, dit Sophie d'un ton rassurant.

Elle ôta quelques feuilles jaunies d'un géranium et redressa la tige d'un geste presque maternel.

— Si vous veniez dîner chez moi ? Je prépare un plat de lasagnes.

— Ce serait avec plaisir, mais je ne suis pas seul ce soir.

Une lueur d'intérêt brilla dans l'œil myosotis.

— Une femme ?

— Hélas, non. Un collègue de travail.

— Il vous faudrait quelqu'un dans votre vie, Connor.

— Pourquoi ? Pour ajouter à mes problèmes ?

Les mains sur les hanches, Sophie le toisa d'un air sévère.

— Vos parents n'étaient pas le seul couple au monde, vous savez.

— Qui prétend que mes parents y sont pour quelque chose ?

— Vous-même ; de mille et une façons. Ils ne s'entendaient pas, n'est-ce pas ? Et après ? Ce n'est pas toujours le cas. J'ai été heureuse avec mon Edgar, Dieu ait son âme. Nous avons passé ensemble trente années merveilleuses.

— Si merveilleuses que vous n'avez jamais eu envie de vous remarier ; si merveilleuses que vous n'avez pas touché un pinceau jusqu'à votre veuvage.

— L'idée ne m'en était jamais venue auparavant, dit-elle en fronçant les sourcils.

— Bien sûr ; cela vous a pris subitement, à la mort de votre époux.

— Mais oui, je vous assure !

Elle écarta le sujet d'un geste évasif.

— Décidément, vous êtes impossible, mon cher.

— On me l'a déjà dit, assura-t-il avec un sourire.

— Mourir vieux garçon… Quelle tristesse ! Ne jamais connaître le bonheur d'être aimé d'une femme…

— Oh, je n'ai jamais manqué de femmes ; et croyez-moi, leur amour ne m'a jamais donné envie de renoncer à ma liberté.

Sophie haussa dédaigneusement les épaules et se dirigea vers l'entrée, décrochant au passage la clé qui pendait à un clou.

— Je veillerai sur les plantes, Quinn, mais qui donc veillera sur vous ?

— Je m'en charge moi-même, répliqua-t-il, mais le claquement de la porte couvrit sa voix.

Quel dommage, songea-t-il, que Sophie n'eût pas trente ou quarante ans de moins ; peut-être eût-il envisagé de sacrifier sa solitude pour une femme comme elle.

Un coup d'œil à sa montre lui indiqua que trois quarts d'heure s'étaient écoulés depuis sa conversation avec Bill ; trouverait-il encore quelqu'un sur le lieu du crime ? Attrapant au vol son appareil photo et son sac d'accessoires, il partit précipitamment.

La maison du crime, un petit pavillon de banlieue, se trouvait dans un périmètre compris entre l'autoroute 19 et le pont de Bayside. En descendant de sa voiture, Connor jeta un coup d'œil autour de lui et remarqua l'état de délabrement et d'insalubrité manifeste du bâtiment. Un jour ou l'autre, alléchés par l'espace qui séparait les constructions, les promoteurs raseraient probablement le quartier pour en faire une cité-dortoir de plus aux portes de Tampa.

Pour l'heure, l'endroit semblait sommeiller dans l'oubli avec ses jardinets à l'abandon, envahis par les herbes folles entre deux tas de matelas éventrés et de tôles rouillées.

Le jaune vif du ruban qui ceignait les lieux contrastait violemment avec les teintes brunes et grisâtres des alentours. Instinctivement, Connor prit plusieurs photos de la rue déserte, des habitations négligées qui offraient à ses yeux un spectacle terriblement éloquent. Passant ensuite sous le ruban, il se dirigea vers la porte. Les scellés y étaient apposés et personne ne l'attendait. Où étaient donc passés les experts ?

Il décida toutefois d'attendre encore un peu ; le policier de service était peut-être simplement allé prendre un sandwich et un café à proximité. Désœuvré, il fit le tour de la maison en regardant à travers les fenêtres. Une vitre manquait à l'une d'elles, près de la porte donnant sur l'arrière.

Surpris, Connor s'immobilisa brusquement. Le verre semblait avoir été découpé au diamant. L'espace ainsi dégagé permettait aisément à quelqu'un de passer la main à l'intérieur pour ouvrir la porte.

Etait-ce l'œuvre de l'assassin ? Dans l'affirmative, sa façon d'opérer prenait un nouveau tour. La coopération des victimes ne lui suffisait plus.

A moins que ce meurtre n'eût été commis par un simulateur. Auquel cas, les enquêteurs ayant caché suffisamment de détails au public pour qu'il fût impossible de reproduire fidèlement les premiers homicides, la supercherie serait vite démasquée.

Mais si le tueur était passé au stade suivant... L'idée, même inachevée, le fit frissonner.

Reportant son attention sur la porte, il vit que le montant en était cassé. Quelqu'un s'était donc introduit par effraction au domicile de la victime. Le tueur ? Mais cela ressemblait si peu à l'auteur des autres meurtres...

Exaspéré par toutes ces questions, Connor soupira et s'agaça de ne voir aucun membre de l'équipe médico-légale.

Il tira de sa poche des gants de latex, les enfila et poussa le battant, qui pivota sur ses gonds avec un grincement sinistre. L'intérieur était plongé dans l'obscurité et il lui fallut quelques instants pour adapter sa vue à la pénombre. Il se trouvait dans une petite cuisine avec un fourneau et un réfrigérateur qui semblaient dater des années 50. Sous le linoléum craquelé, le parquet s'effondrait par endroits, sans doute sous l'effet d'une invasion de termites.

Au bord de l'évier, il découvrit une tasse à thé soigneusement rincée et retournée sur un torchon plié. Se remémorant les deux tasses trouvées chez Judy Eppinga, il se demanda si les enquêteurs en avaient trouvé une dans la cuisine de Mme Whitmore.

La salle de séjour était sommairement meublée d'un canapé en Skaï, d'un petit téléviseur et d'un fauteuil mou, du style sac de billes. Tout paraissait en ordre, mais l'indigence du décor l'étonna un peu. La jeune femme assassinée ne manquait pas d'argent à ce point, semblait-il.

La salle de bains n'était pas aussi impeccable. Une serviette traînait sur le sol, et une trace rousse dans le lavabo suggérait qu'on y avait lavé du sang.

Tout cela ne correspondait pas aux crimes précédents. En pénétrant dans la chambre, Connor remarqua aussitôt le relent d'excréments et d'urine, ainsi que la tache sur le matelas éventré. S'il y avait eu des draps sur le lit, quelqu'un les avait ôtés, comme tout ce qui aurait pu servir d'indice. Il regretta de n'avoir pu arriver plus tôt.

Puis il aperçut une large flaque de sang séché sur le sol. Mais il eut beau l'examiner attentivement, aucune explication ne lui vint à l'esprit.

Il prit un rouleau de photos et les légenda avec autant de soin que lorsqu'il travaillait à la brigade criminelle. Bien qu'il ne restât pas grand-chose sur les lieux, il les photographia tout de même, sachant qu'un détail apparemment insignifiant pouvait se révéler essentiel par la suite.

Plus tard, comme il contournait la maison pour regagner sa voiture, il vit un autre véhicule garé à proximité. Un homme blond, grand et mince, se tenait au-delà du ruban délimitant la zone interdite, à côté d'une berline grise. Vêtu d'un costume clérical anthracite, il tenait à la main un petit volume relié.

Les deux hommes se dévisagèrent. Connor s'arrêta à quelques pas de lui.

— Connaissiez-vous la victime ? demanda-t-il.

L'inconnu opina.

— J'étais son pasteur. Seriez-vous de la police ?

Ses yeux se posèrent ostensiblement sur l'appareil photo accroché au cou de Connor.

— Je collabore avec la brigade criminelle.

— Ah… Je suis le père Masterson, pasteur de l'Eglise de la Sainte-Confrérie.

— Elle se trouve à Tampa, n'est-ce pas ?

Masterson acquiesça. Connor regarda la maison puis se tourna de nouveau vers lui.

— Elle effectuait tout ce trajet pour se rendre à l'église ?

— De temps en temps. Nous ne la rejetions pas à cause de sa profession.

— Je vois, dit Connor en hochant la tête. Pardonnez-moi, je ne me suis pas présenté ; je m'appelle Connor Quinn.

Le pasteur haussa les sourcils.

— Vous… Votre nom me dit quelque chose. Nous serions-nous déjà rencontrés ?

— Je ne crois pas. Je m'en souviendrais. Avez-vous jamais pensé qu'elle s'exposait aux pires ennuis ?

— Voulez-vous dire qu'elle méritait ce qui lui est arrivé ?

— Je ne blâme pas les victimes, mon révérend. Cela ne m'a jamais effleuré l'esprit.

Sa réponse ne parut pas convaincre entièrement son interlocuteur.

— Crystal avait ses faiblesses, et nous tâchions de l'inciter à gagner sa vie autrement, mais…

Laissant sa phrase inachevée, il regarda tristement la maison.

— Si elle avait suivi nos conseils, peut-être l'assassin n'aurait-il pas jeté son dévolu sur elle.

— Dans ce cas, il aurait tué quelqu'un d'autre.

Comme sa remarque semblait étonner le pasteur, Connor crut bon de s'expliquer.

— Ces gens-là éprouvent un irrésistible besoin de tuer. S'il n'avait pas jeté son dévolu sur cette femme, il en aurait trouvé une autre.

— Bonté divine ! dit Masterson. Ce sont de véritables pervers.

— Ce sont des malades mentaux. La plupart d'entre eux souffrent d'une lésion cérébrale ; ce qui ne justifie pas leurs crimes mais peut contribuer à les expliquer.

— L'explication, dit lentement le pasteur en détachant les mots comme s'il réfléchissait profondément, est peut-être le premier pas vers la compréhension.

— Je ne tiens pas du tout à comprendre l'un de ces monstres.

C'était précisément là, songea Connor, ce qu'il redoutait le plus en « profilant » un tueur : risquer de le comprendre un jour... Quelle effroyable perspective !

— Mais en l'occurrence, peut-être est-il nécessaire de comprendre pour pardonner, insista le pasteur.

Connor effleura du regard le livre de prières que son interlocuteur tenait à la main.

— Peut-être, en effet ; si vous souhaitez vraiment pardonner cette ignominie. Ecoutez, je crains que vous n'ayez pas le droit de franchir cette limite.

— Ce n'était pas mon intention. Je voulais seulement... Une prière ne peut pas faire de mal, j'imagine.

— Nous ne pouvons pas faire grand-chose de plus pour elle, désormais.

— Exactement.

Sur ces mots, Masterson ouvrit son livre à une page marquée d'un signet et inclina la tête pour lire en remuant silencieusement les lèvres.

Connor envisagea un instant de se joindre à lui puis se ravisa. Le seul cadeau qu'il pût faire à la morte était de mettre la main sur son assassin.

En attendant la livraison des plats cuisinés et l'arrivée de Bill Kittrick, Connor appela l'Eglise de la Sainte-Confrérie et demanda qui en était le pasteur.

— Le révérend Peter Masterson, répondit la dame qui avait décroché. C'est un bon pasteur.

— Je pense l'avoir rencontré aujourd'hui. C'est bien un homme grand et blond, d'une trentaine d'années ?

La dame se mit à rire.

— Disons plutôt la quarantaine, mais il paraît plus jeune que son âge. Puis-je lui transmettre un message de votre part ?

— Non, c'est inutile. Je me proposais d'assister au service dimanche prochain. Je le trouve tellement gentil.

— C'est un homme d'une grande bonté, en effet. Je n'en connais pas de meilleur.

Quinn mit un terme à la conversation aussi rapidement que les convenances l'y autorisaient, satisfait de savoir que l'homme rencontré sur les lieux du crime n'avait pas menti sur son identité.

Le livreur apporta le repas chinois, mais, Bill n'étant toujours pas là, Connor se brancha sur le serveur Internet pour voir s'il avait reçu du courrier. Katydid n'avait pas répondu au message décrivant une étreinte plus intime que les précédentes et il se reprocha aussitôt son audace. Manifestement, il était allé trop loin.

En revanche, elle lui adressait un petit mot parfaitement anodin, laissant ainsi entendre qu'elle ne mettait pas un terme à leur relation mais souhaitait en freiner l'escalade. Devait-il lui présenter ses excuses ? Il y songea un instant mais y renonça aussitôt. Après tout, n'avait-elle pas joué le jeu jusqu'ici ? Pourquoi devrait-il se sentir coupable d'avoir franchi un pas de plus, un pas inévitable ? Il s'interrogea cependant sur l'importance qu'il accordait désormais à ses moindres réactions, conscient que les réticences de sa correspondante le peinaient beaucoup trop pour ne pas s'en alarmer.

Il lui envoya une réponse éclair, se bornant à des propos insignifiants sur sa voisine de palier et la négligence qu'elle lui reprochait, bien décidé à lui laisser l'initiative de la prochaine offensive.

Curieusement, songea-t-il en quittant le serveur, Katydid commençait à se confondre dans son esprit avec Kate Devane.

C'était tout naturel, les consonances de leurs noms étant assez proches, se dit-il après un bref instant de réflexion. En outre, Kate était une femme plutôt séduisante ; pour être honnête, il devait même s'avouer qu'elle lui plaisait beaucoup.

Le carillon sonna dans l'entrée, et il alla ouvrir à Bill. Le détective portait sous le bras un épais dossier à soufflets qu'il jeta sur la table de la salle à manger.

— Est-ce bien un fumet provenant de la cuisine qui parvient jusqu'à mes narines ? dit-il d'un air affamé. Je n'ai encore rien avalé de la journée.

L'œil brillant de convoitise, il lissa sa moustache d'un blond roux.

— Je vais réchauffer les barquettes dans le micro-ondes, annonça Connor. Le livreur les a apportées il y a vingt minutes.

— Ne m'en veux pas d'être en retard : tu sais comment cela se passe. Un sombre abruti a battu sa femme à coups de cric jusqu'à ce que mort s'ensuive, et il essaie de faire imputer le crime à un prétendu cambrioleur. Malheureusement pour lui, on a relevé ses empreintes sur le cric en question. Aurais-tu une bière ?

Connor lui montra le réfrigérateur tout en ôtant le papier d'aluminium qui protégeait les barquettes.

— Eh bien, quelle a été ton impression sur les lieux ? s'enquit Bill en posant les canettes décapsulées sur le plan de travail.

D'un geste preste, Connor enfourna les barquettes et tourna deux boutons.

— Il ne restait plus grand-chose, dit-il, mais le peu que j'ai vu me semble préoccupant.

— Par exemple ?

— Par exemple, la vitre découpée dans la fenêtre du fond, le montant de la porte démoli, les traces brunâtres dans le lavabo et la tache de sang sur le sol de la chambre.

Bill opina et but longuement au goulot.

— Continue.

— Jusqu'ici, notre assassin ne s'en prenait qu'à des femmes qui lui faisaient assez confiance pour le laisser entrer chez elles sans résistance. Il n'a jamais eu besoin de forcer la porte. Les lieux des crimes étaient toujours impeccables. On n'a jamais trouvé une goutte de sang.

— En l'occurrence, dit Bill, nous sommes à peu près sûrs que le tueur a découpé cette vitre pour ouvrir la porte. Toutefois, ce n'est pas lui qui en a brisé le montant. Le fiancé de la victime est venu frapper à 7 heures du soir ; comme elle ne répondait pas, il a décidé de défoncer la porte.

— Pourquoi n'a-t-il pas essayé la porte de derrière ?

— Parce qu'ils entraient toujours de ce côté. Il a donc frappé là en arrivant.

— Le verrou était mis ?

— Oui ; cela ne veut rien dire. Il était facile de le refermer derrière soi.

— Et la fenêtre ? Est-ce également lui qui a découpé la vitre ?

— Il affirme que non. Il n'avait même pas remarqué qu'elle manquait, assure-t-il.

Connor réfléchit un instant.

— Le tueur est donc entré en cachette. C'est la première fois qu'il le fait.

— Du moins, c'est ce que tu crois. Et s'il avait trouvé les portes ouvertes, chaque fois ?

La sonnerie du micro-ondes les interrompit. Connor sortit les barquettes et les remplaça par deux autres.

— C'est possible, mais peu probable. Whitmore affirme que sa femme était une maniaque de la sécurité ; elle n'allait jamais se coucher sans avoir vérifié que le système d'alarme fonctionnait bien.

— Intéressant.

Bill s'assit à la table, sortit un calepin de la serviette à soufflets et griffonna quelques notes au stylo à bille.

— A propos des taches de sang, reprit-il, l'enquête préliminaire a établi qu'elles proviennent d'un récipient renversé. Il n'y a aucun signe de jaillissement artériel. En fait, hormis cette tache sur le sol et les traces dans le lavabo, il n'y a de sang nulle part. La cause du décès semble pourtant être une hémorragie provoquée.

— Exactement comme les autres, admit Connor. Il me faudrait des photos, Bill.

— Nous avons conclu un marché : je te montre les miennes, et réciproquement.

— Si nous dînions d'abord ?

— Excellente idée.

Les petits pois étaient sans doute un peu moins fermes qu'une demi-heure plus tôt mais tout le reste avait gardé sa saveur initiale. Connor opta pour les baguettes, Bill s'en tint à la fourchette.

— Délicieux, commenta-t-il en goûtant une bouchée de bœuf Sichuan. Dis-moi, es-tu content de travailler pour la presse ?

— Dans l'ensemble, je m'estime plutôt satisfait. Les personnes que je photographie ont envie qu'on les prenne en photo. Il m'arrive de rencontrer des gens intéressants, et la plupart d'entre eux sont en règle avec la justice.

Bill éclata de rire.

— Tu dois t'ennuyer à mourir.

— Pas autant que tu le crois. Il n'y a pas de sot métier, tu le sais bien. J'en avais marre des macchabées et je connaissais par cœur les blagues stupides de Dave Plummer.

— Il raconte toujours les mêmes.

— Cela ne m'étonne pas.

La dernière bouchée de son pâté impérial avalée, Bill se cala dans son siège.

— Il y avait un soupçon de gingembre en trop, déclara-t-il. Connor, préviens-moi quand tu auras envie de retrouver un véritable travail. Je peux sans peine te trouver une place à l'expertise médico-légale, à moins que tu préfères la section homicides. Dans un cas comme dans l'autre, je ne serais pas fâché de te compter parmi nous.

— Merci.

La proposition de Bill rappela à Connor ce que Sophie lui avait dit le matin même. Ebranlé, il eut l'impression qu'un changement imperceptible s'opérait en lui, comme si ses perspectives subissaient une modification qu'il n'aurait su encore déterminer avec précision.

— J'ai vu les photos que tu prenais sur les lieux des crimes, reprit Bill. Tu as le don de mettre l'essentiel en évidence. Je ne sais pas comment tu fais.

— Moi non plus.

Bill le dévisagea d'un air incrédule.

— Je ne plaisante pas, insista Connor. Après coup, tout devient soudain limpide, mais au moment où je prends ces clichés, lorsque nous ne savons pas encore ce qui s'est vraiment passé, je me fie seulement à mon instinct. Je serais bien incapable de l'expliquer par la logique.

— Tu t'introduis dans leurs pensées, Quinn. D'une manière ou d'une autre, tu parviens à pénétrer le raisonnement d'un assassin et à en deviner le cheminement. Tu observes les lieux du crime et certains détails te frappent inconsciemment, agissant à la manière d'un révélateur. Et soudain, tu sais ; tu sais comment le monstre réagit.

Connor commençait à perdre l'appétit.

— J'ai tourné le dos à tout cela pour une raison évidente, maugréa-t-il.

— Naturellement ; c'est un terrible fardeau. Mais quand tu te seras suffisamment reposé, tu reviendras.

— Qui te l'a dit ?

— Moi. Je te connais. Tu te reposeras quelque temps, puis une affaire surviendra, tu t'y intéresseras et tu ne pourras pas supporter l'idée qu'une autre personne puisse se faire tuer si tu n'interviens pas. Quand tu commenceras à éprouver ces symptômes, fais-moi signe.

Comment avait-il pu trouver ce garçon sympathique ? se demanda Connor, agacé de voir qu'il lisait en lui comme dans un livre ouvert.

Le repas terminé, ils gagnèrent l'atelier. Connor expliqua à son compagnon comment se repérer parmi les photos qui recouvraient les murs et les documents empilés sur la table. Bill lui remit la chemise à soufflets en lui disant de garder les clichés, qu'il avait en double.

Assis à son bureau tandis que Bill examinait le photomontage mural, Connor se mit à étudier le dossier du shérif de Pinellas. Le rapport de police initial confirmait ce que Bill lui avait appris à propos du petit ami de la victime et de la façon dont il avait découvert le corps. Le policier précisait en outre que le cadavre était allongé sur le dos, les poignets, la gorge et les genoux ligotés par des cordes qui n'étaient fixées nulle part. Il mentionnait également la flaque de sang au pied du lit.

Sa lecture achevée, il détailla les photos une à une, découvrant la scène telle qu'elle était apparue aux experts de l'équipe médico-légale deux ou trois heures plus tard. En principe, rien n'avait été dérangé entre-temps. Le cadavre était dans le même état que les autres, et même sur les photos on apercevait les éraflures aux genoux. La victime, une jolie blonde, était beaucoup trop jeune pour mourir de manière aussi sordide. Selon le rapport du médecin légiste, elle était âgée de vingt-trois ans.

— L'autopsie a été effectuée ce matin, déclara Bill en s'installant à la table de travail pour lire les comptes rendus des autres affaires. La plupart des analyses sont encore en cours.

— Naturellement.

Mais l'examen du rapport et des photos, la mention des échardes provenant du parquet trouvées sur les genoux de la victime, le string et les talons aiguilles bien visibles dans un coin de la pièce ne laissaient plus aucun doute à Connor : incontestablement, il s'agissait du même homme. Les différences n'étaient pas aussi importantes que les similitudes.

Victime numéro quatre, songea-t-il en fixant sur le lobe de l'oreille le grain de beauté qui semblait le narguer.

Deux heures plus tard, Bill repoussa sa chaise de la table et s'étira longuement. Jurant entre ses dents, il se leva et se dirigea vers la baie vitrée, les deux mains au creux des reins.

La baie était presque invisible ce soir-là, zone sombre emprisonnée dans le triangle formé par les lumières du pont de Gandy au nord, la ville de Tampa et la voie suspendue respectivement à l'est et au sud. Le ciel était si dégagé qu'on apercevait même les deux pointes des pylônes soutenant le système de suspension de la route. Une mince traînée de nuages d'altitude rougeoyait à l'horizon.

Connor se cala au fond de son siège pour admirer la vue, attendant que son compagnon prît la parole.

— Tous ces crimes ont sans doute été commis par le même homme, dit enfin Bill.

— C'est aussi mon impression.

Bill hocha lentement la tête tout en se massant les reins, les yeux fixés sur le panorama.

— Vous n'avez trouvé des messages de menaces que dans les deux premiers cas, néanmoins.

— Marceline Whitmore a pu jeter les siens à la poubelle.

— C'est une hypothèse. Pour autant que je sache, il n'y avait pas non plus de messages dans le cas présent.

— En effet.

Quinn n'avait pas sauté une ligne du dossier sur le meurtre de Joséphine Gumm, alias Crystal. De nombreux points d'interrogation subsistaient, mais la découverte du corps était encore toute fraîche.

— Bon ; j'interrogerai le fiancé à ce sujet, reprit Bill. Il se rappellera peut-être quelque chose lorsqu'on lui posera la question. Dis-moi, Quinn…

— Oui ?

— Qu'est-ce que cet animal peut bien faire du sang ?

— Je suppose qu'il se livre à un rituel quelconque, dit Connor. Il le boit ou se trempe dedans.

Bill tourna la tête de son côté.

— Dans quel but ?

— La démarche évoque les pratiques secrètes de métamorphose sacrificielle, mais je ne vois pas très bien quelle caractéristique commune à ces femmes il espère s'approprier.

— Une poitrine opulente ? avança Bill, sarcastique.

— Je doute que ce soit aussi simple.

— Quel genre de profil as-tu dégagé, jusqu'ici ?

Quinn répéta sommairement la description qu'il avait faite à Rick Diaz en y ajoutant un détail inédit.

— A mon avis, il est impuissant.

Bill revint sur ses pas et s'assit en face de lui.

— Sur quoi bases-tu cette conjecture ?

— Eh bien, la mise en scène présente un caractère nettement sexuel mais il n'existe aucune trace d'activité sexuelle.

— Ni de mutilation, objecta Bill. Or, les impuissants se livrent généralement à des mutilations sur les organes génitaux des victimes.

— C'est la raison pour laquelle j'ai beaucoup hésité à relier ces crimes à la sexualité de l'assassin. L'aspect sexuel est pourtant là, indiscutablement. D'une part, les victimes sont toujours entièrement nues. Ensuite, on trouve toujours un string et des talons aiguilles dans un coin de la pièce.

— En effet ; je les ai vus moi-même, cette fois.

— Seulement, le tableau est loin d'être complet. J'ai beaucoup réfléchi à la question et j'ai finalement conclu que notre homme est impuissant mais qu'il a décidé un jour de l'accepter, voire de s'en féliciter plutôt que de s'en lamenter.

— Comment a-t-il pu s'y prendre ? questionna Bill. Connor haussa les épaules.

— Peut-être pense-t-il y gagner en force, ou en pureté. En tout cas, il n'en éprouve ni regret ni fureur. Ses actes semblent totalement dénués de passion.

La mine sombre, il se passa une main dans les cheveux.

— Décidément, ce personnage est un cas à part.

— Ma foi, les tueurs en série réservent souvent bien des surprises. Un dernier détail : comment expliques-tu les éraflures aux genoux ?

— Il oblige les victimes à se traîner à genoux ; pour le supplier de les épargner, par exemple. Mais ce n'est pas la seule raison possible.

— Et la vitre découpée ?

— Là, j'avoue ne rien y comprendre, admit Connor, les yeux fixés sur le mur couvert d'horribles photos. Pourquoi diable a-t-il dû s'introduire subrepticement chez elle, cette fois ?

C'était la faute de Connor Quinn, décida Peter Masterson.

Planté sur le trottoir d'en face, il leva les yeux vers le troisième étage de l'immeuble, sur la terrasse et l'appartement éclairés. Il aurait aimé monter pour s'expliquer avec le journaliste, mais de toute évidence celui-ci avait de la visite.

Bonté divine, combien de fois devrait-il lui répéter la même chose ? Il lui avait parlé de la fille, l'avertissant que l'assassin la traquait, et la fille était morte, à présent. La négligence du reporter avait donc coûté la vie à cette pécheresse. Il aurait pu empêcher ce crime. C'était donc la faute de Quinn si Crystal avait été tuée.

Peter se demanda ensuite ce qu'il convenait de fairc. Quinn méritait une punition. Mais il avait aussi droit à une autre chance. Tout le monde avait droit à une autre chance.

Il allait falloir y réfléchir. Comment trouver un moyen d'attirer l'attention de Quinn ? En s'introduisant chez lui en son absence et en lui laissant un message, peut-être ? Ainsi, le convaincrait-il que Peter Masterson ne plaisantait pas ?

En attendant, il pouvait peut-être raconter son nouveau rêve à la journaliste du *Sentinel*…

13.

Kate ne parvenait pas à trouver le sommeil. La maison lui semblait plus grande et plus déserte que jamais, depuis le départ de Mike. La nuit où l'ambulance l'avait transporté à la maison de santé, elle avait sangloté jusqu'au matin, assise dans son lit, à l'écoute du moindre bruit, désespérée à l'idée de vivre seule dans ces pièces vides.

Ce soir, elle éprouvait une angoisse analogue, sans doute liée à la peur qui la tenaillait secrètement. L'appel de cet inconnu susceptible d'être l'assassin l'avait gravement ébranlée, qu'elle l'admît ou non, puisqu'on pouvait toujours obtenir l'adresse d'un correspondant dont on connaissait déjà le numéro de téléphone.

De surcroît, l'injustice de son ex-belle-famille à son égard la révoltait : une rage impuissante s'emparait d'elle à l'idée qu'un d'entre eux répandait des propos calomnieux dans l'espoir de lui nuire. Dépourvue de cible précise, sa colère finissait toutefois invariablement par retomber comme un soufflé manqué.

Une fois de plus, elle fit le tour de la maison et s'assura consciencieusement que toutes les fenêtres étaient bien fermées : piètre défense contre les menaces qui semblaient l'assaillir de toutes parts…

Renonçant finalement à se coucher, elle gagna le bureau et brancha son ordinateur. Dans un élan d'audace engendré par la frustration, elle s'enhardit à répondre au message de Connor.

« Vos mains glissent vers mes seins, se referment sur eux, écrivit-elle, et une douce chaleur inonde mes veines. Le désir monte en moi comme une vague… Continuez, je vous en prie. Ne me laissez pas ainsi… »

Elle alla plus loin encore, décrivant leurs corps étroitement enlacés, évoquant les ondes de volupté qui circulaient entre eux, donnant libre cours à sa sensualité. Puis, sans se donner le temps de se raviser, elle expédia le message.

Afin de se changer les idées, elle fit ensuite défiler les pages du Web et se mit à surfer sur le réseau international. Quelques sites consacrés au thème des tueurs en série retinrent son attention, notamment une étude psychologique de leur personnalité, qui ne lui apprit cependant pas grand-chose sur le compte du meurtrier de Tampa. Sa lecture terminée, elle consulta machinalement sa messagerie et tressaillit de joie en apercevant un petit mot de Connor.

« Quel bonheur ! disait-il. Je craignais de vous avoir offensée. Infiniment soulagé, je souris aux anges en imaginant où mes mains et ma bouche pourraient bien s'égarer à présent. Si vous souhaitez établir des limites, faites-le tout de suite, mon cœur. »

« Mon cœur »… Elle se prit soudain à rêver qu'il s'adressait à elle plutôt qu'à Katydid. Le remords de n'avoir toujours rien avoué lui serra brièvement le cœur ; mais à quoi bon y songer pour l'instant ? Seuls comptaient cette merveilleuse langueur qui pesait sur ses membres et l'aiguillon du désir au creux de ses reins. Elle les ressentait avec toute l'acuité que procure un contact réel, aussi incapable de mettre un terme à leurs ébats que s'il la tenait pour de bon dans ses bras. Toutes ses résolutions de loyauté envers Mike s'envolaient brusquement en fumée sous cette bourrasque impétueuse.

Il concluait sur un ton d'invite, une caresse inachevée... Les sens enfiévrés, elle releva instantanément le défi : elle lui déboutonna sa chemise et, des lèvres, traça un sillon de feu sur son torse hâlé. Elle attendit ensuite avec impatience, espérant qu'il fût toujours branché sur le serveur. Ses craintes furent de courte durée. Retenant son souffle, elle déchiffra la réponse au fur et à mesure qu'il l'écrivait. Lentement, il la déshabillait et l'allongeait contre lui dans le sable, admirant son corps nu à la lueur du couchant tandis que les vagues venaient mourir sur la grève, à quelques pas.

Elle était là, avec lui. Elle vivait, savourait chaque seconde de leur étreinte.

Un signal sonore annonça l'arrivée d'un nouveau message qu'elle ouvrit fébrilement sans prendre la peine de consulter la liste des expéditeurs. Ce n'était pas Connor, cette fois. C'était Predator.

« Je t'aurai bientôt. Et quand je t'aurai, je te ferai danser à ma guise. Bientôt. Très bientôt. »

A la vue du croquis laborieusement dessiné à l'aide de O et de traits, son sang se figea brusquement dans ses veines.

Incontestablement, il représentait un pantin au bout de ses ficelles.

Décidément, songea Connor, sa correspondance avec Katydid prenait une tournure fort agréable. Sans connaître le motif qui avait décidé la jeune femme à laisser libre cours à ses fantasmes, il s'en réjouissait. Ce dialogue commençait à le mettre dans tous ses états ; jusqu'où devaient-ils le poursuivre ? A son sens, leur idylle eût mérité de se développer dans un contexte mieux adapté à ce genre de situation. Les amateurs d'échanges érotiques sur Internet ne l'avaient jamais vraiment convaincu…

A l'apparition d'un nouveau message, il pianota précipitamment sur son ordinateur. Aurait-elle franchi une nouvelle étape ? N'était-il pas grisant de pouvoir se livrer à un échange aussi intense que celui-ci, à peu près en temps réel ? Les îles des Keys avaient décidément un attrait incomparable.

« Connor, je viens de recevoir ce message et je suis terrifiée. Que dois-je faire ? »

La stupéfaction l'empêcha de s'étonner qu'elle l'appelât par son prénom ; du reste, il ne gardait pas un souvenir très précis de ses propres propos ; pourquoi n'aurait-il pas mentionné fortuitement son nom un jour ou l'autre, sans y prêter attention ?

Le courrier qui accompagnait cette note l'inquiétait bien davantage. Il le parcourut et se figea soudain en apercevant la grossière ébauche d'une marionnette. Sans perdre une seconde, il écrivit sa réponse.

« Appelez immédiatement la police, et donnez-moi votre numéro de téléphone sur Internet. Ou appelez-moi au 555 3012. Ne me laissez pas sans nouvelles, je vous en prie. »

Les minutes qui suivirent lui parurent interminables. Lorsque son téléphone portable sonna enfin, il fit un bond sur sa chaise et retourna involontairement l'appareil en le saisissant. Maudissant sa maladresse, il le remit tant bien que mal à l'endroit et le porta à l'oreille.

— Katy ? s'écria-t-il.

— Oui.

La voix de la jeune femme se réduisait à un lointain murmure.

— Avez-vous appelé la police ?

— Oui. L'affaire ne semble pas les intéresser particulièrement. Je… je suppose qu'il n'y a pas vraiment de danger immédiat.

— Merde !

Connor aurait voulu saisir quelqu'un à la gorge et le secouer pour lui remettre les idées en place.

— Quel commissariat avez-vous appelé ? Dans quelle ville êtes-vous ?

« Et pourquoi ai-je l'impression de connaître votre voix ? » Mais il n'osa pas formuler cette dernière question qui évoquait par trop les banalités des séducteurs de pacotille.

— J'habite à Saint Petersburg.

— Ecoutez, j'aimerais demander à un ami, inspecteur au bureau du shérif de Hillsborough, de passer chez vous. Il travaille sur cette affaire, et ce message l'intéressera à coup sûr. Accepteriez-vous ?

Le silence qui suivit se prolongea durant près d'une minute. Connor crut avoir compris.

— Katy ? Katy, je me rends compte que vous ignorez à qui vous avez affaire. Je peux comprendre que vous ne souhaitiez pas me communiquer votre adresse.

— Ce n'est pas cela…

— Aucune importance ; je ne suis pas vexé. Pour vous rassurer, je vous suggère d'appeler directement le commissariat. Ils vous mettront en contact avec cet ami, et vous lui direz où vous habitez. Si vous le souhaitez, je peux me tenir à l'écart de tout cela.

— Je... Merci. Quel numéro dois-je appeler ?

Terriblement déçu, il se reprocha aussitôt cette réaction ridicule. Après tout, leurs relations se limitaient à une correspondance sur Internet, et la méfiance s'imposait d'emblée.

Il lui fournit le numéro du commissariat et lui conseilla de demander Rick Diaz pour une question urgente. Elle pouvait également s'adresser à Bill Kittrick, au bureau du shérif de Pinellas.

— Merci encore.

L'entendant ensuite hésiter, il reprit espoir à l'idée qu'elle allait enfin lui donner son adresse, puis, comme elle ne s'y décidait pas, il ajouta :

— Appelez-moi dès que vous aurez réussi à les joindre. Tenez-moi au courant ; je serai fou d'inquiétude, en attendant.

La jeune femme eut un petit rire.

— D'accord. J'appellerai.

Quand elle eut raccroché, il composa le 69 précédé d'une étoile et attendit que le disque préenregistré lui communiquât le numéro d'où provenait l'appel.

Ce qu'il entendit le fit blêmir.

En entendant sonner à sa porte, Kate jeta un coup d'œil par le judas, croyant trouver Rick Diaz. C'était Connor Quinn.

Elle ouvrit aussitôt et s'effaça pour le laisser entrer.

— Connor, qu'est-ce... ?

Il ébaucha un sourire qui n'atteignait pas tout à fait ses yeux, durs et impénétrables.

— Bonsoir, Katydid.

La jeune femme vacilla imperceptiblement sous le choc, le souffle coupé.

— Connor…

— Votre numéro de téléphone, dit-il sèchement. J'ai utilisé le service de rappel automatique du dernier numéro afin de ne pas passer toute la nuit dans l'angoisse de ne pouvoir vous joindre. C'est drôle : je l'ai reconnu tout de suite.

La jeune femme resta interdite. Les mots d'excuse qui lui venaient à l'esprit semblaient soudain dérisoires, et sa bévue, irrattrapable.

— Aviez-vous l'intention de vous dévoiler un jour ? Ou bien jugiez-vous beaucoup plus amusant de savoir qui j'étais tandis que je demeurais dans l'ignorance ?

Elle eut envie de répondre qu'elle ne savait pas non plus à qui elle avait affaire mais ne put se résoudre à mentir. Aucun son ne parvenait à franchir sa gorge.

— Oui, reprit-il. C'est bien ce que je pensais. Je l'ai immédiatement deviné. Tenté de vous accorder le bénéfice du doute, je me suis soudain avisé que vous veniez de m'appeler « Connor ». Et vous sembliez toujours en savoir un peu plus sur moi que je ne vous en disais.

— Connor, je… Je suis…

— … Sans voix ? suggéra-t-il.

Avançant d'un pas, il referma la porte derrière lui.

— Je me sens… trahi : le mot traduit assez fidèlement ce que j'éprouve. Vous vous êtes moquée de moi. Mais soyez sans crainte, vous aurez tout le temps de vous inventer quelque excuse : pour le moment, nous avons des préoccupations infiniment plus graves. Rick est-il arrivé ? Ou bien avez-vous appelé Bill ?

— J'ai appelé Rick mais… hum, il n'est pas encore là.

— Eh bien, il ne nous reste plus qu'à l'attendre.

Gagnant le séjour, Connor s'assit sur le canapé. Pas une fois il ne posa les yeux sur elle. Le cœur à l'agonie, Kate tenta de se persuader que cela n'avait pas d'importance, que de toute façon ils n'auraient jamais pu dépasser le stade de l'amitié. Après tout, elle ne pouvait pas se permettre de l'aimer — à cause de Mike. Mais elle savait désormais à quel point elle s'était abusée et combien elle regrettait ce qu'elle venait de perdre.

Le carillon de l'entrée mit fin à un silence embarrassant.

— Ce doit être Rick, dit-elle platement.

Elle se dirigea vers l'entrée mais Connor se leva brusquement.

— Laissez-moi y aller, au cas où ce ne serait pas lui.

S'avisant que cette éventualité ne l'avait même pas effleurée, elle demeura figée sur place tandis qu'il allait ouvrir. Submergée par les événements, elle se sentait en état de choc, incapable de déterminer quelle catastrophe l'atteignait le plus, du courrier de l'assassin ou de ses déboires avec Connor.

Rick traversa la pièce et vint lui serrer la main.

— Ceci peut nous être utile, lui dit-il. Vous en êtes consciente, n'est-ce pas ?

S'extirpant de son accablement, la jeune femme comprit où il voulait en venir.

— En somme, je vais vous servir d'appât…

— J'espère bien que non, répliqua l'inspecteur. Non, je voulais dire qu'on peut retrouver l'auteur d'un message expédié par courrier électronique. Nous n'allons pas tarder à connaître l'identité de cet homme. Les recherches seront beaucoup plus simples que s'il vous avait adressé une lettre par la poste.

— Ah.

Logiquement, elle aurait dû s'en réjouir, mais, en proie à un chagrin inconsolable, elle réagit à peine.

— Permettez-moi de jeter un coup d'œil sur votre messagerie.

Kate le conduisit à son bureau et déplaça la souris pour faire disparaître les poissons tropicaux multicolores qui nageaient sur l'écran en état de veille. La liste du courrier apparut immédiatement, et elle cliqua sur la lettre de Predator tout en priant pour que Rick Diaz ne découvrît pas sa correspondance avec Connor.

Mais Diaz ne s'intéressait qu'à un seul message. Il en lut attentivement le contenu et examina pendant plusieurs secondes le croquis de la marionnette.

— On dirait bien qu'il s'agit de notre homme, Connor, dit-il enfin. On retrouve cette allusion à son intention de faire danser la victime.

— En effet ; j'ai eu la même réaction.

Rick fit défiler la liste des options et sélectionna une formule avant de déclencher le processus d'impression. En jetant un coup d'œil par-dessus son épaule, Kate aperçut au-dessus du message toute une série d'indications sur l'expédition.

— Ces informations devraient nous permettre de démasquer le coupable, expliqua Diaz. Nous aurons son adresse dans la journée.

Pivotant sur sa chaise, il leva les yeux sur la jeune femme.

— Au téléphone, vous m'avez dit qu'il vous écrivait ainsi depuis quelque temps. Auriez-vous gardé d'autres mots comme celui-ci ?

— Un seul, répondit Kate. J'ai effacé les autres après les avoir parcourus.

Il s'agissait de celui qu'elle avait envoyé à Connor une semaine plus tôt. Elle le fit apparaître sur l'écran pour que Rick pût le lire.

— Ce jour-là, j'ai demandé à l'opérateur de mon serveur s'il pouvait empêcher ce courrier de me parvenir. Depuis lors, cet individu ayant cessé de m'importuner, je croyais que le nécessaire avait été fait.

— Il existe des moyens de contourner ce genre d'obstacles, affirma Rick. Mon fils passe des journées devant son ordinateur ; il en fait pratiquement ce qu'il veut. Pour ma part, je m'estime heureux de pouvoir m'en servir pour recevoir mon courrier et taper mes rapports. Bref, c'est donc la première fois que vous trouvez le croquis d'une marionnette sur l'un de ces messages ?

— Oui.

— C'est étrange, dit Rick en ramassant les copies qui sortaient de l'imprimante. Je me demande s'il avait envoyé du courrier électronique à ses victimes. Eppinga pouvait certainement en recevoir à l'université et Whitmore disposait d'un ordinateur à son domicile.

Ils regagnèrent le salon, et Rick se planta près de la cheminée, les mains dans les poches de son pantalon.

— Bien ; voici la marche à suivre, annonça-t-il. Impossible de vous laisser seule ici tant que notre homme n'est pas sous les verrous, Kate ; ce qui, je le répète, pourrait advenir dans les vingt-quatre heures. Vous pourriez peut-être aller à l'hôtel ?

— Mme Devane peut s'installer chez moi, dit Connor d'un ton neutre. Elle y sera en sécurité.

— Cela nous éviterait de solliciter la coopération du commissariat de Saint Pete pour assurer sa protection, renchérit Diaz. Ils ne s'y opposeraient sans doute pas, mais...

Laissant sa phrase inachevée, il haussa les épaules.

— Le temps d'obtenir le feu vert, nous aurions probablement déjà mis la main sur l'assassin. Donc, vous allez dormir chez Quinn ; pour une seule nuit, j'espère. Allez prendre ce qu'il vous faut.

Sur le point de protester, Kate se ravisa, consciente de n'avoir aucune autre solution à leur proposer. Pivotant sans un mot, elle alla préparer ses affaires.

Kate voulut prendre sa voiture, mais Connor insista pour l'emmener dans la sienne.

— Ne prenons pas le risque de nous séparer, lui dit-il.

Elle capitula, surmontant son horreur de ne pouvoir circuler librement et la sensation d'oppression qui s'emparait alors d'elle, comme à l'époque où l'état mental de Mike lui interdisait de s'absenter plus de cinq minutes.

L'éclairage des rues qui défilaient sous ses yeux faisait alterner zones d'ombre et de lumière ; mais dans son esprit, les ombres menaçaient ce soir de l'emporter, en dépit de ses efforts quotidiens pour les tenir en échec.

— Pourquoi m'avez-vous menti, Kate ? demanda soudain Connor.

Le cœur battant, elle tourna la tête vers lui sans parvenir à déchiffrer ses traits dans la pénombre. Les contours de son visage anguleux et ses cheveux noirs rejetés en arrière évoquaient plus que jamais le profil de quelque guerrier indien.

— C'est difficile à dire, répondit-elle d'une voix mal assurée. Quand j'ai compris que CQ était vos initiales, j'ai seulement jugé plus sage de ne pas avouer ma véritable identité. Nous travaillons ensemble, et… j'ai pris peur.

— Peur de moi ?

— Non, Connor, pas de vous ; de moi, plus vraisemblablement.

— Allons donc !

Se dérobant au regard qu'il lui décochait, Kate reporta son attention sur les immeubles qui jalonnaient la chaussée. Au bord des larmes, elle parvint à se dominer.

— Si c'est ainsi, ne me demandez pas d'explications.

Ils roulèrent un long moment sans échanger un mot, le ronflement du moteur et le bruit des pneus sur l'asphalte rythmant le silence.

— N'en parlons plus, dit-il enfin d'un ton qui mit un comble au désespoir de Kate. C'est sans importance.

En arrivant à destination, elle fut surprise de découvrir qu'il habitait un immeuble donnant sur la mer.

— L'appartement comporte deux chambres, annonça-t-il dans l'ascenseur qui les emmenait au troisième étage, mais j'utilise l'une d'elles comme pièce de travail. Je vous abandonne volontiers mon lit.

— Je dormirai sur le canapé ou par terre, affirma Kate, pas dans votre lit.

— Kate…

— Inutile d'insister. Du reste, ce n'est que pour une nuit.

Jamais elle n'accepterait de dormir dans le lit d'un homme qui l'accusait d'avoir menti ; même s'il avait raison.

A présent, elle maudissait sa stupidité. La distance qu'elle s'était appliquée à maintenir entre eux ne lui avait rien épargné ; en revanche, elle la privait désormais de ce qu'elle avait de plus précieux.

L'appartement ne lui fit aucune impression particulière, sinon par la propreté et l'ordre qui y régnaient. Connor installa draps et couvertures sur le canapé, lui apporta un oreiller supplémentaire et lui indiqua où se trouvait la salle de bains. Puis il disparut dans l'une des chambres et ferma énergiquement la porte derrière lui.

Alors, submergée par le désespoir, Kate put enfin donner libre cours à ses larmes.

— Je vais acheter des croissants pour le petit déjeuner.

La voix de Connor tira la jeune femme d'un profond sommeil. Le soleil éclatant qui entrait à flots par la baie vitrée la fit cligner des yeux.

— D'accord, balbutia-t-elle d'une voix pâteuse.

— Je serai de retour dans vingt minutes.

Pourquoi cette précision ? se demanda-t-elle en entendant claquer la porte d'entrée. Fallait-il l'interpréter comme un avertissement ?

Se redressant, elle rejeta ses cheveux en arrière et regarda autour d'elle. L'appartement avait changé d'aspect, ce matin. Elle le trouva gai et confortable, agréable à vivre, voire chaleureux — une sensation que sa propre maison n'avait jamais réussi à lui procurer.

Après avoir plié draps et couvertures, elle chercha des yeux l'endroit où les ranger. Dans la chambre à coucher, bien sûr ; sur le lit de Connor. Il déciderait ensuite de ce qu'il en ferait.

Les bras chargés, elle poussa la porte derrière laquelle il avait disparu la veille. Elle avait avancé de quelques pas quand les images qui couvraient les murs se frayèrent un chemin jusqu'à son cerveau. Ebranlée, elle eut un mouvement de recul et laissa tomber le linge de lit.

— Oh, non ! s'entendit-elle gémir.

Mark n'avait pas menti. La panique lui donnant des ailes, Kate ramassa vivement les draps et ne s'attarda pas une seconde de plus dans la pièce. Seigneur ! Pourquoi avait-il affiché ces horribles photos sur ses murs ? Et comment se les était-il procurées ?

Réprimant un frisson, elle se recroquevilla sur le canapé et s'efforça de rassembler ses idées.

Connor coopérait avec la police, songea-t-elle. De toute évidence, il entretenait des relations privilégiées avec Rick Diaz ; et les deux hommes travaillaient ensemble sur cette affaire. Mais ces clichés n'auraient-ils pas dû se trouver dans des dossiers soigneusement protégés plutôt que placardés sur les murs ? Même si la police les lui avait confiés, pourquoi en faire un tel étalage ? Cela paraissait si malsain…

Elle était toujours recroquevillée dans son coin lorsque Connor revint.

— Etes-vous souffrante ? s'enquit-il. Vous n'avez pas très bonne mine.

— Je me sens… un peu lasse, articula-t-elle à grand-peine.

Elle avait dormi tout habillée la nuit précédente et comptait changer de vêtements ce matin. A présent, elle avait envie de s'éclipser au plus vite ; les suggestions de Mark s'agitaient frénétiquement dans sa pauvre tête, et toute cette histoire la mettait au supplice.

— Voici des croissants chauds, reprit Connor en posant un sac de papier sur la table. J'ai également du beurre, du fromage frais et de la confiture au réfrigérateur. Prenez-vous du café ?

Comment parviendrait-elle à avaler quelque chose ? se demanda-t-elle désespérément, alors qu'une boule semblait lui obstruer la gorge.

Sur le seuil de la cuisine, il se retourna pour la regarder.

— Je suis fâché contre vous mais je ne mords pas. Vous pouvez me répondre sans prendre aucun risque majeur. Café, oui ou non ?

— Oui, s'il vous plaît, répondit-elle en espérant que cela l'aiderait à ingurgiter un croissant.

Quelques instants plus tard, la table était mise et les bols fumants parfumaient la pièce d'une bonne odeur de café. Kate s'approcha avec la mine abattue d'une naufragée. Pour comble, elle ne s'était même pas coiffée.

— Ma douche est à votre disposition, annonça Connor tandis qu'elle s'installait en face de lui.

Froissée, elle esquissa une grimace.

— Sentirais-je mauvais ?

Une lueur d'amusement brilla dans l'œil de son hôte.

— Non. Je pensais seulement que vous aimeriez peut-être faire un brin de toilette avant de partir au travail.

— Au travail ? Ah, oui.

C'était bien là le dernier de ses soucis.

Elle choisit un croissant et entreprit de le couper, mais le couteau lui échappa des mains. Il atterrit au beau milieu de la table et, comme elle tentait maladroitement de le rattraper, le croissant suivit la même trajectoire.

— Qu'y a-t-il ? demanda Connor.

— Rien.

Rien, sinon ces horribles clichés aux murs de son bureau, pensa-t-elle. Rien, sinon Polanski et ses maudites insinuations. De quoi perdre la raison…

— Kate ?

Se levant d'un bond, elle quitta la table et s'approcha de la baie vitrée.

— Excusez-moi, dit-elle. Je suis désolée. Je crois que mes nerfs commencent à craquer.

— Que voulez-vous dire ?

— J'ai l'impression de devenir… paranoïaque.

Elle dut fournir un effort pour prononcer le mot qui refusait de franchir ses lèvres.

— Depuis peu, je me suis mise à vérifier la fermeture des portes et des fenêtres à trois ou quatre reprises avant de me coucher, et une fois de plus avant de partir au travail, le matin. Cela m'a pris quand j'ai commencé à trouver ces messages sur mon ordinateur, et l'appel téléphonique de l'autre nuit n'a fait qu'aggraver les choses. Je tire les rideaux pour que personne ne me voie, j'ose à peine répondre au téléphone, et j'ai des sueurs froides chaque fois que je me branche sur Internet.

D'un geste instinctif, elle serra étroitement les bras autour de son corps comme pour se protéger de quelque péril imaginaire.

— Je parviens à me persuader que c'est ridicule, que je dois me reprendre, mais chaque fois, un nouvel épisode vient me replonger dans l'angoisse. Quelqu'un appelle Polanski en lui racontant des horreurs à mon sujet. La même personne récidive avec Ben Hyssop. Un inconnu — peut-être un assassin — m'appelle en pleine nuit, et un nouveau message vient confirmer ses menaces. Je pense...

Elle laissa sa phrase en suspens, incapable de poursuivre.

— Il semble donc que vous ayez quelques motifs d'être paranoïaque, dit Connor après un bref silence. Les gens qui se croient persécutés ne se trompent pas tous, vous savez.

— Mike était convaincu d'avoir des motifs, lui aussi. En décrochant le téléphone, il entendait des voix dans la tonalité. Pour lui, elles existaient au même titre que l'appel de cet inconnu, l'autre nuit. Il croyait que des ondes émettaient des messages dans son cerveau, et leur existence était aussi indiscutable à ses yeux que notre conversation actuelle. Mais comment puis-je affirmer que cette conversation est plus réelle que ce qu'il entendait ?

— Ce genre de questions peut rendre fou.

— Je ne plaisante pas.

Une subite appréhension la fit frissonner, et elle fixa son attention sur les fleurs éclatantes des géraniums qui bordaient la terrasse.

— Maintenant, je sais ce qu'éprouvait Mike.

— A cette différence près que d'autres personnes peuvent confirmer ce qui vous arrive.

— Oh, Mike s'arrangeait toujours pour trouver des confirmations, lui aussi. Chaque fois que je tentais de le contredire, il revenait un peu plus tard à l'attaque avec quelque preuve. Evidemment, cette preuve existait à ses yeux et non aux miens : je ne déchiffre pas de mots dans les fissures des trottoirs et n'entends aucune voix dans le bruissement des feuilles... Un jour, il m'a apporté un dessin au crayon qu'un enfant lui avait donné et m'a affirmé qu'il s'agissait d'un message codé. Que voulez-vous répondre à cela ?

Connor quitta la table à son tour et s'approcha d'elle.

— Kate, il n'y a aucun message codé en ce qui vous concerne. Faites-moi confiance. Nous sommes tous témoins des mêmes faits. Ce n'est pas une personne qui vous persécute, mais deux.

— Deux ? répéta-t-elle d'une voix étranglée.

— Oui, deux. L'une des deux est un parent de votre ex-mari. L'autre est l'individu qui vous envoie des messages par courrier électronique. Une telle popularité peut paraître étrange, mais en tout état de cause, votre paranoïa est parfaitement justifiée. Vous ne perdez pas la raison.

— Vous croyez ?

Elle hésita, obsédée par l'idée des photos affichées dans la pièce contiguë et les insinuations de Polanski. Logiquement, elle aurait dû ne plus y penser, mais elle avait tant besoin de savoir à quoi s'en tenir qu'elle décida d'aborder la question, au risque de le rendre fou de rage.

Se tournant vers lui, elle plongea les yeux dans les siens.

— Mark Polanski prétend que les murs de votre atelier sont constellés de photos des victimes. Il suggère... Il insinue...

Elle ne pouvait se résoudre à formuler ces horreurs.

— Le venin de cette vipère ne m'atteint pas. Polanski est peut-être un excellent reporter, mais il ne peut s'empêcher de voir le mal partout.

Essayait-il d'éluder la question ? se demanda Kate en s'efforçant de ne pas céder à la panique.

— En effet, j'ai des photos, poursuivit-il. Des clichés pris sous tous les angles, éclatants de couleurs criardes. Et ils sont bel et bien affichés sur les murs de mon atelier ; je m'assieds et les examine interminablement en essayant de me mettre à la place du désaxé qui a tué ces femmes. Pendant des heures, je m'imprègne de sensations et de réactions qui me donnent envie de vomir !

Elle recula instinctivement comme il haussait le ton de manière alarmante.

— Connor…

— Aimeriez-vous les voir, Kate ? Hein ? Cela satisferait-il votre curiosité ? Et quand je n'ai pas les photos sous les yeux, ce sont les rapports de police et les autopsies que je lis et relis au point de les connaître par cœur. Venez. Je vais vous montrer.

Joignant le geste à la parole, il lui saisit le bras d'une poigne de fer, aussi inflexible qu'indolore. Il ouvrit toute grande la porte de son atelier et la fit entrer.

— Voilà, dit-il. Regardez. Et pendant que vous y êtes, consultez donc les dossiers posés sur la table. Les rapports d'autopsie vous séduiront sans doute tout particulièrement. Pour ma part, je considère que ces photographies s'apparentent à un viol et qu'elles ne devraient être vues que par des yeux pleins de compassion pour la douleur des victimes. Mais vous

vous en moquez bien, n'est-ce pas ? Alors, allez-y. Voici de quoi assouvir vos minables appétits de journaliste.

— Connor, non ! Je vous en prie ! cria-t-elle d'une voix implorante alors qu'il sortait de la pièce.

Le bruit de la porte qui claqua derrière lui la figea sur place, tandis que la sensation d'avoir commis l'irréparable lui transperçait le cœur.

14.

En proie à une rage indescriptible, Connor sortit précipitamment sur la terrasse, dans l'air vif du matin. Le soleil radieux n'avait pas encore réchauffé l'atmosphère, et la brise fraîche eut un effet tonique sur son organisme, l'aidant à recouvrer son sang-froid.

Les soupçons de Kate n'étaient pas la véritable cause de sa colère ; ils avaient seulement servi de détonateur à cette explosion qui se préparait depuis longtemps. Depuis plusieurs semaines, il poursuivait l'enquête avec Rick, endurant tous les cauchemars auxquels il avait cru pouvoir échapper, éprouvant le curieux sentiment que si lui-même n'existait pas, ce genre d'assassin n'aurait aucune raison d'être. Cela paraissait invraisemblable, et pourtant, tous ces meurtriers avaient besoin de susciter l'empathie de spécialistes comme lui, qu'on appelait « profileurs ».

Ce don d'empathie — qui donnait la faculté intuitive de se mettre à la place d'autrui, de percevoir ce qu'il ressent — n'était pas à proprement parler un pouvoir surnaturel ou extrasensoriel, mais en l'occurrence il permettait à Connor de prêter aux actes de ces désaxés une attention, et à leurs lubies une compréhension dont fort peu de gens étaient capables. En outre, les tueurs en série, dans leur grande majorité, cherchaient généralement à susciter une sorte d'admiration. Une fois arrêtés, un grand nombre d'entre eux s'épanchaient volontiers auprès des enquêteurs et des psychologues. Parfois, avant leur arrestation, ils fournissaient eux-mêmes à la presse ou à la police des indices ou des embryons de piste afin de démontrer leur intelligence.

Tout cela pouvait donc conduire à penser qu'ils ne tueraient peut-être pas s'il n'y avait personne pour observer leurs « prouesses » et pour les étudier d'aussi près ; s'ils n'étaient pas assurés de mobiliser les médias de tout un Etat ainsi que l'énergie des policiers et des profileurs qui s'employaient à les démasquer.

En définitive, il ne pouvait s'empêcher d'imaginer que tueur et profileur représentaient les deux facettes de la même abomination, telles les deux faces d'une même pièce. Plus il travaillait sur l'enquête, plus la pièce s'usait, rapprochant d'autant les deux faces. En outre, il ne pouvait jamais retourner la pièce pour voir l'autre côté ; il devait s'efforcer de l'atteindre par l'intérieur...

Tout en suivant des yeux l'ascension du soleil au-dessus de la baie, il songea également que, depuis le début, il refusait de s'investir totalement dans cette affaire, d'être replongé dans un univers qui lui faisait horreur. Aussi, au lieu de se jeter à corps perdu dans l'enquête, il se freinait plus ou moins consciemment, utilisant ses facultés d'intuition au compte-gouttes.

Et il ne pourrait s'en prendre qu'à lui si ce dément frappait une fois de plus.

La colère montait et refluait en lui comme les vagues au-dessous de lui. Il comprit alors qu'il n'abandonnerait pas jusqu'à ce que l'affaire fût classée. Le calme apparent qu'il affichait, le recul auquel il se contraignait n'avaient plus aucun fondement, désormais. Au lieu de se mouiller frileusement le bout des doigts, il était enfin prêt à se tremper jusqu'au cou dans cette histoire, au risque d'y être englouti.

A l'intérieur, son téléphone portable se mit à sonner. En allant répondre, il constata que la porte du bureau était toujours close et que Kate se trouvait donc toujours enfermée avec ces horribles photos. Sans doute n'osait-elle pas sortir, après le traitement qu'il lui avait infligé. En fait, il s'était emporté contre elle mais ne lui avait fait aucun mal. Il en eût été incapable, du reste.

Prenant l'appareil, il appuya sur le bouton.

— Allô ?

Puis il ouvrit la porte et jeta un coup d'œil à l'intérieur du bureau. Kate était assise à sa table de travail, penchée sur les rapports de police.

Décidément, le métier de journaliste lui collait à la peau, songea-t-il avec une pointe d'ironie.

— Connor Quinn ? dit une voix d'homme. Ici Keith Shepherd, du F.B.I. Nous coopérons avec Rick Diaz pour l'affaire du Marionnettiste ; il nous a fait part de vos impressions concernant l'assassin. Si je comprends bien, vous assumez de manière officieuse le rôle de profileur ?

— En effet.

— J'aurais aimé vous rencontrer pour que nous en parlions de manière plus approfondie, mais d'autres affaires me retiennent ici. Etes-vous sur une ligne ordinaire ou sur un portable ?

— Sur mon portable.

— Impossible de poursuivre ainsi. N'importe qui pourrait nous entendre. Puis-je vous joindre à un autre numéro ?

Connor acquiesça et lui communiqua le numéro de son domicile.

— Je vous rappelle dans trente secondes, dit l'agent fédéral.

Le téléphone sonna exactement au moment annoncé. Connor décrocha immédiatement.

— Bien, dit Shepherd, allons-y. J'ai pris connaissance de votre opinion selon laquelle nous avons affaire à un individu qui opère avec un sang-froid remarquable et je ne vous contredirai pas sur ce point. Ses actes semblent en effet dénués de tout caractère passionnel. J'adhère également à votre hypothèse selon laquelle il se servirait du sang des victimes pour un rituel auquel il se livre *a posteriori*, rituel impliquant des pratiques de sorcellerie sacrificielles. J'admets qu'il doit être plus âgé que la moyenne des tueurs en série — la quarantaine, environ — et qu'il manifeste des goûts et des comportements traditionnels...

L'un après l'autre, il passa en revue tous les traits caractéristiques suggérés par Connor.

— En ce qui concerne l'impuissance, à laquelle vous faites allusion plus récemment, poursuivit Shepherd, c'est incontestable : impuissant, il a sublimé sa colère au point de croire qu'il y puise un pouvoir et une pureté accrus. A mon avis, notre homme souffre d'une obsession à caractère religieux.

En entendant cette dernière appréciation, Connor sentit un changement s'opérer en lui ; il cessa alors de refuser l'évidence.

— Oui, dit-il, j'ai eu cette impression, moi aussi. Mais certains détails me gênaient : s'agenouiller n'est pas nécessairement une pratique religieuse. Il peut s'agir de soumission forcée. Et il n'existait pas d'autre indice étayant réellement cette thèse.

L'image des crucifix lui vint une fois de plus à l'esprit, mais il s'abstint de le mentionner. Au stade actuel de l'enquête, ces croix pouvaient très bien appartenir aux victimes ; l'une de ces femmes avait même accroché une image pieuse au-dessus de son lit. Aussi, bien que particulièrement intrigué par ces détails troublants, il hésitait à leur accorder une importance particulière, connaissant la nature trop influençable du profileur.

— La religion ne prend pas nécessairement une forme conventionnelle, ou même reconnaissable, répliqua Shepherd. Même les religions les plus rudimentaires comportent des rituels purificatoires. Pour en revenir aux meurtres proprement dits, celui de Pinellas nous confronte à un nouveau problème : il n'y avait jamais eu effraction auparavant.

— Il emploie également de nouvelles méthodes d'intimidation, renchérit Connor. Peut-être ne le savez-vous pas encore, mais il semble qu'il ait adressé un message par courrier électronique à une journaliste du *Sentinel.*

— Non, je n'étais pas au courant. Correspond-elle à son type de victime ?

— Uniquement dans la mesure où il s'agit d'une jeune femme blonde.

— Pourriez-vous m'expédier une copie du message ?

— Certainement, donnez-moi votre messagerie Internet, et je m'en occuperai dès que nous aurons raccroché.

Prenant un bloc-notes et un crayon, il nota rapidement les coordonnées de Shepherd.

— Cette fois, il a dessiné une marionnette en guise de signature, ajouta-t-il.

— Hum.

Il y eut un silence au bout de la ligne.

— La démarche est différente, dit enfin Connor. Je ne sais trop qu'en penser. Mais il serait dangereux de prétendre qu'il ne s'agit pas du même individu.

— En effet, pareille imprudence pourrait nous coûter cher. Mais je partage votre sentiment : quelque chose ne tourne pas rond dans cette affaire.

— Peut-être a-t-il également utilisé l'informatique avec certaines victimes ; l'une d'entre elles possédait un ordinateur, une autre était étudiante.

— C'est possible. Cela expliquerait pourquoi vous n'avez trouvé aucune lettre de menaces pour les deux derniers meurtres.

— Bill Kittrick doit interroger aujourd'hui le fiancé de Joséphine Gumm à ce propos. Il voudrait s'assurer qu'ils n'ont pas simplement jeté les lettres qu'ils recevaient.

— Pourquoi pas ?

Absorbés par leurs réflexions, les deux hommes se turent un instant. Enfin, Shepherd rompit le silence.

— Comment interprétez-vous le fait qu'il soit entré d'une manière différente, cette fois ?

Connor ferma brièvement les yeux, laissant ses impressions émerger lentement de son subconscient.

— A mon avis, dit-il enfin, les deux premières victimes ne fréquentaient personne de façon régulière. La troisième trompait son mari et ne le voyait que par intermittence. Joséphine

Gumm, en revanche, vivait avec son fiancé. Peut-être est-elle la seule qui eût refusé de laisser entrer l'assassin.

— Bingo ! dit Shepherd. C'est exactement ce que je pensais. La coopération des femmes n'est donc pas indispensable dans son schéma. Cette conclusion nous ouvre quelques portes. Il y a également les liens, manifestement destinés à *obliger* les victimes à se soumettre. Tout cela met en évidence une contradiction flagrante entre les lettres en notre possession et les meurtres qu'il a perpétrés.

— Vous voulez dire qu'il parle du Marionnettiste à la troisième personne, mais assume apparemment son rôle au cours de l'opération ?

— Bingo, répéta l'agent fédéral. Eh bien, je sens que nous allons nous comprendre à merveille, vous et moi. Il manifesterait là un symptôme évident de dédoublement de la personnalité ; se croirait-il manipulé par une entité extérieure, ce qui expliquerait le recours au concept du Marionnettiste ?

— En fait, je me demandais s'il n'assumerait pas ce rôle au cours d'un rituel destiné à le rapprocher du Marionnettiste en question, dit Connor.

Shepherd se tut de nouveau, comme s'il n'avait pas encore envisagé l'hypothèse. Tournant la tête, Connor aperçut Kate sur le seuil de l'atelier. Elle écoutait manifestement ce qu'il disait, mais il ne s'en formalisa pas le moins du monde. Pour une raison ou pour une autre, cela ne le contrariait absolument pas.

— Ce serait tout à fait logique, dit brusquement Shepherd. Et l'utilisation du sang s'explique encore mieux ainsi. D'abord il les fait danser comme des pantins, puis il prélève leur sang pour un rituel purificatoire… Seulement, s'il cherche à se purifier de cette manière, ne devrait-il pas le faire avant, plutôt qu'après la danse en question ?

Les réflexions de Connor avaient suivi la même voie.

— Il utilise peut-être le sang du meurtre précédent pour se purifier avant le suivant.

— Excellente déduction. Mais où a-t-il pu en trouver la première fois ?

— Je l'ignore. Dans un hôpital ? A la morgue ? Il faut également envisager le cas où la « pénitence » qu'il inflige à ses victimes les purifie suffisamment pour que leur sang lui permette de se purifier lui-même.

— C'est une autre possibilité, en effet.

Shepherd marqua une nouvelle pause.

— J'attends donc le nouveau message, conclut-il enfin. J'ai également besoin d'informations supplémentaires sur le dernier homicide. Pourquoi ne nous téléphonerions-nous pas ainsi tous les jours à la même heure pour maintenir le contact et voir comment la situation évolue ?

Après avoir raccroché, Connor se sentit un peu moins pessimiste. La frontière qui séparait le profileur du tueur était certes bien mince ; mais il se retrouverait bientôt du côté du monstre s'il n'employait pas toute son énergie à empêcher cet individu de nuire.

Il se tourna vers Kate.

— Je suis désolé, dit-il.

— Pourquoi ?

— Je n'aurais pas dû vous traîner de force dans cette pièce et vous montrer ces horribles photos.

La jeune femme haussa les épaules.

— Le spectacle est un peu sanglant, mais je l'avais déjà vu. Ce matin, en voulant ranger mes draps, je suis entrée là par erreur. J'ai bien failli tomber à la renverse.

— Il y a de quoi.

— Dites-moi plutôt à qui vous parliez au téléphone et si votre proposition de douche est encore valable.

— Vous pouvez utiliser ma douche, et je vous pardonne exceptionnellement votre indiscrétion : je m'entretenais avec un agent du F.B.I.

Apparemment consciente qu'il n'en dirait pas davantage, elle prit son petit sac de voyage et se dirigea vers la salle de bains, sous l'œil admiratif de son hôte qui la trouvait très sexy en jean.

La nouvelle se répandit dans la salle de rédaction comme une traînée de poudre : Kate Devane avait reçu un message du tueur sur son ordinateur personnel.

Estimant que la fuite provenait encore du bureau du shérif de Hillsborough, Connor se promit d'inciter Rick Diaz à démasquer le mouchard avant qu'il ne divulgue quelque renseignement crucial.

En attendant, et bien qu'il lui en voulût toujours de l'avoir berné sur Internet, cela le peinait de voir Kate en butte à la curiosité et aux médisances de leurs collègues ; si le tueur ne s'en prenait qu'à des danseuses de cabaret et à des filles de joie, pourquoi jetait-il maintenant son dévolu sur elle ? murmurait-on dans le dos de la jeune femme. Certains insinuaient même sournoisement qu'elle se livrait peut-être à des activités annexes.

— Devane ! Quinn ! lança Hyssop depuis le seuil de son bureau, assez fort pour couvrir le vacarme assourdissant qui régnait dans la salle à cette heure de la matinée. Dans mon bureau, gronda-t-il en pointant le pouce derrière son épaule.

Après avoir refermé la porte, il les fit asseoir en face de lui et darda sur eux un regard foudroyant.

— Votre travail consiste à rapporter l'actualité, pas à en faire l'objet, nom de D…

Kate eut un mouvement du menton dont Connor avait appris depuis peu à se méfier.

— Je n'ai pas vraiment demandé à cet animal de m'écrire, riposta-t-elle.

— J'ai entendu dire que vous le meniez en bateau depuis quelque temps.

— Comment ? s'exclama Kate en faisant un bond sur sa chaise. Qui peut répandre des bruits pareils ?

— La rumeur existe, voilà tout. Est-elle exacte ?

— Non, dit sèchement Connor, intervenant à son tour. Kate reçoit des messages anonymes plus ou moins menaçants dans son courrier électronique depuis une quinzaine de jours. Elle a même sollicité mon aide ; elle ne mène personne en bateau.

— Ma foi, j'aime mieux cela. Il se passe toutes sortes de choses sur Internet, ces temps-ci. Un policier de Clearwater se fait passer pour une gamine afin de piéger un pédophile qui drague sur le réseau. Je n'ai pas la moindre envie d'apprendre que mes journalistes se livrent à ce genre de turpitude.

— Ce type la persécute, Ben, insista Connor. N'inversons pas les rôles : c'est elle la victime. On ne peut tout de même pas la blâmer parce qu'un inconnu animé d'intentions criminelles a décidé de lui empoisonner l'existence.

— Bien sûr que non, admit Ben. Ce n'était pas là mon propos. Seulement, j'ai reçu d'autres confidences…

— Telles que les calomnies à son sujet dont vous nous avez fait part récemment ?

Manifestement troublé, Ben opina néanmoins.

— Kate semble être l'objet d'un certain nombre d'attaques provenant de plusieurs directions.

— En effet, dit Kate, bien décidée à leur rappeler qu'elle se trouvait dans la pièce et n'avait pas perdu la parole. De toute façon, le coupable devrait être arrêté dans la journée.

— Je l'espère bien, affirma Ben avec véhémence. Depuis le début, cette affaire est un véritable sac de nœuds. J'ai hâte que la vérité éclate au grand jour et qu'ensuite il n'en soit plus question.

Malgré lui, Connor sentit l'amusement le gagner.

— Allons, vous tenez là un sujet passionnant. Le choix des articles qui feront la une ces jours-ci ne devrait pas vous causer trop de tracas.

— Non, l'objet de mon tracas réside plutôt dans ce qui fait actuellement la une des autres journaux locaux, apparemment fort bien informés tandis que je ronge mon frein, contraint à publier la version officielle. Jamais on ne me reprendra à accepter pareil engagement. Bon sang, cet arrangement est en train de nous couler !

— La situation ne va pas tarder à se renverser, assura Connor.

Ben esquissa une grimace.

— Je n'ajoute plus tellement foi à ce discours. Au rythme où vont les choses, il sera trop tard pour nous rattraper.

— Non, croyez-moi, répliqua Connor avec force. Le *Sentinel* aura droit à la couverture exclusive de la chasse au meurtrier dans ses moindres détails. Je vous en donne ma parole.

— Priez pour que nous n'ayons pas perdu toute audience d'ici là, maugréa Hyssop.

— N'oubliez pas que les prétendus scoops publiés par les autres quotidiens sont en grande partie inexacts.

— Comme si les lecteurs étaient assez vigilants pour s'en rendre compte, le moment venu ! dit Ben avec un soupir. Enfin, revenons-en à Kate et au danger auquel elle semble exposée. Comment diable comptez-vous assurer sa sécurité ?

Connor secoua la tête.

— Je ne peux rien vous dire pour l'instant. Mais nous devrions être fixés là-dessus dans vingt-quatre ou quarante-huit heures.

Quarante-huit heures ? s'étonna Kate. Pourquoi le délai avait-il été prolongé ? Elle n'osa pas formuler la question devant Ben, qui paraissait tout à fait capable de l'envoyer en reportage au fin fond de l'Alaska pour la tenir à l'écart.

Le rédacteur en chef fronça les sourcils.

— Vous devriez être fixés ? Qu'entendez-vous par là ? Allez-vous enfin mettre la main sur ce type ?

— C'est possible, admit Connor.

Ben grommela quelques mots inintelligibles mais se calma tout de même.

— Arrangez-vous pour qu'elle n'y laisse pas sa peau : voilà un fait divers dont je me passerais volontiers.

Il agita le doigt en direction de Kate.

— Conformez-vous strictement aux ordres des flics, vous m'entendez ? Le travail passe après. Et maintenant, débarrassez-moi le plancher en vitesse.

Après ce début mouvementé, la journée se déroula sans autre incident. Connor s'absenta la majeure partie de l'après-midi, reparut vers 5 heures et ne s'éloigna plus jusqu'au bouclage du journal. Puis il vint chercher Kate.

— Il est temps de partir, dit-il.

La jeune femme prit son sac et lui emboîta le pas, curieusement satisfaite de s'éclipser.

En sortant de l'immeuble, ils eurent soudain l'impression de se retrouver au cœur de l'hiver. Un front froid avait chassé le beau temps au cours de la journée, et le vent chargé de pluie n'invitait guère à la promenade.

— Attendez-moi ici, suggéra Connor. Je vais aller chercher la voiture. Il est inutile de nous mouiller tous les deux.

Reculant dans le hall d'entrée, elle le regarda s'élancer en courant dans la tourmente. Derrière elle, le garde chargé de la sécurité parlait au téléphone derrière le guichet. Elle ne distinguait pas ce qu'il disait, mais le son de la voix la réconfortait.

En fait, à la tombée de la nuit, la solitude l'effrayait plus que jamais.

Que lui réservaient donc les heures à venir ? se demanda-t-elle, tandis que l'image de Mike, seul dans sa chambre d'hôpital, revenait la hanter. Sous l'apparente tranquillité que lui procurait son traitement, se pouvait-il qu'il fût en proie à de terribles angoisses ? Comment savoir au juste ce qu'il éprouvait ?

Quand le coupé bleu de Connor s'arrêta devant l'immeuble, elle se précipita sous la pluie pour le rejoindre. Le chauffage était réglé au maximum, mais l'air brassé par le ventilateur demeurait presque aussi froid que celui de l'extérieur. Recroquevillée dans son coin, Kate frissonna.

— On dirait que vous avez vu un fantôme, dit Connor.

Sans s'expliquer vraiment ce qui l'incitait à se confier ainsi, elle lui fit part de ses réflexions à propos de Mike.

— Comment pourrait-on savoir ce qu'il ressent ? Il ne peut pas parler, conclut-elle.

— C'est terrible, murmura-t-il.

Il freina devant un feu rouge et la regarda.

— Avez-vous posé la question à son médecin ?

Kate fit non de la tête.

— Comme il ne dit plus rien, je me figurais jusqu'à présent qu'il devait se sentir tranquille, apaisé. Le doute vient de s'insinuer en moi pour la première fois.

— A mon avis, vous devriez vérifier cela demain matin avant toute chose. Je vous conduirai à la clinique.

Sa sollicitude la toucha profondément.

— C'est vraiment très gentil à vous, Connor. Mais je peux prendre ma voiture, je vous assure.

Tout en démarrant au feu vert, il secoua la tête.

— Vous ne devez pas rester seule, ne l'oubliez pas. En outre, si vous n'êtes pas certaine qu'on vous dit tout, je pourrais essayer d'insister davantage. Certains hommes se comportent avec les femmes de façon plus cavalière qu'ils ne se le permettraient avec un homme.

Kate l'avait également remarqué, mais la réflexion de

Connor la surprit. Les hommes prêtent rarement attention à ce genre de détail.

— Merci. Cela me rendrait service, en effet. Je pense qu'on ne me tient pas vraiment au courant, mais, de toute évidence, je ne suis plus son plus proche parent, désormais. Rien ne les oblige à me renseigner.

— Rien ne les oblige à vous permettre de le voir mais ils ne vous l'ont pas interdit, que je sache.

— C'est juste. En fait… sa famille a essayé de m'éloigner mais le médecin m'a autorisée à venir tout de même.

— Quelle mentalité ! maugréa Connor. Que trouviez-vous donc à ce garçon, avec une famille comme la sienne ?

— Il était… passionnant et passionné, plein d'entrain, de vivacité. Son humeur versatile m'amusait ; j'admirais son imagination débordante et sa manière unique de voir les choses. Puis tout cela a évolué…

Tournant la tête vers la portière, elle regarda défiler les immeubles.

— Au début, ses crises de paranoïa n'étaient pas aussi terribles qu'elles le sont devenues par la suite ; je ne saurais pas vraiment les décrire, du reste. On appelle cela l'« émoussement affectif ». C'est un genre d'indifférence, d'absence totale d'émotions ; ou bien encore, ses émotions se révélaient totalement inadaptées à la situation du moment. Naturellement, dans son univers, il se passait tout autre chose, que je n'étais pas en mesure de percevoir.

— Naturellement, répéta Connor, l'encourageant sans la brusquer.

— Mais le plus difficile à supporter était l'apathie. Je préférais encore les nuits où il restait éveillé à cause de son appréhension de quelque événement imaginaire. Il est si difficile de communiquer avec quelqu'un qui n'éprouve absolument rien, qui ne s'intéresse à rien, qui n'a plus ni désirs ni dégoûts... J'avais l'impression d'avoir affaire à un robot. Ce vide absolu l'effrayait lui-même lorsqu'il lui arrivait ensuite d'en prendre conscience.

— Son état actuel n'est peut-être qu'une aggravation de cette apathie.

— C'est possible. Je voudrais seulement m'en assurer. Mais s'il est seulement assommé par des calmants si puissants qu'ils l'empêchent d'exprimer sa terreur..., cela, je n'en supporte pas l'idée.

— C'est tout à fait normal, dit Connor. Nous nous rendrons là-bas à la première heure demain matin.

Quelques minutes plus tard, il s'arrêta devant la maison de Kate et gara sa voiture.

— Commençons par la mauvaise nouvelle, annonça-t-il. La police n'a pas encore mis la main sur l'auteur des messages que vous recevez. Il a ouvert une ligne sur le serveur Internet sous un faux nom et une fausse adresse, m'a expliqué Rick. Ils s'emploient maintenant à découvrir sa véritable identité.

La jeune femme opina lentement.

— Et la bonne nouvelle ?

— Vous allez encore dormir sur mon canapé. Entrez vite prendre ce qu'il vous faut ; je vous accompagne.

Transi de froid, Peter attendait le retour de Connor Quinn, au bas de l'immeuble.

C'était stupide de risquer ainsi d'attraper la mort, se disait-il tout en s'obstinant malgré tout.

L'eau glacée ruisselait du rebord de son chapeau, et une grosse goutte atterrit au bout de son nez. Resserrant frileusement les pans d'un imperméable trop mince, il s'efforça de remonter son col jusqu'au menton.

Les rêves avaient recommencé, bien qu'il ne vît pas encore clairement la future victime. Peut-être l'assassin n'avait-il pas encore jeté son dévolu sur une victime précise. Peut-être recherchait-il encore la femme qui pouvait lui convenir. D'une manière ou d'une autre, il n'y avait pas de temps à perdre. Le tueur arpentait les rues, et une femme était en danger.

Le frisson qui le parcourut ne devait rien au froid. La rigueur implacable avec laquelle l'assassin chassait ses proies lui donnait toujours le frisson. Lorsque Peter rêvait, son esprit se confondait avec celui du tueur, dont la froideur impitoyable le terrifiait presque autant que les scènes auxquelles il assistait ensuite.

Le tueur ne considérait pas les femmes qu'il traquait comme des êtres humains. Elles étaient simplement des moyens d'arriver à ses fins, et il n'éprouvait rien d'autre à leur égard qu'une indifférence absolue. Il arpentait les rues avec le même détachement que s'il faisait ses courses, entrant et sortant des night-clubs où les femmes dansaient sous le regard lubrique des hommes. Il continuait d'aller de club en club jusqu'à ce qu'il trouvât chaussure à son pied. Et tout cela ne lui procurait pas la moindre émotion.

Peter luttait contre cette froideur comme s'il affrontait le diable en personne. Il aurait eu moins de peine à comprendre cet homme s'il avait ressenti quelque chose ; s'il commettait ses méfaits sous le coup de la colère, de la haine ou de quelque désir pervers. Mais à sa connaissance, le tueur ne ressentait rien d'autre qu'une simple pulsion ; le genre de pulsion qui conduisait Peter à boire un verre d'alcool ou à fumer une cigarette.

Cela le terrifiait plus que tout au monde. Il croyait au pardon et se sentait pourtant incapable d'accorder le sien à cet homme. Comment absoudre un individu qui se comportait comme si rien ni personne ne lui importait ?

Frissonnant de nouveau, il recula de quelques pas pour se dissimuler dans l'ombre et se rendit compte qu'il préférait s'attarder ainsi dans la pluie et le froid plutôt que de rester chez lui où ces terribles cauchemars l'attendaient.

Une voiture s'engagea dans le parking, et il la suivit des yeux, espérant que ce fût Quinn. Si c'était lui, il sortirait de l'ombre et l'aborderait pour lui parler de ses rêves. Il réagirait enfin comme il aurait dû le faire depuis longtemps pour mettre un terme à ces crimes atroces.

C'était Quinn, mais il n'était pas seul, constata Peter en reculant de plusieurs mètres, jusqu'à un grand palmier qui le cachait presque complètement. Une femme. Une jeune femme blonde marchait d'un pas rapide à côté de Quinn. Elle tenait à la main un sac à rayures qui ressemblait à un sac marin.

En les regardant traverser le parking et disparaître à l'intérieur de l'immeuble, Peter renonça à se montrer, jugeant impossible d'aborder Quinn en présence d'un tiers.

Il lui faudrait trouver un autre moyen d'attirer l'attention du journaliste, songea-t-il, un moyen de lui faire comprendre la gravité de la situation. Quant à cette jeune femme…

Il revit la chevelure blonde qui brillait à la lueur des réverbères et se demanda s'il s'agissait d'une petite amie que

Quinn ramenait dans son lit. Sans doute était-ce une femme facile…

A cette idée, il vacilla tandis qu'un changement s'opérait en lui…

15.

Un froid glacial régnait dans l'appartement. Connor s'empressa d'allumer le chauffage tandis que Kate s'approchait de la baie vitrée sans ôter sa veste. En dépit de la pluie et du vent qui ternissaient l'éclat des lumières nocturnes, le panorama sur le golfe demeurait somptueux. Sur la terrasse, la tempête agitait les fleurs des plantes en pots, passablement malmenées.

— Il vaudrait mieux que je les rentre, dit Connor en rejoignant la jeune femme. Elles vont geler, et Sophie me tordra le cou.

— Sophie ?

— Ma voisine de palier ; elle est artiste peintre, et ses paysages…

Un coup de sonnette l'interrompit. Il alla ouvrir, et Sophie entra sans façons, pimpante dans sa jupe de velours violet et son corsage en drap d'or rehaussé d'une broche vert émeraude.

— Je venais seulement m'assurer que vous n'avez pas oublié de rentrer vos plantes, dit-elle tout en se dirigeant vers la salle de séjour. Il me semble…

Elle s'interrompit brusquement en apercevant Kate.

— Oh, vous avez de la visite. Excusez-moi.

Connor secoua la tête avec un sourire.

— Je parlais justement de vous à Mlle Devane. Kate, voici Sophie Butler, à qui je dois toute ma science des plantes d'appartement, géraniums et hibiscus.

— Bientôt, je vous apporterai un bégonia. Il n'y a rien de plus facile à entretenir, dit Sophie en serrant la main de Kate. Ainsi, Connor a une amie. Tant mieux, je commençais à me désespérer pour lui.

— Ce n'est pas ce que vous croyez, se défendit Connor, visiblement embarrassé.

— Tranquillisez-vous, je ne crois que ce que je vois, rétorqua Sophie en riant.

Puis elle prit Kate par le bras en s'enquérant :

— Travaillez-vous ensemble, tous les deux ?

Kate opina.

— Je suis secrétaire de rédaction au *Sentinel*. Connor m'a dit que vous peignez ?

— Il parlait donc vraiment de moi ? Ma foi, j'en suis flattée. En effet, je peins des huiles sur toile, notamment des paysages, ou des marines, selon mon humeur.

Elle flatta légèrement le bras de Kate avant de la libérer.

— Mais je ne voudrais pas vous envahir, mes enfants. Je venais simplement rappeler à Connor de ne pas oublier ses plantes.

— Vous ne nous dérangez pas le moins du monde, Sophie. Kate va séjourner quelques jours avec moi pendant... pendant qu'un artisan repeint sa maison. Je m'apprêtais justement à préparer le repas. Voulez-vous dîner avec nous ?

Le regard de Sophie alla de l'un à l'autre, et Connor eût juré que son œil perspicace saisissait la tension qui régnait entre eux.

— Cela dépend du menu, dit-elle enfin. A mon âge, je ne mange plus tellement et je deviens de plus en plus difficile.

— Je me proposais de nous mitonner un plat asiatique ; vous savez, cette préparation surgelée à base de petits légumes auxquels on ajoute des morceaux de poulet.

— Ce doit être succulent, mais beaucoup trop sain à mon goût. Je crois que je vais m'en tenir à mon projet de me goinfrer de mousse au chocolat.

Une lueur d'amusement brilla dans les yeux de Connor.

— Vous plaisantez, n'est-ce pas ?

— Absolument pas, affirma Sophie. Ce soir, je me gave de chocolat, et demain, pour compenser, je me purgerai avec des épinards.

Leur adressant un petit signe d'adieu, elle franchit la porte.

— Quelle personnalité ! dit Kate.

— Elle a mis un brin de fantaisie dans mon existence. J'ai beaucoup de chance de l'avoir pour voisine. Eh bien, êtes-vous tentée par mon *lo mein ?*

— J'en raffole. Que puis-je faire pour vous aider ?

— Rien du tout. C'est un plat de célibataire. Tout sera prêt en quelques minutes.

L'inconvénient, dans cette cohabitation avec Kate Devane, résidait dans le fait qu'il était maintenant conscient de la connaître de manière assez approfondie, songea-t-il un peu plus tard. Désormais, elle n'était plus simplement une collaboratrice séduisante, mais aussi une femme avec laquelle il avait partagé des émotions particulièrement intenses, vécu des moments d'intimité exceptionnels, inventé un monde d'évasion qui ressemblait de plus en plus à un nid d'amoureux.

En revanche, il ne parvenait toujours pas à surmonter son désappointement d'avoir été abusé pendant plusieurs mois. Du reste, y tenait-il vraiment ? Le mariage lui faisait horreur à cause de ses parents, et l'échec systématique de ses aventures sentimentales le confortait dans ses convictions. Evidemment, les horaires imposés par sa profession s'accordaient mal avec les exigences de la vie de couple, et ses partenaires successives, s'estimant délaissées, ne s'éternisaient jamais auprès de lui.

Avec Katydid, en revanche, il pensait avoir découvert le secret de la liaison idéale : comment s'éprendre sérieusement d'une inconnue à travers quelques signes affichés sur un écran ? L'idée semblait parfaitement inconcevable.

L'inconcevable s'était pourtant produit, à en juger par l'amertume qu'il éprouvait à présent. La dissimulation qu'il reprochait à Kate le toucherait-elle à ce point s'il n'éprouvait aucun sentiment pour elle ?

Il l'observa à la dérobée tandis qu'elle débarrassait la table et s'occupait de la vaisselle. Elle entendait lui exprimer ainsi sa gratitude pour l'hospitalité dont elle bénéficiait, avait-elle affirmé. Il lui avait finalement abandonné les lieux, craignant de se cogner contre elle dans l'espace réduit de sa cuisine exiguë.

Il n'avait jamais vraiment eu l'occasion de la détailler ainsi ; la ligne gracieuse de son cou et sa taille svelte attiraient irrésistiblement le regard. Elle n'avait pas l'air assez forte pour résister aux épreuves que la vie lui avait infligées et pourtant, elle se défendait admirablement bien. Une envie subite de l'enlacer et de la serrer tendrement s'empara de lui.

Repoussant la tentation, il s'efforça de se raisonner. Outre les griefs qu'il nourrissait à son encontre, il s'exposerait à de graves ennuis si la jeune femme considérait qu'il profitait de la situation pour lui faire des avances.

Rick Diaz téléphona peu avant 10 heures, alors que Kate finissait d'essuyer les couverts.

— Toujours rien, annonça-t-il. L'auteur des messages s'est arrangé pour ouvrir un compte en banque avec un nom et un numéro de Sécurité sociale qui ne correspondent pas. Nous ne trouvons aucune trace de son permis de conduire ou d'une pièce d'identité quelconque. Il y a cependant une lueur d'espoir : son compte sera bientôt à découvert. S'il ne l'approvisionne pas rapidement, le prochain virement automatique destiné à régler la facture du serveur Internet sera refusé. Nous avons posté quelques hommes à proximité de la banque en question.

— Quand le prochain virement doit-il s'effectuer ?

— Dans sept jours.

Du moins, ce n'était pas dans un mois, se félicita Connor.

— A part cela, rien de nouveau ?

— Si. Le fiancé de Joséphine Gumm a dit à Bill Kittrick qu'elle avait reçu des petits mots au night-club où elle travaillait. Ils ne les ont pas gardés, pensant avoir affaire à un farfelu quelconque. Ils ne lisaient pas les journaux et par conséquent ne s'en étaient pas autrement inquiétés. La demoiselle était importunée par toutes sortes d'excentriques, semble-t-il. Ils n'ont pas cru devoir prêter une attention particulière à ces messages.

— Ce n'était peut-être pas ce que nous cherchons, en effet.

— Si, justement ; le fiancé se souvient d'une allusion à un marionnettiste qui la ferait danser. Il avait cru à une plaisanterie…

— Une plaisanterie qui s'est achevée en tragédie, hélas.

Connor réfléchit un instant.

— Je crois qu'il est temps de passer à l'action, déclara-t-il enfin.

— Pourquoi ? Nous connaissons sa prochaine cible et nous lui mettrons le grappin dessus dans les jours qui viennent, dès qu'il s'avisera d'aller approvisionner son compte.

— Et s'il payait quelqu'un pour le faire à sa place, sans lui révéler sa véritable identité ? Et s'il décidait de laisser son compte à découvert parce qu'il se moque désormais qu'il soit annulé ? Et si nous commettions une erreur en croyant connaître sa prochaine cible ? Nous émettons des hypothèses qui ne me satisfont pas vraiment, Rick. La personne qui envoie des messages à Kate n'est pas forcément l'assassin.

— La probabilité est assez faible.

— Mais elle existe tout de même. Et s'il est l'assassin, il faut aussi envisager une autre éventualité : celle où sa prochaine victime potentielle ne serait pas Kate. Nous ne pouvons pas nous permettre d'attendre passivement la suite. Si nous passons à l'action, le piège de la banque n'en fonctionnera pas moins, n'est-ce pas ?

— En savons-nous assez sur lui, selon toi ?

— Nous en savons assez pour écrire un article susceptible de l'inciter à réagir ; si nous parvenons à le mettre hors de lui, peut-être tentera-t-il de se défendre, et peut-être finira-t-il par se trahir. Si j'attire son attention sur moi, il pourrait même avoir envie de me sauter à la gorge pour se venger.

— Peut-être.

Rick se tut pendant un instant.

— Très bien, parles-en à Keith Shepherd quand il t'appellera, demain matin. Si vous jugez tous les deux que c'est nécessaire, nous aviserons.

En raccrochant, Connor découvrit Kate sur le seuil de la cuisine, un torchon à la main, la mine sombre.

— C'était Rick Diaz, lui dit-il.

— Je l'ai deviné. J'ai également compris que vous comptez tendre un piège au tueur pour qu'il se dévoile. Excusez-moi si je n'applaudis guère à l'idée que ce malade veuille vous sauter à la gorge, comme vous dites.

Connor haussa les épaules.

— Mieux vaut ma gorge que la vôtre.

— Cela reste à prouver. Mais ne me demandez pas d'accepter cela sans réagir.

Jetant le torchon sur le plan de travail, elle se planta devant lui, les poings sur les hanches.

— Bon sang, Connor, ce petit jeu est trop dangereux. Il pourrait vous arriver malheur !

Une fêlure dans sa voix trahissait une profonde appréhension.

— Allons, dit-il d'un ton qui se voulait rassurant, la perspective d'être vous-même la cible du tueur ne vous affolait pas autant. La manœuvre pourrait détourner son attention de vous.

— Je sais ; c'est précisément ce qui m'inquiète.

Elle lui tourna le dos délibérément et s'éloigna de lui.

— Kate…

Il ne savait pas vraiment quoi lui dire. En revanche, il ne pouvait pas supporter qu'elle s'écartât de lui en colère, et peut-être blessée. La rattrapant, il lui prit le bras.

— Kate…

Elle fit volte-face et darda sur lui un regard étincelant.

— Vous vous moquez peut-être de ce qui peut vous arriver, moi pas ! Je ne vois pas l'avantage de vous exposer ainsi aux pires dangers, surtout dans l'intention de me protéger ! Si vous me croyez capable de vivre avec cela, vous commettez une grossière erreur !

— Kate, il n'essaiera pas de me tuer. Il n'a aucun intérêt à le faire. Il veut m'obliger à parler de lui de la manière qui lui convient, et ma mort l'éloignerait de son objectif.

La fureur de la jeune femme s'estompa tandis qu'elle le dévisageait d'un air indécis.

— Est-ce là ce que vous pensez ? Vous croyez qu'il veut seulement vous utiliser comme porte-parole ?

— Oh, ce ne serait pas la première fois qu'un tueur en série cherche à mobiliser la presse. S'il s'agit de l'homme qui nous a téléphoné, son intention ne fait aucun doute. Il voudra à tout prix corriger l'image qu'on donne de lui, tenter de se présenter sous un meilleur jour car, soyez-en sûre, mon cœur, cet homme-là est horrifié par ses propres crimes.

La tentation était vraiment trop forte. Elle avait l'air si seule, presque égarée, à bout de forces… Connor sentit son cœur fondre et ses griefs s'envoler comme par magie, tandis que ses bras se tendaient vers elle pour l'enlacer et la serrer très fort contre lui.

Bonté divine, songea-t-il en la berçant dans son étreinte, c'était exactement comme il l'avait imaginé quand il lui décrivait leur monde virtuel. Toutes ses tensions s'évanouirent subitement, et il eut l'impression de flotter dans un océan de bien-être.

— Si je le pouvais, s'entendit-il murmurer, je vous emmènerais sur-le-champ dans les îles des Keys chercher un petit bungalow à l'écart de tout, rien que pour vous et moi.

Il l'entendit soupirer doucement tandis qu'elle blottissait la tête contre son épaule.

— Mais vous êtes fâché contre moi, objecta-t-elle d'une toute petite voix.

— Tant pis, répliqua Connor. Je peux remettre cela à plus tard.

Kate laissa échapper un petit rire qui s'étrangla soudain quand il la souleva dans ses bras.

— Plus de détours, dit-il d'une voix altérée en la portant dans sa chambre. Je suis las des subterfuges et des faux-fuyants. De plus, rien ne nous garantit que nous serons encore en vie demain. Alors *carpe diem*, comme dit le philosophe !

Il poussa la porte du pied et la déposa délicatement sur son lit. S'asseyant auprès d'elle, il la regarda intensément, ses prunelles bleues brillant d'un éclat intense.

— Etes-vous pleinement consentante ? demanda-t-il d'un ton mi-sérieux, mi-inquiet.

Kate acquiesça d'un hochement de tête, incapable de prononcer un mot tant son cœur battait à se rompre dans sa poitrine. Des ondes de chaleur parcouraient son corps alangui, comme si ses muscles étaient sur le point de fondre.

— On dit que la peur de la mort provoque le besoin d'affirmer la vie.

Sa réflexion la tira brusquement de sa langueur.

— Bon sang, Quinn, taisez-vous donc. Vous aurez tout le temps d'analyser la situation plus tard.

Un sourire éclaira les traits de Connor.

— Agis tout de suite, réfléchis ensuite ? dit-il avec un petit rire amusé.

— Exactement ; car si nous nous mettons à réfléchir, il ne se passera rien.

Mike. Oh, Seigneur, il ne fallait surtout pas penser à Mike maintenant ! se dit-elle.

Mais avant que l'image de Mike n'ait pu s'imposer et la submerger de remords, Connor se pencha sur elle et, d'un simple baiser, lui captura la bouche, le cœur et l'esprit. Conquise, elle s'abandonna totalement à son étreinte et lui noua les bras autour du cou pour l'attirer plus près.

A demi allongé sur elle, il fit courir une pluie de baisers sur les joues, le nez, le menton, les lèvres de la jeune femme. Son poids ne la gênait pas le moins du monde, bien au contraire. Elle aurait voulu le sentir peser sur son corps jusqu'à ce qu'elle sombrât dans un autre univers, un univers dédié à leurs caresses, au contact de leurs peaux.

— Ma chérie, chuchota-t-il tendrement, avez-vous aimé autant que moi notre petit coin de paradis ?

— Oui… Oh, si seulement il existait vraiment !

— N'ouvrez surtout pas les yeux, mon cœur ; les paupières closes, imaginez que nous roulons dans le sable tiède, bercés par le bruit du ressac. Imaginez tout ce que nous nous écrivions…

Elle n'avait aucune peine à le suivre. Au cours de leurs échanges, toutes ces images s'étaient intégrées au regard qu'elle portait sur Connor. Même au journal, sa présence évoquait invariablement une plage isolée sous un soleil radieux. Connor Quinn était devenu pour elle synonyme d'évasion.

Il l'embrassa délicatement au creux de l'oreille puis glissa une main furtive sous le chandail qu'elle portait. Ses doigts effleurèrent le nombril de Kate, éveillant des frissons sur leur passage. Puis ils s'égarèrent de plus en plus haut, et elle retint son souffle dans l'attente d'une caresse dont la description par courrier l'avait déjà bouleversée.

Quand une main se referma sur son sein frémissant, ce fut plus délicieux encore que dans ses rêves les plus délirants. Et quand il en serra doucement la pointe durcie, une onde de désir se propagea en elle, affluant et refluant avec la régularité de la houle.

Il la souleva légèrement et commença à la déshabiller. Chandail, jean et sous-vêtements disparurent tour à tour comme par enchantement. Nue devant lui dans la lueur dorée de la lampe de chevet, elle ne s'était jamais sentie aussi belle, aussi impudique et désirable qu'en cet instant.

A son tour, Connor se dévêtit, debout auprès du lit. A travers ses paupières mi-closes, Kate put dévorer des yeux le spectacle offert par ce corps hâlé, aux mouvements souples, presque félins, aux formes à la fois puissantes et harmonieuses.

A peine fut-il de nouveau étendu contre elle qu'il recommença à lui embraser la peau de baisers brûlants, découvrant un point sensible derrière l'oreille, s'attardant au creux de la gorge, la faisant frissonner encore et encore…

Frémissante de désir, elle lui laboura le dos de caresses fébriles, descendit vers les hanches et les reins pour mieux suivre le mouvement des muscles fermes qui ondulaient sous ses doigts. Elle avait faim et soif de lui, mais il semblait décidé à prolonger son tourment, multipliant les préliminaires.

Dans son impatience à s'offrir, elle se cambra désespérément contre lui, alors qu'il continuait de lui taquiner de la bouche la pointe d'un sein. Lorsqu'il se mit à décrire de petits cercles du bout de la langue, elle émit une plainte rauque, presque animale, soulevée par la vague de plaisir qui déferlait en elle, balayant tout sur son passage.

A sa grande surprise, il la retourna alors doucement, fermement, et déversa une nouvelle pluie de baisers le long de son dos, allumant un brasier au creux de ses reins ; puis il descendit encore plus bas, embrassa l'intérieur de ses genoux, la plante de ses pieds. Jamais Kate ne s'était sentie aussi choyée.

Quand il la retourna de nouveau, éperdue de désir, elle voulut le combler elle aussi de caresses, mais il lui emprisonna les mains et s'allongea sur elle, l'immobilisant totalement.

Retenant son souffle dans l'imminence de leur fusion, Kate ouvrit les yeux et les plongea dans la flamme des prunelles qui la dévoraient, à l'instant même où il la pénétrait.

Un gémissement de plaisir monta du plus profond d'elle-même tandis que leurs corps s'unissaient, se confondaient au point qu'elle ne savait plus très bien où commençaient et finissaient le sien et celui de son amant. Soudain, une joie intense l'envahit : elle était à lui, entièrement, uniquement à lui.

— Envolons-nous, lui murmura-t-il à l'oreille. Monte avec moi plus haut… plus haut… jusqu'aux étoiles…

Personne ne lui avait jamais parlé à ce moment-là, et ses chuchotements les rapprochèrent encore davantage, comme s'ils ne formaient vraiment qu'un seul être, une seule chair. Cette communion totale la transporta jusqu'à des sommets inaccessibles par les chemins du plaisir égoïste, lui procurant une sensation de liberté indescriptible ; et lorsque, enfin, ils retombèrent en chute libre, elle eut la certitude de ne plus être seule.

Dieu, qu'il était bon de ne pas être seule.

Connor roula sur le côté et l'entraîna avec lui, l'enlaçant étroitement tandis que leur respiration se calmait peu à peu.

— Je n'aurais pas dû, dit-il.

Elle leva sur lui un regard soudain anxieux, et il se sentit honteux de la taquiner ainsi.

— Pourquoi ? demanda-t-elle.

— Nous travaillons ensemble. Que vont dire nos collègues du journal ?

— On s'en fout, maugréa-t-elle.

Il se mit à rire, et elle l'imita. Rire ensemble était presque meilleur que faire l'amour, songea Connor. Etre capable de rire avec une femme lui semblait plus important que de pouvoir se lamenter avec elle.

Mais les grands yeux verts de Kate ne tardèrent pas à s'assombrir, et il comprit qu'elle pensait à son ex-mari. Pourquoi se croyait-elle tenue de souffrir parce qu'il était malade ?

— Vous n'avez pas le droit, dit-il avec douceur.

— Pardon ?

— Tristesse, remords ou regrets ne sont pas au programme ce soir. Nous avons volé cette nuit rien que pour nous ; sans doute faudra-t-il payer la dette un jour ou l'autre, mais le plus tard possible.

Pour sa part, il commençait déjà à éprouver un pincement au cœur à l'idée qu'il ne pourrait jamais lui accorder toute sa confiance. Gardant cette réflexion pour lui, il quitta le lit pour aller chercher quelque chose à boire.

Le choix dont il disposait se résumait à deux jus de fruits, orange et canneberge. Il en emplit respectivement deux grands verres à cocktail tout en déplorant de ne pas avoir acheté, pour une fois, une bouteille de vin. Le souvenir de parents alcooliques l'ayant définitivement vacciné, il ne gardait chez lui qu'un peu de bière destinée à ses amis ; ce soir, il aurait pourtant aimé pouvoir offrir à Kate le vin frais qu'ils avaient si souvent rêvé de savourer ensemble sur leur terrasse imaginaire.

— Que désirez-vous, madame ? s'enquit-il en regagnant la chambre et en faisant tinter les deux verres. Je vous propose une cuvée de premier choix en provenance de Floride ou un jus de canneberge millésimé importé du Massachusetts, absolument incomparable.

Kate se redressa en riant contre les oreillers et remonta machinalement le drap sur ses seins.

— Canneberge, je vous prie.

Prenant le verre qu'il lui tendait, elle l'éleva à la lumière pour admirer la belle couleur rubis du liquide, en but une gorgée et fit claquer sa langue contre son palais.

— Ah, un excellent West Barnstable du 28 septembre… non, du 2 octobre de l'année dernière.

Connor haussa un sourcil étonné.

— Pardon, mais qu'est-ce qu'un West Barnstable, au juste ?

— Un village de Cape Cod où l'on cultive les canneberges.

Elle le gratifia d'un sourire suave.

— Ne m'en veux pas si je te taquine. C'est si bon de pouvoir plaisanter de nouveau. Mon mari prenait mes moindres propos au sérieux.

Emu, Connor réprima une brusque envie de la serrer dans ses bras et opta prudemment pour le fauteuil, dans un coin de la pièce.

— Délicieux, dit-il après avoir goûté le contenu de son verre. Décidément, le jus d'orange en bouteille surpasse nettement les fruits fraîchement pressés. De nos jours, les oranges n'ont plus de goût : les meilleures doivent être vendues aux fabricants de jus. J'ai donc jeté mon presse-agrumes à la poubelle.

— Vraiment ? demanda Kate en riant.

— Non, je plaisante. Je n'ai jamais eu de presse-agrumes. En fait, je me nourris uniquement pour survivre ; par conséquent, je passe un minimum de temps dans la cuisine.

— Moi aussi. Je n'ai jamais envie de préparer un repas pour moi seule.

— Nous devrions peut-être nous associer : alternativement, l'un de nous cuisinerait pour deux.

Quelle idée saugrenue de former ainsi des projets, fût-ce sur le ton du badinage ! songea-t-il aussitôt.

Une ombre de tristesse voila brièvement le regard de la jeune femme, mais elle se reprit instantanément.

— Je sais trop bien comment cela tournerait, répondit-elle d'un ton léger. Dans ce genre d'arrangement, l'homme trouve toujours le moyen de céder son tour à la femme.

S'interrompant brusquement, elle toussota.

— Hum, je n'ai pas envie de m'engager ainsi à cause… Enfin, vous savez bien.

Il savait : son ex-mari. Telle une bombe à retardement dont on eût entendu la minuterie en bruit de fond, l'existence de cet homme teintait tout ce qu'elle faisait, disait ou éprouvait. Voilà pourquoi leur aventure devait rester sans lendemain : même en admettant qu'elle ne lui mentît plus jamais, la dévotion qu'elle portait à un autre excluait tout espoir d'être un jour aimé d'elle.

— Connor ?

Il se rendit compte qu'il la contemplait d'un air sombre depuis un moment. Elle paraissait déconcertée.

— Avez-vous vraiment pensé que je pouvais être l'assassin ? demanda-t-il à brûle-pourpoint, sans savoir au juste ce qui pouvait lui inspirer pareille question.

Elle secoua la tête.

— Non, pas vraiment. J'ai parfois éprouvé un soupçon d'inquiétude : les insinuations de Mark revenaient me chatouiller désagréablement l'esprit mais je n'ai jamais été capable d'y croire réellement ; sauf hier, en voyant les photos affichées sur vos murs. Elles m'ont effrayée, et je ne voyais aucune raison pour que vous les gardiez ici…

— Je vous comprends, dit Connor. Mark Polanski devrait travailler pour la presse à scandale.

Vidant son verre d'un trait, il le posa sur la table.

— Avez-vous faim ? Moi, oui. Les plats asiatiques ne me rassasient jamais tout à fait. Dites-moi ce qui vous tenterait comme dessert.

— Cela dépend ; je suis assez difficile, dit-elle en inclinant la tête avec un sourire.

— Je dois avoir un suprême au café.

— Ah, si vous me prenez par les sentiments…

— Je me doutais que vous étiez gourmande. Bon, je reviens tout de suite.

Dans la cuisine, il coupa deux belles tranches de gâteau et rangea le reste au réfrigérateur. Faisant demi-tour pour regagner la chambre, il se trouva nez à nez avec Kate, jolie à croquer dans le grand T-shirt qu'il portait d'ordinaire en guise de pyjama.

— Connor, il faut que nous parlions.

Sans un mot, il lui indiqua une chaise de l'autre côté de la table et posa l'assiette devant elle. Tandis qu'elle s'asseyait, il mit la cafetière en marche.

— Très bien, allez-y, dit-il enfin en s'installant en face d'elle.

— Je vais être franche, déclara la jeune femme d'une voix qu'elle s'efforçait d'affermir. Vous êtes dangereux pour moi.

— Dangereux ?

— Pas physiquement, mais d'un point de vue affectif. En fait…

Elle marqua une brève hésitation.

— Lorsque j'ai rencontré Mike, il présentait déjà quelques symptômes d'aliénation mentale. Nous n'avons jamais… jamais…

Une nouvelle pause ponctua ses explications. Respirant profondément, elle reprit son élan.

— Nous n'avons jamais rien vécu de comparable à l'expérience que je viens de partager avec vous. Nous ne pouvions pas plaisanter parce qu'il interprétait souvent mal mes propos ; ses crises le prenaient au cours des conversations les plus simples, alors, à plus forte raison…

Laissant sa phrase en suspens, elle haussa les épaules. Comme le silence se prolongeait, Connor plongea les yeux dans les siens.

— Pourquoi jugez-vous notre relation dangereuse ?

— Parce qu'elle met en évidence l'incohérence de ma vie de couple avec Mike. Je me berçais d'illusions en me répétant que nous avions été heureux avant... Mais il était déjà atteint quand je l'ai rencontré, et les bons moments ont été très rares. Sans doute ai-je cru que je pourrais...

Sa voix se brisa brusquement.

— Vous avez cru que vous pourriez le sauver, acheva Connor avec sollicitude.

Baissant les yeux, elle opina.

— Bien sûr, c'était impossible. Je dois pourtant y croire... Vous comprenez, je ne tiens pas à savoir de quoi j'ai été privée, parce que cela me mettrait en colère ; et je ne veux pas être en colère contre Mike.

— Vraiment ? demanda Connor, qu'un tel raisonnement laissait pantois. Et pourquoi ne devriez-vous pas être furieuse ? Le fait qu'il soit malade ne vous interdit pas de fulminer. Bon sang, Kate, vous auriez bien des raisons de vous révolter. Cet homme vous a épousée et vous a rendu l'existence infernale. A présent, ce n'est plus lui mais sa famille qui semble déterminée à le faire à sa place. Pourquoi diable ne seriez-vous pas en colère ?

— Parce qu'il n'y peut rien !

— Et après ? La belle affaire ! A mon avis, au lieu de lui en vouloir, vous devriez plutôt vous en prendre à vous-même.

— Comment cela ?

— Eh bien, oui. En définitive, vous auriez dû reprendre votre liberté depuis bien longtemps. Au lieu de vous employer à retrouver une vie normale, vous vous êtes accrochée à lui de manière totalement irrationnelle, tandis qu'il vous faisait subir les pires humiliations. Il n'était même plus en mesure d'éprouver de l'affection pour vous. Alors, pourquoi ? Pourquoi avoir réagi ainsi, Kate ? Visiez-vous l'auréole des saints ? Ou bien vous conformiez-vous strictement à quelque principe de loyauté parfaitement ridicule en l'occurrence ? Je dis bien *ridicule :* car votre mari n'était plus l'homme dont vous aviez été éprise ; et personne ne peut rester longtemps amoureux sans recevoir la moindre affection en retour.

Sous le choc, elle le dévisagea un long moment en silence, puis, comme piquée au vif dans son hébétude, elle se leva d'un bond.

— Comment osez-vous ! hurla-t-elle avant de courir jusqu'à la chambre dont elle referma rageusement la porte derrière elle.

Resté seul, Connor repoussa son assiette avec un soupir. Le gâteau ne le tentait plus, et son intuition lui disait qu'il passerait la nuit sur le canapé.

16.

Debout face à la baie vitrée donnant sur son balcon, Connor vit les premières lueurs de l'aube souligner l'horizon d'une mince bande argentée qui se nuança peu à peu de rose, puis d'orange. Le bol de café chaud qu'il serrait entre ses mains le protégeait du froid toujours prêt à l'envahir à la moindre chute de température extérieure, bien que l'appartement fût parfaitement isolé.

Il avait dormi à peine quelques heures, à cause de ce maudit canapé trop court pour lui.

Mais sa mauvaise humeur ne l'empêchait pas de se soucier de Kate. Avait-elle de son côté réussi à s'assoupir ?

Au cours de la nuit, il l'avait entendue venir à pas furtifs — sans doute poussée par le remords de l'avoir mis à la porte de sa propre chambre — s'inquiéter de lui. Il avait alors feint d'être plongé dans un profond sommeil, tout en se traitant de mufle, sans savoir au juste pourquoi — ou plutôt si : personne n'aimait s'entendre accuser de manifester un comportement autodestructeur. A cet égard, il avait manqué de tact.

C'était pourtant la vérité. Connor commençait même à se demander si Kate Devane ne se complaisait pas dans son rôle de martyre. Naturellement, on ne pouvait lui reprocher de rendre visite à son ex-mari. Mais elle n'était pas tenue pour autant de s'immoler sur l'autel de quelque culpabilité illusoire. Ce n'était tout de même pas sa faute si Michael Devane avait sombré dans la démence…

A ce point de ses réflexions, une idée subite effleura Connor : se pourrait-il qu'elle se crût vraiment responsable de ce qui était arrivé ? Oui, bien sûr, c'était l'évidence même. Son intuition de profileur l'induisait rarement en erreur. Tout en sachant que Mike n'avait déjà plus sa raison quand elle l'avait rencontré et qu'elle ne pouvait pas l'avoir rendu fou, elle s'en faisait néanmoins le reproche au mépris de toute logique, considérant comme un échec personnel le fait de n'avoir pu le guérir.

Loin de l'en dissuader, sa belle-famille s'employait en outre à la conforter dans cette conviction. Même si leurs tendances paranoïaques fournissaient quelques explications à leur comportement, Connor jugeait impardonnable le tort qu'ils causaient à Kate ; et le « corbeau » qui téléphonait au journal n'avait pas intérêt à croiser son chemin.

La situation vue sous cet angle l'aidait aussi à brosser un nouveau portrait de Mike Devane ; un enfant ayant subi des sévices d'ordre psychologique au sein de sa famille en infligeait presque systématiquement à son tour, à la première occasion. Par conséquent, Kate était probablement une femme maltraitée, consciemment ou non ; ce qui éclairait sa personnalité d'un jour tout à fait différent.

A travers la baie, il regarda le ciel s'éclaircir et sentit ses incertitudes se dissiper à l'instar des brumes matinales, comme si le voile qui obscurcissait son esprit se levait peu à peu.

Les conjoints maltraités se jugeaient souvent coupables ou responsables de situations sur lesquelles ils n'avaient pourtant aucune prise. D'abord incités à se reprocher n'importe quoi, ils prenaient rapidement l'habitude d'endosser tous les torts imaginables. A cet égard, les policiers assistaient régulièrement à des scènes ahurissantes. Connor avait ainsi vu des épouses s'attribuer la responsabilité d'accidents provoqués par leur mari. « C'est ma faute, assurait par exemple une jeune femme à son compagnon qui venait de renverser un piéton. Je n'aurais jamais dû te demander de me conduire au supermarché. » De même, certaines mégères intimidaient à tel point leurs maris qu'ils prenaient leur défense en toute circonstance, remuant ciel et terre pour leur trouver des excuses.

L'aliénation mentale constituait évidemment l'excuse idéale ; et le conjoint d'un malade agressif était souvent prêt à n'importe quel compromis pour éviter les conflits, y compris l'autodénigrement systématique.

Pieds nus, Connor gagna sans bruit la cuisine pour se servir un autre café, et revint se poster derrière la porte vitrée. Le ciel s'enflammait à présent de lueurs orangées qui se reflétaient à la surface de l'eau, adoucies par les teintes violettes, plus sombres, au creux des vagues. La journée serait belle et froide.

A présent, songea-t-il, la réticence de Kate à lui avouer la vérité concernant leur correspondance s'expliquait mieux. Katydid était un personnage plein de gaieté et d'insouciance qui n'éprouvait ni honte, ni culpabilité, ni remords, puisque imaginaire. Au royaume du virtuel, Katydid n'endossait aucune responsabilité.

Mais sitôt le rapprochement effectué, Katydid s'était évaporée. La femme qu'il avait tenue dans ses bras le soir précédent était Kate ; et les ombres qui voilaient son regard n'avaient aucun rapport avec Katydid.

Dans son dos, il entendit une porte s'ouvrir, un bruit de pas feutrés s'approcher. « Connor, je suis désolée. » Si l'analyse à laquelle il venait de se livrer était juste, ce seraient là les premiers mots que prononcerait son invitée.

— Connor, je suis désolée.

Il se retourna et but une gorgée de café en la regardant par-dessus sa tasse.

— Vraiment, et à quel titre ?

Il la vit qui rougissait imperceptiblement.

— Je n'aurais pas dû m'enfermer dans votre chambre et vous obliger à dormir sur le canapé.

Connor opina.

— Est-ce tout ?

— Et puis...

Elle baissa les yeux et regarda ses mains, soudain terriblement vulnérable.

— Excusez-moi aussi de vous avoir planté là. Je n'avais aucun droit...

— Oh, pour l'amour du ciel ! trancha Connor, écœuré. Voulez-vous une tasse de café ?

La jeune femme releva brusquement la tête, visiblement déconcertée.

— Oui, merci, dit-elle néanmoins d'une voix hésitante.

— A défaut de toasts, il y a du cake. En prendrez-vous aussi un peu ?

— Euh... Avec plaisir.

Il revint quelques minutes plus tard, posa sur la table deux tasses pleines et un morceau de gâteau enveloppé de plastique transparent, puis alla chercher des assiettes et des serviettes afin de prouver qu'il ne manquait pas totalement de savoir-vivre.

S'asseyant en face de lui, Kate grignota quelques miettes de cake comme si elle n'avait pas vraiment faim. Evidemment, songea Connor. Elle se demandait ce que l'ogre s'apprêtait à lui faire.

— Mangez, dit-il d'un ton bourru. Et cessez donc d'avoir honte de vos réactions ; votre colère, hier soir, était parfaitement justifiée. A votre place, je n'admettrais pas non plus aisément d'être considéré comme la victime consentante d'un calvaire inutile.

— Est-ce là votre opinion sur moi ?

— Sincèrement, oui ; parce que vous refusez de vous rendre compte que la maladie mentale de votre ex-mari vous a causé beaucoup de tort, à vous aussi. Vous l'aimiez trop, et vous l'avez laissé vous maltraiter de bien des manières. Vous ne voulez pas reconnaître que votre mariage était un véritable enfer. Et vous vous débattez vainement contre l'évidence, à savoir que vous n'y pouviez rien, sinon partir. C'était totalement invivable, Kate.

Attentive, Kate ne le quittait pas des yeux, visiblement ébranlée. Mais, cette fois, elle ne se mit pas en colère et accepta d'écouter la suite.

— Vous ne voulez pas reconnaître que vous avez consacré dix ans de votre vie à une cause perdue d'avance, reprit-il, et encore moins admettre que ce n'était pas votre faute. Il était plus facile de supporter les sautes d'humeur de Mike, sa méchanceté, ses accusations et son injustice flagrante que d'avouer votre impuissance à y changer quoi que ce soit. Vous persistiez à vous montrer irréprochable dans l'espoir qu'il finirait par guérir et vous aimer de nouveau.

Kate écoutait toujours sans un mot, les traits tendus. Elle semblait décidée à l'écouter jusqu'au bout, cette fois.

— La démence de Mike est une malédiction, une cruauté du sort ; et vous n'aviez pas d'autre option que de le faire soigner, insista Connor. Vous n'étiez pas en mesure de l'aider, Kate.

Pas une fois, elle ne chercha à l'interrompre, mais un muscle de sa mâchoire tressaillait à intervalles réguliers, trahissant son émotion.

— Quelle lamentable histoire n'est-ce pas ? reprit-il après une brève pause. La vie vous joue parfois de bien vilains tours. Vous avez agi dans l'intérêt de cet homme, vous lui avez procuré les meilleurs soins possibles. C'était là le maximum que vous pouviez faire pour lui. Et vous, dans tout cela ? Quand vous déciderez-vous à assumer vos responsabilités envers vous-même ?

Il se tut, attendant qu'elle s'exprimât à son tour. Il commençait à avoir l'impression de la malmener. Comme le silence se prolongeait, il s'adossa à sa chaise avec un soupir.

— Allons, finissez votre gâteau pour que nous puissions aller rendre visite à Mike.

Les grands yeux verts le dévisagèrent avec étonnement.

— J'ai dit que je vous conduirais là-bas, expliqua-t-il avec un haussement d'épaules. Je tiens toujours mes promesses.

Dans son malheur, Mike Devane avait néanmoins la chance que sa famille eût les moyens de subvenir à des frais de pension sans doute exorbitants, jugea Connor en gravissant les marches du perron sur les talons de Kate. La clinique psychiatrique des Cèdres s'apparentait à un palace en regard des hôpitaux publics.

La réception dégageait un parfum de luxe et de raffinement, et la salle d'attente contiguë évoquait les salons d'une demeure bourgeoise avec ses portes vitrées à double battant ouvrant sur un ravissant jardin anglais.

Kate l'y conduisit avant de monter voir son ex-mari. Mais au lieu de s'installer dans l'une des bergères à la disposition des visiteurs, Connor préféra la suivre à distance. Il avait envie de voir Michael Devane, de savoir quel genre de rapports les unissait encore. A aucun moment, Kate ne remarqua qu'il les observait par la porte restée entrouverte.

La chambre de Mike était aménagée de manière agréable, avec des rideaux de couleur claire assortis au couvre-lit. Quelques chaises alignées contre les murs semblaient attendre en vain d'improbables usagers. Pour sa part, Mike occupait un fauteuil près de la fenêtre, le soleil qui filtrait à travers les persiennes striant son visage de bandes lumineuses — un visage remarquablement beau, du reste, s'il n'avait été totalement dénué d'expression.

Assise en face de lui, Kate se penchait de temps à autre pour lui toucher la main en lui tenant des propos qui ne parvenaient pas jusqu'à Connor ; ce qui n'avait pas grande importance, du reste. Celui à qui elle les destinait ne semblait pas les entendre non plus.

Enfin la jeune femme se leva, prit congé du malade en lui déposant un baiser sur le front, et se dirigea vers la porte. Connor ne prit pas la peine de dissimuler sa présence, et si Kate eut un mouvement de surprise en l'apercevant, elle parut heureuse du soutien qu'il lui apportait.

Ils allèrent ensemble à l'étage des consultations. Kate étonna Connor quand elle sollicita une entrevue du psychiatre, et il fut encore plus étonné que le praticien y consentît.

Le bureau était aussi luxueux que la salle d'attente avec sa moquette moelleuse, ses boiseries et ses fauteuils de cuir fauve.

— Permettez-moi de vous rappeler, madame Devane, dit le médecin en guise de préambule, que la famille de M. Devane m'a demandé de vous tenir à l'écart de cette clinique.

— Je ne l'ai pas oublié. Mais je voudrais vous faire part de mes inquiétudes au sujet de mon ex-mari.

— Certainement. Je vous écoute.

D'un ton hésitant, elle confessa sa crainte que Mike ne fût en proie à de terribles angoisses qu'un abus de calmants l'empêcherait d'exprimer.

Le psychiatre secoua la tête.

— Rassurez-vous, chère madame, ce n'est pas le cas.

— Comment s'en assurer, s'il ne parle pas ?

— Oh, mais il parle, justement !

Connor devina l'impact que cette révélation pouvait avoir sur Kate en la voyant pâlir.

— Il… parle ? répéta-t-elle, incrédule.

— Bien sûr ; avec les infirmières, avec les autres patients, avec moi lors de nos séances de thérapie individuelle. Il prend même aisément la parole en groupe.

— Mais… depuis combien de temps cela dure-t-il ?

— Depuis quatre ou cinq mois, environ, répondit le médecin.

Observant une pause, il la considéra avec un embarras de plus en plus marqué.

— Chère madame, je vous ai d'abord encouragée à venir parce qu'il semblait beaucoup plus calme après vous avoir vue. Je pensais que nous aurions aggravé son isolement en mettant un terme à vos visites. Depuis quelque temps, toutefois…

S'interrompant, il fit pivoter son fauteuil et regarda par la fenêtre d'un air songeur.

— Depuis quelque temps, reprit-il enfin, nous constatons que son délire paranoïaque s'oriente nettement contre vous.

— Contre moi ? De quelle manière ?

— Il vous considère comme son geôlier. Il est persuadé que vous le gardiez prisonnier avant de le conduire ici, et qu'aujourd'hui c'est à vous qu'il doit d'être enfermé dans un asile.

— Oh, mon Dieu…

Kate fut prise de tremblements, et Connor lui prit la main d'un geste instinctif. Elle la serra éperdument.

— Il délire, madame Devane. Vous le savez comme moi ; sans doute est-il inutile de vous expliquer le fonctionnement de ces crises, n'est-ce pas ? Pour le moment, vous représentez à ses yeux la source de tous ses problèmes. Dans quelques mois, il recommencera peut-être à se croire persécuté par les extraterrestres ; à moins qu'il ne s'en prenne au gouvernement. Comment prévoir ? Mais à présent, vous êtes l'ennemi numéro un. Voilà pourquoi il ne vous adresse pas la parole. A mon avis, il n'y a pas d'autre raison.

Encore sous le choc, Kate hocha lentement la tête. Connor dut se faire violence pour ne pas la prendre dans ses bras.

— D'un jour à l'autre, poursuivit le psychiatre, j'envisage d'interdire les visites de son frère Charles. Je le soupçonne de ne pas être étranger au développement de ce nouveau délire…

Hum, vous n'ignorez pas les sentiments que la famille Devane nourrit à votre égard.

— Certainement pas, en effet !

La jeune femme releva le menton, les yeux brillants de larmes contenues.

— Je ne savais pas que Charles venait voir son frère.

— Il a commencé il y a quelques mois seulement ; à peu près à l'époque où Michael est redevenu plus loquace. J'ai d'abord cru que Charles avait une influence positive sur lui, mais il m'a fallu réviser mon opinion ces derniers temps ; au point de l'éloigner définitivement.

— Et moi ?

— Je n'ai pas encore décidé. Je pensais vous suggérer éventuellement de renoncer pendant quelque temps à vos visites pour voir si ses préventions contre vous disparaissent. Néanmoins, le revirement peut se produire aussi rapidement si vous continuez de venir.

La réaction de Kate surprit Connor. Se redressant, elle regarda le médecin bien en face.

— Je ne viendrai plus.

— On peut toutefois douter…

Elle ne le laissa pas achever sa phrase.

— Pour ma part, je n'ai plus aucun doute, dit-elle, catégorique. Il me manipule comme un pantin depuis le jour de notre rencontre, et cela suffit. Peu importe qu'il soit malade, je n'ai aucune raison de lui rendre visite puisqu'il m'ignore et me considère comme le diable en personne. Je ne le supporterai plus. La plaisanterie a assez duré.

Se levant, elle fit quelques pas vers la porte et tourna brièvement la tête.

— Dites-le-lui de ma part, s'il vous plaît. Dites-lui que j'en ai assez de ses reproches, de ses accusations. Je ne suis pas responsable de ses problèmes. Il est peut-être temps de lui avouer la vérité.

Elle franchit rapidement le seuil, Connor sur ses talons.

Kate resta muette durant tout le trajet de retour vers Tampa, et Connor se garda bien de rompre le silence. Ils approchaient des bureaux du *Sentinel* quand elle donna soudain libre cours à son indignation.

— Quel vicieux !

Connor tourna au premier croisement, décidant de prendre un chemin détourné pour lui donner le temps de s'épancher.

— Je n'en reviens pas. Qu'il souffre ou non de troubles mentaux, il pourrait tout de même avoir la mémoire du cœur, manifester un minimum de gratitude pour les soins dont je l'ai entouré. Qui d'autre l'aurait protégé ainsi ? Quelle énergie a-t-il fallu déployer pour le tirer des mauvais pas où il se mettait ! Et tout cela pour quoi ? Pour qu'il s'en prenne à moi !

— Il vous a toujours considérée comme responsable de ce qui lui arrivait, n'est-ce pas ? risqua Connor.

— En grande partie, du moins. Il lui arrivait d'accuser les extraterrestres. Mais il m'accablait néanmoins de reproches : je faisais trop de bruit, ou bien j'étais trop calme, je ne préparais pas les plats dont il avait besoin… A une certaine période, par exemple, il prétendait ne pas pouvoir manger n'importe quoi pour ne pas désobéir aux *aliens*… Seulement, je ne savais jamais ce qu'il était autorisé à manger avant qu'il ne pique une crise et jette son assiette à travers la pièce en hurlant que j'essayais de le contaminer.

Consterné, Connor secoua la tête. Manifestement, il avait vu juste. Kate Devane avait vécu un véritable enfer auprès de cet homme. Commençait-elle enfin à en prendre conscience ?

— Et cet imbécile de Charlie ! Ah, si je le tenais, celui-là ! Quelle mouche l'a donc piqué pour qu'il s'emploie à monter son frère contre moi ? Quel genre de service espère-t-il lui rendre ainsi ?

— Peut-être ne cherche-t-il pas à rendre service à Mike. Peut-être la manœuvre est-elle dirigée contre vous ; peut-être est-il l'auteur de ces appels anonymes au journal, à votre sujet.

— Je n'en serais pas autrement surprise, maugréa Kate d'un air maussade. Charlie s'est toujours distingué par ses extravagances. J'ai parfois l'impression qu'il évoluera comme son frère aîné ; il n'a que vingt-deux ans, l'âge auquel la démence de Mike a commencé à se préciser.

— Auriez-vous vu Charlie, récemment ?

— Nous ne nous sommes pas revus depuis un an ou deux. Il n'a jamais manifesté la moindre sympathie à mon égard.

— Dans ce cas, c'est probablement lui.

— Peut-être ; ce pourrait être aussi leur père. Bon sang, les Devane sont tous bons à enfermer. Je me demande comment j'ai pu un jour les trouver intéressants.

— Vous étiez jeune. Nous avons souvent tendance à juger favorablement les autres jusqu'à ce que les aléas de l'existence nous rendent plus méfiants.

— Sans doute, répondit-elle tout en tournant son visage vers la vitre pour lui dissimuler ses réactions. J'essaie de me répéter qu'il est malade, et que je ne devrais pas prendre cela tellement à cœur...

— Foutaises ! s'exclama-t-il. Combien de fois faudra-t-il vous le répéter, Kate ? Ce n'est pas parce qu'il souffre de troubles mentaux que vous devez tout accepter de lui.

Sa réplique jeta manifestement un froid sur la conversation, et Kate ne prononça plus un mot de la journée. Ce soir-là, elle dormit sur le canapé.

— Ils ont mis la main sur ce salopard.

Kate interrompit son travail et leva les yeux sur Connor, retenant son souffle.

— L'assassin ? Ils ont découvert l'assassin ?

— Ils ont découvert l'individu qui vous envoyait des messages par Internet. Rick souhaite que je vous accompagne immédiatement au commissariat en vue d'une confrontation. Ben a donné son accord ; il doit déjà compter ce que va lui rapporter ce scoop en première page du journal de demain.

Prenant tout juste le temps d'enfiler un coupe-vent sur son chemisier, la jeune femme contourna son bureau.

— Allons-y.

Un vent violent les assaillit sur le trottoir, en bas de l'immeuble. De gros nuages menaçants filaient dans le ciel.

— Les touristes vont commencer à vouloir se faire rembourser, dit Connor en remontant le col de sa veste.

— En fait, ce temps doit paraître clément aux gens qui viennent des Etats du Nord.

— Pollyanna[1] s'extasierait même sur la douceur de l'air.

1. *Pollyanna :* Titre d'un roman d'Eleanor Parker (1913) et nom de son héroïne. Aux Etats-Unis, désigne désormais une personne d'un optimisme à toute épreuve, qui ne voit que le bon côté des choses et des gens. (NdT)

Kate se mit à rire — un rire qu'elle jugea aussitôt factice, voire incongru. Elle n'avait aucun motif de se réjouir. Que trouvait-elle donc d'amusant dans sa vie actuelle ? Mike la considérait comme son ennemie, la famille Devane la détestait, et un mystérieux inconnu s'en prenait à elle. Connor avait pour sa part quelques raisons de lui en vouloir ; sans doute s'estimait-il ridiculisé et lui en garderait-il longtemps rancune.

Une bouffée de panique monta en elle ; une panique comparable à celle qu'elle éprouvait avant chacune de ses visites à Mike. Elle n'avait pas envie d'aller au commissariat. Pourquoi voulaient-ils la confronter avec l'auteur de ces messages ?

— Allons, dit Connor. Vous n'avez aucun souci à vous faire.

— Que me veulent-ils donc ?

— Je n'en sais rien. Mais personne ne vous fera de mal, croyez-moi.

— Si j'étais seulement en mesure d'identifier cet individu…

— Ce n'est pas le cas, naturellement.

— Enfin, si l'assassin est sous les verrous…

— Je n'en suis pas aussi sûr.

Kate tourna la tête pour le regarder.

— Pourquoi donc ? Je croyais que personne n'en doutait.

Son compagnon haussa une épaule évasive.

— Comment vous expliquer ? Ce n'est qu'une intuition…

Bon gré, mal gré, il avait fini par se glisser dans la peau du tueur. La nuit précédente, tandis que Kate dormait, il avait passé plusieurs heures dans son atelier à contempler les photos, à imaginer le déroulement des événements qui avaient dû précéder les crimes.

Le tueur voyait danser ses futures victimes. Il les abordait dans la rue et elles lui répondaient. Elles n'avaient pas peur de lui parce qu'elles avaient l'habitude de le voir. Qui pourrait songer à se méfier d'une personne de son entourage ? Les gens qu'on côtoie nous semblent toujours inoffensifs. Et en l'occurrence, le charisme de cet individu rassurait encore davantage les malheureuses sur lesquelles il avait jeté son dévolu.

Toutes, jusqu'à présent, possédaient des escarpins à peu près identiques : des talons aiguilles vertigineux, avec une bride à la cheville. Peut-être était-ce là l'élément qui déterminait son choix : des chaussures de danseuse, des chaussures aguichantes qui tenaient aux pieds sans glisser…

Des escarpins noirs. Des jeunes femmes blondes ; des danseuses de cabaret qui s'exhibaient en public avec un minuscule string pour tout vêtement.

Des femmes qui provoquaient son besoin de tuer, presque malgré lui. Les messages qu'il leur adressait n'étaient pas des lettres de menaces. Non, il s'agissait plutôt de mises en garde.

A ce stade de ses réflexions, il dut émettre inconsciemment quelque juron étouffé, car sa passagère lui demanda ce qui lui arrivait. Soucieux de conserver intacte la concentration nécessaire à son échafaudage mental, il esquissa un geste pour demander le silence.

Des mises en garde. Oui, les messages n'étaient que des mises en garde. Il voulait effrayer ces femmes afin qu'elles fuient, alertent la police, prennent des précautions. Il espérait que ces avertissements réussiraient, en les rendant méfiantes, à l'empêcher de commettre son forfait. Peut-être même espérait-il parvenir ainsi à se faire arrêter.

Les appels téléphoniques confirmaient cette hypothèse. Ces prétendues visions n'étaient que des appels au secours destinés à attirer l'attention avant qu'il ne tue de nouveau ; puisque les messages se révélaient inutiles, il était passé à l'étape suivante : le téléphone. Puis au courrier électronique ? Non, non, ces messages-là ne correspondaient pas à son objectif.

Aussi, avant même d'avoir rencontré Rick Diaz, acquit-il la conviction que le tueur courait toujours.

Rick les conduisit dans une salle d'interrogatoire pour échapper à l'ambiance trépidante des bureaux du commissariat. Sitôt la porte refermée, ils s'assirent autour de la table, et Rick ouvrit le classeur qu'il avait apporté.

— Nous l'avons arrêté comme suspect sur des présomptions mais, pour le moment, rien ne me permet de l'inculper, annonça-t-il. Dans soixante-douze heures, il sera libre.

Connor croisa les bras devant lui.

— Ce n'est pas l'assassin, déclara-t-il tout net.

— Hum, c'est ce qu'il affirme, naturellement. Il a également pris l'un des avocats les plus influents de la ville, qui me rend la vie impossible.

Tout en parlant, Rick tendit à Kate une photo d'identité.

— Connaissez-vous cet homme ?

La jeune femme tressaillit, et un vertige la prit subitement.

— Charlie ! s'exclama-t-elle. C'est Charlie !

— En effet.

Rick reprit le cliché.

— Charles Andrew Devane. Il prétend qu'il était votre beau-frère.

— C'est exact.

— Bon sang ! gronda Connor en frappant la table du plat de la main.

Se levant, il se mit à arpenter la pièce.

— Sans doute est-ce également lui qui appelait au journal pour répandre son venin sur vous.

— Il a téléphoné au *Sentinel ?* s'enquit Diaz, visiblement intéressé.

— A plusieurs reprises, répondit Connor. Il essayait de faire du tort à Kate. Comme le journaliste auquel il s'est d'abord adressé refusait d'écrire un article relatant les méfaits qu'il imputait à son ex-belle-sœur, il a appelé le rédacteur en chef dans l'espoir évident de la faire licencier.

— Hé, hé, nous brûlons, dit Rick en se frottant les mains. En ajoutant cela au message où il évoque le Marionnettiste, je peux l'épingler pour harcèlement téléphonique et tentative d'intimidation assortis de circonstances aggravantes. Merci. C'est tout ce dont j'avais besoin pour l'inculper.

Il se tourna vers Kate.

— De quels méfaits vous accuse-t-il ?

Pour la première fois, Kate n'éprouva aucune difficulté à aborder le sujet.

— J'ai dû faire interner mon mari. Il est schizophrène.

— Vous avez eu raison. Que disait Charles Devane dans ses précédents courriers Internet ? Vous adressait-il des menaces ?

La jeune femme réfléchit, essayant de se souvenir.

— Euh… Non, pas de menaces précises, en tout cas ; il affirmait qu'il savait qui j'étais, qu'il pouvait me trouver à n'importe quelle heure du jour ou de la nuit, qu'il me surveillait en permanence, etc.

Diaz opina.

— C'est à peu près ce qu'il avoue, en effet. Il dit qu'il voulait vous faire subir le calvaire que vous avez fait subir à son frère.

Kate pâlit, et Connor eut envie de lui prendre la main, mais il s'en abstint prudemment.

— Savez-vous ce qu'il entend par là ? demanda encore Rick.

— Moi, je le sais, dit Connor d'une voix pleine de rage contenue. Au cours de ses crises de paranoïa, Michael Devane accusait sa femme de le rendre fou ; sa famille a choisi de le croire, bien que ce soit impossible. Charles s'efforce donc de venger son frère ; du reste, il a presque réussi à la rendre paranoïaque, elle aussi.

Rick se cala dans son siège.

— Sa version ne diffère pas tellement de la tienne. Il tambourina sur la table avec son stylo.

— Et tu ne crois vraiment pas que nous ayons affaire au tueur ?

— Non.

— Bon sang, Quinn !

Jetant le stylo d'un geste rageur, Rick Diaz se leva à son tour et se mit à marcher de long en large à l'autre bout de la pièce. Kate eut l'impression d'être assise entre deux fauves en cage.

— Nous perdons notre temps à épingler un hurluberlu

dont le pire délit se bornera probablement à une tentative d'intimidation !

Il se tourna brusquement vers Kate.

— Non que je veuille minimiser ce qui vous arrive, bien sûr, mais en attendant, l'assassin se promène toujours en liberté !

La jeune femme marqua son assentiment ; comment aurait-elle pu s'offusquer ? De toute évidence, la chasse au tueur était autrement importante.

— Je t'avais déjà fait part de mes doutes, Rick.

— Sans grande conviction, néanmoins.

— J'essaie toujours de cerner le personnage : il ne sème vraiment pas des indices à chaque coin de rue !

— Je te l'accorde. Mais tu dois tout de même disposer de quelques éléments.

— Certainement. Ton suspect n'a tué personne. Charles Devane se livre à une vengeance personnelle, un point c'est tout. L'individu que nous cherchons téléphone et envoie des lettres. Il ne mutile pas ses victimes, ne se livre pas non plus sur elles à des sévices sexuels, avant ou après leur mort. Il se borne à les ligoter et à les faire ramper à genoux. La corde autour du cou doit lui servir à obtenir ce qu'il veut en menaçant de les étrangler.

— Mais qu'exige-t-il d'elles, au juste ?

— Tout ce que je peux dire, c'est qu'il veut qu'elles se traînent à genoux avant de prendre leur sang. Elles s'exécutent donc dans l'espoir de le calmer, et après avoir suffoqué pendant un bon moment, elles n'ont plus même la force de se défendre quand il les attache au lit. Elles s'attendent à être violées. Elles ne s'attendent pas qu'il leur ouvre les veines pour prélever leur sang. Elles ne s'attendent pas que les battements de leur propre cœur finissent par les tuer !

— Seigneur ! murmura Rick, visiblement ébranlé. Ecoute, Connor…

— Non. Tu voulais savoir. Tu sauras tout.

Ses traits figés, concentrés sur les horreurs qu'il décrivait, faisaient songer à un masque d'épouvante.

— L'assassin… l'assassin est à peine conscient de leur frayeur. Il ne se soucie pas de leur réaction, ne jouit pas de la peur qu'il provoque. Son unique objectif consiste à pratiquer le rituel qui l'obsède : un rituel de purification.

» Il fait d'abord danser la victime, uniquement vêtue d'un string minuscule et de talons aiguilles. Des talons aiguilles noirs avec une bride à la cheville. Cette danse symbolise le mal qu'il perçoit en elle. Puis il lui fait enlever chaussures et cache-sexe, qu'il jette dans un coin. Il l'oblige ensuite à s'agenouiller, à se traîner devant lui, à demander pardon. Une fois satisfait, il l'attache au lit et lui ouvre les veines.

» Tout en la saignant à mort, il effectue quelques incantations, commence à se purifier en déposant quelques gouttes de sang sur son propre corps. Enfin, lorsque ses récipients — probablement de vieux pots à lait en fer blanc — sont remplis, il part je ne sais où achever son rituel. »

Un long silence suivit ces explications. On eût entendu une mouche voler dans la pièce. Enfin, Rick Diaz s'éclaircit la gorge comme s'il ne savait trop que dire. Connor semblait plongé dans les affres d'un cauchemar dont Kate aurait aimé pouvoir le délivrer. Hélas, elle se sentait impuissante, anéantie par le récit qu'elle venait d'entendre.

Connor tourna vers Diaz des yeux un peu hagards.

— L'homme que tu cherches fréquente les cabarets et les night-clubs. La plupart des danseuses le connaissent et le considèrent comme un personnage inoffensif. Elles lui parlent régulièrement. Toutes l'inviteraient sans hésiter à entrer chez elles. Elles croient savoir à qui elles ont affaire. Elles se trompent.

» Agé d'une quarantaine d'années, il roule en berline d'un modèle traditionnel, pratique sérieusement une religion, ne manque ni de prestance ni d'amabilité. Il est séduisant, pas forcément beau ; et à mon avis, on ne tardera pas à découvrir que sa mère l'attachait par le cou et le faisait suffoquer pour lui apprendre à bien se conduire. »

— Sa mère ? répéta Rick Diaz tout en griffonnant éperdument sur son bloc-notes.

— J'ai bien dit : sa mère. Une femme qui l'a élevé dans les principes religieux les plus stricts mais qu'il aura surprise un jour — peut-être davantage — en tenue légère et en galante compagnie.

Rick jura tout bas, et Kate dévisagea Connor avec stupéfaction ; comment parvenait-il à de telles déductions à partir de données aussi minces ? Néanmoins, elle le croyait sans la moindre hésitation.

— Voilà tout ce que je peux dire pour le moment, conclut-il. Mais il manque une pièce à mon puzzle. J'en ai l'intime conviction. Accorde-moi seulement encore un peu de temps. Après tout, il n'a pas annoncé qu'il traquait une nouvelle proie.

— Cela ne prouve pas grand-chose. Il ne nous a pas avertis les deux premières fois. Enfin, nous tenons tout de même un début de piste. A propos, connais-tu l'histoire du curé et de la prostituée ?

Connor secoua la tête. Sur le point de commencer, Diaz jeta un coup d'œil vers Kate.

— Flûte, dit-il. J'ai oublié l'astuce. Tant pis.

Un peu plus tard, tandis qu'ils regagnaient la voiture, Kate adressa un clin d'œil à Connor.

— Il n'avait pas oublié l'astuce, n'est-ce pas ?

Connor esquissa un sourire.

— Non, certainement pas.

— Ce devait être très grivois.

— Indiscutablement, admit-il.

— En définitive, je n'ai plus besoin de loger chez vous, désormais.

La réponse tarda un peu à venir, cette fois.

— Vous avez sans doute raison, dit-il enfin en sortant du parking.

Ils n'échangèrent plus un seul mot.

17.

L'annonce de l'arrestation d'un suspect dans l'affaire du Marionnettiste fit la une de tous les quotidiens locaux. Seul le *Sentinel* alla plus loin encore. Dans un article exclusif relatant l'interrogatoire de Charles Devane et son inculpation pour tentative d'intimidation, le journal inséra un portrait présumé du tueur.

Quinn et Shepherd avaient conjugué leurs efforts pour élaborer cette description destinée à déconcerter l'assassin et à provoquer sa colère, afin de susciter une éventuelle réaction de sa part. Kate fut chargée de la rédaction finale du texte qui parut, comme à l'accoutumée, sous le nom de Connor.

Le résultat ne se fit pas attendre. Le jour même, en début d'après-midi, Connor reçut un appel anonyme.

— Tout est faux, affirma l'inconnu dont il n'avait pas oublié la voix.

— Qui êtes-vous ?

— Je vous l'ai dit : je vois ses crimes en rêve. Je suis dans sa peau pendant mon sommeil. Vous vous êtes trompé. Il n'est pas du tout comme vous le prétendez. Seigneur, seriez-vous donc aveugle ? Si c'est là l'homme que vous cherchez, vous ne le trouverez jamais !

— Alors mettez-nous sur la piste. Expliquez-nous comment le trouver.

— C'est impossible. Je n'en sais rien.

— Eh bien, dites-nous comment vous le voyez réellement.

— Je n'ai… Je ne peux pas… Ce n'est pas l'être diabolique que vous décrivez. Il ne les viole pas. Comment pouvez-vous imaginer qu'il ait violé ces femmes ? Il ne les viole pas, il ne les frappe pas et il ne leur donne pas de coups de couteau…

— Mais il les fait suffoquer, n'est-ce pas ? Et il se livre à quelque rituel profane à l'aide de leur sang…

S'interrompant, Connor retint son souffle. N'était-il pas allé trop loin, cette fois ?

— Non, dit l'homme. Non. Vous vous trompez encore. Il veut atteindre la sainteté.

Un déclic indiqua qu'il avait raccroché.

La « *sainteté* ». Le mot continua de résonner dans la tête de Connor tel un bourdonnement incessant auquel il ne pouvait échapper. Après avoir vainement essayé de joindre Rick Diaz pour lui en parler, il copia l'enregistrement de sa conversation sur une cassette et prit l'initiative de l'expédier sans plus tarder à l'intention de Shepherd par une messagerie rapide.

— Dites-moi, demanda Kate comme il passait devant son bureau, si nous nous livrions à quelques investigations en ville, ce soir ?

Il s'arrêta et la regarda pensivement, se demandant si le sentiment d'abandon qu'il éprouvait depuis qu'elle avait réintégré son domicile était réciproque. Pourquoi attachait-il autant d'importance à un petit mensonge aussi anodin, somme toute ? Un mensonge que justifiait pleinement le contexte d'un passé récent ; un mensonge d'autant plus insignifiant que, à sa connaissance, elle n'avait jamais cherché à lui dissimuler autre chose. Mais en promenant les yeux sur elle, il vit l'alliance qui brillait toujours à sa main gauche. Ecœuré, il réprima une grimace.

— Pourquoi pas ? répondit-il néanmoins. Quelles investigations avez-vous l'intention d'entreprendre ?

— Je me proposais de rechercher un homme connu et apprécié de la plupart des danseuses.

— Oh.

Visiblement ébranlé, il s'assit sur le coin du bureau et fronça les sourcils.

— Décidément, vous avez le goût du risque, n'est-ce pas ? Et si vous attiriez l'attention du tueur ?

La jeune femme haussa les épaules.

— Qui s'en soucierait ?

— Oh, de grâce, cessez de vous apitoyer sur vous-même ! Votre schizophrène de mari — ex-mari, au demeurant — vous considère dans son délire comme le diable en personne. Et après ? Il est tellement déconnecté de la réalité que je ne vois pas très bien comment tenir compte de ce qu'il pense. Soyez prête à 8 heures, Kate. Je passerai vous prendre chez vous.

Et sur ces mots, il s'éloigna brusquement sans lui laisser le loisir de riposter.

Connor s'apprêtait à quitter le journal quand Ben lui confia deux reportages photographiques pour le lendemain.

— Ce ne sont pas des événements d'une importance capitale, dit Hyssop. Alors, s'il y a du nouveau dans l'affaire des meurtres en série, prévenez-moi en vue d'une reprogrammation.

L'un des articles concernait une régate à Clearwater Harbor, l'autre une commémoration dans une communauté de Pasadena, constata Connor en parcourant la feuille dactylographiée.

— Entendu, dit-il. Je vous tiens au courant.

— Parfait. A demain.

Il décida de prendre un plat cuisiné chez le traiteur italien du quartier et de se rendre directement chez Kate. Mais auparavant, comme il le faisait chaque jour, il téléphona chez lui pour écouter ses messages afin d'organiser son emploi du temps du lendemain.

Ce soir-là, il trouva la ligne occupée. Supposant que son répondeur était en train d'enregistrer, il laissa passer quelques minutes avant de rappeler. En vain. A la troisième tentative, il composa le numéro des réclamations et demanda une vérification.

— Le téléphone est décroché, monsieur, répondit l'opératrice. Je n'entends personne parler.

Sur le point d'abandonner, Connor songea soudain que Sophie avait pu entrer dans l'appartement pour arroser les plantes ; prise d'un malaise subit, elle avait peut-être essayé d'appeler un médecin ? Bien sûr, elle se portait comme un charme, mais à quatre-vingt-trois ans…

Renonçant instantanément à ses projets de dîner, il dévala l'escalier du journal sans prendre la peine de prévenir Kate. De toute façon, elle ne l'attendait pas avant 8 heures, ce qui lui laissait largement le temps de tirer cette affaire au clair.

Il traversa la ville à toute allure, comme à l'époque où l'insigne de la police sur son pare-brise le protégeait des contraventions. Heureusement, aucun véhicule de police ne croisa son chemin ce soir-là.

Dans son immeuble, comme l'ascenseur n'arrivait pas assez vite, il s'élança dans l'escalier. Tout en gravissant les marches quatre à quatre, il tâcha de se persuader qu'il s'affolait en vain, qu'il avait sans doute décroché l'appareil par mégarde avant de partir — à moins que ce ne soit Sophie en passant prendre de l'eau dans la cuisine. Au plus profond de lui-même, toutefois, il n'y croyait guère.

Dans sa hâte à ouvrir, il enfonça la clé de travers dans la serrure. Soudain, son cœur fit une embardée. Le verrou, à l'intérieur, ne tournait pas. La porte n'était pas fermée.

Hormis l'arme qu'il ne portait plus et qu'il ne pouvait donc plus brandir pour se défendre, sa formation de policier lui procura instantanément les réflexes indispensables. Tournant doucement la poignée, il poussa le battant sans bruit et s'écarta aussitôt, le dos plaqué au mur. Puis il avança de quelques pas dans la pénombre et s'arrêta pour écouter...

Comme un silence total régnait dans l'appartement, il avança la main par l'encadrement de la porte et actionna l'interrupteur du séjour. Une lumière dorée illumina la pièce, et Connor franchit le seuil avec circonspection.

Il fit le tour de la pièce, puis de la cuisine, sans rien remarquer d'anormal. Restaient le bureau et la chambre ; optant d'abord pour la chambre, il alluma le plafonnier et vacilla sous le choc. Sophie était étendue sur le lit, vêtue de son ensemble en velours violet. Ses poignets étaient ligotés, et une corde pendait à son cou, attachée par un nœud coulant.

Sans perdre une seconde, il alla vérifier qu'elle vivait encore. Son pouls battait faiblement, mais régulièrement. Infiniment soulagé, il se redressa avec un soupir.

— Oh, Sophie, murmura-t-il, ma pauvre Sophie.

Le téléphone, à côté de son lit, était renversé. Il raccrocha le récepteur, attendit un instant que la tonalité revînt, puis appela successivement police secours et Rick Diaz.

L'ambulance arriva cinq minutes plus tard. En accueillant les membres de l'équipe médicale, Connor les avertit qu'il s'agissait d'une tentative de meurtre et recommanda de ne rien toucher à l'exception de la blessée. Tandis qu'ils examinaient rapidement la vieille dame, affirmant qu'elle souffrait à première vue d'une sérieuse commotion — la radio préciserait ultérieurement s'il y avait une fracture du crâne —, il remarqua l'absence de toute marque due aux liens, à la gorge comme aux poignets.

Ainsi, l'assassin n'avait pas infligé à la vieille dame le traitement qu'il réservait à ses victimes habituelles. Peut-être avait-il surpris Sophie en pénétrant dans l'appartement, ou bien l'inverse. En tout état de cause, il avait dû juger nécessaire de l'assommer pour la neutraliser, puis d'utiliser les liens habituels en guise de signature.

Gagnant l'atelier, Connor prit une paire de gants de latex parmi ceux qu'il gardait en réserve pour manipuler les négatifs et les enfila. Le spectacle avait de quoi électriser ce scélérat : la pièce regorgeait d'évocations de ses turpitudes, tels autant de trophées. Connor n'eût pas été autrement surpris de la disparition de certains clichés, les psychopathes éprouvant généralement le besoin de revivre leurs crimes.

Pas un seul ne manquait, toutefois. Rien ne semblait avoir été touché. Peut-être n'était-il pas même entré dans la pièce. La présence de Sophie l'avait probablement empêché de mener à bonne fin son projet initial, quel qu'il fût. Mais pourquoi s'être introduit chez Connor en son absence ? Quel objectif poursuivait-il donc ?

La brigade de Saint Petersburg arriva rapidement pour prendre la direction des opérations. Connor fut soumis à l'inévitable série de questions qui le désignait à coup sûr comme suspect. Comment ne pas le soupçonner, en effet ? La victime se trouvait dans son appartement, sur son propre lit. En outre, les photos des meurtres précédents couvraient les murs de son atelier. Le fait d'avoir appartenu à la police ne changeait pas grand-chose à l'affaire.

Rick Diaz avait dû griller tous les feux rouges pour traverser la baie de Tampa. Il fit irruption dans l'appartement, Ray Matucek sur ses talons, vingt minutes après avoir reçu l'appel de Connor. Bill Kittrick les suivait de près.

— Par exemple, s'étonna Rick, une victime vivante ! Et chez toi, pour couronner le tout. D'où lui vient cette nouvelle lubie d'attaquer une dame âgée dans ton appartement, Connor ? Et que faisait-elle donc ici ?

Assis à la table de son coin repas, attentif à ne toucher à rien, Connor désigna d'un geste les plantes en pots alignées sur sa terrasse, à travers la baie vitrée.

— Il s'agit de ma voisine de palier. Elle vient de temps en temps s'occuper de mes plantes, que j'oublie trop souvent à son goût.

— Comment s'appelle-t-elle ?

— Sophie Butler. Elle est artiste peintre.

Les ambulanciers sortirent Sophie de la chambre sur une civière et passèrent devant eux pour gagner la porte.

La malheureuse, dont la personnalité avait toujours impressionné Connor, semblait à présent bien vieille et bien fragile, avec ses cheveux maculés de sang épars sur le drap blanc, son visage cireux et son cou gracile emprisonné dans une minerve.

— Savez-vous qui est son plus proche parent ? demanda un médecin.

— Son fils, Kyle Butler, habite à Trenton.

— Quel est son numéro de téléphone ?

— Je l'ignore, dit Connor.

— Nous le trouverons certainement chez elle, affirma l'un des inspecteurs. J'appellerai l'hôpital pour vous le communiquer.

La paperasserie ne faisait que commencer, songea Connor avec lassitude. Se levant, il s'approcha de la civière et caressa la main de Sophie.

— Vous serez vite rétablie, Sophie. Je vous rendrai visite dès que possible.

Personne ne se hasarda à le contredire.

— Bon, dit Rick, allons-y.

Les trois hommes s'assirent avec Connor autour de la table d'angle, stylos et blocs-notes devant eux.

— Raconte-nous les faits.

— Il n'y a pas grand-chose à dire. J'ai téléphoné ici du bureau pour interroger mon répondeur mais la ligne était occupée ; le service des réclamations m'a appris que le récepteur était décroché. Je m'apprêtais à sortir quand je me suis souvenu que Sophie avait pu venir arroser les plantes. Elle a plus de quatre-vingts ans, Rick. J'ai eu peur qu'une attaque subite ne l'ait empêchée d'appeler au secours. Je suis donc rentré précipitamment et l'ai trouvée sur mon lit, assommée, les poignets ligotés et une corde autour de la gorge.

— Etait-elle attachée de la même manière que les autres ?

— Les nœuds étaient exactement identiques. C'est lui, à n'en pas douter. Il n'y avait aucune marque à l'emplacement des liens, cependant. J'en déduis qu'ils ont dû se surprendre mutuellement, ce qui explique qu'il l'ait assommée. Il l'a ensuite attachée pour témoigner de son passage.

S'adossant à la banquette, Connor se frotta les yeux.

— J'ai fait le tour de mon atelier pour voir s'il n'avait pas emporté de photos à titre de souvenir, mais apparemment, il n'a touché à rien. Peut-être a-t-il été surpris par Sophie avant d'avoir terminé ce qu'il venait faire.

— Mais il a tout de même laissé sa signature.

— En effet, admit Connor.

— Pourquoi ici ? Pourquoi chez toi ?

— C'est assez évident. Nous avons publié un profil factice du tueur dans le journal d'aujourd'hui. A 14 heures, le bonhomme m'appelait au bureau à ce sujet. Je t'ai laissé un message pour t'en avertir.

— Sans blague ! s'exclama Rick, visiblement excité. Je n'ai pas eu ton message.

Il se tourna vers Ray.

— Fais-moi penser à passer un savon à quelqu'un.

— Compte sur moi, maugréa l'inspecteur.

— Eh bien, qu'a-t-il dit ? reprit Rick avec impatience.

— Pour l'essentiel, que nous n'avions rien compris à la psychologie du tueur et que, dans ces conditions, nous ne le trouverions jamais. Il a ajouté un détail particulièrement intéressant : l'assassin vise la sainteté, a-t-il précisé.

— La sainteté ? répéta Rick d'un ton incrédule.

Bill Kittrick émit un bref ricanement de mépris.

— A-t-on jamais rien vu de plus opposé à la sainteté ?

— Peu importe notre opinion, lui rappela Connor. Ce terme nous fournit un éclairage intéressant sur ses motivations profondes. Nous avions déjà émis l'hypothèse d'un rituel purificatoire, et voilà qu'à présent il nous fournit un mot clé…

Il laissa sa phrase en suspens, le regard dans le vague. Après quelques secondes de réflexion, il quitta la table et se dirigea vers la cuisine.

— Il me faut du café. Quelqu'un en veut-il ?

Les « oui » fusèrent en chœur du petit groupe attablé derrière lui.

— Fais attention à ce que tu touches, lui lança Bill.

— Pourquoi crois-tu que je porte ces fichus gants… ?

S'interrompant brusquement, Connor émit un juron éloquent. Instantanément, les trois autres se précipitèrent vers la cuisine.

Comme sur les lieux des précédents crimes, une tasse était soigneusement retournée à côté de l'évier. Mais l'essentiel, aux yeux de Connor, était l'objet qu'il aperçut ensuite dans l'angle du plan de travail, à demi caché par le réfrigérateur, ce qui expliquait qu'il n'en eût pas encore remarqué la présence.

Un crucifix. Au domicile de chaque victime, il y avait un crucifix. Connor fit soudain volte-face.

— Mais oui ! s'écria-t-il. L'assassin est un pasteur !

18.

— N'importe qui aurait pu laisser un crucifix, objecta Rick Diaz.

Les quatre hommes étaient de nouveau installés autour de la table du coin repas.

— C'est vrai, renchérit Bill. On peut en acheter partout : dans les librairies religieuses, les magasins d'articles de piété..., absolument partout. Cela ne veut rien dire.

Connor se pencha en avant et frappa du doigt sur la table pour souligner ses propos.

— Dans d'autres circonstances, je ne prétendrais pas le contraire. Nous sommes toutefois sur la piste d'un individu qui se défend d'être mauvais et vise la sainteté. Et puis, n'oubliez pas qu'un pasteur s'est présenté à la porte de Joséphine Gumm sous prétexte de dire une prière à sa mémoire, ajoutant qu'elle était membre de sa congrégation.

— Exact, approuva Bill qui connaissait le dossier par cœur à force de l'avoir lu et relu.

— Quelqu'un a-t-il pris la peine d'enquêter sur ce pasteur ? demanda Connor.

— Pas que je sache, admit Rick. Bon, j'admets que ce peut être une hypothèse. Mais cela ne suffit pas.

— Cela ne suffit pas pour l'inculper mais c'est bien assez pour nous mettre sur la voie, rétorqua Connor. Un assassin revient fréquemment sur les lieux du crime, c'est bien connu. Ces gens-là ont besoin de revivre la scène, de s'y replonger. Le fait que notre homme soit un pasteur ne change rien à l'affaire. Du reste, tout se tient parfaitement : la prétendue prière pour la morte, les crucifix, la prétention à la sainteté…

Les physionomies demeuraient pourtant indécises.

— Ecoutez, reprit Connor, le tueur assassine ces femmes pour s'approprier leur pureté.

— Là, je ne te suis pas, coupa Rick. Leur pureté ? Et il choisit des danseuses nues ?

— Attends un peu ; laisse-moi terminer. Ce type s'en prend à une catégorie de femmes qu'il considère comme des pécheresses. Il jette son dévolu sur l'une d'entre elles ; peut-être ressemble-t-elle à sa mère, ou à une petite amie d'autrefois, par exemple. Il entreprend alors de la délivrer du Mal. Il la ligote et l'oblige à s'agenouiller ; il l'oblige à se repentir de ses péchés. Et quand il considère que la pénitence est suffisante, il la tue pour qu'elle ne puisse plus pécher de nouveau. *Il sauve son âme.*

— Mince alors, maugréa Ray.

— Après l'avoir ainsi « sauvée », il se sert de son sang pour se purifier à son tour. Ce type-là se trempe dans le sang du sacrifice ; le sang de l'agneau innocent.

Un silence absolu suivit sa révélation. Puis Rick se tourna vers Bill.

— Peux-tu faire vérifier de quel diocèse dépendait Joséphine Gumm ?

— Je m'en occupe tout de suite.

— Ray ? Appelle Tampa et fais procéder à des recherches sur les trois autres victimes. Je veux savoir quelle église fréquentaient ces femmes. Et dis-leur de ne pas traîner. Il me faut la réponse au plus vite.

Tandis qu'ils attendaient, deux inspecteurs de la police locale les rejoignirent. Connor écouta d'une oreille leur conversation avec les trois autres tout en jetant un coup d'œil dans son atelier. L'assassin avait dû faire autre chose, lui laisser un message plus précis que le crucifix et les liens sur Sophie.

Fermant les yeux, il s'efforça d'adapter ses pensées à celles du tueur. Ce type avait forcé sa porte dans un but bien déterminé ; un but assez important à ses yeux pour risquer d'attirer l'attention en pénétrant par effraction dans un appartement en plein jour, lorsque n'importe qui pouvait le surprendre. Pourquoi serait-il parti avant d'avoir mené à terme son entreprise ?

L'arrivée inopinée de Sophie n'avait été qu'un contretemps mineur à ses yeux. Une fois assommée, elle ne le gênait plus, et il avait eu tout le temps d'exécuter son projet initial. De quoi s'agissait-il ?

Les propos qu'il lui avait tenus au téléphone, quelques heures plus tôt, lui revinrent soudain à l'esprit : « Vous vous êtes trompé. Il n'est pas du tout comme vous le prétendez. Seriez-vous donc aveugle ? Si c'est là l'homme que vous cherchez, vous ne le trouverez jamais. »

Il voulait qu'on le trouve. Il était venu dans l'intention de mettre Connor sur la bonne piste ; ou, du moins, de plaider son cas.

« Ce n'est pas l'être diabolique que vous décrivez », avait-il encore dit. Il éprouvait le besoin de s'expliquer, de défendre sa cause.

Connor se tourna soudain vers l'ordinateur. L'appareil s'éteignait automatiquement après dix minutes d'inactivité, mais un dispositif de remise à niveau permettait de revenir directement sur l'application en cours au moment de l'arrêt. Si le tueur lui avait laissé un message…

Il actionna l'interrupteur puis attendit patiemment que le système se rechargeât. Son cœur se mit à battre de plus en plus fort : il était certain de trouver quelque chose. Absolument certain.

Et soudain le texte apparut sur l'écran, exactement comme il l'avait prévu.

« Je ne voulais aucun mal à la vieille dame. Elle s'est trouvée là au mauvais moment. Mais elle n'est pas gravement blessée. Elle se rétablira.

» Vous n'avez toujours pas compris. Vous devez essayer de comprendre. Je n'incarne pas le Mal. Je ne vise que mon salut.

» Dieu est le Marionnettiste qui guide nos pas et Il m'a indiqué la voie pour Le rejoindre, la voie de la pénitence, pour le salut de ces femmes. »

Un frisson glacé parcourut le dos de Connor à la lecture du mot « pénitence », un mot qu'il venait d'employer lui-même quelques minutes plus tôt.

Une autre phrase concluait le message :

« Lorsqu'elles sont pures, Il m'ordonne de les délivrer afin qu'elles ne puissent plus retomber dans le péché. J'exécute Ses ordres, et dans leur sang Il me purifie. »

A l'idée d'avoir pu frôler la vérité d'aussi près, un vertige déstabilisa Connor.

Etait-il possible de cerner à ce point les méandres d'un esprit désaxé sans être plus ou moins désaxé soi-même ? se demanda-t-il. Un être normal eût été incapable d'envisager d'aussi horribles hypothèses.

Surmontant la sensation de souillure qui le gagnait, Connor se rappela à l'ordre, conscient que ce n'était vraiment pas le moment de s'apitoyer sur lui-même. A présent, il n'avait plus qu'une idée en tête : mettre la main sur ce scélérat. Ses états d'âme pouvaient attendre.

Il demanda aux autres de le rejoindre et leur fit lire le message. Tandis qu'ils s'exécutaient, penchés sur l'écran, il laissa errer son regard sur les ténèbres, par-delà la fenêtre, dans l'attente d'une réponse du commissariat.

Enfin, un inspecteur rappela pour annoncer que Judy Eppinga avait été membre de l'Eglise de la Sainte-Confrérie, dont le pasteur s'appelait Peter Masterson.

— C'est lui, dit Connor sans se retourner. C'est l'homme que j'ai trouvé à la porte de Joséphine Gumm en sortant de sa maison.

— Et les puritains qui prêchent la bonne parole devant les cabarets sont ses paroissiens. Nous en savons assez, déclara Rick. Inutile d'attendre encore. Nous allons interroger immédiatement ce type.

L'arrivée des experts au moment où ils s'apprêtaient à partir contraignit les deux inspecteurs de Saint Petersburg à rester sur place ; Rick leur promit cependant un rapport détaillé. Ils partirent à deux voitures, Rick et Connor dans l'une, Bill Kittrick et Ray Matucek dans l'autre.

L'église de la Sainte-Confrérie était située au nord de Tampa, du côté de Temple Terrace. Une pelouse parfaitement entretenue entourait le petit édifice de brique encadré d'arbres centenaires et surmonté d'un pimpant clocher de bois blanc. Le presbytère — une jolie maison de plain-pied, de style colonial — se trouvait de l'autre côté de la rue. Personne ne répondit à leur coup de sonnette.

Connor réprima une brusque envie de donner un coup de pied dans la porte.

— Tant pis ; j'entre tout de même, dit-il.

— Nous n'avons pas de mandat de perquisition.

— Peu importe, je ne suis pas policier. Pendant que vous irez vous promener quelque part, je m'arrangerai pour dénicher de quoi obtenir rapidement ce fichu mandat.

Les trois policiers se consultèrent brièvement du regard.

— Non, dit Rick. Trop de gens sont au courant de notre association avec toi. La défense aurait ensuite beau jeu d'affirmer que tu agissais sous mes ordres de manière officieuse ; toute pièce à conviction obtenue au cours de la perquisition serait déclarée inopposable au suspect.

— Merde, à la fin.

Enfonçant les mains dans ses poches, Connor regarda la façade d'un air maussade.

— Nous avons assez de preuves indirectes.

— Savons-nous exactement ce que nous cherchons ?

— Des photos des victimes. Des sous-vêtements féminins, des mèches de cheveux, du sang, que sais-je encore ? Un agenda, par exemple. Tous ces objets sont assez petits pour nous obliger à regarder partout. La règle de visibilité s'appliquerait à tout ce que nous trouvons d'autre au cours des recherches.

— Cela ne me plaît pas du tout, dit Bill. Si nous voulons épingler ce type, mieux vaut rester dans la légalité.

— En outre, ajouta Rick, il y a tout de même de fortes chances pour que ce prêtre soit innocent.

— Ben voyons, riposta Connor d'un ton sarcastique.

Personne ne hasarda le moindre commentaire.

— Ecoutez, proposa Ray, je vais aller consulter la liste des numéros à appeler en cas d'urgence affichée à l'église.

Vingt minutes plus tard, une femme entre deux âges, plutôt corpulente, garait sa voiture devant le presbytère.

— Madame Hebert ? dit Ray en s'approchant. Je suis Ray Matucek, du commissariat de Tampa.

Il lui présenta son insigne.

— Nous menons une enquête sur le meurtre de deux membres de la Sainte-Confrérie et nous aurions besoin de rencontrer rapidement le pasteur Masterson.

La femme hocha la tête et fit signe aux quatre hommes de la suivre.

— Entrez un instant, dit-elle. Je vais jeter un coup d'œil sur le carnet de rendez-vous du pasteur.

Ils attendirent près de la porte, dans un salon coquet qui semblait décoré par quelque émule de Laura Ashley.

— Quelle terrible histoire, dit Mme Hebert en tirant les doubles rideaux et en allumant quelques lampes. Nous nous sommes évertués à secourir ces malheureuses, à leur procurer de meilleures conditions de vie, et voilà ce qui leur arrive. Où va le monde de nos jours, je vous le demande ? Du moins, ajouta-t-elle en se tournant vers eux, je suppose que vous parlez bien de ces jeunes filles ?

— Judy Eppinga et Joséphine Gumm, répondit Rick.

La gouvernante soupira.

— Une véritable atrocité. Il s'agissait de personnes irréprochables, je tiens à le préciser. Elles exerçaient une activité indécente par simple besoin d'argent. Le père Peter s'efforçait de leur trouver un autre emploi, particulièrement pour Josie Gumm. Judy poursuivait des études universitaires tandis que Josie n'avait aucune formation. Il cherchait une école de secrétariat susceptible de l'accepter, et la Sainte-Confrérie aurait financé l'opération.

— C'était gentil de sa part, dit Rick en jetant à Connor un coup d'œil entendu. Mais je crois qu'une danseuse nue gagne beaucoup mieux sa vie qu'une secrétaire.

— Sans doute ; mais on la respecte moins, et Josie voulait être respectée. Bon nombre de danseuses seraient heureuses d'avoir une profession et une vie normales ; et ces deux-là, qui espéraient tellement y parvenir, qui venaient à l'office tous les dimanches, ont été assassinées par quelque épouvantable maniaque ! C'est effroyable.

Connor eut l'impression que Mme Hebert n'avait pas souvent l'occasion de s'exprimer sur le sujet, car elle se montrait intarissable, tout à coup.

Elle s'affairait à présent dans le salon comme une maîtresse de maison surprise par une visite inopinée. Rick dut lui rappeler avec tact qu'ils avaient besoin de parler au pasteur.

Elle ouvrit une porte donnant dans une pièce adjacente, et Connor aperçut un bureau couvert de papiers, quelques sièges et des étagères croulant sous une quantité de livres impressionnante. La gouvernante piétina un instant autour du bureau avant d'ouvrir un épais carnet relié de cuir.

— Ah, voilà, annonça-t-elle. Il avait rendez-vous à l'hôpital avec un malade, à 19 heures. Il ne devrait pas tarder à revenir. Désirez-vous l'attendre ?

— Merci, dit Rick. Nous allons nous asseoir.

— Voulez-vous une tasse de café ? du thé ? J'en préparerai avec grand plaisir.

Connor profita aussitôt de l'occasion.

— Je prendrai volontiers un peu de café.

Visiblement ravie de se rendre utile, Mme Hebert le gratifia d'un sourire épanoui. Suivant l'exemple de Quinn, les autres optèrent également pour un café. Dès qu'elle eut disparu dans la cuisine, Connor se dirigea vers le bureau.

— N'oublie pas la règle de visibilité, dit Rick sans élever le ton.

Connor opina brièvement et franchit le seuil de la petite pièce.

Les étagères regorgeaient de livres classés par types de sujet et, au sein de chaque sujet, par ordre alphabétique, remarqua Connor en parcourant rapidement les titres. L'homme était un maniaque du rangement, signe de comportement compulsif.

Masterson ne s'intéressait pas uniquement à la théologie, même si les ouvrages à caractère religieux occupaient la majeure partie de la bibliothèque, car on y trouvait aussi de nombreux manuels de sociologie et de psychologie, d'histoire, et jusqu'à des traités sur l'ésotérisme et les ovnis.

Une étagère entière était consacrée à des études portant sur les procédures utilisées par la police judiciaire, la criminologie, notamment quelques biographies de tueurs en série.

Connor sentit son pouls s'accélérer brusquement. Naturellement, le pasteur pouvait avoir bien des raisons de posséder ces livres. Peut-être avait-il l'intention d'écrire un roman. Mais au-delà de toute approche rationnelle, Connor eut l'intuition d'avoir découvert pourquoi le Marionnettiste laissait toujours le lieu du crime aussi impeccable : il connaissait les pièges à éviter.

Un ordinateur et son imprimante à laser occupaient une partie du bureau, et une machine à écrire électronique était installée sur une petite table, près de la fenêtre. Curieux, Connor s'en approcha pour examiner la forme des caractères — des douze points, comme ceux des mots dactylographiés reçus par les victimes —, si courante qu'il était hélas impossible d'en déduire quoi que ce soit. A moins de trouver un défaut sur l'une des lettres, identique à un défaut relevé dans les messages...

Mme Hebert n'étant toujours pas sortie de la cuisine, Connor revint vers le bureau et jeta un coup d'œil sur l'agenda ouvert à la page du jour. De 13 à 19 heures, le pasteur s'était apparemment octroyé quartier libre : une plage de temps qui lui laissait tout loisir de visiter l'appartement de Connor.

Bien qu'il brûlât d'envie de feuilleter les pages du carnet, la règle de visibilité lui interdisait de satisfaire sa curiosité ; comme son nom l'indiquait, elle obligeait les enquêteurs à ne retenir comme éléments de preuve que ce qui se trouvait parfaitement en évidence. Bien entendu, les policiers ne respectaient pas toujours le principe à la lettre ; la chose était notoire, et dans un cas tel que celui-ci, Connor l'eût transgressé sans aucun scrupule pour parvenir à ses fins.

Diaz et Kittrick avaient toutefois eu raison de le mettre en garde : il serait trop stupide qu'un individu aussi dangereux fût libéré pour un simple vice de procédure. Comme la plupart des flics, Connor avait souvent pesté contre ces limitations imposées par la loi, mais il était néanmoins conscient de leur utilité — elles préservaient les droits et les libertés de tout citoyen. Il fallait donc jouer le jeu en utilisant toutes les ficelles légales.

Naturellement, songea Connor avec ironie, rien ne traînait sur le bureau ou ailleurs qui pût servir de pièce à conviction. Ils n'avaient pas affaire à un enfant de chœur.

Les traités de criminologie, sur leur étagère, attiraient toutefois irrésistiblement son attention, tels des panneaux lui indiquant la voie à suivre.

Il n'était pas sorti du bureau quand Mme Hebert vint servir le café. Elle posa le plateau sur la table basse et le regarda d'un œil soupçonneux.

— Chercheriez-vous quelque chose dans cette pièce ?

Secouant la tête, il regagna le salon.

— La lecture me passionne, avoua-t-il avec un sourire penaud. Cette superbe bibliothèque m'attire comme un aimant.

Rassurée, la gouvernante lui rendit son sourire.

— Le pasteur dévore des dizaines de livres par mois. Tout son argent de poche doit passer dans les librairies. De temps en temps, nous sommes obligés de rassembler ceux qu'il ne veut plus pour les donner aux bonnes œuvres. Tous les sujets l'intéressent. C'est un homme si intelligent…

— Avec des goûts éclectiques, renchérit Connor.

La remerciant, il prit la tasse qu'elle lui offrait et huma l'arôme qui se dégageait du liquide brûlant.

— Ce café est délicieux, dit-il après en avoir goûté une gorgée.

Mme Hebert opina.

— On ne trouve cette marque que dans les épiceries fines. Le pasteur dit que le café est le carburant qui lui permet d'avancer, ajouta-t-elle avec un petit rire indulgent.

L'image des tasses soigneusement retournées près de l'évier sur les lieux des crimes s'imposa soudain à Connor.

Afin de ne pas susciter davantage l'inquiétude de leur hôtesse, il s'installa dans un fauteuil et s'appliqua à suivre la conversation. Mme Hebert ne se fit guère prier pour prendre un café avec eux. Elle alla chercher une tasse dans la cuisine avant de venir s'asseoir dans le rocking-chair garni de coussins fleuris.

— Depuis combien de temps secondez-vous le pasteur Masterson ? lui demanda Rick.

— Un peu plus de cinq ans, depuis son arrivée à la Sainte-Confrérie. C'est une personne remarquable, un homme de cœur, généreux, serviable, plein de mansuétude. Il est aimé de tous, vous savez. Je n'ai jamais entendu que des éloges à son sujet.

— S'intéresse-t-il particulièrement aux femmes comme Joséphine Gumm et Judy Eppinga ?

— Oh, certainement ! Il ne cesse de nous rappeler que Marie-Madeleine était une prostituée et que nous ne valons pas forcément mieux qu'elle. Il en a même fait sa croisade personnelle, figurez-vous. Ces malheureuses n'accepteraient jamais de se livrer à ces activités si les emplois corrects étaient mieux rémunérés, affirme-t-il. Il dit que c'est une honte de voir combien les hommes sont prêts à débourser pour regarder une femme nue tandis qu'ils versent des salaires de misère à celles qui préfèrent gagner honnêtement leur vie.

Mme Hebert rougit légèrement.

— Toute personne ici présente exceptée, naturellement.

— Naturellement, répéta Diaz avec empressement. Selon lui, ce sont donc les hommes qui seraient à blâmer ?

— Dans l'ensemble, oui ; mais comme il serait impossible de changer tous les hommes, il juge préférable de faire ce qui est à notre portée en sauvant ces femmes une par une.

Connor tressaillit imperceptiblement. Il regarda Rick et Bill du coin de l'œil et les vit accuser le coup.

— Il les sauve donc l'une après l'autre ? demanda Ray d'un ton suave.

— Exactement ; nous ne pouvons pas faire mieux. Bien sûr, nous nous efforçons d'intervenir de plusieurs manières. Une fois par semaine, nous nous postons à l'entrée de ces lieux de perdition, sur Dale Mabry.

— Je vous y ai vus, dit aimablement Connor.

— Certes, ce n'est pas grand-chose, mais nous nous plaisons à imaginer que la honte dissuadera quelques messieurs d'entrer. Et bien entendu, nous ne critiquons jamais les jeunes femmes. Nous les invitons à nous rejoindre à l'église et leur proposons de les aider à trouver un meilleur emploi.

S'interrompant, elle but son café à petites gorgées.

— Certaines sont plus réceptives que d'autres, évidemment, ajouta-t-elle, quelque évocation déplaisante troublant son regard d'un nuage fugitif.

— Evidemment, fit Rick.

Encouragée, Mme Hebert redressa la tête.

— Nous nous faisons parfois insulter ; certaines nous conseillent simplement de nous mêler de nos affaires. Nous devons nous y attendre. Comme le dit le pasteur, ce genre d'existence endurcit tellement leur cœur que nous ne pouvons plus faire grand-chose pour elles.

Ils avaient trouvé là une source d'informations inappréciable, songea Connor, espérant qu'elle continuât. Ainsi, l'individu sélectionnait ses victimes suivant l'intérêt qu'elles manifestaient pour leur salut. Encore aurait-il dû leur fournir au préalable quelques précisions sur sa conception du salut.

Mme Hebert se lança ensuite dans des explications détaillées sur les différentes actions entreprises par la confrérie pour venir en aide aux jeunes filles désireuses de changer de vie. Le père Masterson s'était efforcé de trouver des membres de la congrégation susceptibles de financer les études de Judy Eppinga ou d'embaucher Joséphine Gumm à sa sortie de l'école de secrétariat.

— La tâche n'était pas aussi facile qu'il y paraît, affirma-t-elle.

— Rien n'est jamais facile, admit Matucek, compatissant.

— Sans doute, mais avec ces filles-là, les difficultés se corsent ; un architecte qui avait proposé un emploi pour Josie a dû changer d'avis à cause de sa femme, qui le menaçait de divorce s'il engageait une strip-teaseuse comme secrétaire. Le pasteur a bien essayé de lui faire entendre raison… sans aucun succès.

Rick émit un petit claquement de langue désapprobateur.

— La charité chrétienne n'est plus ce qu'elle était, poursuivit la gouvernante en secouant la tête. Voilà pourquoi ces pauvres enfants se heurtent à tant de malveillance. Strip-teaseuse ou non, une belle fille comme Josie ne serait jamais passée inaperçue ; où qu'elle aille, je suppose qu'elle aurait eu affaire à des patrons trop entreprenants et à la jalousie de leurs épouses. Quel dommage que la beauté puisse se révéler aussi néfaste, n'est-ce pas ? Surtout pour celles que la nature a dotées d'une gorge opulente, ce qui était le cas de toutes nos protégées.

— Vraiment ? demanda Connor, tandis que la bonne dame reprenait son souffle.

— Une véritable malédiction, affirma-t-elle. Nous avons même failli désespérer de trouver un emploi à l'une d'entre elles parce que les hommes ne la regardaient jamais dans les yeux en lui parlant. Pour eux, une blonde à forte poitrine est forcément stupide. Je l'ai finalement emmenée acheter des vêtements qui parvenaient à gommer ces appas superflus, ce qui lui a permis de décrocher un emploi de secrétaire médicale.

— Il faudrait vous décerner une médaille, dit Rick. Mme Hebert se rengorgea.

— Nous faisons de notre mieux.

— M. Masterson a-t-il jamais rencontré ces femmes ailleurs qu'à l'église ?

Le sourire de la gouvernante s'estompa.

— Je ne vois certes pas ce que vous voulez dire.

— En d'autres termes, a-t-il des contacts avec elles à l'extérieur lorsqu'il essaie de leur venir en aide ?

— Ma foi, il leur dispense des cours d'instruction religieuse — auxquels j'ai toujours assisté, du reste. « Nous tenons à ce que personne n'aille imaginer quelque situation incongrue, madame Hebert », m'a-t-il dit un jour. Comme il supposait que ces demoiselles se sentiraient beaucoup plus à l'aise en ma présence, je n'ai jamais manqué d'être là.

— Tient-il lui-même son carnet de rendez-vous ?

— Oui, bien sûr. Il m'arrive de noter quelques appels en son absence, mais il s'en occupe généralement le reste du temps. Pourquoi ?

Rick marqua une hésitation avant d'expliquer :

— Je me demandais simplement s'il n'aurait pas un autre rendez-vous après sa visite à l'hôpital.

Connor consulta sa montre et tressaillit en constatant qu'il était déjà 8 h 20. Kate devait commencer à s'impatienter.

— C'est possible, dit Mme Hebert, mais il me semble plus probable qu'il ait rencontré un membre de la famille du mourant et se soit un peu attardé à la réconforter. Mais le pasteur sera bientôt de retour, j'en suis sûre.

— A-t-il un téléphone portable sur lui ?

— Oh, non ! Il ne veut pas en entendre parler. Ses seuls moments de tranquillité sont ceux qu'il passe dans sa voiture, assure-t-il.

Elle se mit à rire, et tout le monde jugea bon de l'imiter.

— Dans ce cas, si cela ne vous ennuie pas, nous attendrons encore un peu, dit Rick.

— Oh, je n'y vois aucun inconvénient.

De toute évidence, elle était sincère. Connor eût même parié qu'elle passait un excellent moment.

Il consulta de nouveau sa montre. Son téléphone était resté dans la voiture.

— Vous voudrez bien m'excuser, mais je dois aller téléphoner. Je devais retrouver une amie à 8 heures, et elle doit déjà me maudire.

Mme Hebert lui sourit d'un air entendu.

— Vous pouvez appeler d'ici, si vous voulez.

— Cette personne habite Saint Petersburg.

Elle écarta l'objection d'un geste.

— Allons, vous ne ruinerez pas le pasteur, j'en suis certaine.

Dans le bureau, Connor décrocha l'appareil et composa le numéro de Kate. La ligne était occupée.

Conscient que Mme Hebert l'observait depuis le salon, il regagna son siège.

— Ce n'est pas libre, dit-il laconiquement. Je rappellerai dans un instant, si vous le permettez.

— Certainement. Il doit être difficile de faire sa cour à une femme lorsqu'on est policier.

Personne ne chercha à corriger l'erreur qu'elle commettait en le prenant pour un membre de la police.

— J'ai de la chance que ma femme ne m'ait pas quitté, dit Rick, rompant le silence embarrassé qui suivit. J'ai manqué tant de dîners, de soirées, de sorties avec les enfants...

— Vous avez sans doute une épouse merveilleuse, déclara Mme Hebert.

— Oh, certainement. Elle dit qu'elle ne compte jamais sur moi tant que je ne suis pas là.

— Ma femme n'a pas supporté de vivre ainsi, dit Bill. Elle a claqué la porte il y a bien longtemps et s'est remariée avec un médecin. Du moins peut-elle s'attendre qu'il rentre sain et sauf.

Ray esquissa une grimace.

— Apparemment, je ferais mieux de rester célibataire.

— Pour ma part, je n'aurai probablement plus le choix après ce soir, riposta Connor en guise de plaisanterie.

Il ressentit toutefois un bref pincement au cœur à l'idée que Kate pût lui en vouloir.

— Elle vous pardonnera, affirma Mme Hebert avec conviction.

A 9 heures moins le quart, Connor appela de nouveau, sans plus de succès. Peut-être Kate avait-elle décroché le téléphone dans un accès de dépit. Cette fois encore, il ne put s'empêcher de lever les yeux sur l'étagère des livres consacrés aux tueurs en série. Dans l'autre pièce, Rick et ses collègues commençaient à s'agiter, se préparant à partir. Ils ne pouvaient s'attarder davantage sans dévoiler la véritable nature de leur démarche. Leur visite avait du reste de fortes chances d'éveiller la méfiance du pasteur.

— Nous appellerons le père Masterson demain dans la matinée, déclara Rick Diaz. Dites-lui que nous regrettons de n'avoir pu le rencontrer mais que rien ne presse à ce point. Nous voulions surtout lui demander s'il avait jamais rencontré ces jeunes femmes en compagnie de personnages suspects, si leurs fréquentations lui paraissaient douteuses, si elles s'étaient plaintes d'être maltraitées par un proche, par exemple.

Jugeant l'artifice valable, Connor se demanda ensuite pourquoi ces livres accaparaient aussi obstinément son attention. Eprouvait-il pour eux quelque fascination morbide ? Ou semblaient-ils seulement singulièrement déplacés dans le bureau d'un ecclésiastique ?

Pivotant sur ses talons, il jeta un coup d'œil dans le salon. La gouvernante quittait sans empressement le confort de son siège.

— Madame Hebert, dit-il, je vois que le pasteur s'intéresse aux activités de la police.

Elle hocha la tête et le rejoignit, souriante.

— Il m'a avoué un jour qu'il regrettait de n'avoir pu embrasser cette carrière.

— Savez-vous ce qui l'en a empêché ?

— La vocation religieuse l'a emporté. Mais peut-être qu'il n'aurait pas eu cet affreux accident s'il avait décidé de devenir policier…

L'attention de Connor s'était focalisée sur un mot.

— Un accident ? répéta-t-il en s'efforçant de respirer calmement.

— Oh, un véritable désastre. A l'époque, il se déplaçait presque toujours en motocyclette. Tout le monde jugeait cela charmant, un pasteur en motocyclette ; les jeunes gens, tout particulièrement.

— Je l'imagine aisément.

Mme Hebert opina avant de secouer la tête d'un air navré.

— Un automobiliste qui lui refusait la priorité l'a heurté de plein fouet au milieu de la chaussée. Il a eu de la chance de ne pas succomber à ses blessures. Nous avons craint pour sa vie pendant plusieurs jours. Il est resté une semaine dans le coma. Depuis lors, il souffre d'épouvantables maux de tête ; leur violence est telle qu'il doit s'enfermer dans l'obscurité durant des heures sans être dérangé. Il se rend parfois à l'hôpital, où on lui administre une piqûre de calmants.

Un frisson glacé parcourut Connor. Son regard croisa celui de Rick, et il y décela une réaction identique. Un traumatisme crânien : cela correspondait tout à fait au profil du tueur.

Machinalement, il leva de nouveau les yeux sur l'étagère.

— Croyez-vous qu'il verrait un inconvénient à ce que je jette un coup d'œil sur deux ou trois ouvrages ? Il y a là des choses passionnantes.

— Oh, cela ne l'ennuierait pas du tout, bien au contraire. Le père Masterson prête très volontiers ses livres. Après tout, ils sont faits pour être lus, comme il se plaît à le dire.

Connor regarda de nouveau Rick.

— J'en ai pour trois minutes.

Visiblement perplexe, l'inspecteur acquiesça néanmoins.

— Certainement. Nous ne sommes pas à trois minutes près.

Tandis que Rick et la gouvernante regagnaient le salon, Connor se dirigea vers l'étagère qui l'attirait comme un aimant, prit un volume au hasard, le feuilleta rapidement, parcourut la table des matières…

Ne remarquant rien d'anormal, il le remit en place et passa au suivant, sans savoir au juste ce qu'il cherchait. Un passage souligné ? Une page cornée ? Ou peut-être un chapitre qui lui fournirait quelque révélation ?

Les volumes s'empilèrent sur la petite table de lecture, et il dut attendre de prendre le cinquième, intitulé *Etude psychologique d'un tueur en série*, pour voir ses recherches couronnées de succès : comme il le retirait de l'étagère, quelques clichés Polaroid tombèrent sur le plancher.

Connie Sjorngen, Judy Eppinga, Marceline Whitmore, Joséphine Gumm, entièrement nues, agenouillées, une corde autour du cou, les yeux bandés — toutes quatre photographiées dans les derniers instants de leur vie…

Pris de nausée, il se redressa.

— Rick ? Voudriez-vous venir, tous les trois ? Vite, le temps presse.

Ils avaient découvert l'assassin.

19.

Connor était en retard. Vers 8 h 20, Kate téléphona chez lui ; ne trouvant personne, elle laissa un bref message sur le répondeur pour lui demander si leurs projets pour la soirée n'étaient pas modifiés.

Comme on sonnait à la porte, elle alla ouvrir, certaine que c'était lui. Un homme de taille moyenne, plutôt séduisant, se tenait sur le seuil. Il portait un costume sombre avec un col de pasteur. Ses cheveux blonds commençaient à peine à grisonner aux tempes, et ses yeux d'un bleu surprenant, presque transparent, la regardaient sans détour.

— Madame Devane ? dit-il avec un sourire avenant.

— Oui ?

— Je suis Peter Masterson, pasteur de l'Eglise de la Sainte-Confrérie, à Tampa. Auriez-vous quelques minutes à me consacrer ?

Kate s'efforça de l'éconduire poliment.

— La paroisse à laquelle j'appartiens me donne toute satisfaction… et l'un de mes amis doit arriver d'un moment à l'autre.

— Oh, ce ne sera pas long ; du reste, je ne viens pas vous vanter les mérites de ma congrégation.

Le sourire du pasteur s'estompa, cédant la place à une expression profondément navrée.

— Ma visite concerne une jeune femme qui fréquentait notre église, Judy Eppinga. L'article que vous avez écrit à son sujet m'a beaucoup touché ; vous êtes la seule à avoir parlé d'elle en ces termes. Je voulais vous faire part de ma gratitude.

Tentée de le remercier d'être passé la voir et de refermer la porte, Kate se sentit toutefois incapable de le traiter avec aussi peu d'égards. Sans doute avait-il été très affecté par le décès de Judy pour se déplacer jusque chez elle, et son émotion paraissait sincère. De toute façon, Connor n'allait pas tarder à arriver et lui permettrait d'écourter l'entretien.

S'effaçant, elle lui rendit son sourire.

— Entrez, mon père. Mais mon ami est déjà en retard, et nous devons sortir.

— Rassurez-vous, je ne vous retiendrai pas longtemps, affirma Masterson en franchissant la porte.

Kate le fit asseoir dans le canapé du séjour et s'installa dans le fauteuil, en face de lui.

— Judy était vraiment une jeune fille remarquable, commença-t-il. Il faut beaucoup de courage pour poursuivre ses études tout en travaillant, sans rien devoir à personne. On ne peut qu'admirer cet état d'esprit.

— Certainement, admit Kate. Quelle abomination de l'avoir assassinée ! Je ne parviens pas à imaginer quel genre d'individu peut se livrer à de telles monstruosités.

Masterson esquissa un geste d'impuissance.

— L'exercice de mon ministère m'a appris à ne plus m'étonner de rien. Ce qui n'atténue aucunement l'horreur que m'inspirent ces actes. Mais il faut apprendre à pardonner, afin d'éviter que la rancœur n'empoisonne nos vies.

— C'est un point de vue auquel je n'avais jamais songé, dit Kate, associant inévitablement l'idée à ses griefs envers Michael.

Pourquoi ne lui pardonnerait-elle pas, en effet ? A quoi bon entretenir l'amertume et la colère qui lui rongeaient le cœur ? Mike ne méritait-il pas tout particulièrement son indulgence ?

— Je suis désolé, dit Masterson. Vous paraissez bien triste, tout à coup. Aurais-je dit quelque chose de fâcheux ?

Embarrassée, Kate sentit une légère chaleur monter à ses joues.

— Oh, je pensais seulement à… mon ex-mari, et à votre remarque à propos de la rancune.

— Le pardon est souvent d'un grand secours, vous savez Il guérit bien des blessures et nous permet d'être touchés par la grâce divine, nous libérant ainsi du Mal, qui nous prive de toute joie.

— C'est une attitude tout à fait commode.

Masterson lui sourit.

— Et sans doute un peu égoïste, mais la plupart des gens jugent le pardon inutile jusqu'à ce qu'ils prennent conscience des avantages qu'il procure. J'ai parfois beaucoup de mal à pardonner moi-même ; notamment en ce qui concerne Judy. Il est bien difficile de se montrer indulgent envers le monstre qui l'a tuée.

— En effet, dit Kate.

Ce pasteur lui plaisait, en définitive, avec son côté humain et son esprit pratique. Il ne prétendait pas détenir la vérité universelle et ne vous abreuvait pas de sermons pontifiants.

— Vos paroissiens doivent beaucoup vous apprécier, ajouta-t-elle.

Il eut un petit rire plein d'autodérision.

— Apparemment, puisqu'ils versent toujours le denier du culte. Je vous prie de m'excuser mais je souffre d'une terrible migraine. Auriez-vous un cachet d'aspirine ? Ou peut-être, une tasse de café ? Curieusement, la caféine semble avoir un effet apaisant sur mes maux de tête.

Kate consulta discrètement sa montre ; 8 heures et demie. Connor avait dû être retardé.

— Je peux en préparer, si vous voulez bien patienter un instant.

— Merci infiniment ; j'espère que cela ne vous dérange pas trop.

Dès qu'elle eut quitté la pièce, il jeta un coup d'œil autour de lui et aperçut le téléphone sur une table d'angle. D'un geste décidé, il pressa le bouton de l'amplificateur ; après avoir obtenu la tonalité, il diminua le volume au minimum. Ainsi, elle ne se rendrait pas compte que l'appareil était décroché. Satisfait, Masterson regagna le canapé et attendit patiemment.

Mme Hebert entr'aperçut les photographies et perdit connaissance. On appela une infirmière tandis que Rick demandait des renforts par radio. Dix minutes plus tard, un détachement de la brigade de Temple Terrace arrivait sur les lieux, et un dispositif de surveillance était discrètement mis en place. Deux inspecteurs rejoignirent les policiers à l'intérieur de la maison.

— Dès qu'il sera là, dit Rick, il me le faut.

Ils appelèrent l'hôpital et apprirent que Masterson avait bien rendu visite au patient comme son emploi du temps l'indiquait, puis l'avait quitté vers 19 h 30. A présent, il était un peu plus de 21 heures. Où était-il allé ensuite ?

Ils diffusèrent un avis de recherche avec son numéro d'immatriculation, firent installer des barrages de contrôle sur quatre districts et envoyèrent des inspecteurs interroger la famille du mourant à l'hôpital dans l'espoir que Masterson eût fourni quelque indication sur ce qu'il comptait faire dans la soirée.

— Il est sur une piste, dit Connor. Quelque part dans la ville, il s'est mis en chasse d'une nouvelle proie. Faites surveiller les night-clubs et les boîtes de strip-tease.

Un autre détachement de police répartit ses effectifs entre Pinellas et Hillsborough.

— Il n'est pas armé, dit Connor. Ce n'est pas son style. Il se rendra d'ailleurs sans résistance. Plus ou moins consciemment, il veut qu'on l'arrête.

Son esprit fonctionnait à présent comme une machine bien huilée, ses rouages dans le sillage d'un cerveau étranger, un cerveau malade, terriblement dangereux, celui d'un psychopathe obsédé par une chasse sans merci.

Arpentant la pièce dans le brouhaha des conversations, des radios qui grésillaient, des protestations véhémentes de Mme Hebert qui se prétendait tout à fait remise, il s'employa à suivre le parcours mental de Masterson depuis l'épisode de sa rencontre avec Sophie Butler. Sur elle, l'homme ne s'était livré qu'à un simulacre de rituel, et ce bref exercice avait dû le laisser sur sa faim. Depuis lors, il luttait contre ses propres démons, et il y avait fort à parier que l'assassin, en lui, l'emporterait tôt ou tard. Malheur à la prochaine femme qui croiserait son chemin et correspondrait — même vaguement — au type qu'il recherchait. La pulsion s'emparait de lui, de plus en plus pressante, et il ne tarderait pas à la satisfaire.

— Il va encore frapper cette nuit, dit Connor à Rick. C'est plus fort que lui ; le cycle infernal — décompensation, dissociation — a recommencé récemment. C'est un miracle qu'il ait réussi à se reprendre à temps avec Sophie, sans doute parce qu'il n'était pas encore totalement sous l'emprise de la pulsion de meurtre. Ce qui n'est plus le cas, à présent ; et cette fois, rien ne pourra plus l'arrêter.

— Quelle horreur, dit Rick.

Il avait l'impression de vivre un de ces cauchemars où l'on assiste, impuissant, à l'inéluctable.

— Le père Masterson ne peut pas être l'assassin, déclara Mme Hebert, en se redressant sur le sofa et en congédiant l'infirmière d'un geste impatient. C'est impossible. Il doit essayer de venir en aide au véritable tueur, ce qui expliquerait la présence de ces clichés.

Connor se tourna vers elle et secoua la tête.

— Je suis navré, chère madame, mais ces photos sont en quelque sorte ses trophées de guerre. Ce genre de comportement est presque systématique chez les tueurs en série ; tout comme l'existence d'un traumatisme crânien.

— Non, répéta-t-elle obstinément, non, ce n'est pas possible.

— Il n'est pas vraiment responsable de ses actes, vous savez, lui assura gentiment Connor. Son cerveau a été gravement endommagé au moment de l'accident. Depuis lors, certaines pulsions sont devenues incontrôlables.

Les traits de Mme Hebert se durcirent.

— Nous sommes tous responsables de nos actes ; c'est ce que le pasteur dit toujours.

— Je suis certain qu'il le pense sincèrement avant que ses facultés mentales ne lui échappent.

Rick le considéra d'un œil circonspect.

— Eprouverais-tu de la compassion pour ce monstre ?

— Je suis bien obligé de le comprendre pour essayer de me mettre à sa place, riposta Connor.

Il alla s'asseoir auprès de la gouvernante.

— Vous a-t-il jamais fait quelque confidence à propos de ses parents ? Aurait-il été un enfant martyr ?

Hésitante, elle pinça les lèvres, visiblement partagée entre le chagrin et la colère.

— Eh bien… Lors de sa convalescence, après l'accident, il a déclaré un jour qu'il éprouvait la même sensation qu'aux moments où sa mère le fouettait à coups de ceinture.

Connor opina.

— Autre chose encore ?

— Oh, je ne sais pas si je devrais vous faire part de tout cela.

Plongeant la main dans sa poche, elle en sortit un petit mouchoir de dentelle et tamponna ses yeux rougis.

— Je lui ai demandé une autre fois pourquoi il ne s'était jamais marié et il m'a dit… il m'a dit qu'il avait peur d'avoir des enfants. Sa mère l'avait tellement maltraité qu'il craignait de ne pouvoir être un bon père. J'ai essayé de le persuader que s'il était conscient du problème, cela devait pouvoir s'arranger ; mais il s'est borné à secouer la tête avec un sourire triste.

— Auriez-vous remarqué quelque changement dans son caractère après l'accident ?

— Il est devenu plus taciturne et il s'isole plus volontiers. Il a également des accès de colère ; je ne l'avais jamais trouvé coléreux auparavant, mais depuis l'accident… Franchement, il est parfois d'une humeur massacrante. Il m'a avoué un jour qu'il redoutait de devenir comme sa mère.

— Elle ne devait pas être entièrement mauvaise, avança Connor, prêchant le faux pour savoir le vrai, puisqu'elle a quand même élevé un fils dont elle pouvait être fière.

— C'est-à-dire qu'elle exerçait le métier de strip-teaseuse à Miami et ramenait chez elle des hommes peu fréquentables ; sans doute est-ce la raison de l'intérêt que le pasteur porte à ces jeunes filles en situation précaire.

C'était aussi la raison pour laquelle il les tuait, songea Connor. Les éléments du puzzle s'ajustaient à la perfection.

— Aurait-il évoqué l'existence d'un certain Marionnettiste, madame Hebert ?

La gouvernante ouvrit de grands yeux.

— Comment savez-vous cela ?

— De qui s'agit-il ?

— Le Marionnettiste, c'est Dieu. J'ai toujours jugé cette notion un peu étrange. Il expliquait que Dieu tirait toutes les ficelles et que nous devions danser à sa guise afin d'obtenir notre salut ; à mon avis, il la puisait dans son enfance. C'est sans doute ce que sa mère lui rétorquait lorsqu'il lui reprochait sa conduite dissolue : que le Marionnettiste tirait les ficelles et qu'elle n'était pas responsable de la vie qu'elle menait.

— Nous y voilà, dit Bill, qui écoutait avec attention. C'est tout à fait cela.

Connor acquiesça, les yeux toujours fixés sur Mme Hebert.

— Le pasteur prétendait, lui, que si nous ne voulions pas danser pour le Marionnettiste — si nous refusions de nous plier à la volonté de Dieu —, nous serions punis, poursuivit-elle. Je ne crois pas que sa mère l'entendait ainsi.

— Probablement pas, en effet.

Fermant les yeux, Connor compara ces nouvelles informations aux intuitions qui l'avaient guidé jusqu'ici. Manifestement, son instinct ne l'avait pas trompé.

— Je ne peux pas imaginer qu'il ait fait du mal à ces jeunes filles, reprit Mme Hebert en se mouchant discrètement. Il était si déterminé à les sauver du péché !

— Et avec quel zèle ! maugréa Bill.

— Il est persuadé de les sauver, affirma Connor.

— A mon avis, les familles des victimes ne l'entendront pas de cette oreille, répliqua encore Bill.

— Ecoute, coupa sèchement Connor, j'essaie de me mettre à la place de ce type afin de sauver la vie de la *prochaine* victime potentielle. En attendant, aurais-tu l'obligeance de mettre la sourdine, je te prie ?

Un instant, Bill parut sur le point de s'emporter, mais il réussit à se dominer.

— Autant pour moi, dit-il avant de s'éloigner vers le bureau que les inspecteurs fouillaient consciencieusement.

Mme Hebert leur ayant donné l'autorisation de chercher ce qu'ils voulaient, ils pouvaient se permettre de perquisitionner sans mandat.

La pauvre femme leva sur Quinn des yeux humides de larmes.

— Pensez-vous réellement qu'il pourrait tuer quelqu'un cette nuit ?

— Hélas, j'en suis convaincu, répondit-il sans hésiter. Il s'est attaqué à l'une de mes amies cet après-midi et je crois qu'il...

Il s'interrompit au beau milieu de sa phrase, brusquement pétrifié par l'horreur. Se levant d'un bond, il courut jusqu'au téléphone et composa le numéro de Kate. La ligne était toujours occupée. Cette fois, il appela l'opératrice et lui demanda de vérifier ce qui se passait. La réponse le fit blêmir.

— Rick !

Diaz passa la tête par la porte.

— Le téléphone de Kate Devane est décroché, et j'obtiens le signal « occupé » depuis plus d'une heure. Envoie un détachement à son domicile, immédiatement !

Rick jura férocement tout en se précipitant vers l'appareil.

— Donne-moi tes clés, veux-tu ? lui demanda Connor.

— Une seconde, bon sang ! Bill ? Appelle le commissariat de Saint Pete de ma part. Quelle est son adresse, Connor ?

Connor prit un feuillet sur le bureau du pasteur et griffonna quelques mots à la hâte.

— Voilà, dit Rick en tendant le papier à Kittrick. J'y vais immédiatement avec Quinn. Suivez-nous.

— Nous arrivons tout de suite.

Les deux hommes coururent jusqu'à la voiture de Rick et quittèrent l'allée dans un hurlement de pneus. Diaz s'engagea dans la rue résidentielle comme s'il disputait un grand prix.

— Comment sais-tu ? demanda-t-il à Connor. Comment peux-tu être sûr ?

— Je le sais. C'est tout.

— D'où te vient cette certitude ?

— Il est furieux contre moi à cause du portrait publié sous mon nom dans le journal d'aujourd'hui.

— Ma foi, cela peut expliquer qu'il s'en soit pris à ta voisine, mais comment aurait-il établi la relation avec Kate ?

— Il me surveillait, répondit Connor, intimement convaincu de ne pas se tromper. Il me surveille depuis plusieurs jours. Il a dû me voir avec elle. Bonté divine, pendant tout le temps où je l'hébergeais pour la protéger de son maudit beau-frère, je l'exposais à un danger infiniment plus grand.

— Tu ne peux tout de même pas te reprocher…

— Ah non ?

Connor se tourna vers lui, les traits crispés par une rage impuissante.

— Sans cette crise stupide, puérile, qui me faisait hésiter à me vautrer dans la boue répandue par ce type, j'aurais pu découvrir bien plus tôt que c'était lui, figure-toi !

Son poing s'abattit sur le tableau de bord.

— Allons, tu n'en pouvais plus, dit Rick d'un ton apaisant. A la suite de la dernière affaire, tu étais au bord de la dépression. Après tout, personne ne te demande d'être un surhomme. Pourquoi penses-tu que ce type te surveillait ?

— Parce que j'ai voulu lui servir d'appât. Je me suis arrangé pour rester en contact avec lui, pour le provoquer. Mais je n'ai fait que lui fournir l'occasion de s'en prendre aux personnes qui me sont chères. Oh, bon sang !

— Allons, ne t'affole pas : Kate a peut-être simplement décroché le combiné sans y prendre garde.

— Nous avions rendez-vous chez elle à 8 heures. Logiquement, ne devrait-elle pas attendre un appel de ma part ?

Cette fois, ce fut Rick qui demeura muet. Ecrasant l'accélérateur, il fonça de plus belle en direction de Saint Petersburg.

Après avoir placé le café dans le filtre et branché la cafetière, Kate regarda le liquide brûlant s'écouler lentement. Cette conversation avec le pasteur commençait à l'incommoder ; réaction qu'elle jugea aussitôt ridicule, sa profession de reporter l'ayant accoutumée à s'entretenir avec des inconnus. Ce dialogue impromptu sur un sujet aussi personnel que la religion la mettait peut-être simplement mal à l'aise.

Mais où diable Connor était-il donc passé ? Elle faillit l'appeler de nouveau puis se ravisa au dernier moment, la main sur le récepteur. Elle avait déjà essayé en vain de le joindre sur son portable ; pareille insistance risquait d'être mal interprétée.

« Cela me servira de leçon ! songea-t-elle avec une ironie désabusée. J'aurais dû me douter que je jouerais avec le feu en entretenant une idylle avec un collègue. »

D'ailleurs, même si son stupide beau-frère ne s'était pas livré à cette mascarade sur Internet, Connor aurait certainement découvert tôt ou tard qui se cachait derrière son pseudonyme. Dès lors, comment prétendre que leur aventure se limiterait au domaine virtuel ?

A qui avait-elle espéré donner le change ?

Le café terminé, elle en emplit deux tasses et les porta dans le salon sur un petit plateau, avec un sucrier et un pichet de lait.

— Merci infiniment, ma chère, dit Masterson en l'aidant à poser le plateau sur la table.

Kate n'aimait guère qu'un inconnu l'appelât « ma chère » mais s'abstint néanmoins de toute remarque. Reprenant sa place, elle ramena la conversation au sujet initial.

— Les personnes qui connaissaient Mlle Eppinga avaient beaucoup d'estime pour elle, semble-t-il.

Son hôte opina de bonne grâce.

— Je la considérais comme une de ces âmes lumineuses, pleines de bonté, de générosité.

— Ce qui n'excluait pas un certain sens pratique, je pense.

Il esquissa un sourire.

— Il faut bien l'admettre, en effet.

Kate ne sut jamais quelle impulsion la poussa à demander ensuite :

— Auriez-vous, par hasard, connu d'autres femmes parmi les victimes de ces meurtres ?

Elle vit le visage de l'homme s'assombrir et une lueur étrange vaciller un instant dans ses yeux pâles : éclair fugace, si vite disparu qu'il aurait pu s'agir d'un simple reflet.

— Je connaissais en effet la plus récente victime, Joséphine Gumm. Elle commençait tout juste à fréquenter notre église.

— Vraiment ? dit-elle tandis qu'un vague frisson lui chatouillait désagréablement la nuque. Comme c'est... étrange.

— Ce le serait sans doute si les membres de ma congrégation n'avaient entrepris une sorte de croisade pour dissuader ces danseuses d'exercer un métier aussi avilissant. Nous offrons à celles qui le désirent la possibilité de se recycler grâce à un service de placement où nous nous efforçons de leur trouver un emploi honorable. Vivement intéressée, Josie venait de s'inscrire lorsqu'elle a été assassinée.

Bien que le café fût encore brûlant, il avala d'un trait la moitié de sa tasse.

— Quelle tragédie ! reprit-il. Ces jeunes filles sont exploitées par la société actuelle, vous savez. Si les hommes n'étaient pas prêts à débourser des sommes exorbitantes pour voir des femmes se trémousser dans le plus simple appareil, ce métier ne ferait pas autant d'émules.

— Selon vous, les hommes sont donc responsables de cet état de choses ?

— Oh, sans aucun doute.

Il acheva de vider sa tasse.

— En auriez-vous encore un peu ?

— Oui, naturellement... Je vais chercher le reste...

Tout en retournant dans la cuisine, elle pesta contre le retard de Connor. Cette visite inopinée commençait à l'agacer sérieusement, et elle comptait sur l'arrivée de Connor pour provoquer le départ de l'importun. Dans l'immédiat, elle ne voyait vraiment pas comment se débarrasser du pasteur sans le mettre carrément à la porte.

Masterson s'était levé et se tenait devant la fenêtre quand elle regagna le salon.

— Puis-je tirer les rideaux ? demanda-t-il en tournant la tête vers elle. Il fait déjà nuit, et une femme qui vit seule doit se montrer prudente.

Kate voulut protester, mais il n'avait pas attendu la permission. Pivotant, il la remercia et prit la tasse qu'elle apportait.

— Je suis conscient, dit-il, que la plupart des gens seraient plutôt tentés de condamner les femmes qui se livrent à ces activités indécentes, mais je ne partage pas leur avis. Je vois beaucoup trop d'individus des deux sexes s'engager sur des voies dangereuses ou illégales parce que le travail manuel n'est pas assez rémunéré. Hélas, je ne prétends pas détenir de solution miraculeuse.

Il haussa les épaules avec un sourire attristé.

— Nous serons toujours du côté des pauvres.

— Tout cela est fort regrettable, en effet. Puis-je vous demander de m'excuser ? Je dois appeler mon ami pour connaître la cause de son retard. J'en ai pour une minute.

Masterson s'approcha du canapé, bloquant ainsi l'accès au téléphone.

— Je vous en prie. Ne vous gênez pas pour moi. J'allais prendre congé, du reste. Merci infiniment de votre hospitalité, madame Devane ; inutile de me raccompagner.

Il posa la tasse de café sur la table basse.

Kate l'écouta s'éloigner dans l'entrée. Elle entendit ensuite la porte s'ouvrir et se refermer. Quel soulagement ! En dépit de ses manières irréprochables, cet homme la mettait inexplicablement mal à l'aise. Au demeurant, il n'avait vraiment aucune raison de s'attarder chez elle.

Elle prit le récepteur et jura discrètement en découvrant que l'appareil était décroché. Elle avait dû le heurter par mégarde, à moins que ce ne fût le pasteur. Raccrochant immédiatement, elle attendit le retour de la tonalité.

Elle s'apprêtait à essayer de nouveau quand une appréhension subite la fit frissonner, tel un bref courant d'air froid sur sa nuque. Soudain, avec une rapidité stupéfiante, quelque chose tomba devant ses yeux, et une corde s'enroula autour de son cou, serrant si fort qu'elle suffoqua. Presque aussitôt, elle vit apparaître une myriade d'étoiles. Portant les mains à sa gorge, elle essaya de desserrer la corde dans un effort désespéré pour inspirer un peu d'air.

— Je regrette, ma chère, lui murmura Masterson à l'oreille, mais je dois assurer votre salut. Vous voulez que votre âme soit sauvée, n'est-ce pas ? Une charmante fille comme vous ne devrait pas vivre dans le péché avec Connor Quinn. Le Marionnettiste voit tout, mon enfant. Absolument tout. Mais ne vous inquiétez pas. Je suis votre sauveur.

C'était un cauchemar ! Les étoiles tourbillonnaient toujours devant ses yeux, et sa vue commençait à s'obscurcir. Elle se souvint d'avoir lu quelque part qu'il était très difficile d'étrangler quelqu'un. Pourtant, cette corde l'étranglait bel et bien, plus cruellement encore quand ses genoux commencèrent à se dérober. Un long tunnel sombre s'ouvrit devant elle, la happant inexorablement, jusqu'à ce que le dernier point lumineux s'éteignît.

Le trajet n'avait jamais paru aussi long à Connor. La traversée de Tampa pour rejoindre la 275 était interminable. En venant de Temple Terrace par le boulevard Busch, ils se trouvèrent pris dans des encombrements. Apparemment, quelque attraction attirait les foules à Busch Gardens ce soir-là, car la circulation était bloquée dans les deux sens. Beaucoup de véhicules n'étaient pas immatriculés en Floride, et un grand nombre de conducteurs hésitants ralentissaient encore le trafic. La bretelle pour rejoindre le périphérique sud se trouvait sur la droite, et quelque imbécile au volant d'une camionnette empêchait Rick de se rabattre.

— Bon Dieu, jura-t-il entre ses dents. Si j'avais le temps, j'enverrais quelqu'un lui coller une contravention.

— Nous n'avons pas le temps, dit Connor.

Rick jeta un coup d'œil de son côté en s'engageant sur la bretelle.

— Vraiment pas, en effet.

Au bout de la bretelle, une Cadillac à l'arrêt attendait de pouvoir s'infiltrer dans les files continues du périphérique. Rick frappa le volant du plat de la main.

— C'est curieux, maugréa-t-il, chaque fois qu'un flic doit voler au secours d'une personne en danger de mort, tous les crétins du coin semblent s'agglutiner sur son chemin pour lui compliquer la tâche.

D'un coup de volant rageur, il contourna la Cadillac sur la droite et avança un instant sur le bas-côté avant de se fondre adroitement dans la circulation.

— Ce n'est pas très réglementaire, commenta Connor avec une légèreté aux antipodes de son état d'esprit.

— Au diable le règlement.

Connor reprit son portable pour essayer encore de joindre Kate. La ligne était toujours occupée. Il pressa le bouton en jurant.

— Nous y serons dans trente minutes, au plus tard, affirma Rick.

— En une demi-heure, il a le temps de la saigner à mort.

— La police de Saint Pete ne devrait pas tarder à arriver sur les lieux.

— Ouais. Chaque minute est une minute de trop. Une maudite minute de trop.

A l'échangeur où la N 4 rejoignait le périphérique, la circulation se ralentit brusquement, les véhicules venant de la nationale essayant de couper les trois files du périphérique. Un énorme poids lourd freina juste devant eux, et Rick manqua de justesse de le percuter.

— Bon sang, dit-il, quand je prendrai ma retraite, j'irai m'installer à Key West, où les véhicules ont un accès limité. Maudits routiers ! Ces abrutis conduisent comme si la route leur appartenait.

— Qui se hasarderait à le leur dire ?

— Je les emm…

Il accéléra pour doubler un véhicule qui n'avançait pas.

— Où ont-ils donc appris à conduire ?

— Mets ton gyrophare, conseilla Connor.

— Cela ne servirait qu'à les faire ralentir davantage : la crainte du gendarme les paralyse.

Connor ne l'ignorait pas, en ayant fait l'expérience lui-même ; mais dans son impatience, il se sentait prêt à essayer n'importe quoi.

Le goulot d'étranglement commençait à se dégager, et Rick se mit à passer d'une file à l'autre pour se stabiliser enfin sur celle de gauche, plus rapide que les autres.

— Eh bien, dit-il tandis que le compteur indiquait enfin cent dix, quand as-tu l'intention de l'épouser ?

La question mit un certain temps à pénétrer le cerveau de Connor, bien éloigné de ce genre de préoccupations.

— D'épouser qui ?

— Kate, voyons.

— Je ne compte pas épouser Kate. Je n'épouse personne

— Ah bon ?

Connor haussa les épaules, essayant de fixer son attention sur les immeubles qui défilaient, appuyant machinalement le pied devant lui comme s'il pouvait accélérer l'allure.

— Elle est encore attachée à son ex-mari.

— La plupart des divorcés ne coupent jamais tous les liens avec leur ex-conjoint.

— En fait, ce type est enfermé dans un hôpital psychiatrique, et elle lui rend visite une fois par semaine.

— Et après ? Quelle concurrence peux-tu redouter de la part d'un malade mental ?

— Je ne crains pas la concurrence.

— Dans ce cas, où est le problème ? Kate est une charmante jeune femme qui ne manque pas de sex-appeal.

Il souligna son propos d'un petit sifflement éloquent.

— En outre, vous travaillez tous les deux dans la même branche, ce qui représente un avantage non négligeable : tu n'aurais aucune explication à fournir en cas de retard.

— As-tu beaucoup d'explications à fournir en rentrant chez toi ?

— Je passe ma vie à m'expliquer. Adela me comprend, mais les enfants sont moins indulgents. Je devais assister à un match de basket, ce soir.

— Je suis désolé.

— Arrête un peu de culpabiliser, veux-tu ?

La notion de culpabilité reporta l'attention de Connor sur un autre genre de souci.

— J'aurais dû deviner que c'était Masterson le jour où je l'ai trouvé à la porte de Joséphine Gumm.

— Bien sûr, bien sûr ; grâce à quelque don de télépathie, sans doute ? Encore faudrait-il que les curieux et les amateurs de sensations ne viennent pas aussi fréquemment rôder autour des endroits où un crime a été commis.

» Ce type avait en outre une raison valable d'être là ; ce n'était pas la première fois qu'un prêtre venait dire une prière pour un défunt. Ces gens-là font volontiers vibrer la corde de la culpabilité, eux aussi ; ils en vivent, au demeurant. »

— Culpabilité, répéta Connor, tandis qu'un nouvel élément du puzzle se mettait en place. *Il* se sent coupable, justement. Il voudrait être parfait ; à l'image de Dieu.

— Ce qui expliquerait qu'il s'arroge un droit de vie et de mort sur autrui ?

Connor ne répondit pas tout de suite, soucieux de ne pas perdre le fil de ses pensées.

— Il se prend pour un dieu quand il inflige des pénitences à ces femmes pour les purifier de leurs prétendus péchés, quand il les absout, quand il les tue ; mais par pour Dieu avec un D majuscule. Son rituel s'apparente plutôt aux pratiques païennes.

— A quoi faut-il attribuer son dérèglement cérébral ?

— Comment le savoir ? Il est bien difficile de dire pourquoi un homme maltraité durant son enfance et qui a subi un traumatisme crânien devient un tueur en série tandis qu'un autre gardera un comportement parfaitement sain.

— Tu penses néanmoins que son cerveau endommagé n'est pas étranger à l'affaire ?

— Naturellement. C'est une pathologie courante en pareil cas. Ces individus ont perdu l'usage de l'auto-censure qui nous permet de maîtriser nos instincts les plus primitifs. Mais en définitive, les prêtres aztèques qui arrachaient le cœur des victimes vivantes pour les offrir en sacrifice à leurs dieux se livraient à un rituel tout à fait comparable. Notre civilisation actuelle réprouve ces actes de barbarie, voilà tout ; le processus est pourtant sensiblement le même…

Le téléphone de Rick se mit à sonner, interrompant ces explications.

— Diaz à l'appareil, dit l'inspecteur en portant l'appareil à l'oreille. Oui… Oui. Oh, vraiment ? D'accord, c'est noté. Merci, Ray.

Il replaça le portable sur son support.

— Ils ont découvert le sang. Masterson l'entreposait dans son congélateur, au garage, sous plusieurs paquets de viande surgelée. Je me demande comment il aurait expliqué la chose à Mme Hebert si elle avait aperçu les récipients par hasard.

— J'ai hâte d'apprendre quel usage il en faisait.

— Pour ma part, je préférerais ne pas le savoir. Tu n'es pas le seul à faire des cauchemars à propos de ce genre d'affaire. Adela me menace d'aller séjourner chez sa mère si cette histoire s'éternise. J'ai le sommeil si agité qu'elle est obligée de quitter le lit presque chaque nuit.

— Quant à moi, je ne dors pratiquement plus. Je tourne en rond dans mon atelier jusqu'à l'aube.

Reprenant son téléphone, Connor appela l'hôpital de Bayfront pour s'enquérir de l'état de Sophie. L'infirmière de garde refusant de le renseigner, il passa la communication à Rick, qui obtint ce qu'il voulait en déclinant ses fonctions.

Il venait de s'engager sur le pont Howard Frankland. La mer était houleuse cette nuit-là, et un clair de lune argenté jetait sur les vagues une large nappe scintillante. En d'autres circonstances, Connor eût admiré la beauté du spectacle.

— Mme Butler est sur la table d'opération, annonça Rick en lui rendant le téléphone. Les médecins ont diagnostiqué une fracture du crâne et un hématome subdural. Le chirurgien est optimiste.

Craignant de se réjouir trop vite, Connor esquissa une grimace.

— Pourrais-tu appeler le commissariat de Saint Pete pour savoir où en est la situation ?

— Certainement.

Ils roulaient à présent à cent trente, constata Connor en jetant un coup d'œil sur le compteur, tandis que Rick attendait que la standardiste le mît en communication avec la personne désirée.

— Oui, ici Rick Diaz, dit-il enfin. Comment vas-tu, Skip ? Bien, merci. Peux-tu me dire si tes hommes sont arrivés au domicile de Mme Devane ?

Il écouta un instant.

— Bon, entendu. Je serai là-bas dans une vingtaine de minutes.

Raccrochant, il se tourna vers Connor.

— La police encercle la maison. La brigade d'intervention rapide est en route. L'affaire sera traitée comme une prise d'otage.

Kate. Une angoisse indescriptible étreignit Connor à l'évocation de la scène.

— Après un tel déploiement, reprit Rick, les politiciens ne nous rateront pas si tu t'es trompé.

Insensible à la remarque du policier, Connor composait à intervalles réguliers le numéro de Kate, toujours occupé. La main crispée sur le petit appareil, il écouta encore une fois le signal sonore intermittent en priant pour qu'elle répondît, pour que ce cauchemar prît fin.

Ils avaient à présent dépassé le pont et traversaient à toute allure le quartier de Feather Sound.

— C'est plus rapide de ce côté, n'est-ce pas ? demanda Rick. Ou bien aurais-je dû prendre par Ulmerton ?

— Continue tout droit. Ensuite, tu dépasseras la Soixante-sixième pour prendre la Trente-troisième Avenue vers le nord.

— Compris.

A ce niveau, la route donnait l'impression de se perdre en pleine campagne, et le paysage bucolique ne laissait guère soupçonner la densité de la population dans la péninsule, toujours à la merci d'une criminalité grandissante.

« Pourvu que Kate s'en sorte saine et sauve ! » se répétait Connor, comme une litanie.

20.

Kate revint à elle, étendue à plat ventre sur la moquette. La gorge douloureuse, elle toussa légèrement, et une langue de feu descendit dans son œsophage.

— Vous voyez ? dit une voix au-dessus d'elle. Je peux vous faire souffrir. Voilà pourquoi il faut être bien sage.

Et d'une secousse, il lui resserra la corde autour du cou.

— Relevez-vous. Tout de suite.

Elle poussa un faible cri et essaya de s'exécuter, animée d'un instinct de conservation qui lui conseillait de ne pas le contrarier et de gagner du temps. Comme elle se redressait péniblement à genoux, la pièce se mit à tourner autour d'elle et elle faillit retomber.

La corde, qui s'était légèrement relâchée, se tendit de nouveau, l'étranglant brièvement.

— Allons, obéissez, dit la voix. Je ne vous veux aucun mal. Je veux seulement vous sauver.

A présent, elle se tenait sur les genoux et les mains, tremblant de panique.

— Debout, vite.

La corde se resserra encore, moins violemment cette fois, comme pour lui infliger un simple avertissement. Haletante, elle parvint à reprendre sa position à genoux, puis à se lever.

Derrière elle, Masterson tira sur la corde comme s'il la tenait en laisse, attentif à lui faire sentir sa présence.

— S'il vous plaît, murmura-t-elle d'une voix rauque, horrifiée de s'entendre supplier ainsi.

— Je ne vous ferai pas de mal si vous vous conformez strictement à mes ordres, dit-il. Mon but n'est pas de vous faire souffrir. Je cherche Quinn.

D'un mouvement mal assuré, Kate essaya de se tourner vers lui mais il imprima une brève secousse à la corde.

— Non. Ne vous retournez pas. Soyez obéissante, et il ne vous arrivera rien.

— Vous avez... tué les autres femmes, dit-elle, la lumière commençant à se faire dans son esprit.

Elle devait essayer de se libérer à tout prix. Mais comme elle commençait à lever un bras, la corde l'étrangla un peu plus.

— Ne m'obligez pas à vous punir, dit-il. Surtout pas. Faites ce que je dis, c'est tout.

Elle s'avisa soudain que des liens encerclaient déjà ses poignets.

— Vous allez me tuer aussi.

— Non. Non, ce n'est pas mon intention. Je ne suis pas un monstre. Je suis...

La voix de l'homme s'estompa, et les secondes qui suivirent parurent interminables à Kate dont l'attention restait suspendue aux lèvres de son bourreau. Quand il reprit enfin la parole, son ton monocorde, comme désincarné, la terrifia.

Manifestement, il allait et venait entre son délire et la réalité, se dit-elle en essayant de reprendre les rênes de son raisonnement.

Elle ne connaissait que trop bien le phénomène, et le fait de savoir sa vie entre les mains d'un psychopathe lui laissait peu d'espoir de s'en sortir.

— Ne vous inquiétez pas, reprit-il enfin. Vous n'êtes pas comme les autres femmes. Vous exercez un métier correct. Je n'ai pas besoin de vous purifier comme elles.

En dépit de l'épouvante qui la tenaillait, elle ne put réprimer une flambée de colère.

— Ces femmes travaillaient pour gagner leur vie, comme tout un chacun, riposta-t-elle.

— Leur activité indécente encourage le vice, la luxure... La luxure n'est-elle pas un des sept péchés capitaux ?

— Je croyais que vous teniez les hommes pour responsables de cette situation.

— Pas tout à fait. Les femmes qui se montrent nues sont également responsables. Ma mère le faisait. C'était une putain. Et elle me rouait de coups pour me punir d'avoir péché. Mais c'était elle la coupable. Rien ne l'obligeait à s'exhiber sans la moindre pudeur devant des hommes ou à coucher avec eux. Personne ne l'y incitait. Elle avait choisi délibérément son métier.

Voyant qu'il trahissait une agitation croissante, Kate prit soin de ne pas ajouter à cette nervosité, en restant parfaitement immobile, sans mot dire, malgré son cœur qui battait de façon désordonnée, et sa respiration qui demeurait toujours aussi douloureuse.

— Elle m'attachait, poursuivit Masterson.

La jeune femme remua légèrement les bras.

— De cette façon ?

— Elle m'attachait pour m'obliger à m'agenouiller, les poignets liés et une corde comme celle-ci autour du cou. Elle la fixait à un anneau, au plafond, afin que je me tienne très droit quand j'étais à genoux, sous peine de m'étrangler. Durant des heures, je restais dans cette posture, nu sur le carrelage, et elle me fouettait jusqu'à ce que ses bras fussent fatigués. La plupart du temps, elle me frappait à coups de ceinture, parfois aussi à coups de bâton.

Un soupçon de compassion se mêla à la peur et à la colère de Kate.

— Personne ne devrait infliger un tel traitement à un enfant.

— Je ne vous le fais pas dire. Mais vous n'êtes pas une enfant, n'est-ce pas ? A genoux, maintenant.

— Non…

Il imprima une secousse à la corde, et Kate se hâta d'obéir avant qu'il ne l'étranglât davantage. Au lieu de desserrer le nœud, il continua néanmoins de la tirer vers le haut jusqu'à ce qu'elle suffoquât.

— Vous voyez ? Voilà ce que je subissais, pour le salut de mon âme. La souffrance est pénitence, délivrance de l'âme. Vous m'en serez reconnaissante, Kate.

Elle étouffait, et l'instinct de conservation la fit bondir comme un animal pris au piège. Aussitôt, le nœud se resserra brutalement. Avant que ses ongles n'aient atteint son bourreau, les ténèbres se refermèrent de nouveau sur elle.

Ils remontaient à toute allure la Trente-huitième Avenue, à cinq minutes du domicile de Kate, quand le téléphone sonna de nouveau. L'équipe d'intervention rapide était prête à l'attaque.

— Ils sont en train d'examiner les abords de la maison, expliqua Rick en raccrochant. Ils font le tour des fenêtres… Enfin, tu connais la musique. Les projecteurs sont braqués sur la façade. Ensuite, ils frapperont à la porte.

— Dis-leur de nous attendre.

Stupéfait, Rick donna un coup de volant, et la voiture fit une légère embardée.

— Quoi ? Il y a un instant, tu ne tenais plus en place à l'idée que chaque minute pouvait lui être fatale !

— Il ne la tuera pas parce que c'est moi qu'il veut. Il veut corriger mes erreurs, me remettre sur la bonne voie. Kate lui sert d'appât. Si on l'accule, la panique s'emparera de lui, et le pire sera à craindre. Alors que si c'est moi qui frappe à la porte, j'entrerai dans son jeu et donc canaliserai ses réactions.

— Allons, Connor, sois raisonnable ! S'il se doute que les flics sont dehors, il ne t'ouvrira jamais ; laisse-les plutôt faire leur travail.

— Non. Il m'attend. Il ne compte pas s'en sortir, cette fois. Il sait qu'on va l'arrêter. Kate est la seule garantie qui lui reste de parvenir jusqu'à moi. Il la garde bel et bien en otage ; et je suis l'enjeu de l'opération.

Sans ralentir, Rick prit à droite au carrefour suivant, les pneus hurlant sur l'asphalte.

— Comment peux-tu être aussi sûr de toi, à la fin ? Et s'il s'apprêtait tout simplement à l'assassiner, ignorant que nous sommes sur sa piste ? Il n'a aucune garantie que tu viendras, après tout.

— Je suis sûr de moi parce que j'évolue à l'intérieur de sa tête, figure-toi. En attaquant Sophie, il a seulement voulu attirer toute mon attention, me prouver qu'il me connaissait, qu'il savait où j'habite et à qui je tiens. Kate n'est pas le type de femme qu'il recherche.

— Elle est blonde, jeune, bien roulée…

— Mais ce n'est pas une strip-teaseuse ou une prostituée. Kate ne correspond pas à ce qu'il cherche, insista Connor. Il ne la tuera que si nous l'y incitons ; demande-leur d'attendre, bon sang !

Avec un soupir, Rick reprit le téléphone et appela Skip.

— Oui, dit-il après avoir brièvement expliqué la situation, notre profileur en est sûr. Fais ce qu'il dit, Skip. Si ça foire, j'en prends l'entière responsabilité.

— C'est très généreux de ta part, commenta Connor quand le policier eut raccroché.

— Je le pense aussi, puisque cela m'obligerait à chercher un autre boulot.

— Et que ferais-tu ?

— Aucune idée ; caddie dans quelque club de golf, par exemple. Je ne connais rien d'autre que mon métier de flic. Alors je t'en prie, Connor, fais en sorte que ça ne foire pas.

— C'est bien mon intention !

Cette fois, Kate était assise dans un fauteuil quand elle reprit connaissance. Ses mains étaient attachées de chaque côté du siège, si bien qu'elle pouvait à peine remuer les doigts. La corde lui serrait toujours la gorge, sans l'étrangler, toutefois.

Assis en face d'elle, son bourreau buvait tranquillement un café. En la voyant ouvrir les yeux, il la gratifia même d'un aimable sourire.

— Ayez confiance en moi, lui dit-il. Il ne vous arrivera rien de fâcheux si vous faites exactement ce que je vous dis.

— Pourquoi ne pas me libérer ? Connor ne viendra pas ici.

— Oh si, il viendra. Je l'ai vu traverser le cordon de police pour entrer chez Marceline Whitmore, lorsque aucun journaliste n'était autorisé à y pénétrer. Je l'ai également vu chez Judy, et chez Joséphine. Je sais qu'il collabore avec la police. Vous a-t-il jamais dit qu'il travaillait dans les services d'investigation en qualité d'analyste criminel, avant de devenir reporter ? Il était même leur meilleur profileur, m'a-t-on dit. Il arrivera jusqu'à nous, soyez-en sûre. J'ai pris soin de lui laisser un indice.

Il prit une moue sarcastique pour expliquer :

— Il croit m'avoir abusé avec ce portrait paru ce matin dans le *Sentinel*, mais j'ai tout deviné dès qu'il m'a répondu au téléphone. Il mentait. Il voulait me provoquer, m'inciter à commettre quelque geste stupide.

— Et ne pensez-vous pas que ce serait stupide d'y répondre ?

— Non, car c'est terminé.

— Terminé ?

Pour toute réponse, il esquissa une grimace. Subitement, ses traits se déformèrent, comme sous l'effet d'une insupportable douleur.

— Ces migraines… Oh, Seigneur, j'ai parfois envie de me couper la tête !

Kate se demanda laquelle de ses humeurs l'effrayait le plus. Le personnage machiavélique qui pérorait quelques secondes plus tôt était inquiétant, mais quand il utilisait le langage de la violence — fût-elle dirigée contre lui —, rien ne semblait capable de l'arrêter.

— Il y a un tube d'aspirine dans le placard de la cuisine, à côté de l'évier, lui indiqua-t-elle.

Sa physionomie se modifia de nouveau instantanément, laissant apparaître un homme très différent.

— Merci. Vous êtes très aimable.

— J'ai souvent des maux de tête, moi aussi, dit-elle, saisissant désespérément la moindre occasion de l'amadouer. Je sais à quel point cela peut être pénible.

— Non, vous ne savez pas. Personne ne peut savoir ce que c'est. Bon sang, ces maudits médecins me croient à peine quand j'essaie de leur décrire ce supplice ; une douleur intolérable, aveuglante, qui empêche de réfléchir et donne envie de fracasser n'importe quoi.

— Mais cela ne sert à rien de fracasser quelque chose, n'est-ce pas ?

— Non… Non…, dit-il en secouant lentement la tête, tandis que sa voix s'estompait de nouveau. Vous disiez que vous avez de l'aspirine ? ajouta-t-il ensuite.

— Dans le placard à gauche de l'évier.

— Avec votre permission, je referais bien un peu de café.

— Je n'ai rien rangé, vous trouverez le nécessaire sur le plan de travail, vous pouvez vous servir, dit-elle, souhaitant qu'il s'affaire dans la cuisine le plus longtemps possible, puisque chaque minute gagnée lui donnait une chance supplémentaire de lui échapper.

Une fois seule, elle s'efforça de dégager ses poignets mais ne parvint qu'à resserrer davantage les nœuds. Craignant de bloquer la circulation du sang et d'être incapable de réagir si l'opportunité se présentait, elle renonça.

Masterson ne tarda pas à réapparaître, de nouveau souriant.

— J'ai refait un peu de café, annonça-t-il sur le ton de la conversation mondaine. Il sera prêt dans un instant.

— Pourriez-vous m'en offrir une tasse, je vous prie ?

Il secoua la tête d'un air de regret.

— Je ne peux vraiment pas vous détacher. Et n'essayez surtout pas de vous enfuir, Kate. Peter se met dans tous ses états quand on veut lui échapper.

Elle le dévisagea avec stupéfaction. « Peter se met dans tous ses états »... Etait-ce là un cas de dédoublement de la personnalité ? De quoi s'agissait-il, au juste ?

En tout état de cause, elle devait à tout prix entretenir la conversation, trouver un sujet qui l'accrochât à la réalité pour l'empêcher de basculer dans la folie. Certes, elle ne croyait pas un instant qu'il l'épargnerait, mais en gagnant du temps, elle augmentait ses chances d'être secourue par Connor. Connor serait en mesure de la tirer de là, cela ne faisait aucun doute. Après tout, il avait été policier et l'homme ne semblait pas avoir d'arme sur lui.

— Il va venir, dit Peter comme pour se rassurer. Il sera bientôt là, Kate. Ensuite, tout sera terminé.

Oui, mais de quelle façon ? se demanda-t-elle avec un frisson.

*
* *

La brigade d'intervention rapide encerclait en effet la maison. Dans leurs vêtements noirs, les hommes se fondaient parmi les ombres projetées par les réverbères.

— Je ne peux pas autoriser un civil à entrer, déclara Fred Wilcox, le responsable de l'opération. Bon sang, Diaz, vous voulez rire ou quoi ?

Rick secoua la tête.

— Ce n'est pas vraiment un civil ; il était encore policier il y a moins d'un an.

— Mais à présent, il ne l'est plus. Je ne vais tout de même pas fournir un second otage à ce maniaque.

— C'est moi qu'il attend, insista Connor. Il libérera Mme Devane dès qu'il m'aura.

— Rien ne nous le garantit, vous le savez très bien.

— Ecoutez-moi bien, reprit Connor. La seule victime que nous puissions avoir ce soir est Peter Masterson lui-même. Il ne veut plus faire de mal à personne. Il a tué trop de monde et il veut qu'on l'arrête. Voilà pourquoi il agit ainsi. S'il doit se faire tuer pour y parvenir, il n'hésitera pas une seconde.

— Foutaises.

— Si je signe une déclaration vous déchargeant de toute responsabilité pour ce qui peut m'arriver, accepterez-vous ?

— Sûrement pas.

— Ecoutez, cette femme doit être morte de peur. Nos tergiversations et nos prises de bec ne nous aideront pas à la tirer de là. La solution que je vous propose est celle qui lui assure un maximum de sécurité, cela ne fait pas le moindre doute.

Rick s'interposa.

— Je prends tout sur moi, Fred.

— Bon sang, nous ne dépendons pas du même commandement, maugréa Wilcox.

Après une brève hésitation, il finit tout de même par acquiescer.

— Très bien, faites comme vous l'entendez. Seigneur, j'ai l'impression d'agir comme Ponce Pilate ; quelqu'un pourrait-il m'apporter de quoi me laver les mains ?

— Vous ne vous en lavez pas les mains, lui assura Connor. Vous prenez le parti le plus sage.

Il se dirigea vers l'entrée, songeant à Kate aux prises avec l'assassin. Cette image lui permit d'avancer, de résister à un désir soudain de faire demi-tour et de prendre ses jambes à son cou. Cette réaction lui était familière. Combien de fois l'avait-il combattue dans des circonstances analogues, lorsqu'il travaillait avec Diaz ? Comme toujours, il l'ignora, marchant d'un pas décidé, conscient de redouter par-dessus tout, cette fois, le spectacle qui l'attendait. Et s'il s'était trompé sur toute la ligne ? Si l'assassin avait déjà tué Kate ?

Dominant ses états d'âme, il écarta délibérément ces idées macabres. A quoi bon se perdre en conjectures ? Il devait à tout prix conserver son sang-froid.

Sur le seuil, il se retourna pour jeter un coup d'œil en arrière. Les policiers s'étaient fondus dans la nuit, et la rue paraissait déserte. Si Masterson regardait dehors, il ne verrait que lui. Parfait.

Fermant le poing, il frappa à la porte.

— Ouvrez, Masterson. C'est moi, Quinn.

Les secondes qui suivirent lui parurent interminables. Peut-être avait-il commis une erreur de jugement. Peut-être

Masterson était-il parti depuis longtemps, son forfait accompli. Peut-être…

— La porte n'est pas verrouillée, répondit une voix masculine qu'il reconnut aussitôt. Entrez.

Bien qu'il s'y attendît, la confirmation de son hypothèse lui assena néanmoins un rude coup. L'assassin se trouvait bel et bien chez Kate. L'horrible cauchemar prenait forme.

S'exécutant, il ouvrit lentement la porte.

— Me voici, lança-t-il.

— Entrez et refermez derrière vous, répondit Masterson. Inutile d'alerter les voisins. Nous sommes dans la salle de séjour.

— D'accord.

Il fit claquer la porte mais prit soin de tenir la poignée pour l'empêcher de se fermer pour de bon. « Inutile d'alerter les voisins. » Masterson ignorait-il vraiment que la maison était encerclée ?

En pénétrant dans le séjour, il éprouva une flambée de rage à la vue de Kate attachée au fauteuil, un nœud coulant autour du cou. Masterson tenait l'extrémité de la corde, la tirant juste assez pour maintenir la gorge en extension et lui donner le spectacle saisissant de la menace imminente. Les yeux verts de la jeune femme, agrandis par la peur, croisèrent les siens, et la détresse qu'ils exprimaient lui serra le cœur. Son visage était blanc comme la neige.

— Asseyez-vous, dit Masterson en pointant le doigt vers le canapé. Tant que vous vous montrerez coopératif, il n'arrivera rien à votre amie.

— Pourquoi ne pas la libérer ? Nous pouvons discuter sans elle.

— Me prenez-vous pour un imbécile ? A peine aurait-elle quitté la pièce que vous me sauteriez à la gorge.

Connor s'assit et serra les poings.

A la première occasion, se promit-il, et elle se présenterait à coup sûr, ce scélérat regretterait son arrogance.

— Eh bien, je suis là, à présent, dit-il néanmoins, sans le moindre accent de rage. Qu'attendez-vous de moi ?

— Je veux que le portrait du tueur paru ce matin soit publiquement désavoué par son auteur, autrement dit par vous. Je veux que vous rétablissiez la vérité.

— Rien de plus facile ; dites-moi la vérité.

Masterson s'écarta légèrement du fauteuil derrière lequel il se tenait, sans pour autant desserrer la corde.

Tout en parlant, Connor estimait ses chances d'intervenir. A moins que ce type soit armé, il pouvait aisément le neutraliser avant qu'il pût blesser sérieusement Kate. A présent, il ne lui restait plus qu'à…

Mais ses espoirs s'évanouirent brusquement lorsque Masterson tira de sa poche un long couteau bien affûté et appuya la lame sur la gorge de Kate.

— Pas un geste, Quinn.

— Je ne bouge pas.

— Au moindre mouvement de votre part, je la saigne comme un porc. Vous n'aurez pas le temps d'intervenir, compris ?

— Compris. Donc, quelle est la vérité, Peter ?

— Vous me jurez de la publier ?

— Sans en changer un mot. Je vous en donne ma parole, affirma Connor.

Il désigna le petit magnétophone à cassette de Kate, posé sur la table basse.

— Je vais vous enregistrer.

— Déplacez-vous lentement.

Connor obéit, mit l'appareil en marche et rembobina la cassette.

— Voilà. Vous pouvez parler.

Un trouble fugitif modifia l'expression de Masterson, et Kate tressaillit comme la lame appuyait un peu plus sur sa gorge.

— Interrogez-moi, dit-il enfin. Demandez-moi ce que vous voudrez.

Connor regarda Kate.

— Relâchez un peu la pression sur le couteau, voulez-vous ? Vous la terrorisez.

Chose étonnante, Masterson répondit à la requête.

— Merci. Allons-y, reprit Connor.

Mais il s'interrompit, cherchant une question assez adroite pour ne pas le brusquer et l'inciter à s'épancher, dans l'espoir qu'il s'éloignât un peu de Kate.

— Allons, dit Masterson, souriant inopinément. Vous devez avoir mille questions à me poser.

— Eh bien… Comment choisissez-vous vos victimes ?

— Je ne sais pas, avoua le pasteur.

Il prit une moue ironique pour ajouter :

— Un psychologue vous expliquerait probablement que ces femmes ressemblaient plus ou moins à ma mère. C'était une blonde à forte poitrine, mais la ressemblance s'arrête là. Ma mère était une foutue putain. Ces femmes-là — à l'exception de Marceline — ne se prostituaient pas, semble-t-il.

Il secoua la tête, et son regard se fit distant, au point que ses yeux parurent vitreux.

— Il les choisit parce qu'il éprouve le sentiment de ne pas se tromper. Une sorte de… déclic se produit. Il *sait*. La main du Marionnettiste est au-dessus de lui et le guide sur des voies mystérieuses.

La manière dont il se mettait soudain en scène à la troisième personne, se dissociant du tueur, fit frissonner Connor. Ils avaient vraiment affaire à un psychopathe.

— Qui est le Marionnettiste ?

— Oh, je pense que vous connaissez déjà la réponse.

Connor jeta un nouveau coup d'œil sur le couteau et vit que la lame appuyait encore beaucoup trop à son goût sur le cou de Kate. S'il n'était pas assez rapide…

— Vous fréquentiez Judy et Joséphine dans le cadre de l'Eglise. Mais comment avez-vous trouvé Marceline et Connie ?

Masterson haussa les épaules.

— En réalité, je les ai toutes trouvées de la même façon : j'ai été guidé vers elles. Le fait que Judy et Josie aient fréquenté l'église n'était qu'une coïncidence.

Il marqua une brève pause puis secoua la tête.

— Néanmoins, je les connaissais toutes par avance. Même Marceline. Je l'avais rencontrée à l'occasion d'un bénévolat dans les hôpitaux. Elle souhaitait faire le bien, vous savez. Elle aurait voulu cesser de se prostituer mais c'était plus fort qu'elle ; obsédée par le sexe, elle éprouvait en outre le besoin morbide d'être traitée avec mépris, le besoin de vendre son corps. Elle s'est confiée à Peter, et il lui a proposé de l'aider.

— De quelle manière ?

L'assurance de Masterson céda la place à une expression de regret.

— La malheureuse avait honte de son comportement, et tellement peur d'être découverte ! Mais à présent, elle est délivrée du Mal. Il l'a purifiée de ses fautes puis lui a ôté la vie afin qu'elle ne puisse plus retomber dans le péché. Elle n'a plus rien à craindre, désormais.

— Vous veniez donc en aide à ces femmes ? demanda Connor.

— Evidemment. Croyez-vous que beaucoup de pécheurs aient la chance de mourir en état de sainteté ?

Connor esquissa une grimace.

— Non, probablement pas. Kate, est-ce que ça va ?

— Oui, répondit-elle dans un souffle.

Le visage de la jeune femme était toujours livide, et ses lèvres tremblaient imperceptiblement, mais les yeux qui ne le quittaient pas exprimaient une volonté farouche de se défendre ; manifestement, elle était prête à agir dès qu'il passerait à l'attaque.

Il reporta son attention sur Masterson.

— Si je comprends bien, vous êtes deux personnages distincts, Peter et vous ?

Une lueur de confusion passa dans le regard de l'interpellé qui secoua néanmoins la tête.

Connor en déduisit que l'homme commençait à s'embrouiller. Tout espoir de lui faire perdre pied n'était donc pas exclu.

— Nous ne formons qu'un seul être, répondit enfin le pasteur. Il sait ce que je fais, et je sais ce qu'il fait. Seulement, voilà : il se déteste tellement qu'il s'efforce d'attribuer une partie de ses actes à quelqu'un d'autre. Il ne supporte pas l'idée que le pouvoir est devenu une véritable drogue pour lui.

— Le pouvoir ?

— Le pouvoir de vie et de mort. Comme Lucifer, il voudrait être Dieu, tout en sachant ce qui est arrivé à Lucifer. Il craint par-dessus tout d'être envoyé en enfer mais il est incapable de m'arrêter. Il est incapable de se contrôler lui-même.

Masterson ponctua sa phrase d'un ricanement plein d'amertume avant de poursuivre.

— Le Marionnettiste m'a fait ainsi, voyez-vous. Peter ne peut pas l'admettre. Aussi essaie-t-il de s'amputer de moi — comme d'un membre pourri —, mais je suis profondément ancré en lui. Jusqu'à l'accident, il parvenait à me contrôler : il a même essayé de m'anéantir en devenant pasteur. Il prétend préférer le chemin traditionnel qui mène à Dieu ; en réalité, il veut s'approprier Son pouvoir. Le pouvoir de tirer les ficelles et de manipuler les pantins. Il refuse surtout d'admettre qu'il est lui-même manipulé…

Si horrible que fût ce discours, Connor le comprit.

— Atténuez la pression du couteau, voulez-vous ? demanda-t-il encore. Si Kate mourait maintenant, elle ne serait pas en état de sainteté.

Une chose étrange se produisit alors, comme si un voile jetait une ombre fugitive sur le visage de Masterson. Un bref instant, Connor eût juré que l'homme ne savait plus où il était ni ce qu'il faisait là. Puis ses traits reprirent la rigidité d'un masque.

— Comment pouvez-vous affirmer que vous sauvez ces femmes, lorsque vous ne cherchez en fait qu'à les tuer ? questionna encore Connor, essayant de le provoquer discrètement.

— On ne peut sauver une âme par la douceur. La main de Dieu est toujours cruelle, impitoyable. Relisez donc l'Ancien Testament : la femme de Lot a été changée en statue de sel pour avoir simplement désobéi au Tout-Puissant en jetant un coup d'œil derrière elle. La miséricorde divine est un vain mot.

Connor prit son élan et se jeta à l'eau.

— Alors, il ne peut y avoir de pardon pour celui qui tue.

— Je ne suis qu'un instrument.

— L'idée est intéressante, mais je crois me souvenir d'un commandement qui dit : « Tu ne tueras point. » A ma connaissance, ce principe ne souffre aucune exception.

— Je me purifie dans le sang de l'agneau.

— Et comment ! Vous vous purifiez dans le sang d'innocentes victimes !

Craignant d'être allé trop loin, Connor retint son souffle, conscient qu'en représailles Masterson risquait de s'en prendre à Kate.

Les traits du pasteur se figèrent un instant, soudain dépourvus de toute expression.

— En me purifiant dans un sang innocent, je suis absout de mes péchés.

— Ce sang, vous le volez ! Vous le prenez à ces femmes sans leur consentement, et ce, en les assassinant ! Où est la sainteté, là-dedans ?

— Elles sont sanctifiées et sauvées ; par conséquent, je suis sanctifié et sauvé, moi aussi.

— Foutaises ! Regardez-vous bien en face, mon père. Vous n'êtes rien d'autre qu'un ignoble scélérat, un vulgaire tueur psychopathe !

Cet électrochoc donna à Connor l'occasion qu'il attendait : sous l'insulte, Masterson détourna le couteau de Kate pour le pointer vers celui qui l'insultait. Aussi profita-t-il immédiatement de l'aubaine : se levant d'un bond, il plongea en avant et cueillit l'homme aux mollets pour le plaquer au sol.

Alors qu'il s'attendait à un corps à corps sans merci, il eut la surprise de constater que le tueur ne lui opposait aucune résistance.

Après un bref moment d'hébétude, Masterson planta son regard dans le sien.

— Tâchez de vous pardonner, dit-il avec douceur.

Perplexe, Connor le dévisagea.

— Me pardonner ? Et que diable devrais-je essayer de me pardonner, selon vous ?

— De m'avoir si bien compris.

Connor eut soudain l'impression qu'on venait de mettre son âme à nu. Furieux, il assena à Masterson un coup de poing qui l'étendit pour le compte.

21.

Les menottes aux poignets, Masterson attendait, prostré dans un des canapés du salon, d'être emmené dans le car de police.

A l'autre bout de la pièce, fermement résolue à ne pas être hospitalisée, Kate buvait du thé chaud sucré au miel pour adoucir sa gorge enflammée, tout en observant les allées et venues des policiers et techniciens qui avaient envahi sa maison.

Les hommes de la brigade d'intervention rapide se préparaient à partir tandis que les services de police permanents prenaient le relais.

Conscient de sa responsabilité dans le calvaire qu'elle venait d'endurer, Connor ne savait comment se comporter avec la jeune femme.

— Etes-vous vraiment tout à fait remise ? s'enquit-il en s'asseyant auprès d'elle.

La jeune femme frissonna légèrement.

— Physiquement, oui, dit-elle avec un petit rire contraint. Mais je ne me sentirai jamais plus en sécurité dans cette maison.

— Dans ce cas, vendez-la.

— Je crois que je vais bientôt m'y résoudre, en effet. Peut-être m'installerai-je dans un appartement.

— Il y en a un à louer à deux pas du mien, indiqua-t-il sans oser la regarder. En attendant, il n'est pas question que vous restiez seule ce soir. Dès que les enquêteurs en auront terminé avec nous, je vous emmène chez moi.

Mais il se ravisa aussitôt en songeant au sang répandu sur son lit.

— A la réflexion, nous irons plutôt à l'hôtel. Croyez-vous qu'il soit possible de trouver une chambre donnant sur la plage ?

— En pleine saison touristique ? Cela me surprendrait.

— Je dénicherai bien quelque chose.

— Qu'est-ce qui nous empêche d'aller chez vous ?

— Masterson a attaqué Sophie qui venait arroser mes plantes. Elle a dû subir une intervention chirurgicale pour une fracture du crâne.

— Oh, non ! Pauvre Sophie...

Posant sa tasse, Kate frissonna de nouveau.

— Je crois, dit-elle d'une voix entrecoupée, je crois que je suis au bord de la crise de nerfs.

— Qui pourrait vous en tenir rigueur ? Si vous réussissez à vous dominer encore un peu, je vous amènerai ailleurs pour que vous puissiez donner libre cours à vos larmes.

Prenant une profonde inspiration, elle acquiesça vaillamment, mais, jugea Connor, elle était manifestement en état de choc.

— Ecoutez, Kate... Je vous en prie, ne refusez pas l'aide de l'équipe médicale... Puisqu'elle est ici, ce serait bête de ne pas en profiter, non ?

Après s'être occupés de Masterson, les deux infirmiers et le médecin s'apprêtaient à regagner l'ambulance.

— S'il vous plaît, ne refusez pas, insista Connor. Faites-le pour moi.

— Bon, d'accord.

Elle parlait d'une voix faible et mal assurée, mais ses yeux étaient toujours secs.

Tandis que le médecin s'entretenait avec Kate, Connor jeta un coup d'œil du côté de Masterson. Très pâle, les traits défaits, l'homme semblait s'être retiré dans quelque monde lointain, inaccessible.

Partagé entre la tentation de lui rendre coup pour coup le mal qu'il avait fait subir à ses victimes et la honte de l'avoir frappé dans un accès de colère, Connor resta un moment debout, indécis, à le dévisager. Soudain, Masterson leva les yeux, et leurs regards se croisèrent.

— Chaque fois, c'était moi, n'est-ce pas ? questionna-t-il dans un souffle.

Presque malgré lui, Quinn alla s'asseoir près de lui sur le canapé. Les mains dans le dos, entravées par les menottes, Masterson ne semblait pas même conscient de sa position inconfortable.

— Oui, dit Connor, c'était toujours vous.

— Je me souviens, à présent.

Les traits décomposés, le tueur s'effondra brusquement.

— Bonté divine, qu'ai-je donc fait ?

Connor détourna les yeux, luttant contre un sentiment de compassion qu'il jugeait déplacé.

— Je regrette tellement...

Respirant par saccades, Masterson s'efforçait manifestement de contenir ses larmes.

— Seigneur, pardonnez-moi, j'ai tellement honte...

Incapable de le regarder, Connor se sentit terriblement mal à l'aise. Il ne voulait pas le considérer comme un être humain. Ce monstre ne le méritait pas. Mais à la pensée que même un monstre pouvait souffrir de sa propre cruauté, il ne put s'empêcher d'offrir à ce corps secoué par l'horreur et le remords le réconfort d'une main apaisante sur l'épaule.

Le pasteur se calma enfin, puisant une certaine sérénité au sein même d'une douleur insupportable.

— On me condamnera à la chaise électrique, n'est-ce pas ?

— Probablement. Pas avant plusieurs années, toutefois : l'instruction et le procès seront sans doute fort longs...

— Je voudrais que ce soit le plus tôt possible, coupa Masterson. Je n'ai pas le droit de vivre.

Connor se tut, ne sachant que répondre. Sans doute cet homme n'aurait-il jamais tué personne sans l'accident qui avait provoqué une lésion du cerveau. Mais comment déterminer au juste son degré de responsabilité ? Seule la justice pouvait en décider.

— C'est le sort qui m'est réservé, reprit le pasteur. Je dois boire cette coupe jusqu'à la lie.

Connor s'écarta du prévenu en voyant approcher deux policiers.

— Allons, dit l'un, il est temps de partir.

Masterson quitta docilement le canapé, et Connor se leva à son tour.

— Je suis prêt, dit Peter. Je mérite mon châtiment plus que quiconque. Ces malheureuses jeunes femmes...

Laissant sa phrase en suspens, il secoua la tête.

— Il ne peut y avoir de miséricorde pour moi, dans ce monde comme dans l'autre.

Il s'éloigna, escorté par les policiers, puis s'arrêta un instant et tourna la tête.

— Merci, dit-il encore.

Connor haussa un sourcil perplexe.

— Merci de m'avoir suffisamment compris pour mettre fin à mes crimes, ajouta Masterson, répondant à la question muette. Vous m'avez rendu un service inappréciable.

Sur ces mots, il partit sans se retourner.

Rick entra dans la pièce et s'approcha de Kate.

— Seriez-vous libre demain pour répondre à quelques questions ? lui demanda-t-il. Vous en sentez-vous capable ?

— Je vous ai déjà tout raconté.

— Votre déposition sera néanmoins nécessaire, et le procureur vous demandera sans doute une déclaration sous serment. Dès que ce type aura rencontré son avocat, nous entendrons un tout autre refrain. Il nous faut un maximum de témoignages pour l'inculper.

— Je comprends. Demain…

Sa voix s'estompa, et elle leva les yeux sur Connor.

— Demain après-midi, dit-il, catégorique. Jusque-là, je veux qu'elle oublie ce cauchemar.

— C'est bien naturel. Disons, 14 heures ? Appelez-moi en fin de matinée, et je vous indiquerai où nous nous retrouverons.

Bientôt, la porte se referma sur le dernier policier, et la maison retomba enfin dans le silence.

— Vous vous êtes montrée stoïque, affirma Connor. Permettez-moi d'utiliser un instant votre téléphone, et nous pourrons partir. Vos nerfs doivent être sur le point de céder.

— Pour l'instant, tout va bien, assura-t-elle avec un faible sourire. Je vais me préparer une autre tasse de thé.

— Inutile ; je vous l'apporte.

— Je ne suis tout de même pas invalide, Connor. Laissez-moi faire.

Il la laissa donc faire, devinant qu'elle avait besoin de reprendre la situation en main, fût-ce de manière aussi anodine. Tandis qu'elle s'affairait dans la cuisine, il feuilleta rapidement l'annuaire.

Connor aida Kate à préparer un bagage succinct pour la nuit ; puis ils se rendirent en taxi chez lui, où il rassembla aussi quelques affaires, interdisant à la jeune femme l'accès à sa chambre tandis qu'il ôtait l'édredon et les draps maculés de sang. Avant de partir, il appela l'hôpital pour s'enquérir de l'état de Sophie. Cette fois, on lui apprit que l'opération s'était déroulée sans incident et que la vieille dame serait en mesure de recevoir des visites le lendemain.

Ils prirent ensuite la direction du sud, traversant l'agglomération jusqu'au boulevard du Golfe, en face du chapelet d'îles qui prolongeait ce côté de la baie. Pas une seule fois, Kate ne s'enquit de leur destination.

Il se gara sur le parking d'un des meilleurs hôtels, où il avait réussi à trouver une suite — la dernière disponible, lui avait-on assuré au téléphone, quelques instants plus tôt. La chambre et le salon étaient décorés dans des tons bleus et verts évoquant les tons changeants de l'océan dont les eaux sombres reflétaient à présent une lune éclatante, au-delà du balcon. Le bruit apaisant des vagues leur parvenait à travers la baie vitrée, qu'il alla ouvrir pour laisser entrer l'air frais de la nuit.

Se retournant, il trouva la jeune femme au beau milieu du salon, la mine désorientée.

— Voulez-vous vous mettre à l'aise ? proposa-t-il en portant son petit sac de voyage dans la salle de bains. Pendant ce temps, je vais nous faire monter de quoi nous restaurer.

Elle opina et se dirigea vers le cabinet de toilette d'un pas mal assuré. Connor dut se faire violence pour ne pas la rejoindre et la prendre dans ses bras. Elle viendrait à lui le moment venu, lorsqu'elle se sentirait prête. Jusque-là, il devait patienter.

Le garçon d'étage apporta un plateau avec quelques sandwichs et une bouteille de vin, qu'il déposa sur la table du balcon. Après avoir débouché la bouteille, il leur souhaita bon appétit et se retira, laissant Connor s'interroger sur l'opportunité d'une telle collation.

— Connor ?

Debout dans l'encadrement de la porte, Kate semblait sur le point de fondre en larmes.

— Je crois que je vais m'effondrer.

Il se précipita pour la recueillir dans ses bras. Tandis que des sanglots commençaient à la secouer, il la porta jusqu'au canapé et, tout en la gardant sur ses genoux, se mit à la bercer tendrement. Les paroles de réconfort qui lui vinrent à l'esprit paraissaient toutefois dérisoires en regard des épreuves qu'elle avait subies. En butte depuis des années à la tyrannie d'un aliéné mental, elle n'avait réussi à se dégager de son influence que pour se retrouver aux prises avec un tueur en série !

Serait-elle jamais capable d'accorder sa confiance à un homme, après tous ces déboires ?

Elle pleura longtemps, évacuant les souffrances et les tensions accumulées durant de longues heures d'angoisse. Et lorsque, enfin, elle se calma, vaincue par l'épuisement, Connor se dégagea avec précaution pour aller chercher une serviette humide.

Elle le laissa sans mot dire essuyer ses larmes. Ce faisant, il remarqua qu'elle avait troqué son tailleur contre un négligé de soie dont le décolleté laissait entrevoir la naissance d'une gorge laiteuse. Au contact de sa peau, une vague de désir monta soudain en lui, et il eut presque honte de cette faiblesse.

— Avez-vous envie de vous restaurer un peu ? demanda-t-il avec douceur.

— Non, merci. Pas encore.

Elle soupira et baissa les yeux sur ses mains, qu'elle croisait et décroisait continuellement sur ses genoux.

— Pourriez-vous… ? Voudriez-vous… me reprendre quelques instants dans vos bras ?

Emu, il s'empressa, trop heureux de la serrer étroitement contre lui tandis que la lune descendait lentement dans le ciel, que le temps commençait à entraîner dans son sillage l'horreur et l'épouvante de la soirée. La respiration de la jeune femme s'apaisait peu à peu, mais rien ne pouvait atténuer l'envie qu'il avait d'elle, son besoin croissant de se perdre en elle, d'étancher avec elle sa soif de vivre.

Il se sentait pourtant indigne de son amour et doutait qu'elle puisse lui pardonner de l'avoir exposée aussi inconsidérément à un péril mortel.

— Vous saviez qu'il était chez moi, murmura-t-elle soudain d'une toute petite voix.

— J'ai failli le découvrir trop tard. Nous l'attendions à son domicile depuis plus d'une heure lorsque j'ai enfin compris : votre ligne était sans cesse occupée, et je m'obstinais à rappeler... Je suis désolé, Kate. En outre, si j'avais bien fait mon travail, nous l'aurions arrêté une semaine plus tôt.

D'un geste vif, elle lui posa un doigt sur les lèvres.

— Chut, dit-elle. Cessez de vous accabler de reproches. Je ne songeais pas à vous critiquer, bien au contraire. Je vous suis tellement reconnaissante d'être venu. Masterson n'en doutait pas une minute, vous savez. Il répétait inlassablement que vous alliez arriver...

— Il me connaît mieux que je ne me connais moi-même, dans ce cas.

Elle renversa légèrement la tête pour le regarder.

— Cette idée n'a rien de rassurant, n'est-ce pas ?

— Elle me donne la chair de poule.

— Et le fait de comprendre cet homme vous épouvante encore davantage.

— Comment pourrait-il en être autrement ? Personne ne devrait être en mesure de pénétrer les méandres d'un esprit aussi malade et aussi dangereusement corrompu.

Kate ébaucha un sourire mélancolique.

— Je suis tout aussi épouvantée de constater combien je comprenais Michael, quelquefois. Mais notre aptitude à les comprendre ne signifie pas que nous soyons comme eux. Vous pouvez vous mettre à la place d'un tueur en série et percer à jour ses intentions sans pour autant réagir comme lui, Connor. Cela veut seulement dire que vous avez reçu un don.

— Un don ? Pourquoi pas une malédiction ?

La jeune femme secoua la tête.

— C'est à ce don que je dois d'avoir la vie sauve. Pour les prochaines danseuses qu'il aurait tuées, c'est une bénédiction d'avoir été épargnées. Même si vous ne sortez jamais indemne d'une telle aventure, il s'agit d'un don incontestable, et je ne sais comment vous exprimer toute ma gratitude.

— Vous avez failli mourir par ma faute !

— C'était uniquement *ma* faute. J'ai ouvert ma porte à un inconnu parce qu'il portait un costume d'ecclésiastique. Ensuite, quand son comportement a commencé à me paraître étrange, j'ai eu l'occasion de m'enfuir à deux ou trois reprises. Je ne l'ai pas fait. Si j'ai failli y laisser ma peau, c'est uniquement à cause de ma stupidité, n'en doutez pas une minute.

— Vous n'êtes pas stupide, seulement un peu trop confiante, répliqua Connor.

Il détourna les yeux.

— Me suggéreriez-vous de réintégrer la police ?

— N'êtes-vous pas profondément tenté de le faire ?

Pour la première fois, il se posa sérieusement la question, et conclut qu'elle avait raison. Son activité de photographe de presse lui permettait d'exploiter ses facultés créatrices, mais la tâche qu'il accomplissait en qualité de profileur répondait à un besoin plus fondamental, une nécessité presque vitale.

— Avant de répondre, j'aimerais connaître votre avis sur la question, dit-il en se tournant de nouveau vers elle.

— Sur le fait que vous réintégriez la police ? Mon avis présente-t-il un intérêt quelconque ?

— Croyez-moi, Kate, il est même d'une importance capitale pour moi.

Ces mots la transfigurèrent d'un sourire radieux, dissipant les nuages qui voilaient son regard.

— J'aurai toujours la plus grande estime pour vous, quel que soit votre choix, Connor, répliqua-t-elle.

Le téléphone portable, oublié dans un coin, émit soudain une sonnerie stridente.

— Bon sang, maugréa Connor, il est 3 heures du matin.

Seul Rick pouvait l'appeler à une heure pareille, songea-t-il en décrochant.

— Quinn, où avez-vous donc disparu, Devane et vous ?

Ce n'était pas la voix de Rick mais celle de Ben Hyssop.

— Je viens d'apprendre que le tueur en série a été arrêté ce soir. J'attends mon reportage exclusif.

— Vous l'aurez, votre foutu scoop. Demain. De toute façon, je ne vois pas comment vous le feriez paraître dans le journal d'aujourd'hui !

— Naturellement, mais vous devriez être en train de mettre cet article au point, tous les deux.

— Cela attendra demain. A présent, fichez-nous la paix. Nous voulons faire l'amour.

A en juger par le silence de son interlocuteur, il avait réussi à lui clouer le bec, pensa Connor en raccrochant sans le moindre scrupule. Cette fois, il débrancha délibérément l'appareil.

— Faire l'amour ? demanda Kate d'une voix soudain étranglée.

— Faire l'amour, confirma-t-il. Ici ? Sur le lit ? Dans la baignoire ? Sur une chaise longue du balcon ?

La jeune femme se mit à rire.

— Le programme me convient parfaitement. Par où commençons-nous ?

Il la porta donc jusqu'au lit, où la chaleur de leurs corps et la flamme de leur passion effacèrent comme par magie les tourments qu'ils avaient subis.

Plus tard, ils prirent une douche ensemble puis sortirent sur la terrasse aux premières lueurs de l'aube. S'enveloppant dans une couverture, ils se serrèrent l'un contre l'autre sur le même transat. La collation était restée sur la table sans qu'ils y accordassent la moindre attention ; ivres d'amour, ils n'avaient besoin de rien d'autre.

— Ce ne sont pas les Keys, dit soudain Connor avec une pensée nostalgique pour le décor virtuel de leurs échanges sur Internet.

— Nous n'en sommes pas très loin.

Les yeux fermés, Kate souriait aux anges. Les péripéties de la veille reviendraient tôt ou tard hanter ses nuits, mais pour le moment, elle avait l'impression que tout cela était arrivé à une autre.

— La semaine prochaine, reprit le jeune homme, quand nous en aurons terminé avec les dépositions et fourni à Ben le meilleur article qu'il ait jamais publié, j'ai décidé de vous enlever. Nous trouverons un petit bungalow, les pieds dans l'eau, et nous adopterons un chaton baptisé Tigret.

— En cette saison ? Voyons, Connor, les touristes ont tout retenu depuis plusieurs mois.

— Regardez-moi dans les yeux, Kate.

Elle obtempéra.

— Viendrez-vous avec moi ? demanda-t-il doucement.

— Me pardonnerez-vous jamais de vous avoir menti ?

— Ce n'était pas un mensonge : une simple omission, destinée à vous protéger, tout au plus. Je n'ai absolument rien à vous pardonner.

Les prunelles vertes posées sur lui s'assombrirent de nouveau.

— Que devient Michael, dans tout cela ?

— Vous pourrez continuer de lui rendre visite toutes les semaines, pour le restant de vos jours ; je vous accompagnerai, si vous le souhaitez. Mais pourquoi ne referiez-vous pas votre vie, Kate ? Si vous ne voyez pas d'inconvénient à épouser un flic…

— Vous épouser ? Depuis quand est-il question de mariage ?

— Depuis deux secondes. Mais c'est une demande en bonne et due forme. Evidemment, vous pouvez toujours refuser.

Elle accepterait ; il en était presque sûr. Son intuition de profileur présentait tout de même quelques avantages.

Dégageant à grand-peine ses bras nus de la couverture, elle les lui noua autour du cou sans se soucier de la fraîcheur de l'air.

— Je suis tombée amoureuse de vous dans l'espace virtuel, déclara-t-elle. Puis j'ai eu le coup de foudre quand vous avez rentré vos géraniums, un soir de grand froid. Et je suis tombée amoureuse une troisième fois en vous voyant réconforter Masterson, hier soir.

Embarrassé, Connor se déplaça légèrement sur le siège.

— Il me faisait de la peine.

— Je sais. Il faut avoir un cœur d'or pour réagir ainsi.

Il détourna un instant les yeux.

— Je ne suis pas vraiment sûr de pouvoir être un bon mari, avoua-t-il après un bref silence. Autant vous prévenir tout de suite : mon père et ma mère se battaient comme des chiffonniers.

— Peut-être avez-vous appris comment désamorcer les scènes, dans ce cas.

En la regardant de nouveau, il sentit ses dernières craintes se dissiper. Tout irait bien. Un sourire se dessina sur ses lèvres.

— Vous êtes une incorrigible optimiste, n'est-ce pas ?

— Je m'y efforce.

— Eh bien, il ne nous reste plus qu'à nous jeter à l'eau. Pourquoi ne pas commencer par une semaine en tête à tête à Key West, à titre d'essai ?

— Pourquoi pas ?

Se blottissant plus près de lui, elle lui sourit.

— Si vous avez vraiment besoin d'un essai...

— D'accord, pas d'essai ! Marions-nous dès demain !

Kate se mit à rire.

— N'y comptez pas. Je veux un vrai mariage. Une cérémonie intime, avec nos meilleurs amis respectifs. Et j'aimerais vous épouser sur la plage au coucher du soleil, comme dans les lettres que nous nous écrivions.

— Vous voulez vous marier dans les Keys ?

— Ce n'est pas indispensable ; n'importe quelle plage fera l'affaire, pourvu que ce soit au bord de la mer.

— Je pourrais même m'arranger pour dénicher un héron.

— Vous en êtes tout à fait capable.

En plongeant les yeux dans les siens, il se sentit capable de tout, en effet.

Épilogue

Il pleure à la vue du monstre
par Kate Devane
rédacteur au *Sentinel*

« Selon le rapport officiel, l'opération a bénéficié des garanties de sécurité maximales. Pour Peter Masterson, en revanche, toute notion de sécurité est désormais exclue. Le mur aveugle qui séparait le respectable pasteur du tueur impitoyable s'est brusquement effondré, et Masterson a découvert en lui le monstre dans toute son horreur. Anéanti, il s'est mis à pleurer.

» La nuit dernière, un détachement composé des forces de police des différents districts entourant la baie de Tampa… »

DANS LA MÊME COLLECTION
Par ordre alphabétique d'auteur

BARBARA BRETTON	*Le lien brisé*
WINSLOW ELLIOT	*L'innocence du mal*
TESS GERRITSEN	*Présumée coupable*
HEATHER GRAHAM	*L'invitation*
HEATHER GRAHAM	*L'ennemi sans visage*
HEATHER GRAHAM	*Le complot*
GINNA GRAY	*Le voile du secret*
KATHRYN HARVEY	*La clé du passé*
CHRISTIANE HEGGAN	*Miami Confidential*
GWEN HUNTER	*Faux diagnostic*
GWEN HUNTER	*La couleur du sang*
PENNY JORDAN	*De mémoire de femme*
PENNY JORDAN	*La femme bafouée*
R.J. KAISER	*Qui a tué Jane Doe ?*
ALEX KAVA	*Sang Froid*
ALEX KAVA	*Le Collectionneur*
ALEX KAVA	*Les âmes piégées*
ALEX KAVA	*Obsession meurtrière*
RACHEL LEE	*Neige de sang*
RACHEL LEE	*Le lien du mal*
MEG O'BRIEN	*Le piège*
MEG O'BRIEN	*En lettres de sang*
MEG O'BRIEN	*Pluie de sang*
EMILIE RICHARDS	*Le refuge irlandais*
EMILIE RICHARDS	*Mémoires de Louisiane*
EMILIE RICHARDS	*Le testament des Gerritsen*
EMILIE RICHARDS	*L'héritage des Robeson*
EMILIE RICHARDS	*L'écho de la rivière*

.../..

Cet ouvrage a été composé et mis en pages
par les **Éditions Harlequin**

imprimé sur CAMERON par

BUSSIÈRE
GROUPE CPI

à Saint-Amand-Montrond (Cher)
en juin 2005

Imprimé en France
Dépôt légal : juillet 2005
N° d'édition : 11367 — N° dimpression : 051942/1